CLARA
Die geheime Gabe

Pea Jung (Jahrgang 1977) ist der Künstlername einer deutschen Autorin, die mit Mann und vier Kindern in der Nähe von München lebt.
Gleich mit dem Debütroman DIE FALSCHE HOSTESS gelang ihr ein Überraschungserfolg, als dieser sich 10 Tage nach Veröffentlichung in den Top 20 der Kindle-Charts wiederfand. Kurz darauf übertraf ihr drittes Buch DIE PUTZSTELLE diesen Erfolg noch deutlich – es kletterte hoch bis auf Platz 3 der Kindle-Charts.

PEA JUNG

CLARA
Die geheime Gabe

Bibliografische Information der Deutschen Nationalbibliothek:
Die Deutsche Nationalbibliothek verzeichnet diese Publikation in der
Deutschen Nationalbibliografie. Detaillierte bibliografische Daten sind
im Internet über http://dnb.dnb.de abrufbar.

1. Auflage 2014

© 2014 Pea Jung
Eine Kopie oder anderweitige Verwendung, auch auszugsweise,
ist nur mit schriftlicher Genehmigung der Autorin gestattet.
info@peajung.de
www.peajung.de
www.facebook.com/PeaJungAutor
www.youtube.com/PeaJungAutor

Covergestaltung & Satz: Jürgen Müller, LayArt

Quellennachweis der Umschlagfotos:
© istockphoto.com/hidesy
© istockphoto.com/vasiliki

Lektorat: Claudia Fenster-Waterloo

Herstellung und Verlag: BoD – Books on Demand, Norderstedt
ISBN: 978-3-7386-0311-8

Vorwort

Meine Oma war Eigentümerin eines wirklich fantastischen Geheimnisses. Dieses Geheimnis teilte sie mit mir. In meinen Gedanken sehe ich sie noch vor mir, wie sie mich anlächelt und dann einen Finger an ihren Mund legt. »Pssssst. Das ist unser Geheimnis.«

Dieses Geheimnis, unsere besondere Gabe, habe ich bewahrt. Noch nie habe ich jemandem davon erzählt. Weder meiner Familie noch meinen Freunden noch sonst irgendjemandem. Und obwohl meine Oma jetzt schon seit sechs Jahren tot ist, bewahre ich unser Geheimnis. Es ist zu meinem Geheimnis geworden und das im wahrsten Sinne des Wortes.

Immer wieder habe ich mir Gedanken darüber gemacht, wie es wäre, endlich mit jemandem über meine Gabe zu sprechen. Wie aber teilt man etwas mit, was rational nicht erklärbar scheint, einen Vorgang, der für einen selbst völlig unklar ist? Soll ich einfach aus dem Fenster brüllen: »Hey Leute, ich kann etwas, was sonst niemand kann! Seht her!« Wie kann man so etwas loswerden, ohne von aller Welt für verrückt gehalten zu werden? Vor allem, wenn man eigentlich überhaupt nicht erpicht darauf ist, im Mittelpunkt der allgemeinen Aufmerksamkeit zu stehen.

Natürlich könnte ich den Menschen mein Geheimnis auch demonstrieren und beweisen, dass ich eben genau dies nicht bin: verrückt. Aber was passiert dann mit mir? Diese Ungewissheit macht mir Angst und hält mich immer zurück, wenn ich meine, ich müsste mich jemandem anvertrauen. Dann sage ich mir: Andere Menschen haben auch Geheimnisse und behalten sie für sich. Immer und immer wieder habe ich diesen Satz in meinem mittlerweile 24-jährigen Leben gedacht. Er war mir eine Hilfe.

Dennoch war mir eigentlich immer klar, dass ich mich eines Tages entscheiden muss. Irgendwann würde ich mit jemandem über meine Gabe sprechen und dieser jemand wäre etwas ganz Besonderes für mich. Oder?

1

Ich ziehe mir die Kapuze über, stecke die blutigen Hände in die Hosentaschen und gehe zum S-Bahnhof, als wäre nichts gewesen. Mein Herz allerdings klopft wie wild und ich muss unentwegt an Robert Quinn denken.

Während der Heimfahrt kämpfe ich mit den Tränen. Als sich die Türen an meiner Haltestelle öffnen, renne ich nach Hause.

Dort werde ich von den Schmerzen heimgesucht. Erbarmungslos. Das ist der Nachteil meiner Gabe. Meine Bürde: Ich muss für jede Hilfe, die ich leiste, mit den Schmerzen büßen, die ich dem anderen abgenommen habe.

Aushalten kann ich diese Schmerzen nur, weil ich gleichzeitig so glücklich bin über das, was mir gelungen ist. Es ist so ähnlich wie mit Geburtswehen: Gerade wenn man meint, die Schmerzen sind nicht mehr auszuhalten, ist es vorbei und die Glücksgefühle überwiegen.

Was genau ist eigentlich passiert? Erschöpft und froh lege ich mich zu Hause in die Badewanne und lasse das ganze Geschehen Revue passieren.

Ich bin auf dem Weg zum Konzert der britischen Rockgruppe »The Incredibles« hier in München. Obwohl ich eigentlich kein Freund von Menschenmassen bin, konnte ich in diesem Fall nicht nein sagen. Der Grund ist Robert Quinn, der Leadsänger, von dem ich total hingerissen bin. Vielleicht ist es mit 24 nicht mehr ganz angemessen, für Rockstars zu schwärmen. Aber scheiß drauf. Ich tue es trotzdem. Allerdings auch nicht so ganz offiziell, schließlich gehe ich alleine auf das Konzert. Aber es lohnt sich. Das Konzert ist super und wird mir noch lange im Gedächtnis bleiben.

Robert Quinn ist zwar schon 42, aber ich finde ihn einfach umwerfend. Nach dem Konzert warte ich am Hinterausgang auf ihn – obwohl es regnet und der dreißig Meter breite Sicherheitsabstand gewaltig stört. Ich stehe also da zusammen mit vielen anderen Fans und ziehe mir die Kapuze meines Sweatshirts über den Kopf. Mich hält einzig und allein die Hoffnung, Robert Quinn noch einmal und diesmal aus der Nähe zu sehen.

Da geht tatsächlich eine Tür auf. Lachend und winkend kommt Robert Quinn heraus. Sein Gesicht strahlt. Die Fans johlen und hopsen wie wild herum. Kreischend strecken sie die Arme aus nach ihrem Idol. Wie gebannt stehe ich da und versuche mir jede Regung in Robert Quinns Gesicht für immer einzuprägen.

Plötzlich übertönt ein Schuss den Lärm. Für den Bruchteil einer Sekunde hört das Universum auf zu existieren. Die Zeit steht still. Einen Augenblick erstarrt die Menge. Da sackt Robert zusammen. Die Leute schreien auf, die Lähmung weicht Entsetzen.

Dann fällt ein zweiter Schuss. Panisch brüllen die Menschen und streben davon, irgendeinem Ausgang zu. Ich bin unfähig, mich zu rühren und bleibe wie angewurzelt stehen. Während ich von allen Seiten angerempelt, gestoßen und geschoben werde, ist mir, als hätte ich diesen Ort verlassen und sähe in einem alten Fernsehgerät mit schlechter

Tonqualität eine Filmszene in Zeitlupe. Ist das eine Schockreaktion? Um mich herum herrscht Chaos. Aber ich fühle mich ruhig, weil ich ein vertrautes Kribbeln in mir spüre.

Da sehe ich eine Frau am Boden liegen. Ihr Kopf ist eine blutige Masse. Bevor ich entsetzt die Augen schließen kann, fällt mein Blick auf die Waffe in ihrer Hand.

Innerlich schreie ich, aber nach außen hin bin ich immer noch gefasst. Wie ferngesteuert schlängle ich mich durch die nutzlose Absperrung. Daran flattert, als wäre er extra für mich dort hingehängt worden, ein V.I.P.-Anhänger, der Zutritt zum Backstage-Bereich verschafft. Schnell hänge ich ihn mir um den Hals. Allerdings drehe ich die Vorderseite nach hinten, da das Foto des Typen darauf mir nicht unbedingt ähnlich sieht.

Ich weiß, was ich zu tun habe. So ist das immer, wenn dieses seltsame Gefühl über mich kommt, das schwer zu beschreiben ist: eine Aufregung fast wie eine Verliebtheit, die sich kribbelnd einen Weg durch meinen Körper bahnt. Dann staut sich Energie in mir auf, die ich kaum aushalten kann, und legt sich wie ein Schutzschild um mich herum.

Niemand versucht mich aufzuhalten, niemand beachtet mich. Wie selbstverständlich schließe ich mich der Gruppe an, die Robert ins Gebäude trägt. Kaum haben sich die Türen hinter uns geschlossen, wird er auf dem Boden abgelegt. Der Lärm bleibt draußen, dringt nur gedämpft an meine Ohren.

Ein Typ vom Sicherheitsdienst schreit in sein Funkgerät: »Mensch, wo bleiben diese verdammten Sanitäter?«

Da sich wohl niemand imstande sieht, dem Angeschossenen zu helfen, rennen alle in verschiedene Richtungen davon. Nur Flo, der deutsche Bassist der Band, bleibt bei dem verwundeten Sänger und spricht beruhigend auf ihn ein.

Ich stehe neben der geschlossenen Tür. Plötzlich wird der Bassist auf mich aufmerksam, springt auf und hechtet auf mich zu. Er tippt mich mit blutigen Fingern an und schreit spuckend: »Wer bist du? Noch so eine Irre?« Sein Blick fällt auf den Backstage-Pass vor meiner Brust und ich muss nicht antworten.

Der Verletzte stöhnt, deshalb kniet sich der Bassist schnell wieder neben ihn, nimmt seine Hand und flüstert mit rauer Stimme auf Englisch: »Rob, das wird wieder, keine Angst. Wir kriegen das schon wieder hin.«

»Er wird sterben, wenn er nicht bald Hilfe bekommt«, flüstere ich. Meine Stimme klingt erstaunlich frei.

Es ist ein Wunder, dass der Blutende noch bei Bewusstsein ist. Sein Blick gleitet in meine Richtung, während Flo mich anplärrt: »Das weiß ich selber, blöde Tussi.« Seine Stimme überschlägt sich.

Ich bewege mich langsam auf die am Boden liegende Gestalt zu.

Da schießt Flo wieder auf mich zu und brüllt: »Mach, dass zu verschwindest! Hau ab! … Hau ab!« Mit beiden Händen packt er mich an meinem Shirt und schüttelt mich.

Robert hustet. Ein Schwall Blut läuft über sein Kinn den Hals hinab. Flo eilt wieder an die Seite seines Freundes, hockt sich neben ihn und wippt vor und zurück wie ein hospitalisierter Patient. Dabei flüstert er auf Deutsch sein Mantra vor sich hin: »Rob, halt durch! Der Rettungswagen kommt gleich. Halt durch, Kumpel.«

Wie barfuß über Glassplitter gehe ich zu den beiden hin. Der Sänger sieht mich aus glasigen Augen an. »Ich kann ihm helfen.« Keine Reaktion. Deshalb werde ich lauter. »Ich kann ihm helfen!«

Flo schaut zu mir auf. Spricht Ungläubigkeit oder Spott aus seiner Miene? Ich hole tief Atem. »Hör zu, ich kann wohl nicht mehr viel kaputt machen. Das Einschussloch sitzt in der Brust – Herzhöhe! Also lass mich versuchen, ihm zu helfen. Bis der Krankenwagen da ist, ist er tot.«

Flo krümmt sich, als hätte er eine Tracht Prügel bekommen und weicht zur Seite. Er verkriecht sich in einer Ecke des Raumes, die blutverschmierten Arme umschlingen seinen Körper. Mit dem Rücken an die Wand gepresst, lässt er sich heulend auf den Boden gleiten. Sein Äußeres, der Irokesenschnitt, die zerbeulte Lederjacke mit den Nieten, darunter der nackte Oberkörper mit den Tattoos, passen überhaupt nicht zu der jämmerlichen Gestalt, die nun in der Ecke kauert. Für Flo aber habe ich keine Zeit. Ich wende mich von ihm ab und höre ihn nur noch in weiter Ferne hemmungslos schluchzen.

Langsam knie ich mich zu dem Sterbenden und sehe Robert Quinn, dem Sänger der »Incredibles«, in die Augen. Nie im Leben hätte ich zu hoffen gewagt, meinem Idol eines Tages so nahe zu kommen. In meinen Träumen hatte ich mir unser Zusammentreffen aber irgendwie anders vorgestellt. Der Blick des Sängers verschleiert sich. Bald würde der Vorhang fallen. Seine Zeit läuft ab – wenn kein Wunder geschieht.

Die Augen des Sängers suchen meine. Das Gefühl, mein Gefühl durchfährt mich wie ein Stromschlag. Ich bin bereit. »Ich hoffe, du hast eine zweite Chance verdient«, flüstere ich.

Hoch konzentriert lege ich meine Hand auf das Einschussloch und schließe die Augen. Meine Lider flattern und meine Hand ruht auf Robs Wunde. Bedacht wiege ich den Kopf hin und her. Diese Bewegungen scheinen Rob Schmerzen zu verursachen. Er reagiert und windet sich. Das pulsierende Gefühl meiner Gabe durchflutet mich nun völlig. Es ist, als könne ich in Robs Körper tauchen und das metallene Geschoss in seiner Brust sehen.

In diesem Augenblick kommt das Geschehen zum Höhepunkt und ich werfe einen kurzen Blick auf Robert. Er hebt den Kopf, sein Gesicht ist schmerzverzerrt. Seine Hand greift nach meiner Hand auf der Wunde und versucht, sie wegzudrücken.

Dann erschlafft der Sänger. Es herrscht Stille, friedliche Stille.

Hörbar puste ich die angesammelte Luft aus der Lunge. Als ich mich umsehe, ist mir, als sähe ich diesen Raum zum ersten Mal. Ich brauche einen Moment, um wieder zu mir zu kommen. Erschöpft, aber auch zufrieden schaue ich zu dem Bassisten in der Ecke und nicke ihm mit der Andeutung eines Lächelns zu. In meiner Hand mit all dem Blut spüre ich einen Gegenstand. Kaum zu glauben, aber ich habe es geschafft.

Flo schließt den Mund und schluckt. Dann gibt er ein heiseres Geräusch von sich. Er lässt sich auf alle viere fallen und krabbelt wie ein kleiner Junge zu seinem Freund, dessen blutige Brust sich hebt und senkt.

Meine Hand liegt noch immer auf der Einschusswunde, wo nun der Heilungsprozess abläuft. Unter meiner Hand spüre ich den Gegenstand, der so viel Schaden angerichtet hat. Langsam schließe ich sie um das Profil, nehme Flos Hand und drücke ihm das Metall in die Handfläche. Seine Augäpfel scheinen aus den Höhlen zu fallen. Wäre ich nicht so erschöpft, würde ich schallend lachen.

»Aber ... das ist ... krass. Ich glaub es nicht. Das wird mir niemand glauben«, stammelt er.

Ich werde ernst. »Hör zu, das klingt jetzt vielleicht wie aus einer Seifenoper. Aber ... das muss unter uns bleiben«, flüstere ich.

Flo scheint mich nicht zu hören. Er hält das Projektil zwischen zwei Finger geklemmt und betrachtet es mit großen Augen. Ich schüttle ihn am Arm und rate ihm eindringlich: »Bitte. Hör zu. Versteck das. Du kannst es ihm geben, wenn es ihm besser geht.«

Auf dem Gang werden Stimmen laut. Hilfe naht. Flo scheint aus seiner Betäubung zu erwachen und sieht mich an. Er wird aus dem, was ich gesagt habe, wohl nicht ganz schlau. In diesem Moment fliegt die Tür auf und Leute hasten zu Robert. Ich werde zur Seite gestoßen.

Die Hilfsmaschinerie kommt in Gang. Ich sehe, dass Flo die Pistolenkugel wie in einem Reflex in seiner Hosentasche verschwinden lässt. Ein bulliger Mann im Anzug packt mich am Arm und zerrt mich auf die Beine. Während er mich grob zur Tür schubst, blicke ich noch einmal zurück zu Flo, der neben Robert Quinn kniet und inzwischen einen Infusionsbeutel in der Hand hält. Als unsere Blicke sich treffen, nickt er mir ernst zu. Ich hoffe inständig, dass er mir damit sein Schweigen versprechen will, und nicke zurück.

Mein letzter Blick, bevor ich den Raum verlasse, fällt auf Robert Quinn, der tatsächlich gerade das Bewusstsein wiedererlangt hat. Er schlägt die Augen auf und schaut mich an. Dieser Blick hat es in sich und alleine schon der Gedanke daran macht mir eine Gänsehaut.

Klopf. Klopf. »Hallo, Clara!«

Erschrocken reiße ich die Augen auf. Meine Mitbewohnerin ist nach Hause gekommen. Das Wasser ist kalt. Wie lange war ich in der Badewanne? Hastig trockne ich mich ab, stopfe die Schmutzwäsche in die Maschine und schließe damit die ganze Sache ab.

So einfach ist das natürlich nicht. Aber ich wünsche es mir. Es war sehr unverantwortlich von mir, dass ich mich bei meiner Hilfsaktion nicht selbst geschützt habe. Ich muss künftig immer Einmalhandschuhe dabei haben. Jetzt darf ich mir bei meinem Hausarzt Blut abnehmen lassen und hoffen, dass ich mir nichts von Robert Quinn eingefangen habe.

Als ich aus dem Badezimmer komme, höre ich meine Mitbewohnerin und ihre Freundin aufgeregt miteinander reden. Ich weiß natürlich sofort, um was es geht. Als die beiden mich bemerken, stürmen sie auf mich zu.

»Clara! Wir haben es gerade im Radio gehört«, ruft meine beste Freundin und Mitbewohnerin Lisi aufgeregt.

»Was denn?« Ich stelle mich unwissend.

»Das gibt's doch nicht!«, ruft Nicole. »Hast du etwa nichts mitbekommen?«

»Was denn?« Ich versuche, ungeduldig zu klingen, und lege noch nach: »Ach ja, und auf dem Konzert war es super, danke der Nachfrage!« Dafür hätte ich eine Oscar-Nominierung verdient. Meine Freundinnen wechseln einen Blick.

»Setz dich«, fordert Nicole schließlich gebieterisch.

Als wir uns alle drei in der Küche niedergelassen haben, entsteht eine Kunstpause, wie sie Lisi gerne macht, wenn sie mit Neuigkeiten aufwarten kann. Dabei senkt sie immer eigentümlich das Kinn und macht ihre Augen groß. Beinahe muss ich schmunzeln. Diese Geste hatte sie schon im Kindergarten drauf.

»Nach dem Konzert gab es eine Schießerei!«, platzt sie dann heraus.

»Nein!« Ich tue total erstaunt. Oh Gott, eigentlich bin ich so was von schlecht. Auf den Oscar kann ich wohl lange warten. Aber die zwei schöpfen keinerlei Verdacht. Gut so.

»Irgendein Irrer hat auf Robert Quinn geschossen und sich dann wohl selbst umgebracht. Robert Quinn schwebt in Lebensgefahr und wird gerade notoperiert«, berichtet Lisi mit vor Aufregung zitternder Stimme.

Die rundliche Nicole sieht mich die ganze Zeit gebannt an und nickt immer wieder bestätigend. Ihr Pferdeschwanz wackelt bei jedem Nicken mit. Ich höre mir alles so an, als wären es Neuigkeiten. Das fällt mir leicht, schließlich stehe ich immer noch unter Schock. Bei der Stelle mit der Lebensgefahr muss ich mich jedoch zusammenreißen, um nicht sofort zu dementieren.

»Das ist ja Wahnsinn, puh! Davon hab ich gar nichts mitbekommen. Na, dann war ich ja vielleicht auf dem letzten Konzert der Incredibles«, sage ich vielleicht etwas zu lapidar und stehe auf.

Auf dem Weg in mein Zimmer holt mich Lisi ein und hält mich am Arm. »Hör zu, ich weiß, dass du auf Robert Quinn stehst. Also, falls du jemanden zum Reden brauchst ...«

Ich schüttle nur den Kopf.

Jetzt im November passiert nicht viel in München, deshalb beherrscht das Attentat auf Robert Quinn tagelang die Medien. Es ist ja auch eine Sensation: Weder das Projektil noch eine Austrittswunde waren zu finden. Und die Wunde war bereits bei der Ankunft im Krankenhaus schon fast verheilt. Manche sprechen von einem Wunder, einige gehen davon aus, dass die Patrone im Tumult vor, während oder nach der OP verloren gegangen sei und die Ärzte ihren eigenen Pfusch vertuschen wollen. Auf jeden Fall geht es Robert Quinn bald nach der OP wieder sehr gut, zumindest körperlich.

Die große Freude darüber, dass Robert Quinn keine bleibenden Schäden von dem Attentat davongetragen hat, wird getrübt durch das Schicksal der Frau, die ihn richten wollte und sich dann selbst erschossen hat. Sie war Engländerin, Mitte 30, und wohnte schon einige Zeit in München. Unklar ist das Motiv. Von der großen Liebe, einer enttäuschten Geliebten, Eifersucht ist die Rede. Die Band selbst hält sich mit Stellungnahmen zurück. Daher bleibt es bei Spekulationen und sogenannten Enthüllungen über das Liebesleben von Robert Quinn, der nie ein Kostverächter gewesen ist.

Ich verfolge diese Berichterstattung mit gewisser Distanz und rede mir ein, dass Robert Quinn meine Chance verdient hat und hoffentlich zu nutzen weiß. Die möglichen Gründe der Attentäterin lasse ich nicht zu nah an mich heran. Ich stelle mir einfach vor, sie war psychisch labil oder geisteskrank und daher für ihr Handeln nicht verantwortlich.

Sehr bewegt hat mich ein Interview mit Flo am Flughafen kurz vor seiner Abreise. Darin sagte er: »Die Incredibles bedanken sich für die schnelle und zuverlässige Hilfe hier in Deutschland. Ihr habt uns durch eine schwierige Zeit geholfen. Besonders möchten Rob und ich uns bei der engagierten Ersthelferin vor Ort bedanken, die Rob durch ihr beherztes Eingreifen wahrscheinlich das Leben gerettet hat. Rob würde sich gerne persönlich bei ihr bedanken. Sie soll sich doch bitte bei unserer Agenturvertretung in München melden.« Mir fiel die Kinnlade herunter und bei dem Wort *beherzt* habe ich, glaube ich, hysterisch aufgelacht.

Ich darf mein Idol kennenlernen? Natürlich stiefle ich am nächsten Tag, trotz Schneegestöber, dick vermummt zu der Agentur der Band. Aber da ist bereits vor dem Gebäude die Hölle los. Lauter Mädels und junge Frauen, ja sogar einige Männer stehen da Schlange und jeder will *die engagierte Ersthelferin* sein. Die Presse ist da und außerdem schleichen einige Anzugträger herum, die mir unheimlich sind. Deshalb mache ich mich aus dem Staub, zumal ich ja schon im Vorfeld Zweifel hatte, ob ich meine Identität wirklich preisgeben soll. Die entnervten Mitarbeiter der Agentur sollen Fotos von jeder Bewerberin gemacht und die Personalien aufgenommen haben. Seither stelle ich mir vor, wie Rob und Flo hunderte von Fotos durchsehen und bei jedem den Kopf schütteln.

Diese Erfahrung hat mich gut auf den Boden der Tatsachen zurückgeholt. Durch Zufall habe ich einem Prominenten, für den ich schwärme, das Leben gerettet und das war es. Ich werde ihn nie wieder sehen oder etwa gar persönlich treffen.

Ich kann natürlich nicht ahnen, dass ich durch meine öffentliche Hilfe das Interesse einer Gruppierung auf mich gezogen habe, die es sich zur Aufgabe gemacht hat, mich ausfindig zu machen.

Nun wird es aber höchste Zeit, dass ich mich vorstelle: Ich bin Clara Constanz. Clara heiße ich, weil meine Mutter mit Begeisterung Stummfilme ansieht und es gab da eine Schauspielerin mit diesem Namen. Hoffentlich war es in Wirklichkeit nicht die Zeichentrickserie *Heidi*. Ich befürchte dies allerdings, da mein Bruder Peter heißt.

Ich bin 24, ein fast normales Mädchen, leider etwas klein geraten (unter einem Meter sechzig!), zum Glück aber dafür auch nicht in die Breite gewachsen.

Mein Vater sagt, ich bin knapp am Albino vorbeigeschrammt, so blass wie ich immer bin. Meine Haare sind wirklich sehr hellblond. Man kann mich aber trotzdem nicht mit einer Wasserstoffblondine verwechseln. Erstens: Der Ansatz kommt blond nach. Zweitens: Der Gelbstich fehlt und meine Haare sind eher weiß als blond. Ich bin der Typ, der im Sommer mit Sonnenschutzfaktor 50 im Schatten sitzt und trotzdem eher rot als braun wird. Wie ich das hasse!

2

Der Arbeitsalltag hat mich wieder im Griff. Ich arbeite in einer Werkstätte für Menschen mit Behinderung, in der ich als Heilerziehungspflegerin angestellt bin. Den Beruf habe ich mir ausgesucht, weil ich Menschen helfen kann, ganz offiziell und weil in dem Beruf das Wort *heil* steckt. Das erschien mir irgendwie passend. Außerdem färbt die unbeschwerte Art, die viele Menschen mit Behinderung haben, ganz positiv auf mich ab. Es ist unglaublich, wie viel Kraft ich aus dieser Arbeit ziehen kann.

Gern setze ich meine Gabe ein und helfe. Wenn ich sie schon einmal habe, ist das, denke ich, meine Pflicht. Einmal hatte ich Gelegenheit, mein besonderes Talent bei einer unserer Mitarbeiterinnen anzuwenden. Sie hatte sich bei mir im Büro schlimm mit einer Schere geschnitten und wurde, da sie kein Blut sehen konnte, ohnmächtig. Weit und breit war sonst niemand, deshalb habe ich die Schnittwunde geheilt.

Meine Schmerzen danach waren für mich zu verkraften. Das einzig Gemeine war, dass die Mitarbeiterin von meinem Chef als wehleidig bezeichnet wurde, weil kaum eine Verletzung zu sehen war. Ein blutiges Tuch hatte ich in der Zwischenzeit verschwinden lassen, sodass es tatsächlich so aussah, als sei sie wegen eines Kratzers ohnmächtig geworden. Sie hat sich dann auch nichts mehr sagen getraut.

Besonders gerne helfe ich Kindern. Selbst wenn die ihren Eltern etwas berichten sollten, habe ich noch nie Probleme wegen eines Kindes bekommen. Ich glaube, es liegt daran, dass kein Mensch mit übernatürlichen Dingen rechnet. Wenn ein Kind seiner Mama auf dem Spielplatz erzählt, dass ein Engel gekommen sei und ein gebrochenes Bein geheilt habe, dann wird das von der Mama belächelt, aber nicht ernsthaft geglaubt.

So schlängle ich mich mit kleineren Hilfen durchs Leben. Ich tue das gern. Aber ich will auf keinen Fall zu viel Aufsehen erregen und als Versuchskaninchen in einer geheimen Einrichtung enden. Ok, vielleicht habe ich zu viele Spionagethriller gesehen, aber die Vorsicht ist immer noch die Mutter der Porzellankiste. Im Zeitalter des Handys ist es natürlich schwieriger geworden, unentdeckt zu bleiben, aber ich nehme jede Situation mit, die ich als ungefährlich erachte. Tiere sind auch sehr dankbare Hilfsopfer. Die können es nämlich niemandem auf die Nase binden.

Flo war der Erste und Einzige, der bei einer meiner Aktionen als Zuschauer anwesend war. Ich weiß nicht, was ich mir dabei gedacht habe. Wahrscheinlich war ich von Robert Quinns Verletzung derart schockiert, dass ich gar nicht gedacht habe. Oder mache ich mir da was vor? Vielleicht bin ich einfach in Robert Quinn verknallt und meine Hormone haben mein rationales Denken blockiert.

Ach übrigens: Ich bin nicht Gott, ich kann keine Toten zum Leben erwecken. Und das liegt nicht daran, dass ich es nicht versucht hätte, glaubt mir. Aber der Tod ist keine Verletzung des Körpers, ich kann keine Störung spüren. Einem toten Körper, selbst wenn er durch eine Verletzung gestorben ist, fehlt bereits etwas Entscheidendes: seine Lebensenergie. Ist diese Energie, die Seele, bereits aus dem Körper geflohen, dann gibt es auch für mich nichts mehr zu tun.

Ich kann auch nicht alle Erkrankungen heilen. Es gibt ja Krankheiten, die den Körper nicht verletzen, aber einen Menschen so schwächen, dass er daran zugrunde geht. Andererseits ist es ja auch gut so, dass ich nicht immer und überall zuständig bin. Sonst würde ich unter dem Druck leben müssen, dass ich mich am besten als Hypochonder in einem Krankenhaus einquartiere und nachts von Zimmer zu Zimmer schleiche, um dort meinen Dienst zu tun. Außerdem wisst ihr ja auch schon, dass mich die Schmerzen der Verletzten heimsuchen und das halte ich auch nicht ständig und täglich aus, das könnt ihr euch ja vorstellen.

Jetzt bin ich aber sehr weit abgeschweift. Ihr fragt euch sicherlich, wie die Geschichte von mir und dem Rockstar weitergeht und warum ich diese Gabe habe.

3

Ein halbes Jahr später, an einem sonnigen Freitagmittag im Wonnemonat Mai, wollte ich nach der Arbeit einen Einkaufsbummel machen. Da die U-Bahn um diese Zeit stickig und überfüllt ist, habe ich beschlossen, ein Stück zu Fuß zu gehen. Dabei komme ich auch an Läden vorbei, die ich sonst selten sehe und betrachte die ein oder andere Schaufensterauslage.

Der Straßenverkehr braust und dröhnt neben mir und die Abgase lassen mich zweifeln, ob ich nicht doch lieber die U-Bahn hätte nehmen sollen. Mit einem entnervten Ausschnaufen puste ich mir die Haare aus dem Gesicht und beäuge kritisch den Verkehr.

In der Autoschlange, die sich in Intervallen von Ampel zu Ampel bewegt, steht in einiger Entfernung ein auffälliger Wagen. Im Fernsehen habe ich solche Fahrzeuge schon gesehen: eine sogenannte Stretch-Limousine. Ich bin nicht die einzige Passantin, der das schwarze Fahrzeug auffällt. Viele Leute versuchen im Vorbeigehen einen Blick in das Fahrzeuginnere zu erhaschen, was bei den getönten Scheiben im hinteren Bereich des Fahrzeuges nicht möglich ist. Welcher Politiker oder Promi lässt sich wohl in einem solchen Wagen durch die Gegend fahren? Wäre es nicht einfacher, ein ganz unauffälliges Auto zu nehmen? Kein Mensch würde sich dafür interessieren. Aber jedem das seine.

Gemütlich schlendere ich weiter, komme aber nicht umhin, hier und da einen Blick auf das Fahrzeug zu werfen, das sich genau wie alle anderen im Stau langsam vorwärtstastet.

Als sich in der Schaufensterscheibe, hinter der ich gerade die ausgestellten Schuhe betrachte, die Limousine spiegelt, drehe ich mich instinktiv um und bestaune den Wahnsinnswagen. Die Limousine fährt an und bleibt dann ganz abrupt stehen. Die Tür wird aufgerissen und ein Mann mit großer Sonnenbrille und Schnurrbart steigt aus.

»What the fuck …«, schreit er in meine Richtung. Ziemlich unhöflich. Moment mal, meint der mich? Ich sehe mich um. In meiner Nähe steht sonst niemand. Der Mann bleibt stehen, nimmt die Sonnenbrille ab und starrt mich an.

»Das ist Rob … Robert Quinn!«, brüllt jemand aufgeregt auf der anderen Straßenseite.

Passanten rennen zu dem Fahrzeug. Völlig überrumpelt von Robs Anwesenheit gehe ich ein paar Schritte rückwärts. Handys, Smartphones und Fotoapparate werden gezückt. Der Beifahrer, offensichtlich der Bodyguard, schiebt sich vor Robert und drängt ihn, wieder einzusteigen. Muss ich mir schon wieder die Gelegenheit entgehen lassen, mit Robert Quinn persönlich zu sprechen? Ich sehe noch das Gesicht von Flo, der auch aussteigen will, aber sofort zurück in den Wagen beordert wird. Robert Quinn ruft mir noch irgendetwas nach. Dann schließt sich die Tür.

Zum Glück ist die Aufmerksamkeit der Leute um mich herum so auf den plötzlich erschienenen Star fixiert, dass ich unbehelligt um die nächste Häuserecke verschwinden kann. Dann fange ich an zu rennen. Irgendwie habe ich mich schon damit abgefunden, dass Robert Quinn mich niemals persönlich kennenlernen wird.

Plötzlich taucht ein junger Kerl auf einem BMX-Rad neben mir auf und quatscht mich an: »Daag! Wohin so eilig?«

Ich gehe etwas langsamer – bin eh schon ziemlich aus der Puste – und sehe mir den Mann kurz an: Vielleicht Anfang zwanzig, ziemlich groß, dürr und mindestens genauso blass wie ich. Den kenne ich nicht. Hoffentlich ist das jetzt kein Junkie, der Geld will. Ich versuche ihn abzuwimmeln. »Hör zu, ich hab keinen Euro für dich, ok?«

Er grinst und macht mit seinem Rad einen Sprung. Unsympathisch sieht er nicht aus mit seinem dunklen Haarschopf. Er hat diese Frisur, die gerade viele junge Leute tragen, so eine Art Justin-Bieber-Schnitt, nur viel strubbeliger.

»Chils! Immer schön flauschig bleiben. Ich möchte dich gerne zu jemandem bringen, der dich kennenlernen will«, sagt er und sieht mich dabei keck an. Dann fügt er noch hinzu: »Du bist es doch, die Rob Quinn geholfen hat, oder?«

Mir stockt der Atem. Jetzt hält er an und packt mich am Arm. Ich reiße mich los und schreie ihn an: »Hör zu, lass mich in Ruhe, ok?« Während mir das Herz bis zum Hals schlägt, gehe ich schneller weiter und versuche ruhig zu atmen. Ich muss hier weg und zwar sofort.

Da fährt hinter uns ein Motorradfahrer rasant auf den Gehweg und schubst den Fahrradfahrer im Vorbeifahren zusammen mit seinem Fahrrad in die Büsche. Uh, das hat bestimmt wehgetan.

Der Motorradfahrer hält neben mir an. Er trägt keinen Helm und ist von oben bis unten in schwarzes Leder gekleidet. Braungebrannt, mit einem Dreitagebart und schulterlangem gelockten Haar, das er hinten zu einem kleinen Pferdeschwanz zusammengebunden hat. Unglaublich gut schaut der aus und grinst mich frech an. »Hallo, kleine Lady. Hat der Lümmel Sie belästigt?«

Ich höre, wie der Radfahrer sich stöhnend in dem Gebüsch wälzt. »Ja, ich fürchte, das hat er«, lächle ich selig zurück.

Und da merke ich, dass etwas nicht stimmt. Was ist nur los mit mir? Mir ist auf einmal so heiß … nein, ich bin heiß und zwar auf diesen Mann. Hilfe!

»Darf ich Sie nach Hause bringen?«, gurrt der supercoole Kerl, der so toll aussieht wie keiner, den ich je gesehen habe, und klopft auffordernd auf seinen Beifahrersitz.

»Warte, tu das nicht!«, stöhnt es aus dem Gebüsch.

So etwas Ähnliches sagt mir meine innere Stimme auch, aber irgendwie höre ich sie nicht richtig. Also, ich mach so etwas eigentlich nicht. Ihr wisst ja, nicht mit Fremden und so. Und wenn ich jetzt noch Thomas Gottschalk zitieren darf: Bitte nicht zu Hause nachmachen.

Fragt mich nicht, was mich in diesem Moment geritten hat, wahrscheinlich die Hormone, denn ich schwinge mich tatsächlich hinten auf das Motorrad. Gerade im rechten Moment, denn die Limousine fährt um die Ecke auf uns zu, gefolgt von einer Schar Schaulustiger. Top, die Wette gilt!

Ich kralle mich an dem Fremden fest und er gibt Gas. Noch nie bin ich auf einem Motorrad gesessen, geschweige denn mitgefahren und es ist einfach unbeschreiblich. Als wir an einer Ampel anhalten müssen, fragt der Fremde in meine Richtung: »Und, wo darf ich Sie absetzen, kleine Lady?« Ich nenne ihm einen Platz in der Nähe meiner Straße, so vorsichtig bin ich dann doch. Er fährt mich dorthin und insgeheim freue ich mich, dass ich nicht bei einem Psychopathen aufgestiegen bin, der ganz abartige Dinge mit mir vorhat. Erlöst steige ich ab.

»Vielen Dank, dass Sie mir so freundlich aus der Patsche geholfen haben!«

»Nichts zu danken, kleine Lady. Für so eine hübsche junge Dame würde ich alles tun. Bis bald.« Dann fährt er davon.

Eine Weile stehe ich noch am Straßenrand da und starre in die Richtung, in die der Motorradfahrer verschwunden ist. Irgendwann wird mir bewusst, dass ich immer noch eine Hand zum Winken in die Höhe halte. Zu spät. Es hält bereits ein Taxi neben mir an. Schnell mache ich mich vom Acker, höre aber noch ein paar wütende Wörter aus dem Mund des Taxifahrers.

Als ich in die Wohnung komme, stürmt mir Lisi entgegen und berichtet aufgeregt, was sie im Radio gehört hat: »Die Incredibles sind hier in der Stadt, die nehmen hier ihr neues Album auf. Findest du das nicht toll?«

»Ja, ganz toll.« Sie merkt natürlich, dass etwas mit mir nicht stimmt, und ich berichte ihr immerhin so viel, dass ich erst von einem Radfahrer belästigt und dann von einem motorisierten Zweiradfahrer gerettet wurde.

»Deine Augen leuchten so, wenn du von dem Biker sprichst«, zieht Lisi mich auf. »Habt ihr Telefonnummern ausgetauscht?«

»Nein, wo denkst du hin. Aber er hat sich mit *bis bald* von mir verabschiedet.«

»Na dann bin ich aber mal gespannt.«
»Ich auch … ich auch.«

4

Der Samstag verläuft sehr entspannt. Ich schlafe aus, frühstücke spät und denke viel über Robert Quinn und den mysteriösen Motorradfahrer nach. Auch der junge BMXler geht mir nicht mehr aus dem Kopf und er macht mir Angst, weil er wusste, dass ich Robert Quinns gesuchte Ersthelferin bin. Und noch mehr beunruhigt mich, dass ich ohne darüber nachzudenken bei einem Fremdem auf dem Motorrad mitgefahren bin.

Lisi ist bereits in der Früh mit ihrem Freund Tom losgezogen. Die beiden sind in letzter Zeit viel gemeinsam unterwegs.

Als es am frühen Nachmittag an der Wohnungstür klingelt, sitze ich gerade in meiner sogenannten Homewear (Jogginghose und Schlabbershirt) auf dem Bett und lackiere aus lauter Langeweile meine Fußnägel. Nebenbei läuft der Fernseher. Auf den Fersen humple ich zur Tür, schließlich soll der Lack nicht verwischen. In der Hand halte ich die Fernbedienung und schalte, noch während ich die Tür öffne, den Ton aus.

Draußen sehe ich nur einen Blumenstrauß mit zwei Beinen.

»Äh, ja?«

Der Blumenstrauß senkt sich und dahinter erscheint das schelmisch grinsende Gesicht meines Motorradretters. »Hi, kleine Lady!« Er überreicht mir den wuchtigen Blumenstrauß. »Als Entschuldigung für mein unangemeldetes

Auftauchen«, antwortet er auf meinen fragenden Blick in Richtung Blumen. Dazu setzt er einen reumütigen Dackelblick auf und ich muss lachen.

»Kommen Sie herein. Woher wissen Sie überhaupt, wo ich wohne?«

Er folgt mir in die Wohnung und schließt die Tür.

»Ach, ich hab so meine Kontakte. Ich musste nur in der Gegend herumrufen: Suche die hübsche kleine Lady mit den wunderbaren hellen Haaren und da haben mir gleich ein Haufen junger Männer zeigen können, wo Sie wohnen.« Dabei lächelt er mich sehr charmant an und ich glaube ihm kein Wort, aber lassen wir das so stehen.

Für den Blumenstrauß muss ich Lisis Wasserkrug zweckentfremden. Sie wird es überleben. Als ich den mir immer noch fremden Mann von oben bis unten mustere, wird mir mein eigener Aufzug bewusst.

Er trägt Bluejeans, ein Shirt, darüber eine Lederjacke. Um seinen Hals hängen diverse Lederbänder und eine Kette. Seine Haare sind wieder zusammengebunden, diesmal allerdings zu einer Art Dutt. Der Dreitagebart von gestern ist verschwunden und der Mann verströmt den Duft eines Aftershaves. Endlich kann ich mit diesem Werbespruch etwas anfangen: Das muss der Duft sein, der die Frauen provoziert.

Ich stehe nämlich hier mit der Blumenvase in der Hand und lächle ihn albern an. Das fällt mir aber erst auf, als er mir ebenfalls ein Lächeln schenkt. Dabei kratzt er sich tatsächlich peinlich berührt am Kinn. Mir wird schon wieder so heiß, leidenschaftlich hitzig. Das ist doch verrückt! Schnell stelle ich die Vase ab.

»Ich ziehe mir mal etwas anderes an. Ich schlüpfe sozusagen in etwas Unbequemeres. Setzen Sie sich doch kurz hier hin und nehmen Sie sich ein Glas Wasser.« Dabei deute ich auf den Wasserkrug, der jetzt mit dem Blumenstrauß besetzt ist. »Oh. Nehmen Sie sich einfach Wasser aus der Leitung und da steht auch Saft.«

Ohne eine Antwort abzuwarten, gleite ich in mein Zimmer. Was zieh ich an, was zieh ich an, was zieh ich an? Ok, nicht übertreiben, ganz normal. Eine Jeans und ein schönes Shirt. Ok, passt. Schnell die Haare nochmal aufgebürstet und etwas Parfum. Fertig.

»Halloooo, Clara! Wo bist du? Clara!«, hallt Lisis Stimme durch die Wohnung. O weh! Schnell öffne ich meine Zimmertüre und Lisi fällt fast zu mir herein.

»Clara, da bist du ja und du hast Besuch!« Mit großen Augen zeigt Lisi ihre Begeisterung über den Herrn in unserer Küche.

»Ich weiß, Lisi, ich habe ihn selbst hereingelassen.«

Wir gehen gemeinsam über den Flur in die Küche, wo sich Tom bereits mit – äh, ja, wie heißt er eigentlich? – unterhält.

»Lisi, Tom, das ist mein Retter von gestern ...«, stottere ich.

»David«, stellt sich mein Gast nun selbst vor. Er schüttelt auch mir die Hand und säuselt voll Bewunderung: »Clara.«

Aha, er hat also meinen Namen schon gewusst. Wahrscheinlich von den vielen jungen Männern, die ihm den Weg zu mir wiesen.

»Clara, wir wollten dich gerade fragen, ob du mit uns

in den Zoo willst«, sagt Lisi.

»Das ist aber schade«, unterbricht David sie. »Ich wollte Clara eigentlich entführen und eine Motorradtour mit ihr machen.«

»Äh, tja Lisi, tut mir leid …«, stammle ich verlegen.

»Schon verstanden«, lächelt sie, während sie etwas Proviant in einen Rucksack packt. »Kommst du, Tom? Aber komm nicht so spät nach Hause, ja?« Sie droht mir scherzhaft mit dem Finger.

»Ja, Mama«, antworte ich.

Lisi und Tom sind so schnell weg, wie sie erschienen sind. An der Haustür ruft Lisi mir noch irgendetwas zu, von wegen, ihr Wasserkrug sei eigentlich nicht für meine Sträuße gedacht.

Ich bin wieder mit David allein und überlege insgeheim, ob ich überhaupt mit diesem Kerl mitfahren soll. Mein merkwürdiges Verhalten vom Vortag habe ich nicht vergessen, auch wenn es mir jetzt nicht mehr so gravierend vorkommt.

»Tja, eine Motorradtour also«, stelle ich zögernd fest.

»Hmmmh«, brummt David und nickt. Dabei mustert er mich von oben bis unten. »Du bist wunderschön, kleine Lady. Hat dir das schon einmal jemand gesagt?«

Eine weitere leidenschaftliche Hitzewelle erfasst mich unvorbereitet. Er steht vom Küchenstuhl auf und kommt mir sehr nahe. Während ich zurückweiche, antworte ich: »Ja, andauernd, die ganzen jungen Männer, die hier im Umkreis so wohnen. Und außerdem, sind wir jetzt schon beim Du angekommen?«

Er berührt mich an den Armen und fährt mit seinen

Händen daran auf und ab. »Du musst dir etwas Wärmeres anziehen, sonst wird es dir auf dem Motorrad zu kalt.«

»Ok, bin gleich wieder da«, piepse ich und flüchte in mein Zimmer.

Wenn der wüsste, dass ich die Gänsehaut nicht wegen plötzlichen Minusgraden bekommen habe! Mein ganzer Körper prickelt immer noch von seiner Berührung. Was passiert hier? Auf einmal ist für mich sonnenklar, dass ich natürlich mit ihm Motorrad fahren werde. Tatsächlich finde ich ganz hinten im Kleiderschrank meine uralte Lederjacke, die ich mir angeschafft habe, weil ich mit 16 noch meinte, ich mache einmal selbst den Motorradführerschein. Ich schlüpfe hinein und ziehe den Reißverschluss zu. Prima! Sitzt wie angegossen. Vielleicht noch etwas starr, da ich sie selten (eigentlich nie) getragen habe. Als ich wieder aus meinem Zimmer komme, werde ich schon von David erwartet, der bereits die Haustür aufhält und mich durchwinkt.

Sein Motorrad, eine BMW, wie ich heute feststelle, steht auf dem Parkplatz direkt vor dem Block. Heute hat er sogar seinen Helm dabei und auch einen identischen für mich. Gestern, als wir ohne Helm unterwegs gewesen sind, hatten wir mehr Glück als Verstand. Ich schwinge mich wieder hinter ihm auf das Bike und wir brausen davon. Allein das Motorengeräusch versetzt mich in einen Glücksrausch, der die ganze Fahrt bis zum Starnberger See anhält. Wir umrunden den See zur Hälfte und machen in einem Ort am Südufer eine Pause.

Dort entdecke ich ein Café und beschließe, ihn auf einen Kaffee einzuladen. »Als Dankeschön für die Blumen, den schönen Ausflug und deine spontane Rettungsaktion gestern.«

»Da sag ich nicht nein.«

Wir setzen uns an einen Tisch auf der Terrasse mit einem herrlichen Blick über den See. Nachdem wir bestellt haben, ergreift David plötzlich meine Hände. Eigentlich ist mir das nicht so recht, ehrlich gesagt.

»Clara, ich weiß nicht, wie ich dir das jetzt sagen soll ...«

Oh Gott, was kommt jetzt? Leider klingelt sein Handy und er geht mit einem entschuldigenden Blick und einem herrischen »Ja« ans Telefon. Geduldig scheint er sich einen längeren Monolog anzuhören. »Ja, fahr jetzt nach Hause. Es ist alles in Ordnung, mach dir keine Sorgen. Ciao.«

Dann schaltet er das Handy aus und steckt es in seine Tasche. Ich umklammere mit beiden Händen meine Cappuccinotasse und versuche, nicht nervös auszusehen. »Ein Freund hat Probleme. Ist aber nicht so wichtig. Wo war ich ... ach ja.« David versucht, an das eben begonnene Gespräch anzuknüpfen.

Da meine Hände jetzt nicht mehr frei sind, rutscht er einfach mit seinem Stuhl um den Tisch herum und sitzt sehr nah neben mir. Er legt mir seinen Arm um die Schultern, kommt mir mit seinem Gesicht noch näher und flüstert mir ins Ohr. Nein, ihr werdet jetzt nicht erfahren, was er mir alles geflüstert hat. Nur so viel: In meinem Innersten braut sich ein Sturm zusammen, der nur darauf wartet, befreit zu werden.

Mit seiner freien Hand streicht er mir am Oberschenkel auf und ab und ich bin ihm hilflos ausgeliefert, wie eine Puppe in seinen Händen. Er bräuchte jetzt nur einen Stock zu schmeißen und ich würde losspringen und ihn freudestrahlend zurückbringen. So etwas habe ich in meinem ganzen Leben noch nicht erlebt, ich meine, dass ein Fremder so eine Wirkung auf mich hat und ich ihn einfach so nahe an mich heranlasse. Ja, ich genieße es geradezu.

Das geht alles viel zu schnell, versuche ich mich selbst zu warnen. Aber da berühren seine Lippen beinahe meinen Hals. »Darf ich?« Ich kann nur schlucken und nicken. Er knabbert so zärtlich an meinem Hals und Ohrläppchen, dass aus dem Sturm in meiner Körpermitte eine Bombe wird, die kurz vor der Explosion steht.

Die Bedienung kommt an unseren Tisch und David rückt ein Stück von mir ab. Ich schnappe nach Luft, während sie fragt: »Darf es noch was sein?«

Am liebsten hätte ich laut aufgeschrien: »Ja, noch was von den Küssen bitte!« Aber ich bekomme keinen Ton heraus.

»Willst du noch mehr?«, fragt mich David und die Zweideutigkeit in seiner Frage ist für mich nicht zu überhören.

»Momentan nicht, danke«, sage ich zu der Bedienung und füge noch hinzu: »Wo haben Sie denn hier die Toilette?«

»Ich zeige es Ihnen.«

Zusammen mit der Bedienung entferne ich mich vom Tisch und nutze die Zeit auf der Toilette, um mich wieder zu sammeln. Mir spuken so einige Gedanken durch den Kopf. Ich kann plötzlich wieder klarer denken. Liegt das daran, dass David nicht in meiner Nähe ist? Mir wird bewusst, dass ich mich in seiner Gegenwart merkwürdig verhalte. Außerdem ist er viel zu alt für mich.

Entschlossen kehre ich an den Tisch zurück und mir platzt gleich eine Frage heraus: »Wie alt bist du?«

Sichtlich überrascht von meiner Frage antwortet er nicht gleich. »Fast 40. Und du?«

»Ich bin vor Kurzem 25 geworden.«

Wir lassen diese beiden Zahlen eine Weile im Raum beziehungsweise auf der Terrasse stehen. »Ich kenne dich eigentlich gar nicht«, sage ich jetzt schon weniger entschlossen.

»Ich kenne dich auch nicht, Clara. Aber mir kommt es vor, als ob ich dich schon ewig kenne. Glaub mir, mir ist so etwas auch noch nie passiert. Aber als ich dich gestern da mit diesem jungen Kerl gesehen habe und du so hilflos gewirkt hast, da habe ich einfach spontan gehandelt und ich weiß auch nicht, was in mich gefahren ist. Ich mache so etwas eigentlich nicht.« David fährt sich fast schon verzweifelt mit der einen Hand über den Kopf.

Ich versuche ihn zu beruhigen. »Du sprichst mir aus der Seele.« Auf einmal bin ich von ihm regelrecht berauscht und alle meine Bedenken scheinen verschwunden zu sein. Dennoch möchte ich nicht, dass er mich falsch einschätzt. »Ich fahre normalerweise nicht bei einem Fremden auf dem Motorrad mit, schon gar nicht ohne Helm. Ich möchte auch nicht, dass du von mir einen falschen Eindruck hast, dass ich so leicht …«

Da komme ich ins Stocken und David vollendet den Satz für mich: »… zu haben bist?«

Ich nicke. »Ok, ich möchte auch nicht, dass du meinst, ich wäre nur auf eine schnelle Nummer aus. Wir lassen es langsam angehen, in Ordnung?«

Wieder nicke ich. Es herrscht kurz Stille. Dann ergreift David meine Hände, lächelt mich locker an und plaudert: »Nachdem wir jetzt alle wichtigen Eckdaten geklärt hätten, willst du noch etwas trinken, kleine Lady?«

»Das sollte ich dich doch fragen. Schließlich will ich dich einladen«, kontere ich grinsend.

»Na dann, frag mich.« Sein Lächeln ist unglaublich betörend.

»Möchtest du noch etwas trinken?«

»Nein, ich möchte noch mit dir Motorrad fahren und dich dann ins Kino und zum Abendessen einladen. Wie klingt das?«

»Das klingt gut.« Wie war das mit dem Langsam-angehen-lassen? Ich winke der Kellnerin und übernehme unsere Rechnung.

Dann vollenden wir die Runde um den See und landen schließlich wieder in Starnberg, wo mich David in ein Restaurant ausführt, für das wir eigentlich nicht schick genug gekleidet sind.

Als wir wieder in München sind, sehen wir uns eine Liebeskomödie mit Jennifer Lopez an. Ich kann mein Glück kaum fassen, dass ich einen Mann kennengelernt habe – und ich meine einen richtigen Kerl mit Haaren auf der Brust –, der freiwillig in eine Liebeskomödie mit mir geht. Vielleicht liegt es auch daran, dass das sonstige Filmangebot nicht besonders gut war.

Schließlich bringt mich mein galanter Begleiter nach

Hause, haucht mir einen Kuss auf die Stirn, schiebt mir einen Zettel mit seiner Telefonnummer in die Jackentasche und verschwindet so plötzlich, wie er aufgetaucht ist.

Mit einem Dauergrinsen im Gesicht öffne ich die Tür zu unserer Wohnung und schwebe ins Zimmer. Ich tänzle an Lisis offener Zimmertür vorbei.

Lisi und Tom sehen nur kurz zu mir herüber. Ich bemerke noch, dass Lisi bestimmt gerne mehr über meinen Nachmittag erfahren hätte, aber Tom hat sie in einer Umarmung gefangen, sodass sie nicht von der Couch hochkommt. So ruft sie mir nur ein »Gute Nacht!« zu.

Ich lächle mit meinem dämlichen Grinsen zurück und verschwinde erst ins Bad und dann ins Bett. Schlafen kann ich noch lange nicht. Ich bin so glücklich und froh, dass ich endlich einen Menschen aus Fleisch und Blut gefunden habe, der sich auch für mich zu interessieren scheint. Meine früheren Gedanken an Robert Quinn, den Weiberhelden, rücken plötzlich weit in den Hintergrund.

Erfolgreich verdränge ich auch ein ungutes Gefühl, dass es nicht normal ist, wenn man einen Mann, den man gerade erst kennengelernt hat, so nah an sich heran lässt.

5

Der nächste Morgen beginnt für mich mit dem Gedanken, dass ich, Clara Constanz, tatsächlich dem Phänomen Liebe auf den ersten Blick begegnet sein muss. Anders kann ich mir das, was hier passiert, nicht erklären. Ja, so muss sich die große Liebe anfühlen.

Als ich mich geduscht und frisch angezogen zu Lisi und Tom an den Frühstückstisch setze, grinst Lisi. »Clara, rate mal, wer eben angerufen hat?«

Ich bekomme große Augen. »Nein!«

»Doch«, sagt Lisi, »deine Mutter.«

Jetzt werden meine Augen noch größer, aber meine Enttäuschung kann ich nicht verbergen.

Tom lacht und Lisi prustet los: »Du hättest jetzt dein Gesicht sehen sollen. Nein, nicht deine Mutter hat angerufen, sondern David.«

Ich kralle mich an meinem Frühstücksmesser fest. »Und?«

Lisi beißt genüsslich in ihr Marmeladenbrot und Tom ist sowieso mit Kauen beschäftigt. Da Lisi meine Ungeduld kennt, fällt ihre Kunstpause nicht gar so lange aus und sie spricht mit vollem Mund: »Alfo, er wollde wiffen, ob er nachher mal vorbeikommen kann und ob du heute Feit haft.«

»Und?«

Lisi schluckt: »Ich habe ihm gesagt, dass du noch tief und fest schläfst.«

»Oh Mann, und was jetzt?«

Es klingelt an der Tür. »Das wird er wohl sein. Er hat gesagt, dass er sofort vorbeikommt, um dich wachzuküssen.«

Ich springe auf, flitze zur Wohnungstür und reiße sie auf. Da steht er, mein David. Ich falle ihm um den Hals. Sofort bekomme ich einen Schweißausbruch und denke an unanständige Dinge.

»Hey, kleine Lady. Gut geschlafen?«

»Ich habe dich vermisst.«

»Ich dich auch. Ich habe ein paar Semmeln vom Bäcker mitgebracht, aber wie ich sehe, seid ihr schon beim Frühstück.«

»Das macht gar nichts. Tom hat einen gesunden Appetit«, mischt sich Lisi ein und Tom nickt mampfend.

Während Lisi und Tom noch beim Frühstück versuchen, mit uns Pläne für den Tag zu machen, wiegelt David ab. Er möchte mich heute gerne seinen Freunden vorstellen. Wieder hallt es in meinem Kopf: Wir lassen es langsam angehen. Ich bin nervös. Es geht alles irgendwie so schnell. Aber ich sehe es als Zeichen seiner Zuneigung, dass er mich mit zu seinen Freunden nimmt.

Lisi ist etwas enttäuscht, dass wir nichts zu viert machen. Aber Tom, der seine dritte Semmel isst, scheint dem Tag so oder so gelassen entgegenzusehen. Ich finde es toll, wie Tom der Ruhepol im Leben der quirligen Lisi ist. Die beiden ergänzen sich so wunderbar, dass ich mir heimlich auch so eine Beziehung für mich gewünscht habe. Außerdem beruhigt es mich, dass Tom und Lisi so offen mit David umgehen. Der Altersunterschied scheint bei ihnen kein

Thema zu sein und sie haben wohl ebenso wie ich vergessen, dass wir ihn alle erst kurz kennen.

Nach dem Frühstück brechen David und ich auf, während Lisi laut überlegt, dass sie jetzt Nicole anruft und fragt, ob nicht Patrick und sie zu viert etwas machen wollen. Tom sagt nur: »Mach du mal.« Tja, wenn Lisi sich einen Ausflug zu viert in den Kopf gesetzt hat, dann wird der wohl auch stattfinden, aber heute nicht mit mir.

Diesmal ist David mit seinem Auto da. Ich bin schwer beeindruckt. Ein Porsche. »Sag mal, was sagtest du, welcher Beschäftigung gehst du nach?«

Er hält mir die Beifahrertür auf und grinst: »Ich brauch nicht zu arbeiten, kleine Lady.«

Wir fahren durch halb München, bis wir in der Nähe von Schloss Nymphenburg zu einem mehrstöckigen Haus kommen, in dessen Tiefgarage wir parken. »Hier wohnst du?«

»Das Haus gehört mir. Ich bewohne selbst das Dachgeschoss. Die anderen Wohnungen sind teilweise vermietet.« David ist bereits ausgestiegen und um den Wagen herumgelaufen. Er sieht mich über den Rand seiner Sonnenbrille an. »So, kleine Lady, bereit, die feindlichen Linien zu stürmen?«

»Ich weiß nicht. Das klingt wie eine Kriegserklärung. Ich dachte, das seien deine Freunde?«

David öffnet schwungvoll die Autotür und zieht mich an den Händen heraus. »Wird schon schiefgehen.«

Wir fahren mit dem Aufzug ganz nach oben. Der erste Eindruck der Wohnung haut mich fast aus den Socken. So etwas habe ich in natura noch nie gesehen, alles hypermodern und blitzblank. Ich sehe kaum Stoff, keine Teppiche, alles sieht fast schon etwas steril aus. Ganz das Gegenteil von meinem Wohnstil. Also ich würde sagen, er wohnt nur, ich lebe schon.

Er führt mich durch die Wohnung, bis wir schließlich im Wohnzimmer ankommen. Dort sitzen auf den ledernen Couchgarnituren zwei Personen. Ich gehe langsamer, aber David schiebt mich an und ich betrete widerwillig den Raum. Sofort wird unsere Ankunft registriert und ich fühle mich als absoluter Mittelpunkt der gesamten Aufmerksamkeit.

»So, das ist sie«, stellt David fest.

»Hi«, bringe ich gerade noch heraus.

David geht jetzt an mir vorbei in den Raum. Lass mich nicht alleine, denke ich noch, aber er lässt sich auf eine Couch fallen. Ich stehe da wie bestellt und weiß nicht, was ich machen soll.

Eine groß gewachsene Frau mit langen glatten brünetten Haaren kommt auf mich zu. Sie trägt ein dunkles Kostüm und lächelt mich freundlich an, aber das Lächeln scheint ihre Augen nicht zu erreichen, mit denen sie mich mustert. Irgendwie erscheint das Bild eines Zähne fletschenden Dobermannes vor meinem Gesicht. Die Frau streckt mir ihre Hand hin. »Hallo, Clara, ich bin Angela.«

Mein Blick bleibt an ihren dicken Lippen hängen. Ob die echt sind? Ich schüttle ihr die Hand und stelle mich überflüssigerweise vor: »Clara.«

»Komm, setz dich doch zu uns. Dann können wir uns etwas besser kennenlernen«, säuselt sie.

Ich will mich zu David setzen, aber sie ist vorgegangen

und nimmt mir den Sitzplatz neben ihm weg. Daher setze ich mich auf die andere, noch freie Couch. Es entsteht ein unguter Moment der Stille und ich weiß nicht, ob es jetzt angebracht wäre, über die verkrampfte Stimmung zu lachen. Aber die anderen zeigen keine Regung, deshalb bleibe ich still.

Hier sind alle so dunkel angezogen und auch die Wohnung ist so dunkel eingerichtet, dass ich mir beinahe wie auf einer Beerdigung vorkomme. »Ullrich hier hast du sicherlich schon bemerkt. Er ist ja kaum zu übersehen«, höre ich die Stimme von Angela. Ullrich sitzt auf einem Sessel und als er jetzt aufsteht, um mir die Hand zu schütteln, bemerke ich sofort, er ist ein Schrank von einem Mann. Ich stehe ebenfalls auf und er drückt meine Hand, die in seiner wie die eines Kindes aussieht, derart fest, dass ich etwas zu laut schreie: »Haaallo, freut mich.«

»Mmhh«, macht Ullrich und nickt mit dem Kopf.

»So.« David klatscht in die Hände. »Da ihr euch jetzt kennt. Wer möchte was zu trinken?«

David steht auf und geht durch einen Rundbogen, hinter dem ich die Küche vermute. »Ich helfe dir«, beeilt sich Angela zu sagen und folgt ihm.

Ich sitze jetzt hier mit *Herman, dem Monster,* und weiß nicht, was ich sagen soll. Schließlich stehe ich auf. »Ich glaube, ich helfe auch mit.«

Ullrich blättert ungerührt in einem Automagazin und reagiert nicht auf meine Ansage. Irgendwie unfreundlich. Schnell gehe ich in die Küche. Dort höre ich Getuschel von Angela und noch ein entnervtes: »Nicht jetzt, Angie, das können wir doch nachher besprechen.«

Dann wird meine Anwesenheit bemerkt und Angela setzt ein strahlendes Lächeln auf. »Na, ist dir schon langweilig mit Ullrich?«

»Äh, ja, der ist nicht gerade sehr gesprächig.«

»Hier, du kannst schon einmal den Wasserkrug auf den Tisch stellen.« Mit diesen Worten überreicht sie mir eine gefüllte Karaffe und wendet sich wieder von mir ab. Ich stelle den Krug auf dem Wohnzimmertisch ab, setze mich aber einfach auf den Platz, den zuvor Angela besetzt hatte. Dann ziehe ich mein Handy aus der Tasche und tippe eine Nachricht an Lisi.

- Hi.
- Wie läuft es?
- Schlecht. Freunde stellen sich als Freaks heraus.
- So schlimm?
- Ja. David ist der einzig Normale in der Truppe. Lässt mich aber links liegen.
- Die Sau.
- Ja.
- Halte durch.

»So, hier kommen die Gläser und Orangensaft, frisch gepresst«, flötet Angela.

Ich stecke mein Handy wieder in die Hosentasche. Angela stellt mit einem Stirnrunzeln fest, dass ihr Platz vergeben ist, setzt sich aber anstandslos auf die zweite Couch, während David neben mir Platz nimmt. Er lächelt mich jetzt warmherzig an und legt seinen Arm um mich. Dann zieht er mich zu sich heran und drückt mich. Sofort werde ich von einem wohligen Gefühl durchströmt und ein verliebtes Kribbeln macht sich in mir breit. »Die sind am

Anfang immer so reserviert. Aber wenn man sich besser kennengelernt hat, dann tauen die schon auf, nicht wahr, Freunde?«, sagt David.

Ullrich nickt in seine Zeitschrift und gibt einen brummenden Laut von sich, Angela lächelt süßlich.

»Wir könnten uns ja gleich ein wenig besser kennenlernen, oder Clara?«, fragt Angela und überreicht mir ein Glas mit Wasser und Saft.

»Nicht so voreilig, Angie. Wir sollten sie nicht überfordern. Sie ist ja gerade eben angekommen.« Wieso bremst David?

»David, sei kein Spielverderber. Es geht nur um ein kleines Kennenlernspiel, ganz harmlos.«

David sieht mich fragend an und ich zucke die Schultern. »Ok, ich hab nichts dagegen.« Eigentlich hasse ich Kennenlernspiele.

»Wunderbar. Während wir hier auf eure Ankunft gewartet haben, habe ich schon ein paar Zettel vorbereitet. Jeder bekommt einen Zettel und darauf sind Fragen, die es uns möglich machen, uns miteinander vertraut zu machen. Ich schmeiße die Zettel jetzt in die Luft und jeder bekommt den, der ihm am nächsten liegt.«

»Äh, Moment mal. Warum können wir nicht einfach einen Zettel ziehen? Das mit dem In-die-Luft-Werfen, das klappt doch nie …«

Noch während ich das sage, schmeißt Angela die bunten Zettel in die Luft und wie durch Zauberhand gelenkt segelt jeder Zettel in die Nähe einer Person. Vor mir auf dem Tisch landet ein roter Zettel. Ob das ein gutes Omen ist? Es hätte auch gelb, grün oder blau gegeben, aber die sind zu den anderen geflogen.

»Ich fange an«, bestimmt Angela und faltet ihren Zettel auf. Als sie sieht, dass ich meinen auch öffnen will, bremst sie mich aus: »Halt, erst wenn du an der Reihe bist und dann gleich laut vorlesen. Das ist lustiger.«

Jetzt wendet sie sich ihrem Zettel zu. »*Sage zu jedem in der Gruppe, was du ihm schon immer mal sagen wolltest, dich aber nie zu sagen getraut hast.* Oh weh. Also ich gehe mit gutem Beispiel voran und ehrlich, Ulli, du solltest unbedingt etwas gegen deinen Mundgeruch unternehmen, das ist manchmal kaum auszuhalten. David, tja David, was ich zu dir sagen will: Ich liebe dich«, sagt Angela derart lapidar, dass es wie ein allgemein dahergeredetes Kompliment klingt.

David runzelt nur die Stirn und Ullrich pustet in seine Hand, um dann seinen Atem zu riechen. »Und dir, Clara, was wollte ich dir schon immer mal sagen, habe es mich aber nicht getraut ... Schwierig, aber was ich dir mit auf den Weg geben möchte: Du bist bei uns willkommen, wenn du absolut ehrlich mit uns bist und uns auch immer das sagst, was du wirklich denkst. So fertig. Ullrich, du bist dran.«

Ich versuche mit dem eben Gesagten etwas anzufangen. Was will Angela denn von mir? Alle schauen jetzt zu Ullrich, der keine Anstalten macht, seinen Zettel zu lesen.

Angela wendet sich an David. »Willst du weitermachen?«

David seufzt und setzt sich aufrechter hin. Er nimmt den Zettel, der vor ihm auf den Boden gefallen ist, und öffnet ihn. »Angela, was hast du dir da nur wieder für Sachen ausgedacht? Das muss doch nicht sein.«

»Laut vorlesen, David, das ist die Spielregel!«, flötet Angela mit hoher Singsang-Stimme.

»Wen aus dieser Runde liebst du am meisten?«

Die Aufmerksamkeit aller am Tisch ist plötzlich um 100 Prozent gestiegen. Sogar Ullrich legt seine Zeitschrift zur Seite. Angela sitzt noch kerzengerader da als ohnehin schon. Dabei fällt sogar mir als Frau auf, dass sie eine Wahnsinnsoberweite hat.

Ich bin auch auf einmal noch nervöser. Wir haben nicht über Liebe gesprochen. Ok, ich habe darüber nachgedacht und nachgedacht. Wir sind noch nicht so weit, um das zu besprechen, oder? Ich meine, hallo, ich habe diesen Kerl gerade eben erst kennengelernt!

David rutscht neben mir auf dem Ledersofa herum. »Also, Freunde, ich liebe euch alle, das wisst ihr hoffentlich. Ihr bedeutet mir mehr als meine Familie und ich freue mich, dass ich heute ein neues Familienmitglied dabei habe ... Clara, ich hatte gehofft ... es ..., dass es einen persönlicheren Moment gibt, um dir das zu sagen ... Ich ... ich glaube, dass ich mich in dich verliebt habe.«

Ja! Ich glaube, in Tränen ausbrechen zu müssen, aber David beugt sich zu mir herüber und küsst mich ganz sanft und kurz auf den Mund. Wieder überrascht mich eine Flut wohliger Verliebtheit, die mich augenblicklich warm durchströmt. Angela klatscht in die Hände und der Moment ist vorbei.

Dann sagt sie: »Jetzt bist du dran.« Sie deutet auf meinen Zettel, der wie ein rotes Tuch aufgefaltet, aber verkehrt herum auf dem Tisch liegt.

Ich drehe den Zettel um und gerate beim Vorlesen ins

Stocken: »*Erzähle ... dein größtes ... Geheimnis, mit dem du dich sonst ... an niemanden wenden kannst.*« Verwirrt starre ich in die Runde. Alle Augen sind auf mich gerichtet. Auch David sieht mich aus seinen glasklaren blauen Augen erwartungsvoll an.

»Also, das ist schon ziemlich viel verlangt für so ein Kennenlernspiel, findet ihr nicht?«, schimpfe ich. »Ich meine, ich kann euch ja irgendein aus den Fingern gesaugtes Geheimnis erzählen. Aber das bringt es ja nicht wirklich.«

»Wir waren auch alle ehrlich. Meinst du etwa, ich sage es Ulli gerne, dass er unbeschreiblichen Mundgeruch hat?«, poltert Angela hervor. »Du musst dein größtes Geheimnis preisgeben. Da hast du jetzt keine Wahl.«

Mir ist auf einmal ganz schlecht. David scheint dies zu bemerken, denn er setzt sich für mich ein: »Wie wäre es, wenn wir die Formulierung des Auftrages ein klein wenig abändern? Erzähle einem aus der Runde dein größtes Geheimnis?«

»Woher willst du wissen, dass sie ihr wirklich größtes Geheimnis preisgibt?«, setzt Angela nach.

»Ich werde es wissen, ich spüre es. Schließlich habe ich ihr eben gestanden, dass ich mich in sie verliebt habe, obwohl ich es eigentlich selbst noch nicht aussprechen wollte.«

Angela wendet sich an mich: »Also, für mich wäre das ein Kompromiss. Ich nehme an, du wirst David auswählen als die Person, der du dein Geheimnis verrätst?«

»Ja«, antworte ich zögernd. So ganz überzeugt bin ich noch nicht. Ist es Schicksal, dass ich jetzt hier sitze und praktisch dazu genötigt werde, mich endlich jemandem anzuvertrauen? Nein, nicht irgendjemandem, sondern dem

Mann, den ich in den letzten Tagen kennen und lieben gelernt habe. Das muss ein Wink des Schicksals sein! Vielleicht habe ich all die Jahre nur darauf gewartet?

»Wir gehen am besten in mein Arbeitszimmer. Da sind wir wirklich ungestört«, sagt David und nimmt mich am Arm. Er führt mich mit einer Hand an meinem Ellbogen durch die große Wohnung, in der ich mich wahrscheinlich alleine verlaufen würde, und bittet mich in sein Arbeitszimmer, in dem auch eine Couch steht.

Ich sehe einen Balkon und dränge nach draußen. Es ist bewölkt und ein kühler Wind fegt an der Fassade entlang. Mich fröstelt ein wenig, aber David tritt von hinten an mich heran und seine Körperwärme so nah an mir zu spüren, erhitzt mich innerlich. Er legt seine Hände auf meine Oberarme und haucht mir einen Kuss in die Haare. Ich spüre, dass er mich nicht bedrängen wird. Vielleicht sollte ich ihm doch einfach irgendeinen Quatsch auftischen. Vielleicht die Geschichte, dass ich bei meinem ersten Freund den Orgasmus immer nur vorgetäuscht habe? Nein, ich spüre, dass es jetzt an der Zeit ist, endlich reinen Tisch zu machen. Als ob David meinen inneren Kampf spürt, lässt er mich jetzt los und stellt sich neben mich. Wir schauen über München hinweg, unten rauscht der Verkehr vorbei. Alles scheint so unwirklich hier oben, das reale Leben ist weit weg.

»Du musst ja ein kompliziertes Geheimnis haben!«
Ich nicke.
»Hör zu, wenn du es mir nicht sagen willst, ist es in Ordnung. Wir werden den anderen einfach erzählen, dass du es mir erzählt hast, und die werden dann schon Ruhe

geben. Mit Angie werde ich auch fertig. Was soll es, es ist ja nur ein blödes Spiel.« Er steht noch eine Weile neben mir und als ich immer noch nichts sage, wendet er sich zum Gehen.

»Halt, warte! Ich will dir mein Geheimnis erzählen, ehrlich. Ich weiß nur nicht, wie ich anfangen soll.«

»In Ordnung.«

Täusche ich mich oder wirkt er ein klein wenig ungeduldig? Er fährt mit einer Hand an der Lehne eines Stuhls entlang, der auf dem Balkon steht. Plötzlich zuckt er zurück und zieht die Luft ein. Sofort treten aus seiner Handfläche mehrere Tropfen Blut und es tropft bereits etwas davon auf den Balkonboden.

»So ein Mist, was steht da für eine scharfe Schraube aus dem Stuhl raus! Warte hier, ich hole mir ein Pflaster.« Schon ist er mit einem Fuß in seinem Arbeitszimmer.

Mein Arm erreicht ihn gerade noch rechtzeitig. »Halt, warte, ich werde dir mein Geheimnis nicht erzählen, sondern … zeigen.«

»Kann ich mir nicht erst das Blut abwischen?« fragt er noch, aber ich drücke ihn auf den Stuhl.

Dann setze ich mich vor ihm auf den Boden und nehme die blutige Hand in meine Hände. Mein Gefühl ist da. Ich schließe die Augen und spüre sofort die Verletzung, die sich entlang seiner Lebenslinie fast über die ganze Hand ausbreitet. Die Wunde ist aber nicht tief, deshalb dauert es nur ein paar Sekunden, bis ich fertig bin.

Als ich die Augen öffne, sehe ich David nicht, wie erwartet, mit offenem Mund dasitzen. Er starrt mich eindringlich an und um seinen Mund spielt ein Lächeln. Es ist kein zärtliches Lächeln, eher ein Siegerlächeln.

Schnell ändert sich seine Mimik und er flüstert: »Das ist also dein Geheimnis, kleine Lady. Du bist eine Zauberin.« Er zieht mein Kinn zu sich heran und küsst mich erst sanft, dann immer leidenschaftlicher.

In einem Augenblick, als er mich zu Luft kommen lässt, stelle ich erleichtert fest: »Es freut mich, dass du das so locker aufnimmst. Aber bitte bitte, du musst das für dich behalten. Ich habe noch nie jemandem davon erzählt.«

»So ihr habt jetzt lange genug gebraucht. Seid ihr bald fertig mit der Geheimniskrämerei?«, höre ich Angelas Stimme aus dem Arbeitszimmer. Sie betritt den Balkon und sieht sofort die Blutstropfen. Ihr Blick fällt auf Davids Hand. »David, du hast dich verletzt?«

»Ja, an dem Stuhl steht hinten eine Schraube raus. Da habe ich mich geschnitten.«

Angela will die Hand ergreifen, aber David zieht sie sofort weg. »Ist halb so schlimm, nur ein kleiner Kratzer.« Er zwinkert mir zu. Ich lächle zurück.

Nachdem wir einen Abstecher über das Bad gemacht haben, kehren wir zu den anderen zurück. Der weitere Vormittag verläuft ohne nennenswerte Vorkommnisse. Angela ist und bleibt die Gesprächsführerin. David und ich kuscheln die ganze Zeit auf der Couch.

Ich sitze ruhig und gelassen da, innerlich jedoch tobe ich glücklich und könnte schreien vor Freude. Endlich habe ich mich jemandem anvertraut und dieser jemand findet das ganz normal! Das merke ich daran, dass David mich immer wieder an sich zieht und bei jeder Gelegenheit küsst.

Gegen Mittag erhalte ich eine Kurznachricht von Lisi. Sie haben gekocht und ich soll unbedingt zum Essen nach Hause kommen und David mitbringen. David liest die Nachricht über meine Schulter mit und ich sehe ihn fragend an.

»Was gibt es denn zu essen?«, fragt er.

Ich boxe ihn in die Seite und antworte Lisi, dass wir kommen. David und ich brechen auf. Seine Freunde bleiben bei ihm zu Hause zurück, was ich schon etwas merkwürdig finde. Aber andere Leute, andere Sitten, nicht wahr?

Während der Rückfahrt in meine Wohnung sprechen wir nicht viel miteinander, aber das ist in Ordnung. Es ist wie ein stilles Abkommen, das wir miteinander haben und das keiner weiteren Besprechung bedarf.

Als wir vor unserem Haus ankommen und ich gerade aussteigen will, berührt David meine Hand und hält mich zurück. Ich suche Blickkontakt und bleibe sitzen. Er langt an mir vorbei und öffnet das Handschuhfach. Dann überreicht er mir eine türkisfarbige Schachtel. Darauf steht *Tiffany & Co.*

»Das wollte ich dir eigentlich schon heute Morgen überreichen.«

»*Tiffany*? Äh ... ich meine ... David, du spinnst ja!«, rufe ich und meine Hand greift an den Hals.

»Sag jetzt bitte nicht, dass du das nicht annehmen kannst!« Er schaut mich lächelnd an.

Ich öffne die kleine Schachtel. Darin befindet sich ein türkisfarbiges Säckchen. Ich leere den Inhalt auf meine Handfläche: ein Paar herzförmige Ohrringe aus rötlichem

Gold. Die Herzen sind mit vielen Steinchen besetzt und eine Prägung von *Tiffany* ist auch darauf.

»Ich glaube, ich habe noch nie so ein teures … äh … tolles Geschenk bekommen, einfach so. Danke, David!«

»Mir ist aufgefallen, dass du Ohrlöcher hast, aber anscheinend keine Ohrringe. Möchtest du sie gleich anziehen?«

»Ja, natürlich.« Ich stelle mich bei dem Versuch, die Ohrringe anzuziehen, etwas ungeübt an. Außerdem habe ich Schmerzen in meiner rechten Hand, entlang der Lebenslinie. Dreimal dürft ihr raten, warum.

»Darf ich?«, fragt er nach einiger Zeit und ist mir beim Anziehen der Ohrringe behilflich. »Versprich mir, dass du sie immer trägst.«

»Ich gebe sie nie mehr her«, flüstere ich ergriffen und küsse ihn.

Er erwidert meinen Kuss und wir sitzen eine ganze Weile im Auto, bis ich aus dem ersten Stock Lisi rufen höre: »Was macht ihr denn so lange da unten? Essen ist fertig.«

David muss lachen und ich stimme mit ein. Vollgepumpt mit Glückshormonen kommen wir in der Wohnung an. Ich stelle David, Nicole und Patrick einander vor. Das Essen verläuft entspannt und wir unterhalten uns gut. Lediglich Nicole ist etwas ruhiger als gewöhnlich.

Dann erhält David einen Anruf und muss sich ziemlich kurzfristig entschuldigen. Ich begleite ihn noch zur Tür, kann mich kaum von ihm trennen und er verspricht, sich bald bei mir zu melden.

Als ich die Wohnungstüre hinter ihm schließe, höre ich Nicole in der Küche schimpfen: »… und *wie* alt ist er?«

»Nicole! Nicht so laut«, erwidert Lisi.

Ich gehe in die Küche und antworte: »Er ist fast 40, Nicole. Hast du ein Problem damit?«

»Ja, bin ich denn die Einzige, die merkt, dass hier irgendetwas nicht stimmt? Ich meine, der Typ taucht wie aus dem Nichts auf und belagert dich seitdem ständig. Er ist wesentlich älter als du und was weißt du über ihn? Wie heißt er mit Nachnamen, wann hat er Geburtstag?« Nicole hat sich richtig in Fahrt geredet und ist durch nichts mehr zu bremsen: »Und die Ohrringe, die du uns vorhin so stolz gezeigt hast? Weißt du, was so etwas kostet? Das ist doch nicht normal, dass man am Tag drei einer Bekanntschaft so ein Geschenk bekommt, jedenfalls nicht ohne Gegenleistung! Es ist überhaupt nicht normal, wie du dich auf ihn eingelassen hast.«

Ich will gerade etwas dazu sagen, aber Nicole ist noch nicht fertig. »Du wirst sehen, er wird dich bald bedrängen, mit ihm zu schlafen, und dann wird er dich zwingen, mit anderen Männern zu schlafen.«

»Nicole, hör auf!«, schreit Lisi, die bemerkt hat, wie ich erstarrt bin. Patrick und Tom werfen sich einen Blick zu, stehen vom Tisch auf und räumen das Feld. »Das klärt ihr Mädels lieber unter euch«, murmelt Tom.

»Nicole, was willst du mir mit deinem Geschwafel sagen? Dass du eifersüchtig bist?«, kontere ich bissig.

»Ich? Eifersüchtig? Ich will dir sagen, dass ich solche Geschichten schon gehört habe und die enden nie gut. Dein David ist ein Loverboy.«

Ich schüttle den Kopf und presse die Lippen aufeinander. Nicole wendet sich an Lisi und setzt noch nach:

»Siehst du, sie will es nicht wahrhaben. Sie ist ihm jetzt schon völlig verfallen.«

Jetzt reicht es mir. Ich schnappe mir meine Sachen und renne aus der Wohnung. Lisi versucht noch, mich aufzuhalten, aber ich schubse sie zur Seite und laufe ziellos aus dem Haus.

6

Mit Tränen in den Augen und halbblind gehe ich durch den kleinen Park, der in der Nähe meiner Wohnung ist. Mein Handy klingelt und ich schalte es aus. Dann wische ich mir die Tränen aus den Augen. Zutiefst verzweifelt will ich mir nicht eingestehen, dass Nicole ausgesprochen hat, was ein Teil meines Unterbewusstseins bereits vermutet hat.

Irgendetwas stimmt hier nicht. Dieser Satz kommt mir immer wieder in den Sinn. So einen Frauenversteher wie David habe ich noch nie getroffen. Doch einmal, der stellte sich allerdings dann als homosexuell heraus. Leider. Grundsätzlich teile ich Nicoles Befürchtungen, aber immer wieder waren mir in Davids Anwesenheit alle Zweifel abhandengekommen und von einem Gefühl hitziger Leidenschaft für ihn abgelöst worden. Das kommt ganz oben auf meine Fehlerliste, die das Leben schreibt: Leidenschaft mit Liebe verwechseln.

Hinter mir geht noch jemand durch den Park. Ich drehe mich kurz um, kann aber durch meine tränenden Augen nur schlecht sehen. Ich erkenne einen etwa fünfzigjährigen Mann mit rasiertem Schädel der sehr schwungvoll und entschlossen läuft. Seine braune Lederjacke und die hellblaue verwaschene Jeans haben schon bessere Tage gesehen. Er selbst schaut auch nicht so freundlich aus und ich habe den Eindruck, dass er direkt auf mich zusteuert. Deshalb gehe ich etwas schneller.

Da kommt mir auf der Allee eine Gestalt entgegen. Dieser Mann ist jünger als der Glatzkopf und außerdem wesentlich besser gekleidet. Er geht an mir vorbei und mich trifft ein intensiver Blick aus glühenden Augen. Einen Moment lang denke ich, das ist David. Aber der Mann hat glatte braune Haare, die nicht ganz so lang wie Davids sind. Jetzt ist er auch schon wieder verschwunden.

Ich habe fast den ganzen Park durchquert, als mir ein Fahrzeug auffällt. Es hält genau am Ausgang des Parks. Das ungute Gefühl, das mich eben noch beschleichen wollte, verlässt mich wieder. Denn am Steuer des Kleinbusses sitzt eine Frau mit langem honigblonden Haar in meinem Alter, die mich freundlich anschaut und sich dann lächelnd mit jemandem im hinteren, verdunkelten Teil des Wagens unterhält, wahrscheinlich mit ihren Kindern.

Deshalb gehe ich einfach weiter und verlasse den Park. Plötzlich läuft der braunhaarige Mann, der mir zuvor entgegengekommen ist, auf den Wagen zu und reißt die Schiebetüre auf. Dann werde ich grob von hinten gepackt. Ich will schreien. Aber eine Hand hält mir den Mund zu. Verzweifelt strample und boxe ich mit Händen und Füßen. Es ist der Glatzkopf, der mich hält, als wäre ich für ihn kein Gegner. Und schon bin ich mit ihm und einer weiteren Person im hinteren Teil des Wagens.

Mein Handy wird mir aus der Hand gerissen. Der Braunhaarige schließt mit einem Knall die Wagentür und steigt auf der Beifahrerseite ein. Schon geht die Fahrt los. Während ich immer noch gegen den Glatzkopf kämpfe, erkenne ich neben ihm den BMX-Fahrer. Der hält ein Klebeband in der Hand und hat einen entschuldigenden Blick aufgesetzt. Ehe ich mich versehe, bin ich verpackt und geschnürt wie ein Paket und habe eine Art Kartoffelsack über dem Kopf.

Es ist also wahr. David ist ein Loverboy und ich werde jetzt von irgendwelchen Mädchenhändlern verschleppt und zur Prostitution gezwungen. Ich habe Angst. So eine Angst habe ich noch nie in meinem Leben gehabt. Kaum wage ich es, mich zu rühren, geschweige denn zu atmen. Verzweifelt versuche ich, durch den Sack über meinem Kopf irgendetwas zu erkennen, meine tränennassen Augen können aber kaum etwas sehen.

Das Auto ändert mehrmals mit Schwung die Richtung und ich werde hin- und hergeworfen. Jetzt fällt es mir wieder ein: Ich sitze in einem Wagen, der von einer freundlich aussehenden Frau gefahren wird. Wie passt das jetzt zu dem Mädchenhändlerring? Vielleicht steckt doch etwas ganz anderes hinter der Entführung. Ich werde erst einmal abwarten. Nur keine Panik! Ha. Ha. Ha. Klingt ja so, als ob ich eine Wahl hätte.

Jetzt bekomme ich auch noch Schüttelfrost. Ich kann nichts dagegen machen. Ich schlottere am ganzen Körper. Die Fahrt dauert eine Weile, wahrscheinlich eine halbe Stunde. Dann nehme ich an, dass der Wagen in eine Tiefgarage fährt, weil ich jetzt fast gar nichts mehr durch den Sack erkennen kann. Außerdem hört sich das Motorengeräusch anders an und ich habe bemerkt, dass wir leicht bergab gefahren sind. Das Auto hält an und der Motor geht aus. Ich höre, wie Türen knallen und dann die Schiebetüre des Kleinbusses geöffnet wird.

Mehrere Hände fassen mich behutsam an den Oberarmen und helfen mir aus dem Auto. Dieses vorsichtige Vorgehen überrascht mich. Deswegen setze ich mich auch nicht zur Wehr. Außerdem habe ich vorhin schon die Erfahrung gemacht, dass ich gegen den Glatzkopf keine Chance habe. Ich spüre, dass ich weiterhin von zwei Leuten geführt werde, während vor und hinter mir auch noch jeweils eine Person zu gehen scheint.

Zwischendurch höre ich Kommandos, die mir gelten: »Vorsicht, drei Stufen« oder »Jetzt rechts!« Schließlich spüre ich zwei Hände auf meinen Schultern, die Druck nach unten ausüben: »Hinsetzen.« Ich gehe in die Knie, kann aber keinen Stuhl an meinem Hinterteil spüren. Die Hände drücken noch mehr und ich plumpse nach hinten. Anstatt, wie erwartet, auf hartem Boden aufzuschlagen, falle ich in einen weichen Sessel. Dann bleibt mir kaum noch Zeit, mich zu sammeln, denn mir wird der Sack vom Kopf gezogen.

Ich blinzle, bis sich meine Augen wieder an die Helligkeit gewöhnt haben. Völlig verheult und aufgequollen schaue ich meinen Entführern ins Gesicht. Der Glatzkopf hält den Kartoffelsack in der Hand. Neben ihm steht die Blondine mit extrem kurzem Rock und der BMX-Typ sucht nach irgendetwas in einer Kommode. Der braunhaarige Typ lehnt etwas entfernt von mir mit verschränkten Armen an der Wand und mustert mich mit unergründlicher Miene. Der macht mir von allen am meisten Angst.

Wir sind in einem Raum, in dem ich keine Fenster entdecken kann. Ein Tisch steht da, ein paar Stühle, ein Sessel und es gibt sogar eine Teeküche. Was soll das denn? Ich werde entführt und stelle fest, dass es hier eine nette, kleine Teeküche gibt? Ich muss verrückt geworden sein.

Immer noch habe ich ein Klebeband über meinem Mund und meine Hände sind vorm Körper zusammengeklebt. Der BMX-Typ kommt mit einem Gerät auf mich zu. Ich mache noch größere Augen als ohnehin schon und schlottere wieder am ganzen Körper.

»Keine Angst! Bleib cremig!«, sagt der junge Kerl. »Ich will nur sichergehen …« Er fährt mit dem Gerät an meinem Körper auf und ab. Als er sich meinem Kopf nähert, reagiert das Gerät und gibt Töne von sich. Er nähert sich meinem Ohr. Das Gerät pfeift so laut, dass es mir wehtut.

Die Blondine mischt sich ein: »Jetzt tu schon das Ding von ihrem Ohr weg oder stelle es auf leise.«

»Oh, ja, Entschuldigung.« Der junge Kerl entfernt sich von mir.

Dann schlendert der unheimliche Typ mit strengem Gesichtsausdruck auf mich zu, geht vor mir in die Hocke und schaut mich direkt an. Ich habe eine Scheißangst vor ihm, fühle mich wie gelähmt und völlig handlungsunfähig. Seine Persönlichkeit strahlt so viel Macht und Kontrolle aus, dass mir davon übel wird. Ich versuche seinem Blick auszuweichen, diesem intensiven, stechenden Blick. So einen Wahnsinnsblick habe ich noch nie gesehen. Er hält mein Gesicht mit beiden Händen fest und kommt mir sehr nahe.

Seine ruhige Stimme klingt nicht unangenehm und dennoch läuft es mir eiskalt den Rücken hinunter. Er redet langsam, so als ob er sicherstellen möchte, dass ich jedes seiner Worte genau verstehe: »Ich werde Ihnen jetzt Ihre Ohrringe wegnehmen müssen, die sich vermutlich noch nicht lange in Ihrem Besitz befinden.«

Die Art, wie er das sagt, gibt mir zu verstehen, dass dieser Mann keinen Widerspruch duldet. Ich versuche mich aus dem Griff seiner Hände zu befreien, aber er zwingt mich, ihn direkt anzusehen. »Haben Sie mich verstanden?«

Ich nicke, soweit es mir möglich ist. Er lässt mich los und will an mein Ohr fassen. Mein Innerstes sträubt sich plötzlich gegen jede Berührung und ich wehre mich gegen seine Hände. Sofort packt er mich an den Haaren und zieht meinen Kopf langsam nach hinten. Ich schreie unter meinem Klebeband auf und eine weitere Träne löst sich aus meinem linken Auge.

Im Hintergrund nehme ich die Unruhe der anderen Anwesenden wahr.

»Bale ...« Der Glatzkopf will sich einmischen. Doch mein Peiniger bringt ihn mit einer Handbewegung zum Schweigen und flüstert mir ins Ohr: »Hören Sie zu, meine Schöne. Ich kann Ihnen die Ohrringe auch ausreißen. So oder so, ich werde sie an mich nehmen. Also?«

Er lässt meine Haare los und macht sich an meinen Ohren zu schaffen. Ich wehre mich nicht, schließe bei der Prozedur aber die Augen, um die Nähe dieses Typen wenigstens nicht sehen zu müssen. Dabei kullern mir weitere Tränen über die Wangen.

Als ich die Augen wieder öffne, sehe ich nur noch, wie meine Ohrringe in ein metallenes Kästchen geworfen werden und dann mit dem BMX-Kerl verschwinden. Der braunhaarige Grobian setzt sich ein Stück von mir entfernt auf den Tisch und mustert mich mit verschränkten Armen.

»Sara, du bist dran. Ich glaube, ich habe schlechte Karten bei der Dame«, sagt er zu der Blondine, lässt mich aber nicht aus den Augen.

Sara nimmt sich einen Stuhl, stellt ihn mir gegenüber auf und sieht mich lächelnd aus ihren großen Augen an. Sie spricht mit mir, als hätte ich mich mit ihr in einem Café zum Kaffeeklatsch verabredet. »Ja, also, hallo. Ich bin Sara, aber das weißt du ja jetzt schon. Wenn du versprichst, nicht zu schreien, dann würde ich dir gerne das Klebeband vom Mund abziehen. Hier kann dich eh keiner hören, außer uns. Von daher ist es sowieso nicht nötig, dass du einen Aufstand machst, ok?«

Ich reagiere nicht.

Sara scheint kurz zu überlegen, dann beugt sie sich zu mir und zieht mir vorsichtig das Klebeband vom Mund ab. Ich schreie nicht, schlottere nur und meine Augen huschen unruhig zwischen den drei anwesenden Personen hin und her.

»Ich möchte mich im Namen von uns allen bei dir entschuldigen, dass wir dich auf so überstürzte und rücksichtslose Weise hierhergebracht haben. Die Umstände haben uns dazu gezwungen. Wir mussten schnell handeln.«

Ich sage nichts, kapiere nichts und schlottere immer noch.

Der Glatzkopf holt von irgendwoher eine Decke und legt sie mir um. Dabei sagt er: »Hi, ich bin John. Du stehst unter Schock, aber das wird schon wieder.«

Er hat einen leichten englischen Akzent und als er mich jetzt so freundlich anlächelt, bilden sich um seine Augen eine Menge Lachfältchen. Keine Frage, dieser Mann lacht gern und viel und sieht plötzlich gar nicht mehr bedrohlich aus.

John geht wieder ein Stück von mir weg, nachdem

er mir freundschaftlich auf die Schulter geklopft hat. Ich habe das Gefühl, dass ich jetzt noch tiefer in dem Sessel sitze. Obwohl er ganz entspannt dasteht, merke ich, dass er in einer Habachtstellung bleibt.

Alle scheinen auf eine Reaktion von mir zu warten und es bleibt eine Weile still. Ich muss mich überwinden, aber schließlich bringe ich mit weinerlicher Stimme ein paar Worte hervor.

»Was ...«, stottere ich und schlucke. »Was wollt ihr von mir? Hat das irgendetwas mit David zu tun?«

Ich höre, wie dieser Bale die Luft einsaugt und vom Tisch runterspringt. Eigentlich schaut er ja ganz gut aus, dieser Mittdreißiger mit schmalem Gesicht und fülligem, nussbraunem Haar. Warum nur presst er seine schmalen Lippen so streng aufeinander? Er scheint wohl ein bisschen unter Stress zu stehen.

»Ja, meine Verehrteste«, ruft er aufgebracht, »es hat etwas mit David zu tun. Was haben Sie ihm erzählt? Und was noch viel entscheidender ist, was hat er Ihnen über sich erzählt?«

»Bale ...« Diesmal ist es Sara, die ihn stoppt. »Ich glaube, du und John, ihr geht jetzt raus und lasst mich mal alles in Ruhe mit Clara besprechen.«

Nach kurzer Überlegung lenkt Bale ein und verlässt mit John das Zimmer. Ich höre noch, wie er sich beim Hinausgehen echauffiert: »David! Ich kann diesen Namen nicht mehr hören.«

Sara verdreht die Augen und lächelt mich an. Dann hilft sie mir, meine Hände aus der Klebebandfessel zu befreien. Das ist gar nicht so einfach, aber wir bekommen es hin. Sogar ein Taschentuch hat sie für mich, damit ich mir endlich die Nase putzen kann. Heulen mit Klebeband vorm Mund ist wirklich keine schöne Sache.

»So, du lehnst dich jetzt in den Sessel zurück und hörst zu. Bitte unterbrich mich nicht. Du kannst dann immer noch Fragen stellen, wenn ich fertig bin, ok?«

Ich nicke.

Sara schnauft tief durch und was dann kommt, das hätte ich mir selbst in meinen wildesten Phantasien niemals vorstellen können. »Wir sind wie du, Clara. Ja, wir wissen, wer du bist und was du bist und tust. Du hast Robert Quinn geheilt und wir wollten dich finden und dich kennenlernen. Aber dann ist David uns zuvorgekommen.«

Schon brennen mir ein ganzer Haufen Fragen auf der Zunge. Ich öffne den Mund, aber Sara erinnert mich mit einem Fingerzeig daran, dass ich warten soll.

»Über David und seine Truppe redest du besser mit Bale. Das ist der freundliche Kerl, der dir die Ohrringe abgenommen hat. Er ist sozusagen unser Chef und eigentlich sehr nett. Aber wenn es um David geht, da geht sein Temperament mit ihm durch. Ich kann dir aber etwas über uns erzählen. Wir haben verschiedene Kräfte. John war früher Stuntman, weil er da seine Gabe am besten unauffällig einsetzen konnte. Er ist sehr stark und damit meine ich wirklich sehr stark. Außerdem spürt er kaum Schmerz und ist schwer zu verletzen. Titus, das ist der verunglückte Radfahrer, mit dem du bereits Bekanntschaft geschlossen hast, und übrigens mein Freund … Titus kann Strom erzeugen, auch Blitze und so. Bales Gabe ist mir nicht ganz klar, aber er kann sich so schnell bewegen, dass du ihn nicht mehr siehst. Und ich …« Sara legt eine Hand flach auf das Brustbein. »… ich kann einen unsichtbaren Schutzschild aufbauen. Der größte, den ich bisher geschafft habe, hatte so die Größe eines Fußballfeldes.«

Ich bin sprachlos, fassungslos und absolut fix und fertig mit der Welt. Will die mich verarschen? Bestimmt höre ich gleich ein paar Leute klatschen und die Aufnahme für *Versteckte Kamera* ist beendet.

Jetzt nimmt Sara ihre Armbanduhr ab und legt sie auf ihre Handfläche. Dann fährt sie fort: »Ich habe jetzt einen Schutzschild um meine Uhr gezogen. Versuche mal, sie zu nehmen.«

Nach kurzem Zögern greife ich nach der Uhr. Aber es fühlt sich an, als ob ich an eine warme, weiche Wand stoßen würde. Das ist echt schräg. Ich komme nicht an die Uhr heran. Sara lächelt, als ich mich geschlagen gebe und wieder zurücklehne.

»Wenn ich jetzt den Schutzschild um die Uhr nach oben bewege …« Plötzlich schwebt die Uhr in der Luft.

»Wahnsinn!«, entfährt es mir.

Sara lässt die Uhr wieder zurück auf ihre Hand sinken und zieht sie sich wieder an. »Ok, hast du Fragen?«

»Was seid ihr für eine Truppe und wie habt ihr euch gefunden?«

»Also, zuerst waren da Bale und David, aber …«

»Was? David hat auch eine Gabe?«

In diesem Moment zischt jemand leise »Sara!« und ich merke, dass Bale wieder ins Zimmer gekommen ist und uns mit verschränkten Armen beobachtet. Wie lange steht er schon da?

Sara wird etwas blass. »Sorry, Bale, ich wollte doch nur nett sein.«

Bale reagiert nicht auf ihre Entschuldigung. »Würdest du bitte die Gästewohnung für unseren Gast fertig machen?«

»Ja, klar«, antwortet Sara, steht auf und nickt mir lächelnd zu. »Halt die Ohren steif!«

In Anbetracht dessen, dass meine Ohren bereits ihren Schmuck eingebüßt haben, finde ich diese Bemerkung nicht gerade ermutigend. Jetzt bin ich mit diesem unheimlichen Typen alleine.

Er setzt sich auf Saras Stuhl und stützt sich mit den Ellbogen auf die Knie. Dabei presst er die Hände fast wie zum Gebet aneinander, während die Fingerspitzen seinen Mund berühren. Er hat wirklich sehr schöne Hände. Naja, ehrlich gesagt sind nicht nur die Hände schön. Spinnst du, Clara? Warum fällt dir das überhaupt auf? Dieser Typ ist die Unfreundlichkeit in Person und außerdem hat er dich entführt.

Seine grün-braunen Augen betrachten mich aufmerksam, während die Bewegung seiner Augenbrauen die Stirn in Falten legt.

»Haben Sie mit David geschlafen?«

»Was?« Langsam macht mich dieser Typ richtig aggressiv, obwohl ich natürlich trotzdem Angst vor ihm habe. Und außerdem, warum will er ausgerechnet das von mir wissen?

»Haben Sie oder haben Sie nicht?«, setzt er nochmal nach.

»Nein, habe ich nicht«, antworte ich patzig. »Ich habe ihn erst vor zwei Tagen kennengelernt.«

Bale seufzt laut und nickt leicht. »Verstehen Sie mich nicht falsch, aber ich kenne Davids Geschick bei den Frauen. Es ist eine seiner Gaben, sich die Frauen gefügig zu machen. Es spricht für Sie, dass Sie sich so lange gehalten haben. Ich wollte nicht unverschämt sein.«

Ah, deshalb hat mein Gehirn in Davids Gegenwart nicht so funktioniert, wie es eigentlich der Fall sein müsste!

»Dann lassen Sie mich gehen. Ich will zu David, ich will nach Hause und ich muss morgen in die Arbeit. Meine Freunde sind sowieso schon besorgt um mich und wenn ich jetzt nicht nach Hause komme, dann rufen sie die Polizei oder noch schlimmer, meine Eltern.« Wow, ich wusste gar nicht, dass ich so viel herausbekommen würde. Leider klinge ich ziemlich kleinlaut.

Dieser Kerl sieht mich aus seinen tiefliegenden Augen an. Einen Augenblick scheint er über meine Worte nachzudenken. »Für den Moment müssen Sie hierbleiben. Das ist alles.« Er steht auf und lässt mich einfach sitzen.

Jetzt werde ich sauer und springe auf. So kenne ich mich eigentlich gar nicht. Aber der Typ, der macht mich rasend. Vielleicht muss ich mich auch gegen diese übermächtige Kontrolle wehren, die der Kerl ausstrahlt.

»Das ist alles, ja? Wie stellen Sie sich das vor? Was wollen Sie von mir?«, schreie ich ihm nach.

Bale würdigt mich keines Blickes mehr und als Sara angerannt kommt, erteilt er ihr knapp den Auftrag, einen Schild um das Haus zu ziehen und mir mein »Gästeappartement« zu zeigen, damit ich mich beruhigen könne.

Mich beruhigen? Mich be-ru-hi-gen?

7

Wenig später liege ich frustriert auf einem der hölzernen Liegestühle neben dem Pool und starre vor mich hin. In meinem Gästezimmer im ersten Stock habe ich es nicht lange ausgehalten. Nachdem ich alle Schubladen aufgerissen hatte, in der Hoffnung, irgendetwas zu finden, was mir weiterhilft, ging ich in den Garten. Komischerweise habe ich bei meiner Suche tatsächlich etwas gefunden: Einen Gummiball, wie man ihn aus Kaugummiautomaten ziehen kann. Die Flucht wird mir mit diesem Ding zwar nicht gelingen, aber ich kann meine »Gastgeber« damit nerven.

Während ein Bein ausgestreckt auf dem Fußteil des Liegestuhls ruht, lasse ich das andere entspannt auf den Boden baumeln. Dabei werfe ich den kleinen Hüpfball in gleichmäßigem Rhythmus auf die gepflasterte Terrasse. Er springt auf dem Boden auf und hüpft ein Stück weg von mir. Dann prallt er an Saras Schild ab und fliegt schließlich wie ein Bumerang zu mir zurück. Hier und da muss ich mich ein wenig strecken, um den Ball zu fangen. Ich gehe dieser Freizeitbeschäftigung nach wie ein aufsässiger Jugendlicher, der permanent den Fußball an ein Garagentor donnern lässt, um seine Umgebung damit zur Weißglut zu treiben.

Sara ist vor Kurzem auf die Terrasse gekommen und hat mich gebeten, damit aufzuhören. Anscheinend klopfe ich mit jedem Ballwurf gegen ihren Schild an ihr Unterbewusstsein und mache sie damit ganz kribbelig. Sehr gut! Vielleicht spricht sie dann mit diesem Typen, damit ich endlich gehen kann. Ich werde ihr auf jeden Fall den Tag zur Hölle machen. Soll sie sich besser fühlen als ich? Schließlich bin ich nicht diejenige, die sie zwingt, diesen Schirm um das Haus und einen Teil des Gartens zu spannen. Außerdem ist meine Beschäftigung eine willkommene Möglichkeit jemanden an meinem Frust teilhaben zu lassen. Stundenlang könnte ich das machen.

Aber nach wenigen Minuten schmeiße ich wieder den Gummiball – und er kommt nicht zurück. Es dauert einen Moment, bis mir klar wird, dass der Gummiball diesmal an keinem Schild abgeprallt ist. Er ist einfach weitergesprungen und irgendwo im Gras zum Liegen gekommen. Abrupt setze ich mich auf. Um keine Aufmerksamkeit auf mich zu ziehen, lege ich mich aber sofort wieder zurück. Schließlich kann ich ja nicht wissen, wie viele Argusaugen gerade auf mich gerichtet sind.

Ohne den Kopf zu bewegen blicke ich vorsichtig in alle Richtungen. Es bleibt still. Um mich herum rührt sich nichts. Ok, ganz ruhig, lass mich mal nachdenken.

Entweder ist der Ball durch den Schild gegangen oder … der Schild ist nicht mehr da. Es gibt nur eine Möglichkeit, das herauszufinden. Noch im selben Moment springe ich auf und renne, was meine Beine hergeben, vom Haus weg in die Richtung, in der ich einen Ausgang vermute.

So ein Mist! Meine Flucht war eine Schnapsidee. Ich komme und komme nicht hinaus aus dem Garten. Immer wieder hält mich dichtes Gebüsch mit dornigen Sträuchern auf und ich muss die Richtung ändern. Wer zum Teufel kann es sich schon leisten, auf so einem riesigen Grundstück zu wohnen? Wäre ich doch zur Haustür gelaufen und dann dem Kiesweg gefolgt, der hätte bestimmt zum Ausgang geführt! Wie kann man nur so blöd sein? Doch endlich finde ich den Weg. Jetzt aber schnell!

Da höre ich hinter mir jemanden wütend schreien: »Bleiben Sie sofort stehen!« Das ist dieser Bale, der da so herumplärrt.

Erstaunlicherweise bin ich gerne folgsam. Vielleicht auch nur deshalb, weil meine Oberschenkel gegen die Anstrengung rebellieren, die ich ihnen nach dem gemütlichen Ruhen auf der Liege so plötzlich abverlangt habe. Und um ehrlich zu sein, war ich sowieso nie die große Sportskanone. Ich bin total außer Atem und schnaufe hör- und sichtbar. Meine Haare sind wegen des »Fahrtwindes« aufgeplustert und nach hinten geföhnt. Ich fühle mich klebrig und verschwitzt. Jetzt hab ich auch noch Seitenstechen. Ganz toll. Als ich mich mit den Händen auf die schmerzenden Oberschenkeln stütze, riskiere ich einen vorsichtigen Blick hinter mich.

Bale ist mir auf den Fersen, aber doch noch weiter entfernt, als sein lautes Schreien hätte vermuten lassen. Ganz bedacht pirscht er sich an wie ein Jäger. Seine schiefe Körperhaltung und sein Arm, der halb sein Gesicht verdeckt, verraten mir, dass er etwas in der Hand hält, womit er auf mich zielt. Spinnt der? Er kommt näher mit einem Gesichtsausdruck, der äußerste Anspannung verrät.

Verzweiflung macht sich in mir breit. Die ist wohl auch aus meiner Körpersprache zu lesen, denn Bale lässt die Waffe sinken und schlendert auf mich zu. Ich hasse es, wie er so siegesgewiss und überheblich dahermarschiert.

In diesem Moment wird meine Aufmerksamkeit durch ein Licht abgelenkt, das hinter einem Baum zu blinken beginnt. Das automatische Einfahrtstor ist von außen aktiviert worden und schiebt sich langsam zur Seite. Ich habe es tatsächlich fast bis zum Ausgang geschafft.

Meine letzte Chance! Ich schicke einen entschlossenen Blick in Richtung dieses Kerls. Einen Moment lang runzelt sich überrascht seine Stirn, bevor sein Gesicht wieder hinter einer emotionslosen Maske verschwindet.

Dann renne ich von Neuem los. Und als hätte er einen Startschuss gehört, setzt sich sofort auch mein Verfolger in Bewegung. Solange er läuft, kann er wenigstens schlecht zielen. Außerdem hätte er mich schon längst umgebracht, wenn er gewollt hätte. Er wird nicht abdrücken. Oder doch?

Trotz all der Angst, der Aufregung und dem Stress fühle ich mich in diesem Moment unbeschreiblich lebendig. Endlich bin ich selbst tätig und warte nicht hilflos auf die nächsten Schritte der anderen. Das zur Seite gleitende Einfahrtstor, dem ich mich stetig nähere, entfacht fast ein euphorisches Hochgefühl in mir. So muss sich ein olympischer Läufer kurz vor dem Ziel fühlen oder Felix Baumgartner, der fühlt sich wahrscheinlich immer so. Beinahe verstehe ich, dass man danach süchtig werden kann. Ich schaffe es. Ich schaffe es.

Fast bin ich bei der offenen Einfahrt angekommen, durch die sich jetzt gemächlich ein beigefarbener Mercedes schiebt. Gleich habe ich es geschafft!

In diesem Moment renne ich mit voller Wucht gegen einen unsichtbaren Widerstand. Der Aufprall ist heftig. Ich werde zurückgeschleudert und lande unsanft auf dem Kiesboden der Auffahrt. Steine knirschen und mein Po hinterlässt eine Bremsspur. Der Fahrer des älteren Mercedesmodells, ein älterer Herr mit einem karierten Hut auf dem Kopf, bremst abrupt ab.

Ich brauche einen Augenblick, um zu begreifen, was gerade passiert ist: Sara hat ihren Schild vor mir hochgezogen. Wie unfair! Mir tut alles weh. Ein besonders starker Schmerz jagt durch meinen rechten Oberarm, den ich unglücklicherweise als Bremshilfe benützt habe. Als ich die schmerzende Stelle begutachte, sehe ich, dass ich mir oberhalb des Ellenbogens die Haut großflächig aufgerissen habe. Jetzt scheint auch mein Körper die Verletzung registriert zu haben, es bilden sich bereits blutige Stellen in der Wunde. In Ordnung, diese Runde kann ich wohl nicht auf meinem Punktekonto verbuchen.

Niemand kümmert sich um mich. Ich rapple mich auf und hatsche auf dem Kiesweg in Richtung Haus zurück. An der Art und Weise, wie ich mich bemühe, ganz normal zu gehen, lässt sich wahrscheinlich unschwer erkennen, dass mir jede erdenkliche Stelle des Körpers schmerzt.

Zu allem Überfluss höre ich Bales zynische Stimme: »Schön, dass Sie sich zum Bleiben entschlossen haben!«

Nein, das letzte Wort werde ich ihm nicht gönnen. »Als ob ich eine Wahl hätte!«, gifte ich ihn deshalb wütend an, obwohl ich immer noch Angst vor ihm habe. Ich kämpfe um das letzte Stück Würde, das mir noch geblieben ist. Nicht heulen, jetzt bloß nicht losheulen!

Aber er kann es nicht lassen und ruft mir nach: »Solange Sie nicht Gut von Böse unterscheiden können, lasse ich Sie hier nicht weg.«

Ich sehe, wie er lässig die Armbrust schultert, mit der er auf mich gezielt hat, und gemütlich über die Wiese zur Villa zurückgeht. Plötzlich bückt er sich, hebt etwas auf und lässt es in seine Hosentasche gleiten. Bevor er weitergeht, dreht er sich kopfschüttelnd nach mir um.

Der ältere Herr in dem Mercedes hat während der ganzen Zeit weder seinen Wagen noch sich selbst bewegt und fassungslos auf das Geschehen gestarrt. Wäre das Einfahrtstor nicht mit einer Lichtschranke ausgestattet, hätte es längst seinen Wagen in die Zange genommen.

Langsam rollt jetzt der Mercedes an mir vorbei auf das Haus zu. Sara und Titus stehen vor der Tür und sehen zu dem älteren Herrn, der wie in Trance eine Hand zum stillen Gruß erhebt, während sich sein Seitenfenster öffnet. Sara erwidert die Geste. Titus bringt zumindest ein »Servus, Michael« hervor.

Die Fensterscheibe schließt sich wieder und Michael parkt sein Auto vor dem Haus.

Titus legt seinen Arm um Sara. Dann schauen beide zu mir und zucken die Schultern, bevor sie sich umdrehen und ins Haus gehen.

Völlig bedröppelt, aber innerlich kochend folge ich ihnen.

8

Seit meinem glorreichen Fluchtversuch habe ich mein »Gastappartement« nicht mehr verlassen. Ich weine viel und habe meinen blutenden Arm mit Kosmetiktüchern bearbeitet, die ich im Badezimmer gefunden habe. Jetzt sitze ich auf dem Fensterbrett und starre nach draußen, verheult und voller Selbstmitleid.

Es klopft zaghaft an der Tür. Ich gebe keine Antwort. Schließlich geht die Tür einen Spalt weit auf und der ältere Herr, der wohl Michael heißt, kommt langsam herein. Sein Gesicht wirkt vertrauenswürdig und freundlich. Er lächelt mich vorsichtig an. Ich kann nicht anders und lächle leicht zurück, wende dann den Blick aber wieder nach draußen in den Garten.

Aber nur kurz. Denn dann muss ich ihn verstohlen beobachten. Er legt einen Stoffbeutel, den er dabei hat, auf einem Sekretär ab, entledigt sich gemächlich seiner Jacke und trägt laut schnaufend einen Stuhl in meine Nähe. Dann setzt er sich mit der Gebrechlichkeit des Alters. Ich spüre seinen Blick auf mir. Wieder kann ich mich ihm nicht widersetzen und schaue ihn schließlich direkt an.

Er lächelt immer noch und strahlt eine warmherzige Ruhe aus, die sich auf mich auszubreiten scheint. Schließlich streckt er mir seine Hand entgegen. »Ich bin Michael.«

Oh Mann, ich bin gut erzogen worden. Ich kann mich jetzt hier nicht danebenbenehmen. Ich kann einfach nicht. Vielleicht ist es auch noch etwas anderes. Ein warmes, vertrautes Gefühl hat den Raum erfüllt und ich fühle mich mit einem Mal richtig wohl. Trotzdem zögere ich kurz, seine Hand bleibt ausgestreckt, sein Lächeln ermutigt mich. Er scheint mein Schwanken zu spüren, als er »Und Sie sind?« anfügt.

Ich reiche ihm die Hand. Seine warmen runzligen Hände sind erstaunlich weich, erinnern mich an die Hände meiner Oma. Und plötzlich habe ich dieses Bild vor mir, als ich auf dem Spielplatz vom Klettergerüst gefallen und mit blutigem Knie plärrend zu ihr gerannt bin. Sie wohnte direkt neben dem Spielplatz und arbeitete gerade in ihrem Gemüsegarten, als ich das Gartentor aufstieß. Sofort hat sie mir ihre warme Hand auf das blutende Knie gelegt. Und als sie sie wieder wegnahm, war keine Wunde mehr zu sehen. Lediglich etwas verkrustetes Blut klebte an meinem Knie und an ihrer Hand. Da sah ich sie erstaunt an. Doch sie verschloss ihren Mund mit dem Zeigefinger und flüsterte lächelnd: »Pssst. Das bleibt unser Geheimnis ...«

Ich schüttle den Kopf, um das schöne Bild zu vertreiben. »Clara«, sage ich schließlich, »ich bin Clara Constanz.«

Michael hält meine Hand noch kurz fest, dann lassen wir voneinander ab. Als er bemerkt, dass ich mich wieder von ihm abwenden will, steht er erstaunlich schwungvoll auf, klatscht in die Hände, reibt sie aneinander und meint: »Na, dann wollen wir die junge Dame mal verarzten.«

Er greift nach dem Beutel auf dem Sekretär und holt Verbandsmaterial, Pflaster, Wattepads und Desinfektionsspray heraus.

»Na, da war doch noch etwas dabei«, murmelt er mehr zu sich selbst. Er wühlt in der Tasche herum und fischt schließlich meine Ohrringe heraus. »Da sind sie ja, die Kleinen.«

Er steckt den Schmuck in seine Hosentasche. Der alte Mann ist ein schlauer Fuchs. Er scheint zu wissen, dass ich meine Ohrringe unbedingt wiederhaben möchte, und ich weiß nun, dass ich sie nicht so einfach bekommen werde. Aber er wird es mir überlassen, den nächsten Schritt zu tun.

»Darf ich mir Ihre Verletzungen mal ansehen?«, fragt er, während er sich die Ärmel seines Hemdes hochkrempelt.

Ich strecke ihm meinen aufgeschürften Arm entgegen. »Das sieht aber nicht gut aus«, stellt er trocken fest.

Schweigend macht er sich daran, Kosmetiktuchreste mit einem getränkten Wattepad aus der Wunde zu holen und diese gleichzeitig zu desinfizieren. Gerade als ich mir überlege, wie ich die Stille brechen könnte, sagt Michael: »Dem Rockstar kann sie also eine Kugel aus der Brust holen, aber mit einer kleinen Schürfwunde wird sie nicht fertig?«

»Ja, mit einer kleinen Schürfwunde wird sie nicht fertig.«

Michael hält kurz inne. Ich habe ihn mit meiner Antwort überrascht. »Gibt sie sich nicht mit solchen Lappalien ab?«

Wie gesagt, Michael ist ein schlauer Fuchs. Über mich in der dritten Person zu sprechen, ist zwar ungewöhnlich, hat ihm aber Zugang zu mir ermöglicht. Ich muss über ihn lächeln, werde aber sofort wieder ernst: »Ich kann mich selbst nicht heilen.«

Michael unterbricht seine Behandlung, legt das Wattepad zur Seite und sieht mich lang und intensiv an. Ich glaube beinahe, ich habe ihn mit meiner Offenbarung schockiert. Er scheint überlegen zu müssen, wie er damit umgehen soll. Als er nach einem Verband greift und anfängt meinen Arm einzuwickeln, sagt er plötzlich: »Nun, das ist auf gut Deutsch beschissen, wenn sie solch eine Gabe hat und sich selbst nicht helfen kann.«

»Ja, dumm gelaufen«, kann ich noch antworten, bevor ich über seine Ausdrucksweise grinsen muss.

Er lacht aus vollem Halse. »Also gut.« Michael beendet seine Arbeit und räumt das verbliebene Material zurück in den Beutel.

Dann holt er die Ohrringe aus der Hosentasche und macht eine Geste, aus der ich schließe, dass er sie mir geben will. Reflexartig strecke ich schon die Arme aus, um den Schmuck entgegenzunehmen. Aber er hat nur geblufft. Er hält die Ohrringe vor seine Augen und betrachtet sie. »Ich gebe Ihnen Ihre Herzchen wieder. Keine Angst, Clara. Ich habe nur eine kleine Bitte, die ich Ihnen symbolisch mit der Übergabe Ihres Schmuckes an Ihr Herz legen möchte. Sie brauchen jetzt aber nicht darauf zu antworten.«

Er hält mir die Herzen hin und ich greife danach. Er lässt sie nicht los. »Geben Sie Bale und seinen Freunden noch eine Chance! Sie sind hier bei guten Leuten. Niemand will Ihnen etwas Böses, glauben Sie mir.«

Wieder durchströmt mich ein Gefühl der Warmherzigkeit und des Vertrauens. Ich kann nicht anders, ich glaube diesem alten Mann. Irgendwie weiß ich einfach, dass er die Wahrheit sagt. Er lässt den Ohrschmuck los und ich umschließe ihn mit meiner Hand.

Sofort nimmt er seine Jacke und lächelt mich noch einmal freundlich an: »Ich gehe dann mal. Sie sollten nachher zum Essen nach unten kommen. Sie haben sicher Hunger.«

Dann ist er weg und ich bleibe alleine mit dem warmen Gefühl der Geborgenheit zurück.

Mein Blick fällt wieder hinunter in den Garten. Ich sehe Bale, der mir den Rücken zukehrt und mit dem Handy zu telefonieren scheint. Eine Hand hat er lässig in der Hosentasche. Es ist ein ruhiges Gespräch. Er bewegt sich nur hier und da ein wenig. Da sehe ich auch Michael, der den Garten betritt und sich im Gehen die Jacke anzieht.

Als Bale ihn bemerkt, beendet er schnell das Telefongespräch und die beiden Männer unterhalten sich. Durch die geschlossenen Fensterscheiben kann ich nicht hören, worüber sie reden. Bale wird immer erregter, deutet während des Gesprächs immer wieder auf das Haus. Michael legt ihm beruhigend den Arm auf die Schulter und die beiden entfernen sich ein Stück. Michael scheint auch auf Bale diese unerklärliche Wirkung zu haben. Ich merke, wie Bale ruhiger wird, beide Hände nun in den Hosentaschen vergraben hat, zu Boden blickt und nickt, während Michael sehr lange auf ihn einredet. Dann wendet sich Michael ab und lässt Bale zurück. Der steht einen Moment in Gedanken versunken da und geht schließlich aufs Haus zu. Kurz bevor er die Terrassentür erreicht, die schräg unter meinem Fenster liegt, sieht er plötzlich direkt zu mir hoch. Ertappt zucke ich zurück und falle prompt von der Fensterbank.

Stöhnend rapple ich mich wieder auf und spähe vorsichtig nach draußen. Da stelle ich erleichtert fest, dass Bale ins Haus gegangen zu sein scheint und meinen Sturz wohl nicht weiter bemerkt hat.

Wenig später dringt Essensduft in mein Zimmer und mein Magen knurrt. Ein Blick auf die Armbanduhr verrät mir, dass es schon Abendessenszeit ist. Lisi und Tom werden inzwischen in heller Aufregung sein, weil ich mich noch nicht gemeldet habe. Mit ziemlicher Sicherheit wird mir dieser Bale-Typ niemals mein Handy geben, selbst wenn ich ihn noch so lieb darum bitte.

Obwohl mich ziemlich große Nervosität durchflutet, schleiche ich leicht humpelnd durchs Haus, dem Essensgeruch nach und lande in einem riesigen Wohnzimmer mit Essbereich und Küche. Das Gespräch der dort Anwesenden verstummt. Ok, hier wurde wohl gerade über mich gesprochen.

Alle starren mich an, keiner sagt etwas. Ich will mich gerade wieder abwenden, als Sara mir freundlich lächelnd entgegenkommt, meine Hand ergreift und mich zu den anderen hinzieht. »Du kommst gerade recht. Wir essen gleich.«

Sie führt mich zu dem verlegen dreinblickenden Titus und stellt mich ihm vor. Der sieht mich an, als ob er Prügel verdient hätte. Als ich ihm einfach die Hand reiche, ist er sichtlich erleichtert und lächelt schüchtern, indem er nur einen Mundwinkel nach oben zieht. Beim Händeschütteln kratzt er sich mit der anderen Hand verlegen im Haar.

Ich bekomme einen Sitzplatz zugewiesen und John

trägt das Essen auf. Auf meine Anwesenheit wird nicht weiter geachtet. Ich fühle mich fast so, als ob ich bei Freunden zum Essen wäre. Es wird gescherzt, gelacht und über alles mögliche belanglose Zeug geredet.

John gibt mir etwas von dem Gemüse, das er gekocht hat, auf den Teller und beobachtet mich so lange mit strenger Miene, bis ich probiert habe. Als er sieht, dass ich wie ein Scheunendrescher reinhaue, widmet er sich zufrieden seinem Teller.

»Jetzt hast du auf ewig einen Stein im Brett bei John«, stellt Sara fest.

John lächelt spitzbübisch. »Ja, ja, Schneeweißchen hat den richtigen Geschmack. Sie weiß, was erlesene Küche ausmacht.«

Ich blicke John fragend an. Hat er mich mit Schneeweißchen gemeint? »Was, du siehst doch aus wie Schneeweißchen, oder?«, meint er.

Sara erklärt: »Das ist eine Macke von John. Er verteilt gerne Spitznamen und du wirst nie denselben ein zweites Mal von ihm hören.«

»Wie wahr, meine Honigblume«, meint John jetzt zu Sara.

»Hey, Bro!«, schimpft Titus. »*Meine* Honigblume.«

Ich muss tatsächlich lächeln und obwohl ich während des gesamten Essens selbst nichts sage (wie übrigens auch Bale), werde ich in das Gespräch mit einbezogen. Michael sieht mich immer wieder mit einem aufmunternden Blick an und in mir macht sich wieder diese wohlige Wärme breit wie vorhin während seines Besuches in meinem Gästezimmer.

Nach dem Essen verabschiedet sich Michael. Bale begleitet ihn zur Türe. Alle anderen machen sich gemeinsam daran, den Tisch abzuräumen und in der Küche aufzuräumen. Ich schließe mich automatisch an und helfe mit. Wahrscheinlich leide ich bereits unter dem Stockholm-Syndrom.

9

Als Michael den Raum verlässt, fühle ich mich wieder unwohl. Ich muss an David denken. Was macht er wohl gerade? Sucht er nach mir?

Bale ist zurückgekehrt und sieht mich mit einem »Ich weiß, was du gerade denkst«-Blick an. Dann wirft er mir etwas zu, was ich reflexartig auffange. Mein Handy.

»Sie haben einen ganzen Haufen Anrufe und Nachrichten erhalten. Darf ich mir erlauben, Ihnen einen Überblick zu verschaffen?«

»Ich hatte mein Handy abgeschaltet … Wie sind Sie an meine Nachrichten rangekommen?«, frage ich verblüfft und sauer.

Bale lacht kurz auf und deutet auf Titus, der sich jetzt schnell mit Sara verdünnisiert.

»Kommen Sie!« Bale winkt mich auf die Terrasse und ich folge ihm schließlich. Draußen weht ein kühler Wind, der Himmel ist stark bewölkt, aber ich habe nur Augen für mein Handy und die Nachrichten, die ich verpasst habe. Ich will gerade anfangen zu lesen, als Bale schon loslegt: »Also, eine Lisi probiert es schon die ganze Zeit und die Nachrichten sagen eigentlich alle ein- und dasselbe aus: Melde dich endlich! Dann hat es eine Nicole auch mehrmals probiert. Ihr Motto: Es tut mir so leid, war ja nicht so gemeint etc. etc. Und natürlich David, der es kaum erwarten kann, sich endlich wieder mit Ihnen zu treffen.«

Trotz Bales Unverfrorenheit umspielt ein Lächeln meine Lippen, als er David erwähnt. Schnell suche ich die Nachrichten von David heraus. Ich beiße mir auf die Unterlippe und grinse, während ich ihm antworten will. Dann halte ich inne. Ja, was soll ich ihm denn antworten? Tut mir leid, aber ich bin jetzt bei dem BMX-Typen, den du in den Busch geschubst hast, und bei seinen Freunden. Die haben mich nämlich entführt. Rette mich. Ja, genau das sollte ich machen.

Ich will gerade etwas tippen, als Bale mir das Handy aus der Hand reißt. »Das wäre doch etwas zu einfach. Meinen Sie, ich erkenne nicht, wenn jemand eine Nachricht schreibt? Für wie blöd halten Sie mich?« Für ziemlich blöd, denke ich frech. Er schaltet mein Handy wieder aus und steckt es in die Brusttasche seines Hemdes.

»Ich habe bereits für Sie geantwortet.«

»Was?« Ich bin entsetzt.

»Zumindest habe ich Nicole geschrieben, dass alles nicht so schlimm ist, und Lisi, dass es Ihnen gut geht, und David, dass Sie sich zwar vor Sehnsucht verzehren, aber etwas mit Ihren Freunden unternehmen wollen. Was ist denn überhaupt zwischen Ihnen und Ihren Freundinnen passiert?«

»Das geht Sie gar nichts an. Was sind Sie für ein überhebliches Arschl…« Ich mobilisiere meine ganze Kraft und renne auf ihn zu, in der Absicht mein Handy zurückzuerobern.

Er scheint amüsiert über meinen Angriff und ehe ich mich versehe, hat er meine Handgelenke fest im Griff, während ich hilflos mit den Beinen kicke. Darüber lächelt er vergnügt und als ich ihm auf den Fuß trete, schreit er zwar »Aua«, hört aber nicht auf zu lächeln.

Dann wird er plötzlich ernst: »Meinen Sie tatsächlich, dass er Sie liebt?«

Ich wehre mich nicht mehr, bleibe ihm aber eine Antwort schuldig.

Er fährt fort, als hätte ich ja gesagt: »Warum? Weil er Sie küsst, streichelt und charmant umgarnt? Weil er Ihnen sündhaft teure Geschenke macht?« Sein Kinn macht eine Bewegung zu meinen Ohrringen hin, die ich wieder angezogen habe, obwohl mir natürlich aufgefallen ist, dass eines der Steinchen fehlt.

»Lassen Sie mich los!«, flüstere ich.

»Haben Sie sich in ihn verliebt?« Bale lässt mich immer noch nicht los. Sein Blick dringt in mein Innerstes und ich senke die Lider.

Jetzt gibt er meine Handgelenke frei. Bevor ich mich jedoch von ihm entfernen kann, hat er mich mit einem Arm fest umschlungen und mit der anderen Hand mein Kinn angehoben, sodass ich ihm wieder ins Gesicht sehen muss. »Lieben Sie ihn?«

»Ja … nein … ich weiß nicht. Ich weiß gar nichts mehr.«

Bale lässt mich los und ich reibe mir die Handgelenke. »Warum ist das überhaupt so wichtig für Sie?«, frage ich ungehalten.

»Nicht für mich, für Sie.«

»Ich verstehe nur noch Bahnhof.«

»Wussten Sie, dass Ihre Ohrringe mit einem GPS-Sender ausgestattet waren?«

»Was?«

»Und Sie können sich sicherlich vorstellen, dass es nicht die Firma *Tiffany* ist, die Ihren Aufenthaltsort zu jeder Zeit kennen will.«

»Das glaube ich einfach nicht. Warum sollte David so etwas tun?«, murmle ich vor mich hin und schließe die Augen, um Bale nicht mehr anschauen zu müssen.

»Da bin ich mir selbst nicht so ganz sicher.«

»Ich muss zu David. Ich muss mit ihm reden. Ich …« Plötzlich werde ich hektisch.

Bales Gesichtszüge verhärten sich, er ergreift meinen Arm und zieht mich mit. Ich hinke gestresst hinter ihm her. Unterwegs treffen wir John, dem Bale im Vorbeigehen zuruft: »Die Schonfrist ist vorbei. Ich mache jetzt reinen Tisch. Sag Sara, dass ich mir ihren Wagen ausleihe.«

John zuckt mit den Schultern und als ich mich humpelnd zu ihm umdrehe, winkt er mir mit einem traurigen Lächeln nach und raunt: »Nimm es nicht so schwer, Blümchen.«

Mit einem großen Fragezeichen im Gesicht werde ich die Treppe zur Tiefgarage hinuntergezerrt und in einen quietschegelben kleinen Fiat verfrachtet, der mit einigen bunten Blumenaufklebern verziert ist.

Das ist wirklich ein Auto, das wunderbar zu Sara passt, denke ich mir. Dass sich jetzt ein Mann wie Bale hinters Steuer setzt, enthält doch eine gewisse Situationskomik. Aber leider ist mir nicht nach Lachen zumute.

Als wir aus der Tiefgarage fahren, sehe ich, dass sich der Himmel verdunkelt hat. Es ist bereits später Abend und es sieht so aus, als ob ein Gewitter im Anmarsch wäre.

Wir fahren über den Kiesweg zum Tor. Während sich das Tor langsam öffnet, entdecke ich meine Bremsspuren im Kies, die mein spektakulärer Sturz dort hinterlassen hat. Instinktiv greife ich an meine verbundene Wunde am Arm.

Bale folgt meinem Blick. Fast glaube ich, er möchte etwas sagen, aber das Tor ist bereits offen und wir passieren es zügig. Auf der Fahrt erkenne ich, dass wir in Grünwald sind. Wir haben uns nichts zu sagen. Die Fahrt zieht sich eine Ewigkeit hin, ich starre konsequent aus dem Fenster.

Er schaltet schließlich das Radio an und dreht es ziemlich laut auf. Es läuft ein Song von *Radiohead*, den ich gut kenne und den ich liebe. Der Song beruhigt mich und ich stelle mir vor, ich sei auf einer normalen Fahrt mit einem Freund und alles wäre in Ordnung. Ich meine, zwischendurch Bales Blick auf mir zu spüren. Aber als ich einen vorsichtigen Blick zu ihm riskiere, starrt er stur geradeaus auf die Straße. »*But I'am a creep. I'm a weirdo …*«, plärrt es aus dem Radio. Ja, du bist wirklich ein Widerling, denke ich mir.

Dabei fällt mein Blick auf Bales Hände, die so geschmeidig das kleine Lenkrad umfassen. Ich schlucke. Ok, ein wirklich gutaussehender Widerling mit erotischen Händen. Schließlich erkenne ich, wo Bale mich hinbringt: Wir parken auf einem der vielen Parkplätze vor Davids Haus.

Ich will aussteigen, aber Bale sagt: »Wir warten.«
»Worauf?«
»Das werden wir sehen.«
Ok, wir sitzen hier und hören weiterhin Radio, aber es

läuft nur schlechte Musik, woraufhin Bale das Radio ausmacht. Wir scheinen einen ähnlichen Musikgeschmack zu haben. Die Stille im Wagen ist fast nicht mehr zu ertragen, als es zu regnen anfängt und dadurch wenigstens eine gewisse Geräuschkulisse entsteht.

Davids Porsche fährt an uns vorbei und bleibt in zweiter Reihe vor dem Haus stehen. Obwohl die Frontscheibe unseres Wagens inzwischen mit vielen Tropfen zugekleckst ist, kann ich die Umgebung noch gut erkennen. Das große Eingangsportal von Davids Haus öffnet sich und Angie tritt heraus. Die Fahrertüre des Porsches geht auf und David steigt aus. Meine Gesichtszüge hellen sich auf. Ich will sofort zu ihm. Aber Bale hält meinen Arm fest. »Noch nicht.«

Ich sehe Bale sauer an und er beschwichtigt mich: »Abwarten ... bitte.«

Da dies das erste höfliche Wort ist, das ich von ihm gehört habe, lehne ich mich im Wagen zurück, verschränke aber die Arme und puste mir die Haare aus der Stirn. Ich sehe Angie, die David einen fragenden Blick zuwirft, und David, der die Arme ausbreitet und mit den Schultern zuckt.

»Er hat Sie gesucht«, kommentiert Bale die Situation.

»Woher wissen Sie das?«

»Nur so eine Vermutung.«

Jetzt schlägt David die Autotür zu und geht langsam im Nieselregen auf Angie zu. Die stolziert auf ihren hochhackigen Schuhen die Treppen hinunter. Was in Gottes Namen geht da ab? David breitet seine Arme aus und Angie schlingt ihre Arme um seinen Hals. Ihre Lippen nähern sich und ... nein, oh nein! ... sie küssen sich leidenschaftlich und intensiv. Der Regen scheint den beiden nichts auszumachen.

Ich kann mir das nicht ansehen. Der Schmerz, der sich jetzt in mir ausbreitet, ist unbeschreiblich. Mein Körper fühlt sich an wie eine leblose Hülle, meine Augen füllen sich mit Tränen. Ich lege eine Hand vor meine Augen und lehne mich so weit wie möglich von Bale entfernt an die Fensterscheibe des Wagens. Er hat immerhin so viel Taktgefühl, jetzt nichts zu sagen.

Durch die gespreizten Finger beobachte ich, wie Angie, von David charmant hofiert, in den Porsche einsteigt und die beiden dann gemeinsam abfahren. Ich versuche, meine Gefühlswelt in mir wegzusperren, und wage es nicht einmal mehr, mich zu bewegen.

Ich weiß nicht, wie lange wir in dem geparkten Wagen sitzen, bis sich Bale räuspert und mich mit rauer leiser Stimme vorsichtig anspricht: »Die beiden sind schon lange ein Paar. Deswegen wollte ich wissen, ob Sie sich in ihn verliebt haben oder ob Sie mit ihm geschl... Jedenfalls habe ich versucht, das Ausmaß Ihrer Verletzbarkeit einzuschätzen.«

Ich reagiere nicht.

»Ich fürchte, ich habe mich verschätzt ... Wie kann ich Ihnen helfen?«, fragt er emotionslos.

Jetzt platze ich. Ich nehme meine Hand vom Gesicht, beuge mich vor und brülle ihn an: »Mir helfen?« Beinahe hätte ich gelacht. »Sie haben mich entführt, mit einer Waffe bedroht, an den Haaren gepackt, meine persönlichen Nachrichten gelesen, meine Handgelenke fast gebrochen und was weiß ich noch alles. Und jetzt wollen Sie mir helfen?«

Bale scheint bei jeder meiner Anschuldigungen zusammenzuzucken, was ich aber nur aus dem Augenwinkel beobachte. Ich bin blind vor Wut und froh, dass ich sie an ihm auslassen darf. Was ich in diesem Moment nicht erkenne, ist, dass es vor allem eine Wut auf mich selbst ist, die ich momentan spüre. Die Demütigung, dass ich so blöd war, mich von einem Mann um den Finger wickeln zu lassen, der nichts weiter zu tun brauchte, als mich mit seinem Aussehen und der Aussicht auf guten Sex zu blenden. Ich bin so richtig wütend auf David, der mich mit seinem Motorrad, seinem Porsche, seinen Geschenken tatsächlich beeindruckt hat – obwohl ich mir immer geschworen habe, auf materielle Dinge keinen großen Wert zu legen. Ich habe auf der ganzen Linie versagt. Ich habe mich nach Strich und Faden verarschen lassen, wo ich doch immer so stolz auf meine vermeintlich gute Menschenkenntnis war.

Jetzt sagt Bale leise: »Wahrscheinlich habe ich das verdient …«

Ich halte es nicht mehr aus und reiße die Autotür auf. Mit einem verachtenden Blick auf Bale schmettere ich ihm entgegen: »Wissen Sie was? Sie können mich mal.«

Dann stürme ich aus dem Auto und will lospreschen. Ich kann nur nicht so schnell gehen, wie ich gerne möchte, da meine Hüfte von dem Sturz auf dem Kies und später von der Fensterbank immer noch schmerzt. Einen stolzen Abgang stellt man sich anders vor. Und natürlich hat sich der leichte Nieselregen inzwischen in lange Wasserfäden verwandelt, die wie ein Sturzbach auf mich herabprasseln.

Ich bin sofort klitschnass.

Zu meiner Überraschung folgt mir Bale. Das ist vielleicht nicht die Überraschung. Noch mehr wundert mich, dass er mir zu Fuß nachläuft. Bis er mich erreicht hat, ist er ebenfalls total durchnässt. Er hatte sich bei unserem überstürzten Aufbruch keine Jacke übergezogen und deshalb klebt ihm das Hemd sofort an seinem trainierten Oberkörper. Das will ich eigentlich gar nicht sehen.

»Warten Sie!«, schreit er mir durch den Regen zu und will mich festhalten.

»Fassen Sie mich nicht an!« Ich wehre ihn ab und schlage seine Hand mit meinem Arm weg. Erstaunlicherweise lässt Bale mich los. Da bin ich so überrascht, dass ich stehen bleibe.

»Wo wollen Sie denn jetzt hin, hmh?« Seine Stimme klingt auf einmal ganz sanft, fast zärtlich.

»Nach Hause natürlich.«

»Und was wollen Sie ihren Freunden erzählen?«

Gleichgültig zucke ich mit den Schultern und vergrößere den Abstand zwischen uns.

»Und was machen Sie, wenn David auftaucht? Meinen Sie, der lässt sich einfach so abwimmeln? Glauben Sie mir, ich kenne ihn, er führt irgendetwas im Schilde«, schreit Bale durch den Regen. Seine sanfte Phase hat er schnell überwunden.

»Und Sie, was führen Sie im Schilde? Ich kann Ihnen doch genauso wenig vertrauen«, brülle ich zurück.

Wir stehen beide im strömenden Regen, sind bis auf die Haut nass und haben uns nichts mehr zu sagen.

»Ich werde dafür sorgen, dass Sie gut nach Hause kommen, wenn ich Ihnen morgen in Ruhe berichten darf, was ich im Schilde führe«, flüstert Bale schließlich und kommt mir wieder näher. Der Regen hat nachgelassen, daher kann ich sein Flüstern gut verstehen.

Ich zucke mit den Schultern und verschränke die Arme. Es ist dunkel, um uns herum ist fast nichts los, ich bin weit weg von meiner Wohnung, verletzt und gedemütigt und natürlich möchte ich gut nach Hause kommen. Aber ich kann meinen Standpunkt nicht aufgeben. Ich kann niemandem mehr vertrauen und wenn ich jetzt einknicke, dann verliere ich das letzte Fünkchen Selbstwertgefühl, das ich noch habe.

Bale kommt mir vorsichtig noch näher: »Glauben Sie mir, ich weiß sehr gut, wie Sie sich jetzt fühlen. Ich weiß, dass Sie mir vielleicht nie mehr Ihr Vertrauen schenken werden. Aber darf ich Ihnen zeigen, dass ich bereit bin zu versuchen, Ihnen zu vertrauen?«

Ich überlege. Eigentlich habe ich ja nichts mehr zu verlieren und bevor ich jetzt analysiere, was »bereit zu versuchen« genau bedeutet, seufze ich schließlich: »Okay.«

Seine Hand nähert sich mir langsam. Ich zucke zurück. »Bitte geben Sie mir Ihre Hand.«

Was kommt jetzt wieder? »Muss das sein?«

Er nickt. Ich reiche ihm meine Hand und murmle: »Also wissen Sie, auf diese Masche falle ich jetzt nicht mehr ...«

Was ist passiert? Auf einmal herrscht Totenstille. Nein, es herrscht keine Stille, aber die Geräusche haben sich verändert. Nicht die Lautstärke, es ist etwas anderes. Ich schaue mich um. Das Auto, das gerade an uns vorbeigefahren ist, hat jetzt geparkt. Nein, es parkt nicht. Es hat angehalten, aber von den Reifen spritzt das Wasser weg. Das Wasser bewegt sich aber nicht, fast nicht. Jetzt fällt mir auf, dass der Regen in der Luft zu hängen scheint. Wenn ich mich stark konzentriere, sehe ich, dass sich die Tropfen ganz langsam nach unten bewegen. Ich halte meine freie Hand in die Luft und berühre einen Regentropfen, der ganz normal in meiner Hand aufklatscht.

»Fantastisch!«, entfährt es mir. Für einen Moment habe ich alles vergessen, sogar David und den Kummer, den er mir bereitet. Ehrfürchtig schaue ich jetzt zu Bale, der meine Hand vorsichtig hält. Ich bemerke dabei, dass er fast nicht zugreift, damit ich ihm meine Hand nicht entreiße. Er sieht mich mit einem Ausdruck an, den ich nicht deuten kann, so viele Gefühle sind darin verborgen. Stolz, Scheu, Unsicherheit, Freude?

Plötzlich schaut er wieder streng. Scheint sein Lieblingsblick zu sein. Mit heiserer Stimme beginnt er zu reden: »Als Sara Ihnen erzählt hat, dass ich mich schnell bewegen kann, da hat Sie Ihnen das erzählt, was die meisten meiner Freunde meinen. Aber in Wirklichkeit …«

»… verlangsamen Sie alles um sich herum«, beende ich seinen Satz und schaue mich weiterhin überwältigt um.

»Das wissen nur eine Handvoll Personen, Familienmitglieder … und jetzt … Sie.«

Mein Blick richtet sich wieder auf mein Gegenüber. »Ich weiß das wirklich sehr zu schätzen, dass Sie ausgerechnet mich in Ihr Geheimnis eingeweiht haben, aber …«

»Schhh!« Bale hält einen Finger vor den Mund. »Alles Weitere besprechen wir morgen.«

Ich nicke und er lässt mich los. Das Auto fährt an mir vorbei und Wasser spritzt bis zu mir auf den Gehweg. Es regnet wieder und die Geräusche nehmen ihre normale Geschwindigkeit an.

Aber Bale ist weg. Ich kann ihn nicht mehr sehen. Gerade will ich mich verwundert umsehen, als ich im Augenwinkel eine Bewegung wahrnehme. Bale kommt mir aus der Richtung von Saras Auto entgegen, als ob er dort gerade eben erst ausgestiegen wäre. Er hat eine Decke dabei, die er mir umlegt.

Dann gehen wir gemeinsam zum Auto zurück und steigen ein. Bale führt ein paar Telefonate. Ich höre nicht zu, bin mit meinen Gedanken bei David und Angie. Eine unglaubliche Wut kocht wieder in mir hoch. Es war von Anfang an Davids Plan, dass ich ihm von meiner Gabe berichte. Er und seine Angela haben das wirklich ganz geschickt eingefädelt. Vielleicht war es auch gar nicht geschickt, nur dass ich so blöd war, das alles nicht zu bemerken.

Stocksauer nehme ich die Ohrringe ab und schmeiße sie aus dem Auto auf den Parkplatz. Bale beobachtet meine Aktion mit hochgezogenen Augenbrauen, während er wohl mit John telefoniert.

Dann unterbricht er kurz sein Telefonat und sagt zu mir: »Rufen Sie Ihre Freunde an.« Er überreicht mir mein Handy.

Ich rufe Lisi an, die sofort abnimmt. »Clara, mein Gott, wo bist du? Hör zu …«, ruft sie mit weinerlicher Stimme.

»Hey, Lisi, es ist alles in Ordnung, na ja, fast alles. Ich

komme bald nach Hause und dann reden wir über alles, ja?« Ich merke, dass meine Stimme brüchig klingt.

»Clara, wo bist du? Wann kommst du?«

In diesem Moment fährt der mir bekannte Entführungsbus vor und Sara winkt uns zu. »Ich bin in spätestens einer halben Stunde da?«, frage ich mehr Bale, als dass ich Lisi eine Antwort gebe.

Er nickt und steigt aus. Sara und er tauschen ein paar Worte aus und schließlich setzt sich Sara neben mich. Bale nickt mir noch einmal zu, bevor er in den Bus einsteigt und losfährt.

Ich bin sprachlos und werde durch Lisis fragendes »Clara? Bist du noch dran?« wieder in die Gegenwart zurückgeholt.

»Äh, ja, du ich muss jetzt los. Bis gleich.« Mit diesen Worten lege ich auf.

Gerade noch rechtzeitig, denn Sara lässt lautstark eine Schimpftirade los: »Mann, hier ist ja alles nass. Das ist mal wieder typisch. Ist ja nur mein Auto, was versaut wird.«

Ich bin froh, dass ich auf der trockenen Decke sitze. Sara fährt los. Sie scheint zu wissen, wo ich wohne. »Hast du dir schon überlegt, was du zu deinen Freunden sagen wirst?«

»Ich habe mir gedacht, ich bestätige die schlimmste ihrer Befürchtungen.«

Sara sieht mich fragend an.

»Naja, dass David ein Loverboy ist und mich auf den Strich schicken wollte.«

Sara lacht auf: »Die haben gedacht, dass David ein Zuhälter ist? Das ist ja herrlich.«

»Ja, ganz herrlich. Danke.«

»Entschuldige. Dir geht es bestimmt dreckig.«

Ich kann nur noch nicken, bevor ich hemmungslos heulen muss. Schrecklich. Die denken bestimmt schon alle, dass ich eine Heulsuse erster Klasse bin. Normalerweise bin ich nicht so nahe am Wasser gebaut. Mögen die Umstände mich entschuldigen!

Sara hält am Straßenrand an und versucht mich zu trösten. Sie merkt jedoch, dass sie mir nicht viel helfen kann, und fährt schließlich weiter bis zu mir nach Hause.

Nachdem ich geklingelt habe, wird die Wohnungstür von Lisi aufgerissen. »Oh Gott«, schreit sie und wirft sich mir um den Hals. »Clara, es tut mir so leid wegen Nicole und den ganzen Sachen.«

Dann blickt Lisi fragend zu Sara, die sich an mich wendet. »Ich gehe jetzt.« Sie drückt mich und ich drücke sie. Dabei flüstert sie mir ins Ohr: »John steht die ganze Nacht Wache. Er ist schon da. Ich habe sein Auto gesehen. Du brauchst dir heute Nacht wirklich um nichts Sorgen zu machen.«

»Okay«, schniefe ich. Als Sara schon fast weg ist, rufe ich ihr noch nach: »Danke ... für alles.« Sie schenkt mir ein fröhliches Lächeln und klimpert mit ihren langen Wimpern: »Gern geschehen! Freunde?«

»Freunde!«

Ich schließe die Wohnungstür. Sofort legt Lisi wieder los: »Clara, wie siehst du aus! Du bist ganz nass und ... verletzt. Was ist passiert? Wir müssen jetzt erst einmal Nicole anrufen und sie erlösen. Sie ist todunglücklich, weil sie sich so danebenbenommen hat.«

Lisi zieht mich mit in die Küche. Ich höre, dass in ihrem Zimmer der Fernseher läuft. Wahrscheinlich ist Tom da. Ich kann es ihm aber nicht verdenken, dass er sich nicht blicken lässt. In der Küche breche ich erst einmal wieder in Tränen aus, aber Lisi versteht es, mich zu trösten. Sie ist schon sehr lange meine beste Freundin und weiß einfach, welche Knöpfe sie bei mir drücken muss, damit sie mir ein Lächeln entlocken kann. Geschickt lenkt sie mich ab, kanalisiert meine Trauer und Wut in die richtigen Bahnen und schon bald schmieden wir gemeinsam Pläne, wie die Rache an David aussehen wird.

Ich habe ihr erzählt, dass Nicole wahrscheinlich mit ihrer Einschätzung von David gar nicht so danebenlag und ich es mir sehr gut vorstellen kann, dass er wohl ein Loverboy sei. Er habe mit der Tussi rumgeknutscht, die er mir vorgestellt hat als ganz normale Freundin. Dann berichte ich Lisi auch, dass ich vor lauter Aufregung schwer gestürzt und dann bei Sara und ihren Bekannten untergekommen sei. Diese Gruppe habe sich ganz wunderbar um mich gekümmert. Dass das Ganze in einer Grünwalder Villa passiert ist, erzähle ich aber nicht. Dann seien wir noch in den Regen gekommen etc. etc.

Lisi ist Gott sei Dank so sehr von David und seiner falschen Masche gefesselt, dass sie zu der anderen Geschichte relativ wenige Fragen stellt. Und ich bin froh, weil ich sie in Bezug auf David auch nicht so richtig anlügen muss.

»Hat er dich gesehen?«, fragt Lisi jetzt.

»Nein, der war so mit seiner Angie beschäftigt.«

»Als du mir geschrieben hast, dass seine Freunde komisch sind und er sich auch anders verhält, da hatte ich schon so ein komisches Gefühl. Daher kam dann meine Einladung an euch zum Mittagessen.«

»Ja, das war wirklich meine Rettung.«

»Als dann Nicole auch so ein ungutes Gefühl hatte, da sah ich mich ehrlich gesagt bestätigt. Ich wollte dir nur nicht alles versauen.«

Ich nicke: »Das hat dann ja Nicole übernommen.«

Lisi zuckt zusammen: »Nicole! Die habe ich jetzt ganz vergessen. Ich habe ihr versprochen, dass ich mich auf jeden Fall nochmal bei ihr melde.«

»Tu das. Ich geh jetzt ins Bett.«

»Clara, klar, entschuldige, du sitzt hier immer noch ganz nass rum. Du holst dir noch den Tod. Hättest doch was sagen können …«

»Ich wollte aber mit dir reden. Du bist die Einzige, die mich versteht.« Vorsichtig lächle ich Lisi an. Sie drückt mich ganz fest und ich entschuldige mich bei ihr, dass ich sie am Nachmittag so grob zur Seite gestoßen habe.

Dann trockne ich mich ab und lege mich ins Bett. Nicht ohne vorher noch einen Blick aus dem Fenster auf die Straße zu riskieren. Tatsächlich, ich sehe John in einer Art Jeep da unten sitzen und er winkt sogar zu mir hoch. Ich höre Lisis Stimme, als sie mit Nicole telefoniert, und bin froh, dass sie das übernimmt. Ihr müsst wissen, Nicole ist nicht so richtig meine Freundin. Lisi ist mit Tom zusammen und Patrick ist Toms bester Freund. Da haben wir dann Nicole kennengelernt, weil sie eben mit Patrick zusammen ist.

Ich kuschle mich in mein Bett und, nachdem ich alle Gedanken an David zur Seite geschoben habe, mache ich mir viele Gedanken über den Tag. Woher kommen denn plötzlich die ganzen Leute mit den unterschiedlichen Gaben? Warum kennen die sich? Schließlich ertappe ich mich dabei, wie ich den vielen Momenten mit Bale nachhänge, besonders als die Zeit stillzustehen schien und er so zart meine Hand gehalten hat.

Gute Nacht.

10

Am nächsten Morgen klingelt mein Wecker und ich wache wie gerädert auf. Alle Knochen tun mir weh. Ein Blick in den Spiegel bestätigt meine schlimmsten Vermutungen. Ich sehe exakt so aus, wie ich mich fühle. Unter den Augen habe ich dicke Ringe, alles ist verquollen und irgendwie rot. Meine Nase sieht wie eine typische Schnapsnase aus.

Gequält wende ich mich von meinem Spiegelbild ab und wickle meinen Armverband ab. Dann dusche ich mich schnell ab, versuche dabei meine Verletzung möglichst wenig nass werden zu lassen, weil das höllisch brennt. Ich habe mehrere blaue Flecken, einen besonders großen am Hintern. Nichtsdestotrotz fühle ich mich nach der Dusche schon viel besser.

Lisi scheint noch zu schlafen, wahrscheinlich muss sie heute erst später zur Arbeit und Tom geht meist sehr früh weg, wenn er hier übernachtet hat. Ich lege beim Frühstück meinen MP3-Player an und höre mir zuerst den ultimativen Herzschmerz-Song von Sinéad O'Connor an. Das passt perfekt zu meiner Stimmung. Dann muss ich zur Arbeit los. Damit ich mich aber in eine andere Stimmung versetze, suche ich mir noch schnell ein anderes Lied aus. Einen Song aus dem Soundtrack von *Matrix* von Rob Zombie. Mit diesen Klängen im Ohr gehe ich so schwungvoll wie eben möglich die Treppe hinunter und laufe zur U-Bahn-Station.

Da sehe ich Johns Auto und auch ihn selber, wie er aus dem Wagen aussteigt. Ich bleibe stehen. Er kommt zu mir herüber. »Soll ich dich zum Arzt bringen?«

Ich nehme meine Ohrstöpsel raus. »Arzt?«

»Wegen der Krankmeldung.«

»Ach so, nee, ich gehe in die Arbeit.«

John sieht mich mit so einem Blick an, fast belustigt, aber auch kritisch. »Davon lässt du dich wahrscheinlich nicht abbringen, oder?«

»Wieso?«

»Komm, ich fahr dich zur Arbeit.«

»Passt schon, danke.«

»Nein, passt nicht. Ich begleite dich so oder so. Also, einsteigen, Schneewittchen.«

Ich gebe mich geschlagen. Mein Arsch tut beim Gehen eh ziemlich weh. »Schneewittchen hatte aber Haare schwarz wie Ebenholz«, wende ich ein.

»Da hast du wohl noch nie das Original gelesen«, entgegnet John und deutet auf meine Ohrstöpsel. »Was hörst du?«

Ich ziehe den Kabelsalat samt Player unter meiner Jacke hervor und will alles John reichen. Er nimmt nur den MP3-Player, steckt ihn in eine Buchse am Autoradio und schon läuft Rob Zombie laut im Wagen. Grinsend startet John den Motor und sieht mich überrascht an. Ich grinse zurück. Die Musik läuft so laut, dass ein Gespräch nicht möglich ist.

John fährt ziemlich rasant und ruppig und ich halte mich an jedem Griff fest, den ich erwische. Er setzt mich vor der Werkstatt ab. Natürlich bin ich superpünktlich dran.

»Danke dir, John!« Ich lächle ihn an und er gibt mir den MP3-Player zurück.

»Ich lasse mich jetzt ablösen. Ich bin hundemüde. Bis später«, meint John noch. Dann greift er nach seinem Telefon.

Ich humple in meine Werkstatt, begrüße die Kollegen und Mitarbeiter, die schon da sind, und fahre den PC im Büro hoch. In der Früh habe ich es mir zur Angewohnheit gemacht, erst einmal meine E-Mails durchzusehen. Jeder Mitarbeiter hat sein eigenes Postfach und ich melde mich mit meinem Kennwort an.

Der Betreff der E-Mail, die gerade eben eingetroffen ist, lautet *???* und kommt von irgendeinem Immobilienbüro. Ich öffne sie und da steht ohne Anrede nur ein Satz: *Warum sind Sie in der Arbeit??? B.*

Das kann nur von Bale sein. War ja klar, dass John ihn angerufen hat. Ich antworte ebenso ohne Anrede mit einer Gegenfrage: *Weil Montag ist? C.*

Dann drücke ich auf »Senden«, als mein Chef, der Werkstattleiter, das Büro betritt. Er ist ein humorvoller, leicht übergewichtiger Mittfünfziger mit Schnurrbart. Bei uns ist es Tradition, dass wir uns zur Begrüßung die Hände schütteln. Deshalb stehe ich auf und hinke ihm entgegen. »Hallo, Helmut.«

Da sieht er mich überrascht an. »Guten Morgen, Clara. Hartes Wochenende gehabt?«

»Ja, bin ziemlich übel gestürzt und dann noch in den Regen gekommen. Ich glaube, bei mir ist eine Erkältung im Anmarsch.« Wir geben uns die Hand.

Er schüttelt lächelnd den Kopf. »Naja, du weißt ja,

wenn es dir nicht gut geht, kannst du jederzeit nach Hause gehen.«

»Ja, ich weiß. Aber es geht schon.«

Der Arbeitsalltag hat mich bald fest im Griff. Wir sind gerade etwas unter Termindruck, den wir natürlich versuchen, möglichst nicht an unsere Mitarbeiter weiterzugeben, da einige sehr sensibel reagieren. Deshalb arbeiten wir fleißig selbst mit, wecken die Mitarbeiter, die bei der Arbeit einschlafen, was aufgrund von gewissen Medikationen schon einmal vorkommen kann, und treiben dort an, wo es unauffällig geht.

Zwischendurch logge ich mich am PC ein, um meine E-Mails zu checken. Aber B. hat nicht mehr geschrieben.

In der Vormittagspause lasse ich mir einen Kaffee aus dem Automaten, der auf dem Gang im ersten Stock steht und schaue durch das Fenster auf den Parkplatz. Da steht immer noch Johns Jeep. Aber jetzt fährt ein sehr nobler dunkler Wagen auf einen der anderen freien Parkplätze und ein geschniegelter Typ in dunklem Anzug und Krawatte steigt aus. Die Haare sind perfekt gestylt. Himmel, das ist Bale!

Ich nehme einen zu großen Schluck Kaffee und verbrühe mir den Mund. Mal abgesehen davon, dass ich hier nicht mit ihm gerechnet habe, wird mir klar, dass er tatsächlich so gut aussieht, wie ich ihn in Erinnerung hatte. Bale geht geschmeidig zu Johns Jeep. Dann fährt John weg. Aber statt sich wieder in sein Auto zu setzen, kommt Bale mit energischen Schritten auf die Werkstatt zu. Der Wind bläst sein Jackett hoch und er knöpft es zu.

Entgeistert starre ich auf den Parkplatz. Was für ein

Auftritt! In einem Film würde dieser coole Anmarsch sicherlich in Zeitlupe laufen. Ein gutaussehender Mann, ein perfekt sitzender Anzug, ein atemberaubender Gang. Der Wind, das Jackett, eine Hand, die lässig durch das Haar fährt, bevor das Jackett mit geübten Bewegungen geschlossen wird. Beinahe höre ich die Filmmusik, die zu dieser Szene laufen würde. Irgend so eine dramatische Musik, wie sie immer dann läuft, wenn sich am Ende eines Films die Helden als Überlebende einer Explosion aus den Nebelschwaden auf die Kamera zubewegen. Ich liebe diese Momente ... im Film.

Ich kann es nicht fassen, dass ich derart gefesselt bin. So beeindruckt war ich nicht einmal von David Beckham, als er in einem Werbespot nur in Unterwäsche seinem Wagen hinterherrennt. Und dieser Mann hier ist komplett bekleidet.

Eine unserer Mitarbeiterinnen mit Down-Syndrom ist auf mich aufmerksam geworden und sieht nach, was ich entdeckt habe. Ich trinke schnell einen Schluck Kaffee, als sie mich strahlend ansieht und irgendetwas von wegen »Schöner Mann« murmelt.

Ich lächle sie völlig fertig an und gehe nervös zurück an die Arbeit, immer mit einem wachsamen Blick zur Tür. Aber von Bale ist weit und breit keine Spur zu sehen. Dann klingelt im Büro mal wieder das Telefon und ich gehe ran: »Clara Constanz. Verpackung II.«

»Ah, Clara, hier ist Irmgard Bodenfeld. Wären Sie so nett und würden mir Helmut schnell an den Apparat holen?«

»Ja, Moment.«

Irmgard Bodenfeld ist sozusagen die Chefin von meinem Chef. Ich hole Helmut ans Telefon und widme mich wieder den Mitarbeitern, für die ich zuständig bin. Da ist gerade ein kleiner Streit ausgebrochen, den es zu schlichten gilt. Als ich erfolgreich die beiden Streithähne an die Arbeit zurückgeschickt habe, kommt Helmut aus dem verglasten Büro. »Ich muss mal eben zu Irmgard. Haltet ihr hier die Stellung?«

Ich wechsle einen Blick mit meinem Kollegen Darius und dann nicken wir Helmut zu.

Helmut ist weg und wir sind gut beschäftigt. Ständig klingelt das Telefon und an irgendeinem Arbeitsplatz gibt es immer etwas zu erledigen. »Clara, kannst du schnell noch ein paar Kartons aus dem Lager holen?«, fragt mein Kollege Darius.

»Ja klar, bin gleich wieder da.«

Das Lager ist eigentlich nur ein Raum, der an unsere Werkstatt angrenzt. Weil wir im Bereich der Verpackung tätig sind, sind da hauptsächlich Kartons in allen möglichen Farben und Formen gestapelt. Ich bin gerade im Lager angekommen, als ich die Stimme von Frau Bodenfeld höre: »Das ist also hier unsere Verpackung II.«

Ich spähe vorsichtig durch die Tür und sehe Helmut mit Frau Bodenfeld die Werkstatt betreten und dahinter kommt Bale ganz entspannt herein und sieht sich neugierig um. Gerade als sich sein Blick in meine Richtung wendet, ziehe ich mich in den kleinen Lagerraum zurück. Mein Herz beschleunigt seine Tätigkeit und ich kann meine Halsschlagader pulsieren spüren. Die Anwesenheit dieses gutaussehenden Arschlochs versetzt mich tatsächlich in einen körperlichen Erregungszustand. Das gibt es doch nicht!

Da höre ich schon die Stimme von Helmut: »Wo ist denn Clara?«

Darius gibt ihm bereitwillig Auskunft: »Die ist hinten im Lager, ein paar Kartons holen.«

Hektisch arbeite ich mich durch die Berge von Kartons, die sich unaufgeräumt im Lager türmen und sammle ein paar zusammen. Ich tue einfach so, als ob ich meinen Namen, aus Helmuts Mund gerufen, überhöre und rasche mich in den hinteren Teil des Lagers durch.

»Äh, das ist unser kleines Lager«, erklärt Helmut. »Wir haben schon länger nicht mehr aufgeräumt. Vielleicht …«

»Das sehe ich«, meint Bale.

»Clara?«, ruft Helmut.

»Ja?«, antworte ich in einer Tonlage, als hätte ich ihn eben erst gehört. Ich gehe aber noch ein Stück rückwärts und stoße an einen Kartonberg. Da die leeren Kartons hinter mir nachgeben, plumpse ich nach hinten und der ganze Berg fällt über mir zusammen. Ich werde fast unter den Pappschachteln begraben und Helmut springt in den Raum, um mir zu Hilfe zu eilen. Bale folgt ihm. Während Helmut die Kartons zur Seite räumt, reicht Bale mir seine Hand, die ich dankbar annehme, und dann lasse ich mir von ihm aufhelfen.

Meine Frisur ist völlig durcheinander und ich merke, wie mir das Blut ins Gesicht schießt. Mein Hintern schmerzt entsetzlich, obwohl die Kartons meinen Sturz gut abgefedert haben.

»Haben Sie sich schon wieder wehgetan?«, tadelt mich Bale mit ausgelassener Miene. Er lässt meine Hand nicht los. Mit der anderen Hand entfernt er eine Staubflocke aus meinen Haaren.

»Nö, alles bestens«, presse ich hinter zusammengebissenen Zähnen hervor.

Helmut ist mit den Kartons fertig und Bale lässt meine Hand los. Wir starren uns alle schweigend einen Moment an, als Bale mir erneut seine Hand zum Gruß entgegenstreckt. »Frau Constanz, ich freue mich, Sie wiederzusehen.«

Verwirrt gebe ich ihm die Hand. Jetzt mischt sich Frau Bodenfeld in unsere traute Dreisamkeit ein. »Wollen wir in den Besprechungsraum gehen?«

Was wird hier gespielt? Wir begeben uns unter den neugierigen Blicken aller Mitarbeitenden in den Besprechungsraum, der an unser kleines Büro angrenzt und ebenfalls nur durch verglaste Wände vom Arbeitsraum getrennt wird. Alle haben ihre Arbeit unterbrochen. Das ist meist so, wenn unbekannte Personen die Werkstatt betreten, aber ein derart gestylter Mann im Anzug ist noch ein Tick mehr, als wir hier gewöhnt sind.

Doris, die junge Frau mit Down-Syndrom, die mit mir zuvor auf den Parkplatz gestarrt hat, lächelt verklärt und geht auf Bale zu. »Willst du mein Freund sein?«

Ich erwarte automatisch, dass Bale sich distanziert und von Doris abwendet. Er lächelt sie jedoch freundlich an und erwidert charmant: »Dazu kennen wir uns noch etwas zu wenig.«

Helmut schickt Doris zurück zu ihrem Tisch. Sie ruft Bale noch hinterher: »Dann gehen wir mal ins Kino. Abgemacht?« Bale lächelt verlegen und zupft sich an der Nase.

Wir nehmen alle an dem großen Tisch im Besprechungsraum Platz und Helmut schließt die Tür. Bale schiebt seinen Stuhl etwas vom Tisch weg und schlägt lässig die Beine übereinander. Ich merke, wie ich plötzlich zum Zentrum der allgemeinen Aufmerksamkeit werde, und mache mich noch kleiner, als ich ohnehin schon bin.

Frau Bodenfeld beginnt: »Clara, ich freue mich, Ihnen mitzuteilen, dass wir Sie unbürokratisch aus unserem Arbeitsverhältnis entlassen können, damit Sie die Stellung, um die Sie sich bei Herrn Teubert ...« Bale hebt eine Hand, um zu zeigen, dass er damit gemeint ist. »... beworben haben, baldmöglichst antreten können.«

Mir fällt die Kinnlade herunter. Helmut mustert mich sehr genau, ebenso wie Bale. Meine Stimme klingt wie ein unheilvolles Echo: »Entlassen? Beworben?«

Frau Bodenfeld lächelt mich aufmunternd an: »Aber Clara, das braucht Ihnen wirklich nicht unangenehm sein. Es freut mich sehr, dass Sie sich beruflich entwickeln. Sie sind noch so jung, da haben wir schon vermutet, dass Sie nicht bis zur Rente bei uns bleiben würden.«

Ich klappe meine Kinnlade hoch. Inzwischen bin ich bestimmt tiefrot angelaufen, jedenfalls schwitze ich erbärmlich.

»Auch wenn wir natürlich bedauern, eine so zuverlässige, engagierte und beliebte Mitarbeiterin zu verlieren«, fährt Frau Bodenfeld fort und lächelt immer noch breit.

Helmut nickt ernst und spielt mit seinen Händen. Ihm scheint die ganze Situation ebenso unangenehm zu sein wie mir.

Frau Bodenfeld spricht weiter: »Aber ich bin sicher, Sie werden sich bei Herrn Teubert sehr gut aufgehoben fühlen. Er ist uns schon lange bekannt, unter anderem als großzügiger Wohltäter, und ich möchte mich schon jetzt bedanken, dass Sie uns wieder eine sagenhafte Spende in Aussicht gestellt haben.«

»Liebe Frau Bodenfeld, darüber wollten wir doch nicht mehr sprechen«, unterbricht Bale Frau Bodenfeld tadelnd.

Ich bin also verkauft worden?

»Natürlich, entschuldigen Sie«, meint sie etwas kleinlaut.

Helmut steht auf. »Bin gleich wieder da.«

Draußen steht Doris vor der Scheibe und schaut mit offenem Mund zu uns herein. Helmut kümmert sich darum, dass sie wieder an die Arbeit geht und nimmt dann im Büro einen Telefonanruf entgegen.

Bale beobachtet jede meiner nervösen Bewegungen und sagt schließlich mit ruhiger Stimme zu Frau Bodenfeld, ohne mich aus den Augen zu lassen: »Darf ich Frau Constanz noch kurz unter vier Augen sprechen?«

»Natürlich!« Frau Bodenfeld springt beflissen auf. »Ich warte dann in meinem Büro auf Sie wegen der Formalitäten. Clara, Sie müssten dann bitte auch noch mitkommen. Ich richte in der Zwischenzeit alles her.« Frau Bodenfeld verlässt den Raum.

Bale starrt mich immer noch an. Wir sind zwar jetzt unter uns, aber immer noch nicht so richtig, da wir durch die verglasten Wände von vielen Augen beobachtet werden. Gott sei Dank sitzt der Dreckskerl sehr weit von mir weg. Am liebsten würde ich ihm sein schönes Gesicht zerkratzen.

Schließlich sagt er ruhig: »War keine gute Idee, heute in die Arbeit zu gehen.«

Ich verziehe keine Miene, aber der Klang meiner Stimme verrät meine Verachtung. »Wieso? Damit Sie mich in Ruhe freikaufen können?«

»Ich hatte gehofft, ich könnte alles in trockene Tücher bringen und es Ihnen dann in Ruhe erklären. Aber ich habe nicht mit Ihrer ... Halsstarrigkeit gerechnet.«

»Wie bitte?«

»Also bitte, welcher normale Mensch geht schon in die Arbeit, nachdem er entführt wurde, sich verletzt hat und dann auch noch herausfand, dass der Liebste es mit einer anderen treibt?«

»Ich bin eben nicht normal.«

»Ja, das ist mir auch schon aufgefallen«, sagt Bale lächelnd.

Find ich gar nicht witzig. »Wissen Sie, ich liebe meine Arbeit wirklich. Ich komme gerne hierher. Ich wünschte, Sie hätten mich in Ihre ... Aktivitäten mit einbezogen, dann hätte ich wenigstens das Gefühl gehabt, dass ich mich für irgendetwas entscheiden kann.«

»Sie haben Ihre Entscheidung bereits an dem Tag getroffen, als Sie sich entschlossen haben, Robert Quinn zu helfen.«

»Ach, und jetzt habe ich jede Entscheidungsfreiheit für die Zukunft verwirkt?«

»Sagen wir so. Sie haben mit Ihrer Aktion gewisse Entwicklungen in Gang gesetzt und jetzt gibt es kein Zurück mehr. Und machen Sie mir nicht weis, dass Sie das nicht selbst schon bemerkt haben.«

Betroffen senke ich meinen Blick. Ich muss ehrlich mit mir selbst sein. Ja, ich habe es gespürt, seit dem Moment, als ich David mein Geheimnis preisgegeben habe. Nichts wird mehr so sein, wie es war. Und der Ursprung dieser ganzen Ereigniskette war Robert Quinn, da hat Bale Recht. Mein Gesichtsausdruck verrät meine Gedanken und ich puste seufzend Luft an meine heiße Stirn.

Bale erhebt sich mit Schwung. »Na sehen Sie.« Dann seufzt er: »Ich gehe jetzt zu Frau Bodenfeld. Sie können dann ja nachkommen, wenn Sie sich so weit wieder im Griff haben.«

Depp. Wenigstens hat *er* alles ganz wunderbar im Griff. Ich hasse ihn, diesen arroganten Snob. Darf man so über seinen zukünftigen Chef denken?

Als dieser Teubert-Typ endlich gegangen ist, kommt Helmut wieder in den Besprechungsraum und schließt die Tür. Wir waren im Umgang miteinander immer sehr offen und ehrlich und ich sehe ihm an, dass er mit meiner neuen Arbeitssituation genauso überfordert ist wie ich. Ich spüre, dass unsere Beziehung nie mehr so sein wird, wie sie einmal war. Auch das hat mir dieser Bale jetzt noch genommen. Nicht einmal von meiner Arbeitsstelle kann ich mich so verabschieden, wie ich es mir vorgestellt hätte.

»Ich hatte eigentlich das Gefühl, dass du mit deinen Sorgen und Problemen, die die Arbeit betreffen, immer zu mir gekommen bist. Weißt du, wie blöd ich mir eben in Irmgards Büro vorgekommen bin, als ich als Letzter von deinen beruflichen Veränderungen erfahren habe?«

Nein, nicht ganz als Letzter, denke ich mir. »Es tut mir echt leid, Helmut. Ich wollte das so nicht. Ich hatte Herrn … Teubert gebeten, mir noch etwas Zeit zu lassen, damit ich alle, die mir wichtig sind, informieren kann.

Aber du kennst doch diese reichen Schnösel. Die nehmen keine Rücksicht auf das gemeine Volk.« Jetzt schwimme ich mit Helmut wieder auf einer Welle.

Er hat meine Entschuldigung angenommen und klopft mir auf die Schultern. »Weißt du, ich hab ja immer gedacht, du bist irgendwann schwanger und dann weg. Aber so? Jedem das Seine.«

»Zum Schwangersein braucht man immer noch den richtigen Mann.«

Helmut wechselt das Thema. »Was hast du denn für Aufgaben bei Herrn Teubert? Bist du als Heilerziehungspflegerin bei ihm angestellt?«

»Äh, du das erzähl ich dir später. Ich glaube, ich sollte jetzt zu Frau Bodenfeld gehen.«

»In Ordnung. Bis dann.«

Wenig später klopfe ich an Frau Bodenfelds Bürotür, an der ein »Bitte nicht stören«-Schild hängt.

»Ja?«, höre ich Frau Bodenfeld zwitschern.

»Ich bin es, Clara.«

»Herein. Sie kommen gerade recht«, antwortet Frau Bodenfeld gut gelaunt.

Ich trete ein. »Setzen Sie sich doch!« Frau Bodenfeld winkt mich zu einem freien Stuhl.

Im Büro befindet sich außer Frau Bodenfeld und Bale noch ein weiterer Mitarbeiter der Werkstatt, den ich vom Sehen her kenne. Ich setze mich. »Clara, wir haben noch Herrn Wolfram von der Mitarbeitervertretung hinzugezogen, damit Sie sicher sein können, dass alles seine Richtigkeit hat. Herr Teubert hat darauf bestanden.«

Frau Bodenfeld liest den aufgesetzten Aufhebungsvertrag vor. Ich bin so angespannt, dass ich nur einige Wortfetzen aufnehmen kann: ... *die beiden Parteien ... in gegenseitigem Einverständnis ... Resturlaub ... und somit noch bis zum ... bei uns beschäftigt ...*«

Was? Ich bin nur noch diese Woche hier? »Puh, ich hatte schon gehofft, dass ich noch bis zum Ende des Monats hier bin«, meckere ich.

»Aber das sind Sie doch, Clara. Sie müssen Ihren Urlaub und Ihre Überstunden noch wegbekommen«, sagt Frau Bodenfeld freundlich.

Bale fügt sachlich hinzu: »Außerdem ist ein Arbeitsbeginn zum Anfang des nächsten Monats unabdingbar für mich.«

Der kann ja vielleicht geschwollen daherreden! Wenn der einer Frau seine Liebe gesteht, dann sagt er wahrscheinlich: *Ich bin dir sehr zugetan, mein Honigblümchen.*

»Dann sind wir uns ja alle einig«, stellt Frau Bodenfeld glücklich fest. Ja, wie schön. Alle sind sich über mich einig. Und Frau Bodenfeld ist überglücklich. Bestimmt verteilt sie im Geiste schon die Spendengelder.

»Frau Constanz, haben Sie Ihren neuen Arbeitsvertrag schon unterschrieben?«, fragt mich der Herr von der Mitarbeitervertretung.

»Nein, noch nicht.«

»Aber Sie haben ihn schon durchgelesen, oder?« Ich merke, wie Bale sich aufrichtet.

»Äh, nein, also ehrlich gesagt, auch das noch nicht«, antworte ich wieder wahrheitsgemäß.

»Ich versichere Ihnen, Herr Wolfram, dass alles seine Richtigkeit haben wird. Ich unterschreibe gerne den Aufhebungsvertrag mit der Ergänzung, dass Frau Constanz in Zukunft bei mir angestellt sein wird und zwar zu besseren finanziellen Konditionen als bisher«, sagt Bale ruhig, ohne bei seiner Gratwanderung zwischen selbstsicherem Geschäftsmann und jovialem Schleimer abzustürzen.

Herr Wolfram nickt zufrieden. Bale ergänzt handschriftlich den Aufhebungsvertrag und unterschreibt. Dann unterschreibt Frau Bodenfeld und sogar Herr Wolfram.

Schließlich wird das Papier mitsamt Stift mir übergeben. Ich lese mir den ganzen Vertrag in Ruhe durch. Auch die handschriftliche Ergänzung von Bale. Wow, er hat wirklich eine markante Handschrift! Dann unterzeichne ich. Das war es. Ich bin meinen Job los. So einfach ist das.

Alle erheben sich gleichzeitig. »Ihr Bruder wird sich sicherlich freuen, dass er in Zukunft die Gesellschaft einer jungen Dame genießen darf«, sagt Herr Wolfram noch.

»Ja, da bin ich mir sicher«, bestätigt Bale.

Hände werden geschüttelt. Dann lasse ich die Herrschaften stehen und gehe zurück an die Arbeit. Eine ganze Weile bin ich damit beschäftigt, im Lager mein Kartondebakel aufzuräumen.

In der Mittagspause gehe ich wie immer mit meinen Kollegen und Mitarbeitern in die Mensa. Ich will gerade in mein Schnitzel beißen, als Frau Bodenfeld in Begleitung von Bale hereinkommt. Er hat sich seiner Krawatte und seines Jacketts entledigt und ist daher nicht mehr ganz so overdressed für unsere Einrichtung. Ich denke mir nur eines: Oh Mann, ist der immer noch da! Muss er mir jetzt auch die letzte Woche, die ich noch hier bin, zur Hölle machen?

Frau Bodenfeld kümmert sich darum, dass Bale etwas zu essen bekommt, und verabschiedet sich dann von ihm. Kurzzeitig sieht er tatsächlich etwas verloren aus. Dann stellt er fest, dass gegenüber von meinem Chef Helmut noch ein Platz frei ist, und setzt sich zu ihm. Nachdem Helmut anfangs etwas distanziert ist, scheinen sich die beiden nach Kurzem sehr gut zu unterhalten. Doris, die ein paar Plätze weiter sitzt, ist auch ganz begeistert von Bales Anwesenheit.

Ich konzentriere mich auf mein Essen und unterhalte mich mit Darius, der mir ausführlich berichtet, wie sich die Nachricht von meinem Arbeitswechsel verbreitet hat und wie die einzelnen Mitarbeitenden darauf reagiert haben. Von ihm erfahre ich auch, dass ich als Heilerziehungspflegerin für Bales Bruder angestellt werde, der eine Behinderung hat. Das finde ich schon ziemlich die Höhe. Der Kerl schreckt wirklich vor keiner Lüge zurück, um seinen Willen durchzusetzen.

Als der Platz neben Bale frei wird, setzt sich Doris sofort neben ihn und belagert ihn mit einem Gespräch. Bale geht sehr freundlich auf sie ein, das muss ich schon sagen.

Nach dem Essen gehe ich zurück in die Werkstatt. Wenig später kommen Helmut und Doris herein und ... na, wer wohl? Richtig, sie haben Bale im Schlepptau. Helmut weist ihm einen Stuhl zu und die Arbeit geht weiter, nachdem sich alle an Bales Anwesenheit gewöhnt haben. Ich verkrieche mich wieder im Lager und räume dort auf.

Wenig später kommt Helmut herein: »Also Clara, dein neuer Chef ist wirklich gar nicht so verkehrt. Wie der sich bei uns einbringt, fantastisch. Anscheinend will er die ganze Woche hier hospitieren, um dann selbst zu entscheiden, wo er welche Spendengelder zweckgebunden verteilt.« Helmut sieht so richtig glücklich aus, während ich gleich die Krise krieg.

»Oh, schön«, stammle ich. Bin ich im falschen Film? Helmut eilt schon wieder nach draußen. Wütend knalle ich die Kartons, die ich in der Hand halte in eine Ecke. Eine Staubwolke fliegt auf und ich bekomme einen Hustenanfall.

Als ich mich umdrehe, lehnt Bale lässig am Türrahmen. Er lächelt mich an, die Arme hat er verschränkt. Seine Hemdärmel sind inzwischen hochgekrempelt und die oberen beiden Kragenknöpfe geöffnet. Er sieht wirklich sehr adrett aus, wie er da so steht. *Fuck you!*, schreit mein Verstand.

Ich gehe in die Hocke, mache mich daran, die Kartons aufzuheben und hoffe, dass Bale irgendwo anders hospitiert, aber er geht neben mir in die Hocke und hilft mir. Er kommt mir dabei für meinen Geschmack etwas zu nahe. Ich kann den Hauch seines betörenden Aftershaves wahrnehmen und schubse ihn mit meinem Körper von mir weg.

»Hey, ich wollte Ihnen nur behilflich sein!«, zetert er.

»Ja, seit Sie mir behilflich sind, geht mein ganzes Leben den Bach runter, vielen Dank!«, flüstere ich empört. »Müssen Sie mir jetzt auch noch meine letzte Arbeitswoche mit Ihrer Anwesenheit versauen?«

Er steht auf. »Wir werden in Zukunft sehr viel Zeit miteinander verbringen. Daran können Sie sich schon einmal gewöhnen. Und außerdem habe ich mich verpflichtet, ein Auge auf Sie zu haben, solange Sie noch nicht bei uns eingezogen sind.«

»Wem denn verpflichtet?«, frage ich verständnislos. Da wird mir klar, was ich gerade gehört habe. »Bei Ihnen einziehen? Nur über meine Leiche!«, sage ich vielleicht schon etwas zu laut.

Bale zieht mich auf die Beine, so schnell kann ich gar nicht reagieren, und drängt mich in den hinteren Teil des Lagers. »Hier sind noch ganz andere Mächte am Werke, als Sie sich jemals vorstellen können. Ihre kleine heile Welt existiert nicht mehr, Mädchen, und Sie werden bei uns einziehen. Das gehört zu unserem Arbeitsvertrag.« Mit diesen eisigen Worten lässt er mich wieder einmal einfach so stehen.

Besonders ärgere ich mich, dass er mich *Mädchen* genannt hat. Ich meine, vielleicht freut man sich in einem gewissen Alter wieder darüber. Aber ich bin 25 Jahre alt, und auch, wenn ich mich vielleicht nicht immer so verhalte, ich will von seinen Augen als Frau wahrgenommen werden.

Bale will gerade das Lager verlassen, als ich schadenfroh seinen netten Abschiedssatz kommentiere: »Aber unterschrieben habe ich den Arbeitsvertrag noch nicht.« Innerlich frohlockend rufe ich ihm noch nach: »Und außerdem, dass Sie einen imaginären behinderten Bruder vorschieben, das ist nicht in Ordnung. Alles hat seine Grenzen.«

Plötzlich steht er wieder ganz nah bei mir. Keine Frage, er hat seine Gabe angewendet und ich befinde mich mal wieder in einer Umklammerung, aus der es kein Entkommen gibt. Sein Blick lässt es mir eiskalt den Rücken hinunterlaufen. Dieser maskuline Duft steigt mir erneut in die Nase und ich muss plötzlich an seine wunderschönen Hände denken, die sich momentan fest in mein Fleisch krallen.

»Sie werden diesen Vertrag unterschreiben, glauben Sie mir«, zischt er mir zu. »Und außerdem ist es an der Zeit, dass Sie Ihre Grenzen kennenlernen.«

Ich kann ihm einfach nicht das letzte Wort überlassen. Außerdem schäme ich mich, weil er mich so unglaublich antörnt, obwohl er mich offensichtlich so wenig leiden kann. Da mir nichts Besseres einfällt, sage ich etwas, was ich noch niemals zu einem anderen Menschen gesagt habe: »Ich hasse Sie.« Das klingt etwas merkwürdig, fast so, als würde man jemanden mit *Sie Arschloch, Sie* beschimpfen. Eine höfliche Beleidigung. Gibt es das?

Eine Reaktion kann ich in Bales Gesicht nicht mehr erkennen, da er schon wieder verschwunden ist. Ich sehe nur noch, wie ein Schatten am Lagerausgang verschwindet. Dann sammle ich mich, soweit das überhaupt möglich ist. Da ich mit dem Lager jetzt wirklich so weit fortgeschritten bin, dass eine weitere Aufräumaktion fast nicht mehr zu vertreten ist, kehre ich schließlich in die Werkstatt zurück. Von Bale ist keine Spur mehr zu sehen. Ich schnaufe erleichtert aus und kümmere mich um meine Leute, immer mit dem wehmütigen Gedanken im Hinterkopf, dass ich dies nicht mehr lange machen werde.

»Hattest du schon den ersten Streit mit deinem neuen Chef?« Es ist unglaublich, wie schnell sich Neuigkeiten bei uns verbreiten! Mein Kollege Darius hat sich von hinten angeschlichen und ich zucke zusammen.

»Wieso?«

»Naja, der kam vorhin ziemlich angepisst aus dem Lager«, schmunzelt Darius.

Ich sehe mich um. Bale ist immer noch nicht zu sehen. »Mmh, vielleicht eine kleine Meinungsverschiedenheit.« Ich zucke gleichgültig mit den Schultern. Mein Blick streift Doris, die sich tatsächlich mit einem Taschentuch Tränen aus den Augen tupft.

Darius, der mein unsicheres Suchen bemerkt hat, beantwortet meine stumme Frage: »Er ist in die anderen Gruppen gegangen. Hat irgendwas von umfassendem Überblick gefaselt. Ich glaube, er ist gerade in der Montage I.«

Ich nicke und wende mich wieder meiner Arbeit zu. Der Nachmittag zieht sich wie ein Kaugummi und als endlich Feierabend ist und ich alles aufgeräumt habe, laufe ich über den Gang in Richtung Ausgang.

Während ich in einem Pulk die Treppen hinuntergehe, krame ich in meiner Tasche nach dem MP3-Player. Als ich wieder von meiner Tasche aufsehe, kommt mir Bale entgegen, der die Treppe nach oben will. Im Vorbeigehen zischt er mir zu: »Sie warten am Parkplatz.«

Er geht weiter, ich gehe weiter und als ich nochmal einen Blick in seine Richtung riskiere, sieht er mich kaltherzig und böse an. Oh weh, anscheinend habe ich es mir jetzt für alle Zeit mit ihm verscherzt. Ich stecke mir die Kopfhörer ins Ohr, bleibe kurz stehen und suche mir instinktiv einen Song aus meiner Liste heraus, der zu meiner Stimmung passt: Etwas Ruhiges von Bon Jovi in der unplugged Version. Die ersten Töne des Stückes erklingen in meinen Ohren, ich bleibe kurz stehen und schließe die Augen. Dabei bekomme ich eine Gänsehaut – was für ein Song!

Dann verlasse ich das Gebäude. Ich sehe den dunklen Wagen, mit dem Bale gekommen ist, und schlendere in die Musik versunken langsam darauf zu.

Plötzlich werde ich gepackt, hochgehoben und wild im Kreis gedreht. Ich bin schockiert und sehe nur Davids strahlendes Gesicht. Ehe ich mich versehe, drückt er mir einen leidenschaftlichen Kuss auf. Ich erwidere ihn nicht und versuche mich von ihm zu lösen. Er bemerkt sofort, dass etwas nicht stimmt und lässt etwas von mir ab. Ich ziehe mir die Ohrstöpsel heraus, lasse sie auf meine Schultern fallen und höre sofort seine besorgte Stimme: »Hey, kleine Lady, geht es dir nicht gut?«

Da verliere ich mich in seinem schönen Gesicht, das mir so viel bedeutet hat, und bringe keinen Ton heraus. Ein warmes Gefühl will mich durchfluten. Ob das Davids Gabe ist? Mit eisernem Willen wehre ich mich gegen dieses Gefühl.

Davids Blick wandert zu meinen Ohren. »Wo sind die Ohrringe? Wolltest du sie nicht immer tragen?«

Meine gesamte Bekanntschaft mit David läuft jetzt wie ein Film im Schnelldurchlauf vor meinem inneren Auge ab. Dazu singt Bon Jovi leise seinen Song. Mein Gesichtsausdruck scheint zu verraten, was ich denke. Denn David gibt mich jetzt vollkommen frei und tritt sogar einen

Schritt zurück. Aber er sieht nicht schockiert oder gar bestürzt aus, im Gegenteil, ein gemeines anzügliches Grinsen breitet sich auf seinem Gesicht aus.

»Hast du wirklich gedacht, dass einer wie ich sich in dich verlieben würde?«

Ich kann nicht antworten. Aber abwenden kann ich mich auch nicht, sondern stehe wie versteinert da und lasse die mentalen Prügel über mich ergehen. Der Parkplatz ist inzwischen so gut wie leer. Gott sei Dank gibt es keine Zeugen für meine Demütigung.

Schließlich sage ich doch etwas. »Es war zu schön, um wahr zu sein.« Mir kullert eine Träne über die Wange.

Jetzt drängt er mir seine körperliche Nähe wieder auf. »Ja, es war schön.« Er streichelt meine Wange und entfernt die Träne. Warum tue ich nichts dagegen? »In dir brennt ein Feuer, das ich gerne gelöscht hätte.«

»Steigen Sie sofort ins Auto«, höre ich Bales Stimme. An dem dunklen Wagen flammen kurz die Scheinwerfer auf. Ich zögere. »In den Wagen, Clara!«

Ich löse mich von David und renne auf das dunkle Fahrzeug zu. Schnell steige ich ein. Mein Herz pocht aufgeregt und ich schnaufe laut. Die Autotür lasse ich einen Spalt weit geöffnet, damit ich das weitere Gespräch verfolgen kann.

»Balthasar, ich hätte mir denken können, dass du deine Hände im Spiel hast.«

»Es war von oben so beschlossen, David. Das wusstest du.«

»Sie ist eine Waffe, Balthasar. Es ist eine Schande, ihre Talente verkümmern zu lassen.«

»Das ist nicht deine Entscheidung.«

»Ja, es ist ihre Entscheidung und sie hätte sich für mich entschieden, wenn du nicht dazwischengefunkt hättest.«

»Du hast ihr etwas vorgespielt. Du hast mit ihren Gefühlen gespielt.«

David antwortet anzüglich: »Ja, und es hat ihr Vergnügen bereitet. Ich hatte sie fast so weit und sie hätte alles für mich getan. Sie hat mir aus der Hand gefressen.«

Ich schaue aus dem Fenster und sehe, wie Bale die Zähne aufeinanderbeißt. Seine Hände ballen sich zu Fäusten. Wie gebannt lausche ich dem Gespräch und versuche zu begreifen, dass die beiden da wirklich von mir sprechen. Und Bale heißt Balthasar?

»Hat sie dir ihre Gabe schon vorgeführt?«, fragt David jetzt provozierend.

Bale antwortet nicht.

»Dachte ich mir«, lacht David vergnügt. Er schleicht jetzt um Bale herum und stichelt weiter. Leider spricht er so leise, dass ich mich höllisch anstrengen muss, um ihn zu verstehen. »Glaub mir, die Kleine hat ein Potenzial, das unterschätzt wird. Sie wäre ein guter Keeper. Du solltest sie in die richtigen Hände geben, bevor du sie nicht mehr kontrollieren kannst.«

»Sie ist in den richtigen Händen.«

»Bei dir, ja?«

»Sie gehört jetzt zu mir.« Bale sagt das so, dass Widerspruch ausgeschlossen scheint.

David sieht mich plötzlich mit einem feurigen Blick an. Er zuckt mit den Schultern und sagt sehr laut: »Ich werde das akzeptieren, fürs Erste. Zu schade, wie gerne hätte ich sie wenigstens einmal flachgel...« Weiter kommt er nicht, da Bales Faust in seinem Gesicht landet.

Mit offenem Mund und großen Augen sitze ich da und fühle mich ebenfalls zerschmettert.

Bale schüttelt sich die Hand aus und steigt ein. David schaut verwirrt. Er flucht laut und hält sich die Backe.

Wir fahren los. Bales Fahrstil lässt darauf schließen, dass er immer noch geladen ist.

»Danke«, sage ich leise und versuche vorsichtig, ein Gespräch anzufangen.

»Das habe ich nicht für Sie getan ... das war längst überfällig.«

Ich nicke, verstehe aber eigentlich nichts. Schließlich stecke ich meine Ohrstöpsel wieder an und höre meine Musik. Sein Name, Balthasar, geht mir nicht mehr aus dem Kopf. Klingt so besonders und gefällt mir viel besser als sein Spitzname.

Vor meinem Wohnblock bremst Balthasar abrupt ab. Er lässt den Motor laufen und würdigt mich keines Blickes. Ich drehe mich zu ihm, hole Luft und will etwas sagen. Aber da er überhaupt nicht auf mich reagiert, wende ich mich ab und steige aus.

Als ich die Türe zuknallen will, sagt er: »Teilen Sie Ihrer Mitbewohnerin mit, dass Sie nächste Woche ausziehen.«

Da knalle ich die Türe noch fester zu, als ich es ohnehin vorhatte. Das Beifahrerfenster ist offen und so kann ich noch hören, wie Balthasar sagt: »Sie mich auch.«

Empört drehe ich mich um, hole Luft, da fährt er schon davon.

In der Wohnung bin ich alleine. Lisi arbeitet in einem Kosmetikstudio und hat heute wahrscheinlich erst um 20 Uhr Feierabend. Ich verkrieche mich in mein Zimmer und schaue mir irgendeinen Quatsch im Fernsehen an, während ich in meinen Gedanken versuche zu verarbeiten, was heute schon wieder alles passiert ist. Ich kann das gar nicht verarbeiten, das wird mir schnell klar. Ich kann nur an meinem bisschen Alltag festhalten, der mir noch geblieben ist.

Aus einer spontanen Intuition heraus rufe ich meine Eltern an, die in der Nähe von Regensburg wohnen. Meine Eltern sind beide pensionierte Lehrer und reisen viel. Aber ich habe Glück. Sie sind da. Endlich kann ich auf die Standardfrage meines Vaters etwas erzählen: »Und, was gibt es Neues, Hase?«

Schonend bringe ich den beiden bei, dass ich den Arbeitsplatz wechsle und dafür auch umziehen werde. Da wir schon länger nicht mehr miteinander telefoniert haben, erkläre ich ihnen die ganze Sache nicht ganz so kurzfristig, wie es sich für mich ergeben hat. Die beiden nehmen alles relativ entspannt auf. Sie finden es auch sehr vorbildlich, dass sich mein neuer Arbeitgeber so für seinen Bruder einsetzt.

Dann kündigen meine Eltern an, dass sie die nächsten Wochen wieder mit dem Wohnmobil in Italien sein werden. Ich erkundige mich nach meinem Bruder, der noch weiter weg wohnt, nämlich in Berlin. Mein Bruder ist in Berlin bei der Bereitschaftspolizei und viel unterwegs. Aber ihm und seiner Familie geht es anscheinend gut.

Meine Mutter mahnt noch, dass ich nicht wieder die Geburtstage meiner beiden Nichten vergessen solle, was mir schon einmal passiert ist. Leider. Ich verspreche dies und damit beenden wir das Gespräch gerade in dem Moment, als ich höre, dass die Wohnungstüre aufgesperrt wird.

Ich stürme in den Gang und sehe Tom hereinkommen. Wir haben ihm schon länger einen Schlüssel überlassen, weil er inzwischen mehr Zeit bei Lisi als in seinem Elternhaus verbringt. Er trägt noch seinen Blaumann und sieht erschöpft aus.

»Hi, Tom.«

»Hallo, Clara. Na, alles klar?«

Ich weiß natürlich, dass Lisi ihm vieles berichtet, was wir so besprechen, nicht dass mich das stören würde. Aber wie er mich jetzt etwas verlegen ansieht, denke ich mir, dass er wahrscheinlich manche Sachen lieber gar nicht wissen würde.

»Ich ziehe aus.«

Fast erschrecke ich selbst über meine Worte. Aber schon, als ich es meinen Eltern erzählt habe, hat es sich richtig angefühlt. Ich habe mich anscheinend erstaunlich schnell an den Gedanken gewöhnt.

»Was? Clara, wir wollen dich hier auf keinen Fall vertreiben. Ich kann mir schon vorstellen, dass es blöd für dich ist, wenn du Lisi und mich hier immer siehst, wo du selbst gerade so eine Enttäuschung erlebt hast.«

Er stellt seinen Rucksack auf den Boden und sieht mich verständnisvoll an.

Da muss ich lächeln, weil ich meine Freundin aus ihm sprechen höre. »Nein, es ist nicht wegen euch. Ich habe einen neuen Job angenommen und muss auch dort wohnen, wo ich arbeite.«

»Das ist nicht dein Ernst?«

»Doch. Ich ziehe nächste Woche aus.«

»Das ist ja … fantastisch.«

Tom freut sich? Jetzt bin ich baff.

»Weißt du, Lisi und ich, wir wollen schon länger so richtig zusammenziehen, aber wir wussten nicht recht, wie wir es dir sagen sollen. Wir haben uns sogar schon für Wohnungen beworben. Aber so eine wie hier, so zentral und doch günstig, haben wir nicht gefunden. Wir wollten dich ja auch nicht rausschmeißen.«

Ich bin immer noch baff. Natürlich ist es mir aufgefallen, dass sich die Beziehung zwischen Lisi und Tom zu einer ernsthaften Bindung entwickelt hat. Aber dass die beiden nie ein Wort über ihre Pläne mit mir gesprochen hatten, verletzt mich doch ein wenig.

»Ich freu mich jedenfalls«, grinst Tom und umarmt mich plötzlich. Ich drücke ihn. Er riecht nach Metallstaub.

In diesem Moment kommt Lisi zur Tür herein und bleibt starr vor Schreck stehen: »Was ist denn hier los?«

Sehe ich da ein klein wenig Eifersucht in ihren Augen aufblitzen? Ich grinse, weil ich finde, dass ihr das gar nicht schadet. Auch wenn sie nichts zu befürchten hat, denn ich weiß, wie sehr Tom in sie verschossen ist.

Jetzt nimmt er sie stürmisch in die Arme, hebt sie hoch und dreht sich mit ihr im Kreis.

»Hey, was ist denn los?« Jetzt lacht auch Lisi.

Tom stellt sie ab, sieht ihr tief in die Augen und schreit voll unverhohlener Begeisterung: »Clara zieht aus.«

Lisis Mienenspiel ist erstaunlich. Erst reißt sie erstaunt den Mund auf und strahlt Tom an. Im nächsten Augenblick klappt ihr Mund zu und sie zieht entrüstet die Brauen zusammen. »Tom, du solltest doch nicht darüber reden. Wir waren uns doch einig.« Ihr Blick wandert zu mir. »Clara, wir wollen dich nicht ...« Sie hält inne, weil ich so grinse. Jetzt sieht sie zwischen Tom und mir hin und her. »Was ist hier los?«

»Ich habe einen neuen Job. Ich bin bei so einem reichen Kerl angestellt und soll mich um seinen Bruder kümmern, der eine Behinderung hat. Und deshalb muss ich bei ihm einziehen ... nächste Woche.«

»Warum hast du mir nicht schon früher davon erzählt?«

»Du und Tom habt mir ja wohl auch nicht alles erzählt.«

Jetzt verengen sich Lisis Augen zu Schlitzen. »Das hat doch wohl nichts mit diesem David zu tun, oder?«

»Natürlich bin ich froh, dass ich mir den Typen vielleicht etwas besser vom Hals halten kann, wenn ich nicht mehr hier wohne. Er ist heute sogar bei der Arbeit aufgetaucht.«

»Und?«

»Naja, wir sind nicht so zum Reden gekommen. Aber ich glaube, er hat kapiert, dass ich nichts mehr mit ihm zu tun haben will.« Mit Befriedigung denke ich an den saftigen Faustschlag, den er abbekommen hat.

Lisi nickt. »Weißt du, er hat heute Vormittag hier angerufen und wollte wissen, wo du bist. Aber ich habe ihm gehörig die Meinung gesagt.«

»Was hast du ihm alles erzählt?«

»Ach, nichts. Aber ich glaube, er hat schon gemerkt, dass irgendetwas passiert ist.«

Da wird mir klar, warum er so schnell reinen Tisch gemacht hat. Er war vorbereitet!

Tom kommt mit einer Flasche Sekt aus Lisis Zimmer. »Wollen wir anstoßen?«

»Au ja«, ruft Lisi begeistert und dann fallen sich die beiden so glücklich in die Arme, dass es mir einen schmerzhaften Stich versetzt.

Ich bin noch lange nicht über David hinweg, obwohl ich spüre, dass mein Herz nicht ernsthaft gebrochen ist. Aber er hat mir das Gefühl gegeben, etwas Besonderes zu sein, und vielleicht ist es mein verletzter Stolz, der mir so wehtut. Ich ringe mir ein Lächeln ab und ziehe mich in mein Zimmer zurück. »Feiert ihr nur. Ich muss noch meine Eltern anrufen.« Dass ich das bereits getan habe, braucht ja niemand zu wissen.

11

Der Rest meiner Arbeitswoche ist von Dienstag bis Donnerstag ruhig verlaufen. Ich bin weder zur Arbeit abgeholt noch nach Hause gebracht worden und Balthasar war zwar tatsächlich zum Hospitieren in der Werkstatt, hat aber jeden Tag in einem anderen Bereich verbracht. Er ist mir aus dem Weg gegangen und ich ihm.

Alle Kollegen, die mit ihm zu tun haben, gratulieren mir zu meinem wunderbaren neuen Chef, der zwar wohl millionenschwer, aber dennoch bodenständig geblieben ist. Balthasar erschien auch nicht mehr im Anzug, sondern in bequemen Jeans, verschiedenen einfarbigen T-Shirts und sportlichen Schuhen. Ich hätte gar nicht gedacht, dass er so legere Kleidung überhaupt besaß. Im Nachhinein wurde mir dadurch aber auch klar, dass sein Auftritt am Montag als großkotziger Geschäftsmann ein geplanter Schachzug war, um alles in trockene Tücher zu bringen, wie er ja selbst gesagt hat.

Die Abende habe ich mit meinen Freunden in meiner Wohnung verbracht, die bald nicht mehr mein Zuhause sein würde. Ich habe sogar schon damit begonnen, meine Sachen zu packen und zu sortieren.

Jetzt ist der Freitag da. Mein letzter Arbeitstag in der Werkstatt, in die ich seit so vielen Jahren beinahe täglich gegangen bin. Mir ist wehmütig ums Herz, als ich dort ankomme. Darius klopft mir auf die Schultern und versucht mich aufzumuntern. »Augen zu und durch!«

Bis zur Brotzeitpause halte ich mich ganz gut. Dann, als sich alle Mitarbeiter in der Kantine versammelt haben, tritt Helmut vor und hält eine kleine Rede. »Ja, wie die meisten von euch sicherlich schon wissen, unsere Clara hat heute ihren letzten Arbeitstag bei uns. Sie wird im nächsten Monat in einem Privathaushalt angestellt sein.« Jetzt wendet er sich mir zu. »Clara, wenn du bitte mal zu mir kommen würdest.«

Nervös gehe ich zu ihm. »Liebe Clara, auch wenn ich persönlich es sehr schade finde, dass du uns verlässt, freue ich mich, dass du dich entschlossen hast, dem sozialen Beruf treu zu bleiben, um dich mit deiner natürlichen und freundlichen Art weiterhin für benachteiligte Menschen einzusetzen. Wir wollen dich aber nicht ohne ein Andenken an uns gehen lassen und Darius meinte, dass er weiß, was du brauchen kannst. Deshalb darf ich dir stellvertretend für die gesamte Belegschaft dieses Geschenk überreichen.« Er gibt mir ein kleines Päckchen und ich bin echt gerührt.

»Danke«, sage ich leise und lächle in die Runde. Alle klatschen.

»Clara, du brauchst es jetzt nicht gleich auspacken. Aber wenn es dir recht ist, sage ich dir, was drin ist.« Ich nicke. »Darius meinte, dass du nicht mehr viel freien Speicherplatz auf deinem MP3-Player hast und daher haben wir dir einen neuen gekauft. Wir wissen alle, dass du gerne Musik hörst, und hoffen, dass du in Zukunft immer an uns denkst, wenn du deinen neuen MP3-Player benützt.«

Applaus brandet auf. Jetzt reiße ich das Päckchen doch auf und ein fruchtiges Zeichen springt mich an. Ich freue mich wirklich riesig, falle Helmut um den Hals und murmle: »Vielen vielen Dank!«

»Gern geschehen«, meint er gerührt und tätschelt mir den Rücken.

Als ich über seine Schulter sehe, fällt mein Blick auf Balthasar, der mit nicht zu deutender Miene in der Menge steht und applaudiert. Dann löst sich die Versammlung auf und alle gehen zurück an die Arbeit.

Auf dem Weg in die Werkstatt holt mich Helmut nochmal ein: »Clara, ich wollte mich noch bei dir bedanken, dass du diese Woche unser Lager so auf Vordermann gebracht hast. Ich habe zwar keine große Hoffnung, dass das lange so bleibt. Aber du hast wirklich ein wahres Wunderwerk vollbracht.«

»Du kannst mich ja dann bei Herrn Teubert abwerben, wenn das Lager wieder aussieht wie die Sau.«

»Ja, das mache ich.«

Die letzten Arbeitsstunden vergehen im Nu und ich verabschiede mich gegen Mittag bei allen Mitarbeitenden und Kollegen aus meinem Bereich. Dann mache ich eine Runde durchs ganze Haus und schüttle jedem, der mir über den Weg läuft, die Hand. So bin ich an diesem Freitagmittag fast die Letzte, die das Haus verlässt.

Auf dem Parkplatz wartet ein beigefarbener Mercedes auf mich und Michael winkt mir schon von Weitem zu. Als ich mich seinem Wagen nähere, stelle ich fest, dass jemand, den ich nicht kenne, bei Michael im Auto sitzt.

Die beiden steigen aus. »Clara, ich freue mich sehr, Sie zu sehen«, schmeichelt Michael, aber an den Lachfältchen um seine Augen sehe ich, dass er es ehrlich meint.

Erst gebe ich ihm freundlich die Hand. Dann betrachte ich den jungen Mann neben Michael, der sich schüchtern von mir abgewendet hat. »Clara, das ist Christopher, Balthasars Bruder.«

Ich versuche mir meine Überraschung nicht anmerken zu lassen und will auch ihm die Hand reichen. »Hallo, Christopher. Ich bin Clara.«

Er streckt mir seine Hand nicht hin, sieht mich aber wenigstens kurz an. »Hallo«, sagt er zurückhaltend.

»Wollen wir ein Stück gehen?«, fragt Michael. Christopher will nicht mitgehen und wartet im Auto.

Gleich nach unseren ersten gemeinsamen Schritten kann ich mich nicht länger zurückhalten. »Ehrlich gesagt, ich hatte gedacht, die Geschichte mit dem Bruder ist erfunden.«

»Nein. Was jedoch erfunden ist, ist Ihr Arbeitsverhältnis als Heilerziehungspflegerin. Dies dient lediglich als Tarnung für Ihre Familie und Freunde und beinhaltet natürlich auch, dass sie hin und wieder mit Christopher etwas unternehmen.«

»Ja, das mach ich gerne.«

»Ich habe mir schon gedacht, dass Sie damit wenig Schwierigkeiten haben. Sie müssen wissen, Christopher ist sehr sensibel für Schwingungen aus seinem Umfeld und er würde es merken, wenn Sie nicht ehrlich mit ihm sind.«

»Ist das seine Gabe?«

»Nein, er hat keine Gabe.«

»Ist er schon mit seiner Behinderung auf die Welt gekommen?«

»Nein, er war ein völlig normal entwickeltes Kind, hatte dann aber eine plötzlich auftretende Hirnhautentzündung, die eine Entzündung des Rückenmarks zur Folge hatte. Zeitweise war er gelähmt.«

Ich nicke. Wir machen uns auf den Rückweg zum Auto. »Was macht Christopher in seiner Freizeit gerne?«, frage ich.

»Oh, er geht gerne ins Kino oder zum Schwimmen. Sie können ihn aber auch in Ihre Freizeitaktivitäten mit einbinden.«

»Kino ist ganz wunderbar und etwas mehr Schwimmen könnte mir auch nicht schaden.«

Wir kommen am Auto an. Christopher hört sehr laut Radio und bewegt sich auffällig dazu. Ich lächle ihn freundlich an und er riskiert einen kurzen Blick auf mich.

»Red Hot Chili Peppers, oder?«

Sein Mund verzieht sich zu einem breiten Grinsen.

»Die jungen Leute heutzutage!« Kopfschüttelnd holt Michael ein großes Kuvert vom Rücksitz und überreicht es mir. »Hier ist Ihr Arbeitsvertrag drin, der offizielle und der inoffizielle. Es wäre gut, wenn Sie beide baldmöglichst unterschreiben würden.«

Ich nicke.

Dann sagt er: »Eine Frage habe ich aber noch. Was ist zwischen Ihnen und meinem anderen Sohn außer dieser Geschichte mit der Armbrust sonst noch vorgefallen?«

»Anderer Sohn? Ich verstehe nicht.« Aber noch während ich rede, fällt es mir wie Schuppen von den Augen. »Sie sind Balthasars Vater?«

»Der bin ich. Und ich kann Ihnen nur sagen, dass Sie meinen Sohn derart in Rage versetzen, dass meiner Frau und mir himmelangst wird. So kennen wir ihn gar nicht.«

»Ja, ich glaube, wir können uns nicht besonders gut leiden. Vielleicht sollte ich mich möglichst von ihm fernhalten.«

Michael seufzt, setzt so ein vielsagendes Lächeln auf und steigt in seinen Wagen. »Ich bin mir nicht sicher, ob gerade das die Lösung ist. Wir sehen uns.«

Dann fahren die beiden ab und ich bleibe ratlos und verwirrt zurück.

Das ganze Wochenende verbringe ich mit Packen. Außerdem beschäftige ich mich intensiv mit den beiden Arbeitsverträgen. Der offizielle ist so geschrieben, dass ich ihn verstehe. Das Schöne ist, dass ich wirklich wesentlich besser verdiene und auch noch Kost und Logis inklusive habe.

Der inoffizielle Arbeitsvertrag beinhaltet einige Klauseln, die ich noch nicht so ganz verstehe. Außerdem ist da nicht von einem Arbeitsbeginn zum nächsten Monatsanfang die Rede, sondern ab sofort. Keine Ahnung, was da auf mich zukommt. Aber was soll's? Wie hat Balthasar sich ausgedrückt? Meine kleine heile Welt gibt es nicht mehr. Also unterschreibe ich schließlich beide Verträge und stecke sie zurück in den Umschlag.

Lisi und ich sehen dem Tag meines Auszugs mit gemischten Gefühlen entgegen und am Sonntagabend schmeißen wir zu fünft eine kleine Wohnungsparty. Nicole hat Patrick mitgebracht und natürlich ist Tom da.

»Ich kann es immer noch nicht fassen, dass du ab morgen offiziell in Grünwald wohnst«, sagt Nicole.

»In Grünwald wohnen doch viele«, kontere ich lächelnd.

»Du weißt genau, wie ich das meine. Meinst du, wir können dich da mal besuchen?«

»Ich weiß nicht so recht. Ich muss erst mal abwarten, wie sich das alles so entwickelt«, antworte ich zögernd. »Wahrscheinlich ist es für den Anfang besser, wenn ich euch besuche.«

»Irgendwie habe ich das Gefühl, dass wir uns aus den Augen verlieren«, schnieft Lisi.

Tom steht seiner Freundin sofort zur Seite. »Wie wär es, wenn wir jetzt gleich etwas ausmachen?«

»Gute Idee!«, erwidere ich sofort.

Nicole schlägt vor: »Wir gehen zum Mexikaner, wie wär's?«

»Au ja«, ruft Patrick begeistert.

Ich mache Nägel mit Köpfen und sage: »Also gut, ich sag jetzt einfach mal nächsten Donnerstag um 20 Uhr beim Mexikaner.«

Einstimmig angenommen. Ihr müsst wissen, wenn wir mal zum Mexikaner gehen, dann am Donnerstag, weil da eine besondere Happy Hour für die Cocktails ist.

Wir sitzen bis spät in die Nacht zusammen und lachen und weinen gemeinsam meinem Abschied entgegen.

12

Am nächsten Morgen weckt mich ein Klingeln an der Wohnungstüre. Es ist acht Uhr und ich raffe mich ungern auf, um zu öffnen. Aber Lisi und Tom sind schon zur Arbeit gegangen. Schnell schlüpfe ich in meine Jogginghose.

Ein Blick durch den Türspion zeigt mir Sara, Titus und John. Verschlafen mache ich auf. Sara, das Energiebündel, stürzt sofort bestens gelaunt in die Wohnung und ruft: »Sie haben einen Umzugswagen bestellt?«

Während ich mir noch die Augen reibe, murmeln John und Titus einen Morgengruß, gehen in mein Zimmer und fangen an, die gepackten Sachen aus der Wohnung zu tragen. Ich kommentiere das Ganze mit erhobenem Zeigefinger. »Äh ... ich wusste gar nicht, dass es schon so früh losgeht.«

Titus wirft einen Blick in die Küche, die noch so ist, wie wir sie in der Nacht zurückgelassen haben. »Ihr habt deinen Abschied ganz schön begossen, was?«

»Ja, es ist mir ein Rätsel, wie die anderen in die Arbeit gekommen sind. Ich habe ein Kopfweh, das kannst du dir nicht vorstellen«, sage ich mit schmerzverzerrtem Gesicht und lege eine Hand auf meinen Brummschädel, der zu platzen droht.

Sara schiebt mich ins Badezimmer. »Du duschst jetzt erst einmal, dann geht's dir gleich viel besser.«

Als ich die Dusche im Bademantel verlasse und mein

Zimmer betrete, bin ich überrascht, dass fast alles weg ist. Schnell kralle ich mir ein paar frische Anziehsachen, bevor mir noch die letzte Unterhose unter den Fingern weggetragen wird. Gott sei Dank hatte ich alle sehr persönlichen Dinge schon in Kisten verpackt.

»Welche Möbel müssen mit, Lady Amalthea?«, fragt John.

»Lady wer?«

Sara grinst: »Sag bloß, du kennst *Das letzte Einhorn* nicht?«

»Ah, ja, danke für das Kompliment!«, lächle ich John an, während er und Sara die Hände aneinander klatschen. »Eigentlich soll gar nichts mit außer dem Schminktischchen und dem CD-Regal. Die anderen Sachen sind uralt und bei euch ist ja alles möbliert.«

John packt alles mit links.

»Sollen wir was entsorgen?«, fragt Titus.

»Nö, ich hab das mit Lisi schon geklärt. Sie kriegt alles und wenn sie etwas nicht brauchen kann, dann kümmert sie sich selbst darum.«

In aller Eile sammle ich alle Teile ein, die ich noch nicht verpackt habe, und stopfe sie in einen halbvollen Karton. Als in meinem Zimmer, im Badezimmer und in der Küche nichts mehr ist, was mir gehört, verlassen meine drei Umzugshelfer die Wohnung. Ich bleibe noch einen Moment in der Wohnung und sehe mich um. Dann lege ich entschlossen den Wohnungsschlüssel auf den Küchentisch und gehe schnell hinaus.

Titus und John sind schon mit dem Entführungsbus losgefahren und ich darf wieder in dem gelben Mini mit den bunten Blumen mitfahren.

»Wir sollten uns Zeit lassen, dann sind die zwei mit dem Reintragen fertig, bis wir kommen«, kichert Sara.

»Keine schlechte Idee«, finde ich.

Also machen wir das, was Frauen eben gerne machen: Wir gehen eine kleine Runde shoppen. Sara zeigt mir Geschäfte, in denen ich noch nie war, unter anderem einen Laden, in dem es Mode aus den 60ern gibt. Da wird mir klar, warum sie sich die Haare gerne leicht toupiert und mit Vorliebe Minikleider und kurze Röcke trägt. Sie kauft sich so ein kurzes Kleidchen und lange Stiefel dazu. Ich erstehe einen riesigen gelben Sommerhut und dazu eine XXL-Sonnenbrille.

Als wir später an der Villa in Grünwald ankommen, sind John und Titus tatsächlich schon mit dem Ausräumen des Wagens fertig. Hihi. Alle meine Sachen sind im Gästeappartement untergebracht. Das ist jetzt mein neues Zuhause. Natürlich habe ich jetzt gut damit zu tun, alles auszupacken und zu verstauen.

Gegen Mittag staple ich die leeren Kartons aufeinander, packe sie mit beiden Händen und mache mich vorsichtig auf den Weg nach unten.

»John, wo soll ich die leeren Kartons hintun?«, schreie ich laut hinter meinen Kartons hervor.

Als ich fast unten an der Treppe angekommen bin, rutscht mir ein einzelner flachgedrückter Karton herunter und fällt mir vor die Füße. Ich strauchle und es hätte mich der Länge nach mitsamt den Kartons hingeschmissen, wenn mich nicht jemand von hinten umschlungen und festgehalten hätte.

Vor lauter Überraschung fällt mir der ganze Kartonstapel aus den Händen und poltert die letzten Stufen hinunter.

»Danke dir!«, schnaufe ich erleichtert aus, in der Annahme, dass es John ist, der mich hält.

Keine Antwort. Ich werfe einen Blick auf die Arme, die mich immer noch umschlingen. Das ist nicht John. Und auch nicht Titus, der hat dünnere Arme. Oh, oh, diese Hände kenne ich.

»Sollte ich irgendetwas über Ihre Beziehung zu leeren Kartonagen wissen? Immer wenn wir uns begegnen, sind Kartons nicht weit.«

Balthasar. Warum lässt der mich nicht los? Ich stemme mich gegen die Arme, die mich halten, und er lässt mich so plötzlich frei, dass ich erneut Übergewicht nach vorne bekomme. Gerade noch schaffe ich es, mich im Fallen umzudrehen, und diesmal bin ich es, die sich an ihm festklammert.

»Holla!«, ruft er aus, als er mich wieder festhält. Es entsteht ein peinlicher Moment der Stille. Balthasar, der heute wieder einen eleganten Anzug trägt, hebt mich kurzerhand mit einem Griff um die Taille hoch, dreht sich um und stellt mich eine Treppenstufe über sich ab. Dann löst er lächelnd meine Hände, die sich in seinem Hemd verkrallt haben.

»Herzlich willkommen, übrigens! Wie ich schon einmal sagte, es ist schön, dass Sie sich zum Bleiben entschieden haben.«

Mit diesen Worten dreht er sich um und geht vor mir die Treppe hinunter. Unten angekommen hebt er einen Teil der Kartons auf und macht mir ein Zeichen, ihm zu folgen. Schnell sammle ich die restlichen Pappschachteln zusammen und laufe ihm nach. Er geht in die Tiefgarage, die einen kleinen Nebenraum hat, und schichtet die Kartons dort hinein. Ich tue es ihm gleich.

»Haben Sie die Arbeitsverträge unterschrieben?«

»Ja, hab ich.«

»Gut, dann bringen Sie sie bitte nach dem Mittagessen bei mir im Arbeitszimmer vorbei. Dann können wir in Ruhe darüber reden.«

Balthasar geht wieder ins Haus. Ich schmunzle bei dem Gedanken, dass ich mit ihm in Ruhe über etwas reden soll, da wir das bisher noch nie geschafft haben. Außerdem, redet man nicht eigentlich darüber, *bevor* man den Arbeitsvertrag unterschreibt?

Nach dem Mittagessen hole ich den Umschlag mit den beiden Verträgen aus meiner kleinen Wohnung und Sara zeigt mir, wo Balthasars Büro ist. Ich klopfe an.

»Ja.«

Ich trete ein. Balthasar telefoniert mit seinem Smartphone, deutet aber auf eine kleine Sitzgruppe in einer Ecke des Büros. Ich schleiche leise hin und setze mich.

»… ja, in Ordnung. Mittwoch um 10 Uhr bei dir und danach dann die Anhörung … So machen wir es … Nein, ich denke es ist besser, wenn John das macht … Ja, mach's gut, Cornelius.«

Balthasar schaltet sein Telefon aus. »Entschuldigen Sie«, sagt er, steht auf und setzt sich zu mir.

»Macht nichts.«

»Sind da die Verträge drin?«

»Ja.«

»Wollen Sie sie nicht herausholen?«

Mir ist gar nicht bewusst, dass ich mich die ganze Zeit über an dem Umschlag festgeklammert habe. Meine feuchten Finger haben bereits Abdrücke auf dem braunen Umschlag hinterlassen. Ich nehme die Verträge heraus und überreiche sie Balthasar. Er sieht sie kurz durch und überprüft, ob ich alles unterschrieben habe.

»Gut. Noch Fragen?«

»Ich habe ehrlich gesagt keine Ahnung, was jetzt auf mich zukommt.«

»Nun ja, jeder von uns hat hier seine Aufgaben zu erfüllen. Wir haben natürlich wenig Interesse, viele Fremde im Haus zu haben. Sara kümmert sich um die allgemeine Wäsche oder bringt die Sachen zur Reinigung. Titus ist so etwas wie der Gärtner und Hausmeister. John kauft ein und kocht. Aber er ist sicherlich nicht böse, wenn er das mal nicht machen muss. Also, wenn Sie Ambitionen in der Küche haben, müssen Sie mit John reden. Seinen eigenen Wohnbereich hält jeder selbst sauber und für den Rest kommt einmal in der Woche ein Putzservice. Sie sollten ein- bis zweimal in der Woche mit Christopher etwas unternehmen. Sie werden sich täglich sportlich betätigen. Es ist wichtig, dass Sie in Topform sind. Zusätzlich werde ich Ihnen Kampfsportunterricht geben. Sie sollten dringend lernen, wie man einen anständigen Angriff durchführt und sich selbst verteidigt. Ich denke da an Kickboxen. Und Sie werden Ihre Gabe trainieren.«

Langsam komme ich ins Schwitzen. Das nimmt ja gar kein Ende! Jetzt unterbreche ich ihn. »Meine Gabe trainieren? Hallo, Entschuldigung, aber darf ich Ihnen die Pulsadern aufschneiden? Ich heile es auch gleich wieder.«

Er lässt sich nicht provozieren. »Das ist ein Problem, zugegeben. Aber ich arbeite an einer Lösung.«

»Vielleicht Tierversuche?«

Der Schuss geht nach hinten los. »Sie sollten darüber keine Späße machen.« Schließlich wechselt er das Thema. »Welchen Sport haben Sie bisher getrieben?«

»Ich gehe gerne shoppen.« Bilde ich mir das ein oder wird er tatsächlich leicht rot im Gesicht? Langsam macht es mir richtig Spaß, ihn so lange aus der Reserve zu locken, bis er an die Decke geht.

»Sie gehen nicht mal joggen?«

Ich schüttle den Kopf.

»Walken?«

Kopfschütteln.

»Das ist ja schlimmer, als ich befürchtet habe.«

»Na ja, ich war mal im Schachclub.«

Balthasar steht auf. »Ich werde Ihnen Ihre Scherze schon noch austreiben. Warten Sie ab, bis ich Sie das erste Mal richtig hart rangenommen habe.«

Ich stutze. Ist er sich der Zweideutigkeit seiner Worte bewusst? Am liebsten würde ich losprusten, wenn er nicht so schrecklich wütend aussähe. Das ist ihm jetzt wohl peinlich, weil er sich von mir abwendet. Oder will er ein Lächeln verstecken?

Stirnrunzelnd setzt er sich wieder zu mir. »Äh, ja, also wir sollten jetzt den Plan für diese Woche besprechen. Heute werden Sie gleich mit etwas Sport anfangen. Es gibt viel aufzuholen. Vielleicht geht John später joggen, da sollten Sie mitmachen. Dann gebe ich Ihnen noch eine kurze Einweisung in Sachen Kickboxen. Am Dienstag geht Sara immer walken, da sollten Sie sich anschließen und den Pool im Garten können Sie auch jederzeit nutzen. Am Donnerstag wäre es mir sehr recht, wenn Sie mit Christopher den Nachmittag verbringen würden. Vielleicht könntet ihr am Abend noch ins Kino gehen?«

»Kein Problem«, antworte ich, als Balthasar eine Pause macht. Allerdings bezieht sich das nur auf den Donnerstag, denn vor dem vielen Training graut mir ein wenig. Leider habe ich nicht einmal die Ausrede, dass ich keine Sportausrüstung besitze. Als leidenschaftliche Käuferin habe ich mir nämlich vor Langem schon Joggingschuhe gekauft, die seitdem jungfräulich in meinem Schrank standen und jetzt mit hierher umgezogen sind. Ich hätte sie wegschmeißen sollen!

»Warum muss ich eigentlich so viel Sport treiben?«

»Körperliche Fitness schadet nie. Außerdem werden Sie es zu schätzen wissen, wenn wir unseren ersten Einsatz haben.«

»Einsatz?«

Ich habe zwar in meinem Arbeitsvertrag etwas dazu gelesen. Aber so ganz klar ist der mir nicht, dass wisst ihr ja.

»Wir werden regelmäßig zu – sagen wir einmal – heiklen Situationen hinzugezogen, ganz inoffiziell natürlich.«

»Was für Situationen sind das?«

»Banküberfälle, Bombendrohungen, Terroranschläge ...«

Ich werde blass.

Balthasar scheint dies gar nicht zu bemerken und fährt fort: »Wir unterstützen das SEK bei der Erfüllung seiner

Aufgaben und sind dem Innenministerium unterstellt. Meist werden wir gar nicht benötigt, weil die Jungs ihre Arbeit wirklich gut machen. Aber manchmal … Ist Ihnen nicht gut?«

»Ich hab so etwas noch nie gemacht.«

»Keine Sorge, wir fangen klein an.« Jetzt lächelt er so, dass sich eine blitzblanke obere Zahnreihe mit markanten Eckzähnen zeigt.

Ich schnaufe laut durch.

»Machen Sie sich keine Sorgen. Wir haben alle mal angefangen und Sie kommen eh erst zum Einsatz, wenn alle anderen Stricke reißen. Denn normalerweise sollte es keine Verletzten geben.«

»Sie haben etwas vom Innenministerium erzählt. Gibt es also tatsächlich Leute, die keine Gabe haben, aber darüber Bescheid wissen?«

»Wenn Sie wüssten, was alles an den normalen Bürgern vorbeiläuft, ohne dass sie eine Ahnung davon haben. Natürlich brauchen wir mächtige Verbündete, die mit der Hand den Deckel auf den Topf drücken. Dennoch haben wir auch Leute mit Gaben, die sich in der Politik engagieren. Stellen Sie es sich so vor: Es gibt zwei Listen. Die eine Liste beinhaltet alle begabten Menschen. In der zweiten Liste sind die eingeweihten Leute ohne Gabe registriert.«

Da wir uns gerade so friedlich miteinander unterhalten, stelle ich ihm die Frage, die mir schon länger unter den Fingernägeln brennt: »Und damit verdienen Sie so unglaublich viel Geld? Mit inoffiziellen Einsätzen in heiklen Situationen?«

»Nein. Es ist zwar schon so, dass wir mehr als unsere

Auslagen erstattet bekommen. Aber zu meiner finanziellen Situation habe ich selbst nichts beigetragen. Mein Opa hat nach dem Zweiten Weltkrieg kostengünstig Grundstücke im Münchener Zentrum gekauft. Dann hat er Stockwerk für Stockwerk neue Wohnungen hochgezogen. Sie können sich vorstellen, dass das Ganze irgendwann zu einem Selbstläufer wurde.«

Ich nicke. Er seufzt. Ich glaube, es gefällt ihm nicht, in welche Richtung sich das Gespräch entwickelt hat. Warum die Stinkreichen nie über Geld reden wollen? Ganz einfach, weil sie sich nie deswegen Sorgen machen müssen. Es ist nicht wichtig genug, um darüber ein Wort zu verlieren. Ganz schön entspannte Situation!

»Aber ich muss Ihnen noch etwas sagen«, sagt er nach einer kurzen Pause.

»Okay?« Misstrauisch runzle ich die Stirn.

»Am Dienstagabend fliegen Sie nach Berlin. Sie haben am Mittwoch eine Anhörung bei unserem Vorstand.«

»Eine Anhörung?«

»Es geht um diese Robert-Quinn-Sache. Sie haben ganz schön viel Staub aufgewirbelt mit Ihrer Aktion.«

Wieder werde ich blass beziehungsweise noch blasser.

Er tätschelt mir unverbindlich die Schulter. »Machen Sie sich keine Sorgen deswegen. Ich kenne den Vorstandsvorsitzenden persönlich sehr gut und er ist schon sehr gespannt darauf, Sie endlich kennenzulernen.«

»Das heißt nicht automatisch, dass ich mir keine Sorgen machen muss.«

Balthasar schmunzelt. »Glauben Sie mir, es wird schon schiefgehen. John wird Sie begleiten.«

»Warum können Sie mich nicht begleiten?«, bricht es spontan aus mir hervor.

Seine Gesichtszüge werden hart. »Diese Frage müssen Sie sich selbst stellen.« Dann steht er auf und geht zu seinem Schreibtisch. »Wenn Sie mich jetzt entschuldigen würden. Ich muss noch ein paar Telefonate abarbeiten und bin schon spät dran, nachdem Sie mich so lange aufgehalten haben …« Er deutet mit dem Arm in Richtung Tür.

Unglaublich, wie kann er so plötzlich zwischen Dr. Jekyll und Mr. Hyde wechseln? »Sie können mich nicht leiden, nicht wahr?«, flüstere ich.

Er geht gleich wie eine Bombe hoch. »Ich kann Sie nicht leiden? Mädchen, da haben Sie jetzt aber einiges durcheinandergebracht.«

Empört stehe ich auf. Wie konnte sich unsere gute Unterhaltung so plötzlich in einen handfesten Streit verwandeln? Eigentlich wollte ich ihn endlich fragen, woher diese unglaublichen Gaben eigentlich kommen. Aber bei seiner Stimmung ist mir die Frage im Hals steckengeblieben.

Dennoch nehme ich meinen ganzen Mut zusammen, trete vor seinen Schreibtisch und sage, während mein erhobener Zeigefinger die Worte unterstreicht: »Sie haben Recht. Ich bin so durcheinander wie noch nie in meinem ganzen Leben. Wer wäre das nicht in meiner Situation? Aber eines sollten Sie sich merken: Ich bin kein Mädchen mehr.«

Dann renne ich aus dem Büro und knalle die Tür hinter mir zu.

13

Nachdem sich das Mittagessen etwas gesetzt hat, gehe ich gerne mit John zum Joggen, um der angespannten Atmosphäre zwischen Balthasar und mir zu entkommen. Wir laufen im nahegelegenen Forst, wobei wir ganz unsportlich mit dem Auto dorthin fahren. Nach der ersten Runde, während der John ganz brav langsam neben mir herjoggt, sagt er: »So, du läufst jetzt einfach nochmal die gleiche Runde, ok? Wir treffen uns am Auto wieder.«

Dann zieht er ab und ich muss zugeben, dass ich erst einmal stehenbleibe und ein Stück gehe. Das hätte ich mal lieber nicht machen sollen, weil ich jetzt fast gar nicht mehr in Schwung komme. John überholt mich zweimal und sieht noch nicht mal angestrengt aus, während ich schnaufe wie ein Walross.

Als ich endlich am Wagen ankomme, ist John noch nicht da. Dachte mir schon, dass er noch eine Runde läuft. Ich bleibe stehen und bin so aufgeheizt, dass ich nervös noch einige Runden ums Auto herumlaufe. John rennt schon wieder an mir vorbei und ruft fröhlich: »Eine Runde mach ich noch.« Wunderbar, jetzt fühle ich mich gleich noch unsportlicher.

Es dauert nicht lange, dann ist er wieder da und klopft mir auf die Schultern: »War doch schon ganz gut für den Anfang! Das kannst du aber leicht noch steigern.«

»Wie weit bin ich denn gelaufen?«

»Ungefähr vier Kilometer. Aber ich hab genau gesehen, dass du nicht durchgelaufen bist. Das solltest du nicht machen. Lieber nicht so weit laufen!«

Ich bin nur viertausend Meter gelaufen? Wie erbärmlich!

Auf der Rückfahrt nutze ich die Gelegenheit und frage John: »Sag mal, John. Wie läuft das eigentlich mit den Gaben? Wo kommen die her?«

John wirft mir immer wieder einen kurzen Blick zu, während er fährt. Ihm wird wohl gerade bewusst, dass ich mein Leben lang völlig im Unklaren war … über alles.

»Kennst du die Bluterkrankheit?«, antwortet er nach einiger Zeit.

»Oh … ja, da habe ich schon davon gehört. Ist das nicht diese Erbkrankheit, die hauptsächlich in Adelsfamilien verbreitet war, wegen der vielen Ehen unter Verwandten?«

»Richtig. So ähnlich läuft das mit der Veranlagung zu einer außergewöhnlichen Begabung. Kennst du dich mit den Geschlechts-Chromosomen aus?«

»Du meinst XX bei Frauen und XY bei Männern?«

John nickt. »Die Neigung zu einer Gabe ist an das X-Chromosom gebunden. Deshalb gibt es in erster Linie begabte Männer.«

»Aber warum? Es ist doch an das weibliche Chromosom gebunden?«

»Genau deshalb. Offensichtlich handelt es sich um eine rezessive Vererbung. Jede Frau hat noch ein X-Chromosom, das in der Regel unverändert ist und eine Begabung ausgleicht. Das heißt, dass eine Frau zwar eine Merkmalsträgerin sein kann, aber dennoch keine Gabe entwickelt wird.«

»Das klingt kompliziert.«

»Ist es eigentlich gar nicht. Hol dir mal Infos über die Bluterkrankheit, dann wirst du es verstehen. Wird ein verändertes X-Chromosom an einen Mann vererbt, dann wird er immer eine Gabe entwickeln, weil er nur dieses eine X-Chromosom zur Verfügung hat.«

»Da müsste es doch unendlich viele Menschen mit Gaben geben.«

»Ich merk schon, du verstehst es langsam. Es gibt da allerdings noch eine zweite Tatsache, die die Entwicklung einer Gabe begünstigt. Ich wette, dass du Blutgruppe AB hast.«

Stimmt. Ich bin baff und bevor ich antworten kann, sagt John: »Wir haben alle Blutgruppe AB: Bale, Titus, Sarah, ich ... alle begabten Menschen haben diese Blutgruppe.«

»Wow.« Meine Oma muss also auch Blutgruppe AB gehabt haben. Sie muss sogar das X-Chromosom mit dem besonderen Merkmal an meinen Vater weitervererbt haben. Der hat allerdings Blutgruppe BO. »Heißt das, dass sowohl mein Vater als auch meine Mutter Merkmalsträger auf den X-Chromosomen sind und ich ausgerechnet diese beiden zusammen mit der Blutgruppe AB bekommen habe?«

»Du hast es kapiert.« Das ist unbegreiflich und doch irgendwie fantastisch. Während ich noch grüble, frage ich weiter: »Warum ausgerechnet AB?«

John zieht die Schultern leicht nach oben und blickt starr auf die Straße. »Also entweder sind die Forschungen in diese Richtung noch nicht weit fortgeschritten oder wir werden nur teilweise informiert. Zuletzt habe ich mal gehört, dass es etwas mit der Beschaffenheit des Blutplasmas zu tun hat. Bei AB scheint das Plasma durchgängiger zu sein als bei anderen Blutgruppen. Allerdings haben ganz selten auch Menschen mit einer anderen Blutgruppe eine Gabe.«

Den Rest der Fahrt schweigen wir beide und ich denke über verschiedene Blutgruppen und Konstellationen in unserer Familie nach. Meine Oma muss ein absoluter Zufallstreffer gewesen sein. Ein Wunder, dass sie und ihre Vorfahren niemals mit der Organisation in Berührung gekommen sind.

Als wir zurück in der Villa sind, will ich am liebsten sofort unter die Dusche. Auf der Rückfahrt im Auto musste ich erst so richtig schwitzen.

Aber Balthasar hat unsere Ankunft bereits erwartet.

»Kommen Sie?«, fragt er mich.

»Ich bin total fertig.«

»Das macht nichts. Sie haben sich jetzt gut für das Kampfsporttraining aufgewärmt.«

Soll das ein Witz sein? Ich bekomme meine Beine fast nicht mehr vom Boden hoch, so butterweich sind meine Knie. Aber ich will nicht schon wieder mit ihm streiten und folge ihm brav in den Keller.

Dort befindet sich ein großer Trainingsraum, wie man ihn aus dem Fitnessstudio kennt: Große Spiegel, Wurfmatten, Boxsack usw. Das Einzige, was vielleicht ungewöhnlich ist, sind die vielen Schwerter, die in einer Wandvitrine hängen, und andere Waffen, zum Beispiel eine kleine Armbrust, mit der ich beinahe Bekanntschaft gemacht hätte.

Ich gehe zu der Vitrine und sehe mir das Stück an. Balthasar tritt neben mich. »Wollen Sie sehen, wie sie funktioniert?«

Mir läuft ein kalter Schauer über den Rücken, als ich mich daran erinnere, dass er mit dieser Armbrust hinter mir her war. »Ich glaube, lieber nicht.«

Er scheint mein Unbehagen bezüglich der Armbrust zu spüren. Er räuspert sich: »Ich wollte Ihnen schon länger sagen ... so etwas mache ich eigentlich nicht.«

Ich weiß, was er meint, aber ich kann nur sarkastisch erwidern: »Das ist aber nett, dass Sie extra für mich eine Ausnahme gemacht haben.«

»Merken Sie denn nicht, dass ich gerade versuche, mich bei Ihnen zu entschuldigen? Ich weiß nicht, was in mich gefahren war. Ich wusste nur, dass ich Sie nicht in Davids Arme zurücklassen konnte. Nicht, bevor Sie die Wahrheit über ihn kannten.«

Ich verschränke meine Arme und blase mir die Haare aus dem Gesicht.

Da ergänzt er: »Ich war gerade im Trainingsraum im Keller, wo ich zur Entspannung gern Schwertübungen mache. Da sah ich ein Paar Beine über die Wiese rennen. Ich wusste, das konnten nur Sie sein. Eigentlich sollte Sara Sie ja mit ihrem Schild in Schach halten. Aber sie hatte wohl mit Titus etwas Besseres zu tun. Naja, da hab ich nach der nächstbesten Waffe gegriffen, die ich schnell laden und mit der ich auch über einige Entfernung schießen konnte. Und das war eben die kleine Armbrust.« Er schaut mich belustigt an, während ich mit offenem Mund zuhöre.

»Gut«, sage ich vorsichtig, »ich nehme Ihre Entschuldigung an, unter einer Bedingung. Sie sagen mir ehrlich: Hätten Sie wirklich auf mich geschossen?«

Er lässt sich mit der Antwort Zeit. »Ja, das hätte ich«, sagt er schließlich leise, aber bestimmt.

Mir wird schwindlig und ich schließe die Augen.

»Was?«, fragt er ärgerlich. »Sie wollten die Wahrheit. Ich hätte Sie nicht ernsthaft verletzt. Ich bin ein erfahrener Schütze.« Er zuckt lässig mit den Schultern.

»Oh, das beruhigt mich jetzt ganz ungemein.«

»Ich hätte Ihnen nur einen Streifschuss verpasst. Damals dachte ich noch, Sie könnten sich selbst heilen.«

Anscheinend ist ihm an einem Streit nicht gelegen. Denn er streckt mir seine Hand entgegen. »Was ist mit meiner Absolution? Erteilt?«

Ich lenke ein. Er hat Recht. Ich hatte gesagt, ich würde seine Entschuldigung annehmen. Also schütteln wir uns die Hände, allerdings schauen wir beide ein wenig grimmig dabei.

Was dann folgt, ist im wahrsten Sinne des Wortes fantastisch: Ich darf meinen Chef nach Strich und Faden verprügeln. Gut, er hält sich sogenannte Pratzen zum Schutz vor seinen Körper. Das sind so eine Art Handschuhe mit einem etwa zwei Zentimeter dicken Polster an den Handflächen. Aber ich darf mit allen möglichen Kicks auf ihn losgehen. Seitlich in die Taille, in die Brust, an den Kopf und sein bestes Stück. Ich bin hoch motiviert, denn ich stelle mir einfach vor, dass diese Pratzen nicht da wären. Leider fehlt mir etwas die Kraft, weswegen die Schläge noch zu schwach ausfallen. Aber das ist alles eine Frage des Trainings.

Danach bekomme ich extrem gut gepolsterte Boxhandschuhe und Balthasar zeigt mir die Armhaltung und verschiedene Schläge, die ich an dem Boxsack ausprobieren darf.

Irgendwann zieht er auch Boxhandschuhe an und wir versuchen uns im Freikampf. Anschließend soll ich die Boxtechnik und die Beintechnik miteinander kombinieren, was aber überhaupt nicht klappt. Als ich mich zu schwunghaft umdrehe, um einen Kick auf Balthasars Kopf zu probieren, zieht es mir das Standbein weg und ich knalle auf die Matte. Erschöpft bleibe ich liegen. Balthasar lässt seine Deckung sinken.

»Ich glaube, wir machen Schluss für heute. Aber ich bin froh, dass es Ihnen anscheinend doch etwas Spaß macht.«

Ich rapple mich vom Boden auf. Meine Augen leuchten. »Ja, ich könnte mich daran gewöhnen.«

»Mich zu schlagen?«

Ich grinse ihn vielsagend an und er hilft mir, ebenfalls lächelnd, aus meinen Boxhandschuhen.

Den Rest des Tages bin ich nicht mehr zu gebrauchen. Zu viel Sport. Das Einzige, was ich noch schaffe, ist, mit Lisi zu telefonieren.

Als ich am Dienstag aufwache, komme ich fast nicht aus dem Bett. Mir tut wirklich jeder Muskel weh. Zumindest ist es beruhigend, dass ich welche habe. Ich humple zum Frühstück und weiß nicht so genau, ob ich lachen oder weinen soll. Natürlich bin ich mal wieder die Letzte, die sich zur Runde unserer fröhlichen Kommune gesellt.

»Guten Morgen, Leute«, bringe ich verkrampft hervor, während ich mit verzerrtem Gesicht in den Raum hinke. Ich will mich zusammenreißen. Aber so etwas hatte ich nicht einmal nach dem Abend, als wir von der Arbeit beim Kegeln waren, und da dachte ich schon, ich hätte schrecklichen Muskelkater.

John sehe ich schon an, dass er sich eine Gemeinheit überlegt. Auf einmal streckt er die Arme von sich und bewegt sich wie ein Untoter auf mich zu. »Hunger!«, stöhnt er dabei.

Dieser Scherz ist für mich momentan hart an der Grenze. Trotzdem hätte ich mir jetzt eine Rolle in der Serie *The Walking Dead* verdient. Ich versuche John aus dem Weg zu gehen. Aber er fällt über mich her und macht schmatzende Geräusche. Plötzlich nimmt er mich in seine Arme: »Nicht traurig sein, kindliche Kaiserin. Du schlägst dich tapfer.«

Dann drückt er mir sogar einen kleinen Schmatzer auf die Backe, bevor er sich als Zombie hinter die Kochinsel zurückzieht.

Balthasar steht am Kühlschrank und hilft beim Herrichten des Frühstücks. Als er merkt, dass ich mich der Küche nähere, weist er in Richtung Tisch. »Sie sollten sich lieber gleich hinsetzen.«

Dankbar gehe ich ungelenk zu meinem Platz und setze mich möglichst behutsam hin. Sogar meine Po-Muskeln schmerzen.

»Ich glaube, das mit dem Walken können wir nachher vergessen«, seufzt Sara und ich nicke eifrig.

Balthasar mischt sich ein: »Natürlich geht ihr walken.

Danach wird es ihr viel besser gehen.« Er sieht mich mit so einem schadenfrohen Blick an. Ich schaue finster zurück. Aber in meinem Kopf spuken seine Worte herum, dass mir meine Scherze schon noch vergehen würden.

John stellt mir ein Glas Wasser hin, in dem eine Brausetablette sprudelt. »Magnesium. Solltest du das nächste Mal gleich nehmen.« Als ich zu John aufsehe, bemerke ich, dass er Balthasar einen tadelnden Blick zuwirft.

Beim Frühstück geht es vor allen Dingen um eine Abendveranstaltung, die bald stattfindet. Balthasar ist einer der Gastgeber und Sara ist schon ganz aufgeregt und freut sich. Ich nehme an diesem Gespräch wenig Anteil, da ich in Gedanken schon bei meinem Flug nach Berlin bin und der Anhörung, die mich erwartet. Geistesabwesend sitze ich da, ohne zu essen, und bemerke gar nicht, wie einer nach dem anderen aufsteht.

Auf einmal sitzt nur noch Balthasar am Tisch. Irgendwann registriere ich die Stille und meine Pupillen stellen die unberührte Semmel auf meinem Teller scharf.

»Keinen Appetit?«, fragt er.

Ich schiebe den Teller von mir weg.

»Essen Sie etwas.«

Ich schiebe den Teller noch ein Stück von mir weg.

Balthasar steht auf, beugt sich über den Tisch zu mir herüber und schiebt mir den Teller wieder vor die Nase. »Essen Sie! Sie sind eh schon so dünn. Wenn Sie jetzt anfangen Sport zu treiben und nichts essen, dann ist bald nichts mehr von Ihnen übrig.«

»Stellen Sie mir jetzt auch noch einen Ernährungsplan auf?«, fauche ich, nehme aber die Semmel und beiße hinein.

»Sie werden lachen, aber über genau das habe ich eben nachgedacht. Und wenn Sie mich schon so höflich um meine Meinung bitten: Sie sollten in Zukunft lieber nach einer Vollkornsemmel greifen, anstatt dieses leere Zeug zu essen. Und ansonsten gilt das Übliche: nicht rauchen, nicht trinken … Sie wissen schon. Ich brauche Sie vollkommen gesund und zurechnungsfähig, zu jeder Zeit.«

»Jetzt machen Sie aber mal halblang«, sage ich, ohne das Kauen zu unterbrechen.

»In Ordnung, wenn Ihr Fitnessstatus den Ansprüchen unserer Einsätze genügt, dann kann die ein oder andere Ausnahme nicht schaden, aber bis dahin …«

»Was sind Sie für ein langweiliger Snob? Wenn ich mit meinen Freunden unterwegs bin, dann meinen die, dass ich schwanger bin, wenn ich plötzlich nur noch alkoholfrei trinke.«

Er steht auf. »Sie kennen meine Meinung zu dem Thema.«

Was ist sein Problem? Er hat mich auf dem Kieker und er lässt *The Big Boss* raushängen. Ich kann mich nicht einbremsen, lege meine Finger seitlich an die Schläfe und rufe laut: »*Sir, yes, Sir!*«

Er steht einen Moment wie erstarrt da, während ich mir bewusst werde, dass meine spontane Geste bestimmt nicht in den Humorbereich meines neuen Chefs fällt, falls so ein Bereich bei ihm überhaupt existiert. Am liebsten würde ich einen Rückzieher machen, aber dafür ist es zu spät.

Völlig unerwartet bricht Balthasar in schallendes Gelächter aus und beruhigt sich fast nicht mehr. Ich lache nicht mit, da mir sein Lachen irgendwie Angst macht. Als er sich nach einer Weile einigermaßen gefangen hat, japst er: »Dann sind wir uns ja einig.«

Er dreht sich um und ich strecke ihm die Zunge heraus. Leider etwas zu früh, er hat es aus dem Augenwinkel wahrgenommen. Schnell schlecke ich mit der Zunge über meine Vorderzähne, als ob ich dort einen Essensrest wegbekommen wollte.

Er schüttelt resignierend den Kopf und verlässt den Raum. Dabei seufzt er: »So etwas wie Sie ist mir noch nicht untergekommen.«

Kaum ist er weg, steht John im Raum und deutet mit dem Kopf erstaunt unserem Chef nach. »Kannst du mir sagen, was ihn gerade so höllisch amüsiert hat?«

Feixend schaue ich ihn an. »Ich habe vor diesem Sklaventreiber salutiert.«

»Du hast was?« Jetzt brüllt auch John vor Vergnügen und hält sich den Bauch. Ich lache mit. John wischt sich Tränen aus den Augen und kommt zu mir an den Tisch. Er nimmt meinen leeren Teller. »Ich bin wirklich froh, dass du da bist. Du tust uns allen gut.«

Dann legt er mir eine Hand auf die Schulter. »Du tust ihm gut. Ich weiß nicht, wann ich ihn das letzte Mal so gelöst lachen hören habe.«

»Er macht sich nur über mich lustig.« Ich zucke mit den Schultern und stehe ganz langsam auf. Dann humple ich steif zu Sara, um mit ihr zum Walken zu gehen.

Ich muss zugeben, dass es mir tatsächlich guttut. Der Ganzkörpermuskelkater löst sich natürlich nicht in Luft auf, aber die Schmerzen sind hinterher so erträglich, dass ich mich relativ normal bewegen kann.

Der Tag verläuft ohne weitere Zwischenfälle, das heißt, dass ich Balthasar nicht mehr zu Gesicht bekomme, da er geschäftlich unterwegs ist.

Und dann geht's nach Berlin! Um 18.30 Uhr landen John und ich am Flughafen. In seiner Gegenwart bin ich entspannt und er ist nach so kurzer Zeit bereits ein guter Freund für mich geworden. Er hat alles im Griff, weiß, wo das Hotel ist, hat zwei nebeneinander liegende Einzelzimmer gebucht und trägt mir meine kleine Reisetasche. Nach einem gemeinsamen Abendessen, bei dem wir beide viel zu kichern haben, falle ich hundemüde ins Bett.

14

Am nächsten Morgen treffen wir uns am großen Frühstücksbuffet. Ich habe wieder kaum Appetit, aber da John mit Argusaugen darauf achtet, dass ich ordentlich esse, tue ich ihm den Gefallen.

»Aufgeregt, *little mermaid*?«

»Und wie!«, antworte ich mit vollem Müslimund. Dann spüle ich das körnige Zeug mit einem Glas Orangensaft hinunter. Ich lächle über mich, als mir bewusst wird, dass ich eine Vollkornsemmel auf meinem Teller liegen habe.

»Aber du hast deinen Humor noch nicht verloren. Was ist so lustig?«, schmunzelt mich John an.

Ich grinse zurück: »Es ist verrückt. Balthasar ist weit weg und ich nehme mir eine Vollkornsemmel.« Ich weiß, dass ich John nichts weiter zu erklären brauche, da er Balthasar zur Genüge kennt.

»Ja, sein Einfluss reicht weit.« John macht eine verschwörerische Geste und bringt mich damit zum Lachen. Dann tadelt er mich: »Ich werde mich hüten, ihm von deinem Einknicken zu berichten. Nicht, dass du jetzt deinen Biss verlierst. Es tut ihm ganz gut, wenn du dich gegen seine Herrschsucht wehrst.«

»Es ist anstrengend.«

»Ja, ich weiß. Aber glaube mir, er ist in seinem Leben schon von genug kuschenden Duckmäusern umgeben. Und von kichernden Frauen, die ihn anhimmeln ebenso. Manchmal hat er regelrechte Höhenflüge. Es tut ihm ganz gut, wenn wenigstens wir ihn auf den Boden der Tatsachen zurückholen.«

Wir grinsen uns an. Dann werde ich wieder still und John, der den Grund dafür erraten hat, gibt mir einen Überblick über das, was mich erwartet.

»Ich bringe dich um zehn Uhr zu Cornelius. Er wird sich alleine mit dir unterhalten wollen. Ich kann dir bei ihm nur einen Tipp geben: Sei ehrlich. Er merkt gleich, wenn du ihm Lügen auftischst. Das gehört zu seiner Gabe, also bleib einfach du selbst und du hast den Rest des Vorstandes schon in der Hand. Cornelius hat viel Einfluss auf die anderen.«

»Was hat es mit der Anhörung auf sich? Steht da eine Strafe im Raum?«

»*Don't worry*. Heute Abend fliegen wir zurück und alles wird gut sein.« Jetzt klingelt sein Telefon und er geht dran.

»Hallo … ja, sie ist sehr nervös … Nein, das ist mir neu … Mach das … ja, ich pass auf sie auf … Ok. Bale will dich sprechen.« John reicht mir sein Telefon und ich melde mich leise: »Ja?«

»Ich habe leider nicht viel Zeit …« Balthasar spricht hektisch. Im Hintergrund höre ich Stimmengewirr und klappernde Absätze, die in einem Gang zu hallen scheinen. »Hören Sie, ich wollte Sie nur darüber informieren, dass David ebenfalls nach Berlin berufen worden ist und … Sind Sie noch dran?«

»Ja.«

»Das ist kein Grund zur Sorge. Ich wollte es Ihnen nur persönlich mitteilen. Es kann sein, dass Sie ihm über den

Weg laufen ... Nun sagen Sie schon etwas.«

»Ja.«

Er lacht leise. »Wenn Sie in meiner Gegenwart öfter ja sagen würden, hätten wir uns viel Ärger ersparen können. Ich muss Schluss machen. Ach, und hören Sie, es tut mir leid, dass ich nicht selbst mit Ihnen nach Berlin geflogen bin.« Er wartet.

»Ja, mir auch. Aber John ist wirklich spitze.«

»Ja, das ist er«, höre ich noch, dann bricht der Kontakt ab.

John grinst mich kurz mit geschlossenem Mund an. »Er ist besorgt um dich«, sagt er und nickt. Dann verschränkt er die Arme und stößt Luft aus. »Puh.«

»Ich bin auch besorgt um mich wegen der Anhörung«, flüstere ich ernst.

John grinst noch breiter. »Das meine ich nicht. Er ist nicht wegen der Anhörung so nervös. Er ist in Sorge um dich, Clara, und das finde ich einfach ... erstaunlich.« John ist mit den Gedanken weit weg von mir, schüttelt den Kopf und lächelt in sich hinein.

Ich widme mich meiner wunderbar gesunden Vollkornsemmel.

Pünktlich um zehn Uhr stehen wir im Innenministerium vor der Türe des Mannes, der jede Lüge sofort erkennt, und ich soll alleine zu ihm rein. Am liebsten würde ich hinter John verschwinden. Aber er tritt zur Seite und öffnet die Türe.

Allerdings erwartet mich hier kein lebender Lügendetektor, sondern eine schwarzhaarige Frau Mitte 30. John schiebt mich sanft in den Raum hinein.

»Guten Tag, Herr Leech. Es freut mich, Sie wiederzusehen! Und Frau Constanz, nehme ich an?«

Ich lächle. John übernimmt das Reden. »Ja. Frau Constanz hat einen Termin.«

»Ja, einen Moment bitte.«

John setzt sich auf einen der freien Stühle und greift sich eine Zeitschrift. Die Sekretärin drückt einen Knopf und ich höre eine raue Männerstimme aus dem Lautsprecher: »Ja?«

»Sie ist jetzt da.«

»Immer herein mit dem jungen Gemüse«, antwortet die kratzige Stimme gut gelaunt.

»Sie haben es selbst gehört.« Die Sekretärin weist mir den Weg.

Ich werfe noch einen kurzen Blick auf John, der sich mit Absicht in seine Zeitschrift vertieft. Es ist klar, dass ich ab hier auf mich alleine gestellt bin.

Behutsam öffne ich die Türe und spähe in das Büro. Hinter einem Schreibtisch hat sich gerade ein älterer Herr erhoben, der nun seine Arme ausbreitet und mir freundlich lächelnd entgegenkommt.

»Nicht so schüchtern, meine liebe Clara. Ich darf doch Clara sagen?«

»Ja, hallo«, sage ich vorsichtig.

Er hat mich erreicht und umarmt mich mit Küsschen rechts und Küsschen links. Sein dominantes Aftershave steigt mir in die Nase. »Keine Angst, ich beiße nicht, jedenfalls nicht mehr so oft«, sagt er und lächelt gewinnend.

Cornelius trägt einen dunklen Anzug und ein dunkles Hemd. Er hat grau meliertes dunkles Haar. Ich würde ihn auf Ende 60 schätzen. Ein Lebemann, wie er im Buche steht, und Charmeur der alten Schule. Sein Alter hat seinem guten Aussehen nicht geschadet. »Lassen Sie sich ansehen.« Er nimmt meine Hände, schwenkt sie hoch und betrachtet mich von oben bis unten. Schließlich sagt er: »Jetzt verstehe ich.«

Schwungvoll kehrt er an seinen Schreibtisch zurück. Sein lockeres Haar wippt bei jedem seiner Schritte. »Sie haben großen Eindruck bei den Männern der Familie Teubert hinterlassen ... Nehmen Sie doch bitte Platz.«

Ich setze mich auf einen bequemen Stuhl vor seinem Schreibtisch und er beobachtet mit einem leichten Schmunzeln jede meiner Bewegungen. »Was hat man Ihnen über mich erzählt?«, fragt er schließlich und setzt sich ebenfalls.

»Ich weiß, dass ich Sie nicht anlügen sollte, dass Sie ein guter Freund von Balthasar sind und dass Sie sich für mich stark gemacht haben.«

»Von meinem guten Aussehen haben die nichts erzählt? Ich werde langsam alt. Aber Scherz beiseite. Meine Liebe, ich bin Ihnen so wohlgesonnen wie schon lange keinem mir unbekannten Menschen mehr. Und ich fühle mich in meinem Handeln bestätigt, denn Sie haben mich in dem Moment verzaubert, als Sie mein Büro betreten haben.«

Ich kann mit so vielen Komplimenten schlecht umgehen und sage lieber nichts dazu.

»Jetzt verstehe ich auch, warum sich Balthasar Teubert so engagiert für Sie eingesetzt hat. Sie müssen wissen, die Verfahrensweise in Fällen wie dem Ihrem ist normalerweise eine andere.«

»In Fällen wie meinem?«

»Unautorisierter Gebrauch einer Gabe in der Öffentlichkeit.«

»Die Robert-Quinn-Geschichte?«

Cornelius nickt mich warmherzig an und schließt kurz die Augen. »Normalerweise ziehen wir nach solchen Vorfällen die betreffenden Individuen sofort aus dem Verkehr.«

Ich schaue offenbar sehr erschrocken drein und er erklärt: »Glücklicherweise ist so etwas schon lange nicht mehr vorgekommen. Die wenigsten Menschen mit einer Gabe schaffen es langfristig, diese vor uns zu verstecken. Die meisten werden schon im Kindesalter entdeckt. Aber das würde jetzt zu weit führen. Alles, was Sie wissen müssen, ist, dass Sie hier für eine handfeste Kontroverse gesorgt haben.«

»Welche Möglichkeiten wurden da in Betracht gezogen?«

»Das eine Lager wollte sofort bei Bekanntwerden Ihrer Identität eine Entführung und einstweilige Neutralisierung erwirken. Das heißt, wir hätten Sie hierhergebracht und erst einmal befragt, eine Zeitlang weggesperrt und dann über Ihre weitere Zukunft entschieden. Sie hätten vor der Wahl gestanden, sich uns anzuschließen, was für Ihre Freunde und Familie bedeutet hätte, dass Sie offiziell als spurlos verschwunden gegolten hätten und Sie wahrscheinlich irgendwo ins Ausland versetzt worden wären. Wenn Sie sich gegen unsere Organisation entschieden hätten, wären Sie mit einem Knebelvertrag von Ihrer Gabe zurückgetreten und in Ihr altes Leben zurückgekehrt.«

»Wie kann ich denn von meiner Gabe zurücktreten?«

»Indem Sie sie nie benützen. Sie verkümmert. Andererseits wird sie immer stärker, je öfter sie sie benützen. Wussten Sie das nicht?«

»Nein, aber ich stelle in der letzten Zeit immer öfter fest, dass ich so gut wie nichts weiß.«

»Sie haben bei uns unter anderem auch deshalb so einen Aufruhr verursacht, weil Ihre Gabe sehr selten und erstaunlich stark ist für jemanden, der bisher noch nie in Erscheinung getreten ist.«

»Wie haben Sie mich gefunden?«

»Wir haben eine Art Kopfgeld auf Sie ausgesetzt. Wir waren verzweifelt, da Sie mit ihrem einzigartigen Talent nach Ihrer großartigen Show wie vom Erdboden verschluckt waren. Schließlich haben wir bekannt gemacht, dass Sie der Gruppe zugeteilt werden, die Sie ausfindig macht, natürlich nur, wenn Sie sich freiwillig dazu bereiterklären.«

Jetzt wird mir so einiges klar.

»Warum haben Sie sich für Balthasars Gruppe entschieden?«, fragt Cornelius geradeheraus.

»Mir war damals bei David gar nicht klar, dass er eine Gabe hat. Und seine Freunde haben auch eine?«

Cornelius nickt und ich fahre fort: »Ich würde sagen, dass David die falsche Vorgehensweise hatte. Er wollte, dass ich ihm hörig bin, bevor er mich eingeweiht hat. Balthasars Methode war zwar auch nicht gerade feinfühlig, aber auf jeden Fall der ehrlichere Weg.«

Wieder nickt Cornelius verständig.

»David Teubert war schon immer ein schlechter Verlierer. Er war kurz nach Ihrer Entführung hier, um darauf hinzuweisen, dass Ihre Gabe durchaus auch gefährliche Ausmaße annehmen könnte, wenn Sie unkontrolliert bleibt. Er wollte Sie unbedingt in seiner Gruppe trainieren, damit Sie auch in Angriffssituationen einsetzbar sind.«

»David *Teubert*?«

»Ja, David ist Balthasars Bruder. Wussten Sie das nicht?«

Mir wird ganz dusselig im Kopf. Die Wände des Raumes scheinen sich zu bewegen und meine Augenlider flattern.

Cornelius drückt einen Knopf an seinem Schreibtisch. »Ein Glas Wasser, schnell!«, sagt er. Dann eilt er zur Tür, nimmt ein Glas entgegen und hält es mir sofort vor den Mund. »Trinken Sie und tief einatmen, ausatmen, einatmen, ausatmen. Besser?«

»Ja, danke.«

»Sie haben mir einen ganz schönen Schrecken eingejagt«, seufzt er. »Sie müssen wissen, es ist schon eine Weile her, dass die letzte Dame in meiner Gegenwart einen Ohnmachtsanfall erlitten hat.«

Er öffnet ein Fenster und lässt frische Luft herein. Ich beruhige mich wieder. Cornelius schaut kurz zur Tür und schüttelt fast nicht wahrnehmbar den Kopf. Als ich mich vorsichtig umsehe, sehe ich John und die Sekretärin mit besorgter Miene in der Tür stehen. John lässt sich erst abwimmeln, als ich ihm lächelnd das OK gebe.

»Ist Ihre Gabe eine Waffe, Clara?«, fragt Cornelius dann.

»Wie meinen Sie das?«

»Können Sie lebenden Organismen Schmerzen und/oder Verletzungen zufügen?«

»Nein!«, sage ich vielleicht etwas zu laut. »So etwas würde ich nie machen.«

Er scheint mit meiner Antwort zufrieden, hakt aber nach: »Sie hätten groß werden können mit *Slytherin*. Aber Sie haben sich trotzdem für *Gryffindor* entschieden.«

Jetzt muss ich wirklich über den alten Mann schmunzeln und frage ihn: »Haben Sie alle Teile gelesen?«

»Ja, alle.«

»Was ist mit *Hufflepuff* und *Ravenclaw*?«

»Alles Weicheier.«

Wir lachen gemeinsam und Cornelius setzt sich wieder hinter seinen Schreibtisch. »In ein paar Minuten beginnt Ihre Anhörung. Sie werden im Wartesaal auf alte Bekannte treffen.«

»Ja, das habe ich schon erfahren.«

»Gut, wenn es so weit ist, werden Sie aufgerufen und von mir und meinen Mitstreitern befragt. Antworten Sie kurz und ehrlich und ich werde dafür sorgen, dass Ihr heldenhafter Einsatz keine negativen Folgen für Sie haben wird.«

Ich will schon aufstehen, aber Cornelius beginnt zu erzählen: »Lassen Sie mich noch eine lustige kleine Geschichte erzählen, bevor wir uns der langweiligen Anhörung widmen. Ich finde es wirklich sehr amüsant, wie Sie meinen lieben Freund Balthasar aus der Ruhe bringen. Wissen Sie …« Er lacht in sich hinein. »Erst hat er sich nach Ihrer Entführung bei uns die Zustimmung für seine weiteren Maßnahmen geholt und sich für Sie verbürgt, damit Sie geregelt aus Ihrem normalen Alltag aussteigen können. Und dann, ich glaube, es war am Montagabend nach

Bekanntwerden Ihrer Identität, da hat er bei mir angerufen und wollte die ganze Sache hinschmeißen. So habe ich ihn noch nie erlebt. Und als ich ihn fragte, warum er so aufgewühlt sei, da sagte er nur: Sie tut nicht, was ich ihr sage. Daraufhin musste ich das Telefonat erst einmal unterbrechen, so habe ich mich amüsiert.«

Ich schaue Cornelius mit großen Augen an. Mich überrascht weniger, dass Balthasar mich wieder loswerden wollte. Aber ich kann kaum glauben, dass er es war, der sich hier in Berlin so für mich eingesetzt hat. Ich bekomme ein ganz merkwürdiges Gefühl.

»Und dann«, erzählt er weiter. »Dann habe ich ihm mitgeteilt, dass er doch wohl nicht den Schwanz einzieht, wenn er einmal in seinem Leben auf eine Frau mit Schneid trifft. Das hat gesessen.«

Wieder erklingt sein kehliges Lachen. »Meine liebe Clara, was haben Sie zu ihm gesagt? Wissen Sie das noch?«

»Ich glaube, das war der Tag, an dem ich ihm sagte, dass er mir mein ganzes Leben versaut und dass ich ihn hasse.«

Jetzt beugt sich Cornelius über den Schreibtisch und fixiert mich mit seinen großen klaren Augen, um die immer noch Lachfältchen tanzen. »Und Clara, hassen Sie ihn?«

In diesem Moment ertönt die Stimme der Sekretärin durch den Lautsprecher: »Die Anhörung. Ich sollte Sie fünf Minuten vorher daran erinnern.« Er drückt auf den Knopf. »Ja, danke. Wir kommen.«

Als wir das Büro verlassen, knüpft er an seine Frage an. »Ich bin schon gespannt, wie sich Ihre kleine Eine-

Frau-Widerstandsbewegung weiter entwickelt.« Dann verabschiedet er sich, weil er vor uns im Anhörungsraum sein will, und überlässt mich John.

Wir schlendern gemütlich über die langen Gänge. »Warum hat mir niemand gesagt, dass ich hier in einer verdammten Familien-Soap gelandet bin?«

John weiß sofort, wovon ich spreche. »Später«, raunt er mir zu.

Ich bin aber gerade so in Fahrt, dass ich mit meinen Händen ein unsichtbares Banner in die Luft male und laut deklamiere: »Die Teubert-Saga. Folge 1254: Bruderstreit Teil III. Endlich erfährt die naive Clara von dem Verwandtschaftsverhältnis, das den Zuschauern bereits aus Folge 1 bekannt ist. Wird sie damit leben können? Natürlich, so wie sie mit jedem Mist zurechtkommen muss, der ihr in den Weg geschissen wird.«

»Jetzt ist es gut.« John packt mich an den Armen und schüttelt mich zur Besinnung.

Bin ich gerade etwas übers Ziel hinausgeschossen? John lässt mich genau in dem Moment los, als zwei Leute um die Ecke biegen und uns im Flur entgegenkommen: David in Begleitung von Angela.

Als Angela uns erkennt, legt sie demonstrativ ihren langen dünnen Arm um David und zieht ihn zu sich heran. David grinst süffisant. John hat meinen Oberarm ergriffen und zieht mich weiter. Wir laufen direkt auf die beiden zu. Jetzt zieht Angela Davids Kopf zu sich und schleckt ihm genüsslich mit ihrer Zunge über die Backe.

John und ich wenden uns angewidert ab. Zum Glück müssen wir nicht an David vorbei, weil mich John vorher durch eine Tür schiebt. Wieder kommen wir in einen Gang und der dient als Warteraum. An der Wand entlang sind Stühle aufgestellt und eine Aufsichtsperson in Uniform steht gelangweilt herum. Wir gehen zu den hintersten Plätzen in einer Ecke und setzen uns nebeneinander.

Als die Tür wieder aufgeht, wissen wir schon, wer eintritt. Deshalb riskiere ich keinen Blick in die Richtung. John hat sich so neben mir aufgebaut, dass ich mich strecken müsste, um an ihm vorbeizusehen. Also kauere ich in dem Eck und betrachte die künstliche Grünpflanze, die mir gegenübersteht. Da es nur Sitzplätze neben uns gibt, bekomme ich von David und Angela nichts zu sehen und sie sind nicht so aufdringlich, sich direkt neben John zu setzen. Vielleicht haben sie auch einfach Respekt vor ihm.

Es dauert nicht lange, da wird David aufgerufen. Er verschwindet durch eine zweiflügelige Tür. Wir warten und warten. Das Ticken der großen Uhr, die über dem Ausgang hängt, ruft mir ständig in Erinnerung, dass mir eine vielleicht unangenehme Befragung bevorsteht. Auch John wirkt unruhig. Er sieht die ganze Zeit auf die Uhr, als ob er auf etwas warten würde.

Da wird die breite Tür so plötzlich wieder aufgerissen, dass ich zusammenzucke. David kommt mit großen Schritten und offensichtlich wütend aus dem Saal. Er eilt sofort auf den Ausgang zu. Ich höre Angelas Stöckelschuhe klappern. Draußen vor der Tür ruft sie: »Warte, ich muss erst meinen Lippenstift einpacken.« David scheint nicht zufrieden zu sein mit dem Ausgang seiner Befragung oder Stellungnahme oder was weiß ich, warum er geladen war. Auf jeden Fall fühle ich mich gleich ein Stück besser.

Wir warten wieder. Tick tick tick. Johns Name wird aufgerufen, er klopft mir aufmunternd auf den Oberschenkel und verlässt mich wortlos. Ich fühle mich nun wirklich alleine und bleibe ganz klein auf meinem Stuhl in der Ecke sitzen. Hoffentlich kommen David und Angela nicht zurück! Die Anwesenheit des streng aussehenden Uniformträgers beruhigt mich nicht mehr als die Gegenwart der Grünpflanze.

Gerade, als ich feststelle, dass die Grünpflanze mich wahrscheinlich wesentlich mehr beruhigt, wird die Tür vom Gang aus schwungvoll aufgerissen und ein mir bekannter Mann eilt mit wehendem Jackett in den Warteraum. Ich muss wie ein Häufchen Elend auf ihn wirken, da er sofort zielgerichtet auf mich zustürmt. Balthasar!

Überrascht richte ich mich auf. Da geht er schon vor mir in die Hocke und der Windstoß, den er mitbringt, weht mir ins Gesicht. Da ist er wieder, dieser wunderbare Duft! Bevor ich meine Freude zeigen kann, fragt er geschäftsmäßig: »Wie ist der Stand der Dinge?«

Die Grünpflanze ist wirklich beruhigend, aber das Ticken der Uhr … Nein, natürlich sage ich das nicht. »David war schon an der Reihe, ist aber gleich wieder abgehauen, nachdem er fertig war. John ist jetzt seit ungefähr fünf bis zehn Minuten drin.«

Balthasar presst nachdenklich die Lippen aufeinander und nickt. Dann fasst er mich an den Händen und drückt sie: »Sie halten sich ganz fantastisch.«

Genauso schwungvoll, wie er den Raum betreten hat, richtet er sich jetzt auf und geht zu der Tür, die in den Saal führt. Er reißt sie auf, bevor der Uniformierte in der Lage ist, irgendwie darauf zu reagieren. Vielleicht hat Balthasar auch seine Gabe benützt. »Ich möchte gerne meinen Stellvertreter entlasten«, höre ich ihn in den Saal rufen.

Es dauert nicht lange, da sitzt John wieder neben mir auf dem Stuhl und ich starre die Grünpflanze an, während Balthasar verschwunden bleibt. Die Uhr tickt und der uniformierte Mann sieht noch strenger aus als zuvor. Kann ich ihm nicht einmal verübeln.

Nach einer gefühlten Ewigkeit ist Balthasar wieder entlassen und gesellt sich zu uns. Ich merke, dass er angespannt ist. Auf seiner Stirn hat sich zwischen seinen Augenbrauen eine kleine Sorgenfalte gebildet, die einfach nicht verschwinden will.

Mein Name ertönt aus dem Lautsprecher und ich begebe mich in den Sitzungssaal, der mich doch stark an einen Gerichtssaal erinnert. Wo ist bitte die Anklagebank, damit ich weiß, wo ich mich hinsetzen darf? Scherz beiseite. Ich beiße mich in dem freundlichen Gesicht von Cornelius fest. Er sitzt wie ein Richter an einer langen Tafel zusammen mit drei weiteren Personen, darunter auch einer fies aussehenden Frau mit Dutt. An einem Nebentisch bedient ein junger Mann einen Computer.

»Setzen Sie sich bitte hier hin.« Cornelius deutet auf einen Stuhl.

In meiner Phantasie trägt er eine lange, weiße Perücke mit Schillerlocken. Schon geht meine »Verhandlung« los. Cornelius fragt meine Personalien ab. Dann darf ich mir ein paar Fotos ansehen. »Würden Sie bitte nach vorne kommen?«

Ich trete zum Richterpult und sehe mir die Bilder an.

»Sind das Sie?«

»Ja.« Auf einem Foto stehe ich mit Kapuze in einer Menschenmenge, auf einem anderen hebe ich etwas vom Boden auf und auf einem dritten schlüpfe ich durch eine Absperrung. Ein Bild zeigt mich, wie ich von einem Security-Mann auf die Straße gebracht werde, und dann ist da noch ein Bild von mir in der U-Bahn.

»Haben Sie Ihre heilende Gabe benützt, um Robert Quinn eine Patrone aus dem Körper zu holen?«

»Ja.«

»Waren Sie sich bewusst, dass Sie mit Ihrer Tat gegen einige unantastbare Vorschriften verstoßen?«

»Nein.«

»Waren Sie sich darüber im Klaren, dass eine Entdeckung Ihrer Gabe weitreichende Folgen für unsere Organisation haben würde?«

»Nein.« Wie gerne würde ich genauer auf die Fragen eingehen, aber ich erinnere mich an Cornelius' Warnung, dass ich mich kurzfassen soll. Und obwohl er mich jetzt sachlich mit seinen Fragen bombardiert, registriere ich, dass er mit mir zufrieden ist.

»Sie dürfen sich wieder setzen.«

Die nächste halbe Stunde werde ich weiterhin intensiv über alles befragt, was seit meiner Aktion mit Robert Quinn passiert ist. Also ich werde das jetzt nicht noch einmal alles für euch wiederholen. Aber ihr könnt ja nochmal von vorne anfangen zu lesen, dann wisst ihr genau, wie detailliert ich so einiges erklären muss, jedenfalls die Dinge, die meine Gabe betreffen. Lediglich die Angelegenheit mit meinen Schmerzen erwähne ich nicht.

»Gab oder gibt es in Ihrer Familie Menschen, die eine Gabe besitzen, oder haben Sie Menschen im Verdacht, eine Gabe zu haben?«

»Ich weiß, dass meine Oma, die Mutter meines Vaters, ebenfalls eine heilende Gabe hatte. Aber sie ist schon vor längerer Zeit gestorben.«

Cornelius blättert in einer Akte. Er hat eine Akte über mich?

»Die Oma, interessant. Wie hieß die denn?«

»Leni Constanz.«

Cornelius blättert in der Akte. »Da haben wir noch gar nichts. Das ist wirklich interessant. Ungewöhnlich ist auch, dass sich ein- und dieselbe Art der Gabe vererbt hat. Und Ihr Vater?«

»Also, wenn mein Vater irgendwelche Superkräfte hätte, dann wäre mir das aufgefallen, glauben Sie mir.« Halt, nein! Wenn mein Vater niesen muss, dann tut er das immer mindestens fünfmal hintereinander. Ist das eine Superkraft?

Cornelius blättert immer noch in der Akte. »Sie haben ja vorhin berichtet, dass Sie noch einen Bruder haben. Heißt er auch Constanz? Über den haben wir auch nichts. Das gibt es doch nicht!«

»Nein, mein Bruder hat den Namen seiner Frau angenommen. Er heißt jetzt Peter Gabriel, wie der Sänger. Er fand das ziemlich lustig, deshalb ...« Auf Cornelius Gesicht macht sich Erstaunen bemerkbar.

»Ihr Bruder wohnt nicht zufällig hier in Berlin?«

»Doch.«

Ich nehme eine gewisse Unruhe unter den Beisitzenden wahr.

»Ist etwas passiert?«, frage ich nach.

»Nein, nichts, was sich nicht klären ließe. Hat noch jemand Fragen an Frau Constanz?«

Die strenge Frau mit dem Dutt spricht mich an: »Ich habe noch eine Frage. Fühlten Sie sich durch David Teubert zu irgendeinem Zeitpunkt sexuell belästigt?«

»Nein, das kann ich nicht behaupten. Wieso?«

»Nun, Herr Balthasar Teubert war diesbezüglich besorgt. Sie möchten also keine weiteren Maßnahmen gegen Herrn David Teubert ergreifen? Er steht in dringendem Verdacht, einen Missbrauch seiner Gabe bei Ihnen durchgeführt zu haben.«

»Nein. Ich kann nicht behaupten, dass ich zu irgendetwas gezwungen worden bin.«

»Sonst noch Fragen?« Cornelius sieht in die Runde. Dann klatscht er in die Hände und reibt sie aneinander. »Gut. Wir ziehen uns jetzt zur Besprechung zurück. Würden Sie bitte so lange hier warten?«

Wieder warten. Wenigstens sitze ich diesmal nicht mit einem uniformierten Griesgram zusammen, sondern mit dem Schriftführer, der mich hinter seinem Bildschirm anlächelt. Ich lächle zurück.

Endlich kehren alle Beteiligten zurück in den Saal. Hinter mir öffnet sich die Türe und John und Balthasar treten ebenfalls ein. Alle bleiben stehen.

»Clara, würden Sie bitte aufstehen.« Ich erhebe mich. »Ich freue mich, Ihnen mitteilen zu können, dass wir wegen Ihrer unerlaubten Handlung keine weiteren Maßnahmen gegen Sie ergreifen werden.«

Ich schnaufe erleichtert auf und höre, dass sich John

und Balthasar ebenso freuen wie ich.

Cornelius erhebt eine Hand und es kehrt sofort Ruhe ein. »Die gewichtigen Gründe hierfür sind: Erstens: Sie waren sich keiner Schuld bewusst. Zweitens: Sie haben starke Fürsprecher aus unseren Reihen auf Ihrer Seite, in deren Händen Sie sich befinden, und wir sind guten Mutes, dass Sie sich nur zu Ihrem Vorteil weiterentwickeln können. Damit ist die Anhörung beendet.«

Es fehlt nur noch der Hammerschlag auf den Tisch. Cornelius tritt jetzt hinter seinem Tisch hervor und mich hält nichts mehr. Ich renne auf ihn zu und umarme ihn stürmisch. »Danke, danke, danke.« Dann drücke ich ihm einen Kuss auf die Backe und merke, wie der alte Charmeur strahlt.

Die Frau mit dem Dutt geht auf Abstand, als ob ich vorhätte, sie auch noch zu küssen. Aber sie lächelt. Ich schüttle allen froh die Hand, winke dem jungen Mann am Computer, der am Zusammenpacken ist, und wende mich dann John und Balthasar zu.

John breitet seine Arme aus. Ich renne ihm entgegen und springe an ihm hoch. »John, du bist der Beste!«, flüstere ich ihm ins Ohr.

Er hat verlegen den Mund zu einer spitzen Schnute verzogen. »Ich freu mich auch, du Wirbelwind.«

Dann wende ich mich Balthasar zu und wünschte, ich könnte mich genauso gelöst mit ihm freuen. Aber er hat die Arme verschränkt. Lediglich ein leichtes Lächeln auf seinen Lippen deutet seine Zufriedenheit mit dem Ausgang der Anhörung an. Ich versuche meine ganze Dankbarkeit in meinen Blick zu legen, jetzt, da ich weiß, wie er im Hintergrund mein Fels in der Brandung war.

Langsam gehe ich auf ihn zu. Aber er sieht bereits auf seine Uhr. »Ich fürchte, ich muss auch schon wieder los, sonst verpasse ich meinen Rückflug. Wir sehen uns heute Abend.«

Er kommt mir lächelnd entgegen. »Euer Flieger war leider schon voll, sonst hätte ich mich euch angeschlossen.«

»Ich nehme dein Ticket«, schlägt John vor. »Ganz einfach, wir tauschen. Ich kann ja nicht ewig auf diesen Zwerg hier aufpassen.«

Balthasar massiert sich nachdenklich das Kinn. Ich höre das Kratzgeräusch. Anscheinend ist er heute nicht einmal mehr zum Rasieren gekommen. »Also gut, warum nicht? Ich kläre das kurz.«

Er holt sein Telefon hervor und verlässt den Raum. John macht ein gekünstelt ernstes Gesicht und stellt sich mir gegenüber auf. »Nicht traurig sein. Es ist besser so. Das mit uns hätte nie funktioniert.«

Ich pruste los und schubse ihn spielerisch von mir weg. Da grinst er wieder mit so einer spitzen Schnute.

Und dann flüstert er: »Sieh es doch mal so, ihr habt bestimmt einiges zu besprechen.« Er hält ein unsichtbares Banner in die Luft. »Sehen Sie jetzt die Fortsetzung der spannenden Familien-Saga. Weicht die süße Clara dem Misthaufen aus oder tritt sie hinein?«

Weil John so in Fahrt gewesen ist und mich in seinen Bann gezogen hat, haben wir beide nicht bemerkt, dass Balthasar zurückgekommen ist. Balthasar räuspert sich und John fährt das Luftbanner ein. Ich verkneife mir das Lachen.

»Habe ich gerade irgendetwas Entscheidendes verpasst?«, fragt Balthasar.

»Clara ist schon ganz heiß darauf, dir von der Daily Soap zu erzählen, die sie wegen der Anhörung verpasst hat«, erklärt John.

»*Verbotene Liebe*?«, meint Balthasar und sieht mich so merkwürdig an.

Am liebsten würde ich jetzt den Raum so schnell durch die Hintertüre verlassen, dass nur noch meine Kondensstreifen zu sehen sind.

Aber bevor Balthasar meine Verlegenheit bemerkt, wendet er sich an John: »Es ist alles geklärt. Wenn du deinen Flug noch erwischen willst, solltest du jetzt ins Hotel und deine Sachen packen. Sonst wird es knapp.«

Er überreicht John sein Ticket. John sieht auf die Uhr: »Uh, ja. Ich hinterlege unsere Flugtickets im Hotel. Bis später.« Schon ist er weg.

15

»Wir sollten uns auch auf den Weg machen«, meint Balthasar. »Sie haben sicherlich langsam Hunger.« Wir verlassen endlich den Anhörungsraum und das Ministerium.

»Gehen wir ein Stück zu Fuß?«, fragt er.

»Ja, gerne.« Als wir einige Minuten schweigend nebeneinander hergeschlendert sind, fragt er: »Also, welche Seifenoper-Tragödien liegen Ihnen auf dem Herzen?«

Richtig, ich bin ja eigentlich unendlich sauer auf ihn. Gut, dass er mich daran erinnert hat! »Sie hätten mir ruhig erzählen können, dass David Ihr Bruder ist.«

»Ich hatte die Befürchtung, dass Sie sich mir dann völlig entziehen. Ich werde ungern in einen Topf mit ihm geworfen.«

»Sie haben ja wirklich eine sehr schlechte Meinung von Ihrem Bruder … ich übrigens auch. Was ist zwischen Ihnen vorgefallen?«

Er fährt sich mit der Hand durchs Haar. Bin ich mit meiner Frage zu weit gegangen? »Ist schon gut«, lenke ich ein. »Sie brauchen es mir nicht zu sagen. Ich bin mittlerweile schon daran gewöhnt, schlecht informiert zu werden.« Doch ich merke, dass er mit sich kämpft. Warum aber sollte er als mein Chef mir seine Gefühlswelt offenbaren?

»Er hat mir Angela ausgespannt.«

Ich bleibe stehen. »Sie waren mit Angela zusammen?« Ich fasse es nicht. Mit dieser aufgetakelten falschen Tussi?

Schnell gehe ich weiter.

»Ich weiß genau, was Sie jetzt denken. Sie war nicht immer so. Ich habe sie wirklich geliebt.«

Überrascht versuche ich in seinem Gesicht einen Hauch dieser Liebe für Angela zu erkennen, aber da ist nichts. Er bemerkt meinen Blick. »Ich bin darüber hinweg. Es hat lange gedauert, aber es ist so.«

Ich glaube ihm. »Wie lange ist es her?«

»Sie hat mich an meinem 30. Geburtstag, also vor mehr als vier Jahren, mit den Worten verlassen, sie sei schon über ein halbes Jahr heimlich mit David zusammen. Das war, nachdem ich ihr einen Heiratsantrag gemacht habe.«

Ich schlage mir eine Hand vor den Mund. »Ist das wirklich wahr? Es tut mir so schrecklich leid.«

Er sieht mich aus seinen faszinierenden Augen vielsagend an. »Mir nicht.«

Dann lenkt er von dem Thema ab. »Und wie steht es zwischen Ihrem Bruder und Ihnen?«

Ich bin in Gedanken noch bei seinem Alter. Er ist also 34 Jahre alt. Weil ich nicht antworte, fährt Balthasar selbst fort: »Cornelius hat mich vorhin noch kurz informiert, dass Peter Gabriel Ihr Bruder ist. Wissen Sie, ich kenne Ihren Bruder.«

Jetzt hat er meine volle Aufmerksamkeit wieder. »Davon hat er mir nie etwas erzählt.«

»Haben Sie Ihrem Bruder von mir erzählt?«

»Nein.«

»Na also.«

Langsam begreife ich. »Sie kennen ihn aus seiner Zeit in München?«

Balthasar nickt.

»Weiß er Bescheid, über …«

»Ja. Wissen Sie noch? Die Sache mit den zwei Listen. Er ist auf der Liste der Eingeweihten. Er war von Anfang an eine unserer wichtigsten Kontaktpersonen zur örtlichen Polizei in München. Er war damals höchstens Mitte 20 und hieß schon Gabriel.«

»Ja, er hat mit 21 Jahren geheiratet.«

»Darf ich Sie nochmal fragen, wie Sie sich mit Ihrem Bruder verstehen?«

»Wir verstehen uns prima. Aber wir sehen uns natürlich viel zu selten, seit er in Berlin wohnt.«

»Das trifft sich gut. Wir sind da.«

Balthasar ist stehengeblieben. Ich erkenne den Wohnblock, vor dem wir stehen. Es ist das Wohnhaus meines Bruders und seiner Familie. »Sie erhalten heute die einmalige Gelegenheit, Ihrem Bruder zu offenbaren, was Sie so viele Jahre mit sich herumgetragen haben. Es spricht für Ihrer beider Verschwiegenheit, dass Sie nie darauf gekommen sind, gewisse Gemeinsamkeiten zu vermuten.«

Einer spontanen Eingebung folgend, stelle ich mich auf die Zehenspitzen und drücke ihm einen kleinen Kuss auf die Wange. »Danke.«

Dann gehe ich durch die offene Tür ins Treppenhaus. Balthasar folgt mir. Meine Schwägerin Deborah öffnet uns die Wohnungstüre. Sie trägt eine Kochschürze. Im Hintergrund streiten sich die zwei Mädels.

»Clara!«, ruft sie. »Das ist ja eine Überraschung. Leni, Alexandra, seht mal, wer da ist!«

»Claraaaaaa«, schreien beide gleichzeitig und wir fallen

uns in die Arme. Ein Wunder, dass die zwei mich noch kennen. Wir sehen uns so selten.

Debbie bittet Balthasar herein. Da sehe ich Peter, der aus dem Wohnzimmer kommt. Dass er sich freut, mich zu sehen, erkenne ich an der Art, wie er schmunzelt.

»Pete!« Ich drücke ihn ganz fest.

»Schwesterherz, was machst du hier?«

»Ich bin mit meinem neuen Chef hier, äh, auf Geschäftsreise.«

Jetzt sieht Peter Balthasar. Aber ich kann ihm keine Reaktion anmerken, die auf mich irgendwie merkwürdig wirken würde. Die beiden schütteln sich die Hand und machen keinen Hehl daraus, dass sie sich kennen.

»So ein Zufall!«, meint Deborah und fragt: »Wollt ihr zum Essen bleiben?«

»Ich habe eigentlich gar keinen …« will ich gerade sagen. Aber da sehe ich Balthasars Gesichtsausdruck und schwenke schnell um in »Ja, danke, gerne.«

Debbie verschwindet in der Küche und zu meinem Erstaunen bietet sich Balthasar an, mit den kleinen Mädels zu spielen. Leni, die Größere, beschlagnahmt ihn sofort: »Du bist der Prinz und ich die Prinzessin.«

Sofort geht die Sirene bei Alexandra los. »Nein, ich bin die Prinzessin.«

Balthasar geht in die Hocke. »Passt auf, wie wäre es, wenn ihr beide Prinzessinnen seid und mir jetzt euer Schloss zeigt.« Problem gelöst.

Die Mädels stürmen ins Kinderzimmer und Balthasar hinterher. Peter und ich ziehen uns in sein Büro zurück.

»Du arbeitest jetzt also für Herrn Teubert?«

»Mmmmh.«

Nach kurzer Stille wollen wir beide gleichzeitig etwas sagen, aber Peter lässt mir grinsend den Vortritt. »Pete, kannst du dich noch daran erinnern, ich glaube, du warst zwölf Jahre alt, da bist du beim Klettern im Park von einem Baum gefallen, von einem sehr hohen Baum.«

»Ja, da war ich sauer, weil ich dich mitnehmen sollte und auf dich aufpassen musste. Deshalb bin ich vor dir davongeklettert. Es war ein Wunder, dass ich mich bei diesem Sturz nicht mehr verletzt habe.«

»Nein, es war kein Wunder. Du warst bewusstlos und ich hatte furchtbare Angst um dich. Weit und breit war niemand, um uns zu helfen.«

Wir verbrachten damals eine Woche bei Oma, weil unsere Eltern gemeinsam mit Schülern auf Klassenfahrt waren. Bei der Erinnerung beben meine Lippen. Es ist mir, als wäre es erst gestern gewesen.

»Was hast du denn? Hey, alles in Ordnung?«

»Pete, das war der Tag, an dem ich das erste Mal einen Menschen geheilt habe. Du hattest mindestens einen Schädelbasisbruch.«

Peter ist nicht doof. Er kann schnell sämtliche Verbindungen herstellen. »Du … Robert Quinn?«

Ich nicke.

»Deshalb bist du hier in Berlin. Haben sie dir was angetan? Denn wenn ja, dann …«

»Pete, es ist alles in Ordnung. Balthasar und seine Freunde passen auf mich auf.«

»Ich versteh das nicht. Du warst doch damals erst höchstens …«

»… zehn Jahre alt.«

»Wissen Ma und Pa davon?«

»Nein, du bist der Erste und Einzige aus der Familie, der das jemals wissen darf.«

»Ja, ich weiß.« Er nimmt mich in die Arme und ich drücke ihn, so fest ich kann. »Danke, dass du deinem gemeinen Bruder geholfen hast! Ich hatte es eigentlich nicht verdient«, flüstert er.

Debbie platzt ins Zimmer. »Essen … Ist etwas passiert? Du bist doch nicht etwa schwanger, oder?«

»Nein«, antworte ich lächelnd.

»Aber ich!«, erwidert Debbie strahlend.

»Das ist ja fantastisch. Ich freu mich sehr für euch. Herzlichen Glückwunsch.« Ich werde wieder Tante! Hurra.

»Danke dir. Jetzt essen wir aber, sonst komme ich in den Unterzucker und das willst du nicht erleben.«

Als wir uns an den Esstisch setzen, tobt dort ein heftiger Streit, da die Tischordnung nicht vorsah, dass die Mädels rechts und links neben Balthasar sitzen, was sie jetzt aber mit viel Geschrei ertrotzen. Balthasar fügt sich in sein Schicksal.

Nach dem Essen bittet mich Debbie ins Schlafzimmer. Sie wühlt in ihrem Kleiderschrank und überreicht mir schließlich eine kleine Plastiktüte. »Hier, bitte nimm ihn mit. Ich will ihn nicht mehr sehen. Seine Anwesenheit macht mich fertig. Jetzt da ich wieder schwanger bin, werde ich mich von dem Gedanken verabschieden, dass ich ihn jemals tragen werde.«

Ich schaue in die Tüte. »Ein Bikini? Also Debbie, du hast doch eine tolle Figur.«

»Du hast mich noch nie nackt gesehen.«

Ich nehme den hellblauen, leicht grünlich schimmernden Bikini aus der Tüte. Es hängen noch die Preisschilder daran.

Deborah seufzt. »Ich hätte ihn auch schon vor meinen Schwangerschaften niemals tragen können. Aber zu dir passt er perfekt. Er hat genau denselben Farbton wie deine Augen. So ganz hell blau-grün.«

»Der ist ganz schön knapp, findest du nicht?«

»Ja«, sagt Debbie wieder verträumt. »Peter hätte es bestimmt gefallen, wenn ich ihn getragen hätte, meinst du nicht?«

»Nicht nur ihm. Ich kann mir kaum vorstellen, dass ich ihn jemals tragen werde.«

»Bitte tu es mir zuliebe. Und dann schickst du mir ein Foto als Beweis. Aber komm ja nicht auf die Idee, das Foto in deiner Wohnung zu machen. Es muss schon in der freien Natur sein.«

Das ist typisch Deborah. Ich soll jetzt stellvertretend für sie ihre Träume wahr werden lassen.

»Aber im Freibad wirst du mich damit auch nicht sehen«, antworte ich, ohne mich festzulegen.

In der Küche warten die beiden Männer schon ungeduldig auf uns.

»Sie nimmt ihn mit«, sagt Debbie stolz.

»Was? Das ist aber schade!« Peter zieht einen Flunsch.

Balthasar beobachtet uns, wird aber sofort von einer Kinderhand, die sein Kinn in eine andere Richtung zieht, abgelenkt.

Bald verabschieden wir uns, weil wir noch ins Hotel müssen und dann zum Flughafen. Auf dem Weg zur Straßenbahn fragt mich Balthasar mit neugierigem Blick auf die Plastiktüte: »Was nehmen Sie mit?«

»Schwimmausrüstung ... sozusagen.«

»Wunderbar! Da steht ja dem Schwimmtraining im Pool nichts mehr im Wege.«

»Nein.«

Und mir ist auch fast kein Stück Stoff mehr im Wege, wenn ich diesen Bikini wirklich tragen sollte. Ich beschließe schmunzelnd, dass ich es für Deborah tatsächlich machen werde, wenn sie das in ihrer Schwangerschaft irgendwie glücklich macht. Ich werde Sara bitten, ein Foto von mir am Pool im Garten zu machen.

Wir fliegen mit Zwischenstopp in Frankfurt zurück nach München und kommen erst spät am Abend in Grünwald an. Balthasar hat sich wieder in den distanzierten Geschäftsmann verwandelt. Vielleicht liegt es auch daran, dass er in Frankfurt ständig Telefonanrufe bekommen hat, die sich allesamt sehr geschäftlich angehört haben. Es ging um Mietrückstände, Renovierungen etc. und Balthasar wurde immer ungehaltener. Warum müsse er sich mit solchen Themen beschäftigen, schimpfte er, wenn er doch Angestellte habe, die das für ihn regeln sollten.

Auf meine Frage, ob eigentlich jemand aus seiner Firma auf der Liste der Eingeweihten sei, reagiert er derart übelgelaunt, dass ich ihn lieber in Ruhe lasse. Wenigstens weiß ich jetzt, dass er seine beiden »Berufe« strikt voneinander trennt. Die Immobilienfirma ist ein völlig »normales« Unternehmen.

Ich widme mich einfach meinem MP3-Player und blende den ärgerlichen Kerl aus.

16

Am nächsten Tag ist Donnerstag, der Tag, an dem ich das erste Mal mit Christopher etwas unternehmen werde. Ich bin aufgeregt deswegen. Irgendwie möchte ich bei unserer ersten Begegnung nichts falsch machen, was sich dann unangenehm auswirken könnte.

Beim Frühstück bin ich mal wieder die Letzte. Balthasar kommt herein und gibt mir einen Zettel. »Hier ist die Adresse meiner Eltern in Alt-Perlach. Chris hat im ersten Stock des Hauses seine eigene Wohnung. Würden Sie ihn dort abholen?«

Ich kaue auf meiner Vollkornsemmel und stecke den Zettel ein. »Ja, mach ich.«

»Und bitte bringen Sie ihn auch wieder dorthin zurück. Er ist zwar auch viel alleine unterwegs und kommt gut zurecht. Aber ich halte es erst einmal für das Beste, wenn wir das so handhaben.«

»Ja, versprochen.«

Balthasar will gerade wieder gehen, da scheint ihm noch etwas einzufallen und er wendet sich mir noch einmal zu: »Wissen Sie, ich wollte mich bei Ihnen entschuldigen, dass ich Sie gestern mit meinen persönlichen Dingen belästigt habe.«

Sofort mache ich den Mund auf, um ihm zu widersprechen, doch er fährt schnell fort: »Ich kann mir das nur so erklären, dass ich inzwischen viele sehr persönliche Dinge über Sie weiß. Deshalb hielt ich es für angemessen, Ihnen auch etwas von mir zu berichten. Aber Sie sollten das nicht falsch verstehen …«

Ich werde mal wieder sauer auf ihn. Da vertraut er mir persönliche Details aus seinem Leben an und nun macht er es wieder kaputt!

»Wie soll ich es denn nicht verstehen?«, frage ich patzig.

»Ich meine … Sie und ich … Ich bin Ihr Vorgesetzter und nichts darüber hinaus.«

Da nehme ich meinen leeren Teller und trage ihn in die Küche. »Vor was haben Sie Angst? Dass ich mich in Sie verliebe?«, schnaube ich. Ja, ich weiß, Männer haben keine Angst. Wahrscheinlich habe ich ihn mit dieser Bemerkung noch mehr verärgert. Ich knalle den Teller in die Spülmaschine.

»Nun ja, Sie haben mir gestern diesen Kuss auf die Backe gegeben und ich möchte unsere Situation nicht unnötig verkomplizieren«, antwortet er äußerlich ruhig.

Jetzt schreie ich schon fast: »Ja, wir sind ansonsten in einer völlig unkomplizierten Situation. Hören Sie, mir ist sehr wohl bewusst, dass Sie mein Vorgesetzter sind. Sie tun ja auch alles, um mich ständig daran zu erinnern. Was bilden Sie sich ein? Sie erzählen mir ein paar Geschichten aus Ihrem Nähkästchen und ich schmelze dahin?«

»Bei David ….«

»Hören Sie mit David auf! Ja, ich hätte mich auf ihn eingelassen, wenn Sie nicht dazwischengefunkt hätten. Aber er hat seine Gabe verwendet, um mich kleinzukriegen. Das haben Sie selbst gesagt.«

»Ja«, flüstert Balthasar ruhig und schließt die Augen.

Ich gehe so nah zu ihm hin, wie ich mich in diesem Moment traue. Da öffnet er seine Augen wieder und fixiert mich mit einem harten Blick.

»Wissen Sie«, hauche ich, »Sie machen es mir nicht gerade leicht, Sie zu mögen. Wie könnte ich mich in Sie verlieben?«

»Ja, wie könnten Sie?« Er wendet sich ab und verlässt den Raum.

»Gut, dass wir das geklärt haben«, sage ich mehr zu mir selbst und gleichzeitig mache ich mir Sorgen, warum ich mich so schrecklich aufregen muss und über was ich mich eigentlich aufrege.

Da kommt es mir gerade recht, dass John mich mit zum Joggen nimmt. Ich laufe diesmal die zwei Runden durch und bin echt stolz auf mich.

Nach dem Mittagessen mache ich mich mit gepackter Badetasche auf den Weg zu der angegebenen Adresse. Nein, der knappe Bikini ist zu Hause geblieben. Balthasar ist heute geschäftlich unterwegs. Ich bin nicht böse darüber, dass ich ihm nicht mehr begegnet bin.

Als ich vor dem unauffälligen kleinen Haus in der Nähe eines Bachs in Alt-Perlach ankomme, sehe ich im Garten eine ältere Dame arbeiten. Es fasziniert mich, dass die Eltern von Immobilienmillionär Balthasar Teubert so bescheiden wohnen. Einen Moment lang bin ich unsicher, ob ich hier wirklich richtig bin.

Die Frau richtet sich lächelnd auf. »Sie müssen Clara sein. Herzlich willkommen.«

Wir geben uns die Hand.

»Ja, die bin ich. Ich möchte zu Christopher.«

»Der ist oben. Mein Mann hat mir schon viel von Ihnen erzählt.«

»Ah, Sie sind Frau Teubert?«

»Bitte nennen Sie mich Josephine.« Wir lächeln uns an.

»Ich geh dann mal rauf«, sage ich und deute in den ersten Stock.

»Viel Spaß!«, ruft mir Josephine Teubert noch nach.

Christopher hat mich bereits erwartet und er freut sich sehr, dass wir gemeinsam ein Schwimmbad besuchen. Wir müssen zur nächsten U-Bahnstation laufen und von dort sind es ein paar Stationen bis zu unserem Wunschschwimmbad.

Der Nachmittag vergeht wie im Fluge. Wir rutschen, schwimmen und essen Eis und es scheint gut zwischen uns zu funktionieren. Christophers Unbeschwertheit färbt auf mich ab und wir machen gemeinsam Wasserbomben vom Einmeterbrett, wobei die Bomben von Chris eindeutig größer ausfallen als meine.

Auf dem Rückweg zur U-Bahn fragt er mich: »Gehen wir heute noch ins Kino? Balthasar meinte, dass du vielleicht noch Zeit hast?«

»Warum nicht?«, antworte ich, als ich mein Handy wieder einschalte und die eingegangenen Nachrichten lese. Plötzlich bleibe ich stehen. Ach du Sch…! Lisi hat mir geschrieben und mich erinnert, dass wir für heute Abend beim Mexikaner verabredet seien.

Ich schaue auf die Uhr. Wenn ich mich jetzt auf den Weg mache, dann kann ich es gerade noch so schaffen.

»Ist alles gut?«, fragt Chris verwirrt.

»Äh, ja. Ich kann nur leider doch nicht mit dir ins

Kino gehen. Tut mir leid.«

Chris sieht traurig zu Boden.

»Aber wir holen das auf jeden Fall nach. Einverstanden?«

Er nickt immer noch traurig. So ein Mist!

Eilig schreibe ich an Lisi, dass ich noch nicht sagen kann, ob ich komme. Sofort kommt ihre Antwort von wegen sie wusste gleich, dass unsere Freundschaft sich auflösen würde und so weiter und so fort. Ihre Nachrichten nehmen kein Ende. Sie ist eine richtige Drama-Queen. Schließlich beruhige ich sie, dass ich mich gleich auf den Weg mache.

Christopher geht ganz still neben mir her. »Du Chris, macht es dir etwas aus, wenn ich nicht mit dir zurückfahre. Ich müsste in die andere Richtung.«

»Mmmmh.«

Es ist unverzeihlich. Aber ich deute dieses Geräusch zu meinen Gunsten. An der U-Bahnstation verabschiede ich mich von ihm und steige in die andere Richtung ein. Ein schlechtes Gewissen schiebt sich in meinen Körper. Aber die Vorfreude auf das Wiedersehen mit meinen Freunden verdrängt das ungute Gefühl.

17

Es ist wunderbar, mit Lisi, Tom, Patrick und Nicole hier beim Mexikaner zu sitzen und Cocktails zu schlürfen. Meine vertraute Clique um mich zu haben, weckt schon fast nostalgische Gefühle in mir. Was wäre wohl, wenn ich nie zu diesem verdammten Konzert gegangen wäre? Nein, es hat keinen Sinn, diesem Gedanken nachzujagen. Ich beschließe, einfach die Zeit zu genießen.

Wir sitzen auf Sofas in einer gemütlichen Ecke direkt am großen Fenster. Draußen auf der Straße rauscht der abendliche Verkehr vorbei.

»Und Clara, wie ist es jetzt so in der neuen Arbeitsstelle?«, fragt Patrick.

»Na ja, schon ganz gut. Die Kollegen sind nett und Christopher, der junge Mann, um den ich mich kümmere, der ist auch in Ordnung.« So ganz überzeugend habe ich wohl nicht geklungen.

»Aber?«

»Naja, der Chef ist ein bisschen komisch.«

»Wieso komisch, Clara? Das hast du mir ja noch gar nicht erzählt«, entrüstet sich jetzt Lisi, die auf einmal ganz aufrecht dasitzt wie ein aufgeschrecktes Huhn.

»Er ist halt übertrieben korrekt und kontrollsüchtig. Wenn der mich jetzt hier mit euch Cocktails trinken sehen würde, dann würde er sich wahrscheinlich gleich wieder darüber aufregen, dass ich am nächsten Tag nicht voll arbeitsfähig bin.«

Als ich in die erschrockenen Gesichter meiner Freunde blicke, schwäche ich meine Aussage gleich wieder ab. »Naja, so schlimm ist es auch wieder nicht. Prost.«

Wir stoßen an. Mir ist schon etwas unbehaglich zumute. Ich habe noch nie so besonders viel Alkohol vertragen. Jetzt habe ich fast mein erstes Glas Pina Colada ausgetrunken und nur ein paar Tortilla-Chips dazu gegessen. Gleich zu Beginn hat Patrick eine Runde Tequila ausgegeben. Ich fühle mich echt beschwipst, auch wenn das für jeden gestandenen Alkoholtrinker lächerlich klingen mag, ich weiß.

»Kommt, wir bestellen noch eine Runde und dann trinken wir auf deinen Chef, den Kontrollfreak«, schlägt Nicole vor und alle sind begeistert. Auch ich finde die Idee ziemlich lustig. »Super. Ich sag der Bedienung Bescheid. Ich muss eh aufs Klo.«

Als ich zurück an den Tisch komme, lachen alle vier gerade laut auf.

»Was habt ihr jetzt schon wieder ausgeheckt?«, frage ich und lasse mich auf die Couch plumpsen.

»Du bist heute dran, Clara, ja, ja«, freut sich Nicole. Ich sehe fragend in die Runde. Lisi hängt mit den Lippen an ihrem Strohhalm, sieht mich mit großen Augen lächelnd an und deutet hinter mich. Als ich mich umdrehe, lese ich auf einer Tafel: *Heute: Karaoke-Duette ab 22 Uhr.*

»Neeeee, das könnt ihr vergessen«, rufe ich entsetzt, pruste aber sofort lachend los.

»Du hast es uns schon beim letzten Mal versprochen«, versetzt Tom. »Wir haben uns zum Affen gemacht, du hattest deinen Spaß. Heute bist du dran.«

»Das mag ja sein, Tom. Ich habe aber keinen Duett-Partner und weder Lisi noch Nicole werden mir einen von euch freiwillig leihen, oder?«

Sofort herrscht betretenes Schweigen am Tisch. Wusste ich es doch! Vor einigen Wochen waren wir schon einmal hier am Karaoke-Abend und Lisi, Tom, Nicole und Patrick haben sich spontan entschlossen, daran teilzunehmen.

Was wir damals noch nicht wussten: Es dürfen nur Paare teilnehmen, die im wirklichen Leben kein Paar sind. Deshalb haben Tom und Patrick kurz vor der Teilnahme noch die Mädels getauscht. Das Paar, das dann beim Duett am schönsten singt und am glaubhaftesten das Liebespaar verkörpert, kann ein paar Freigetränke gewinnen.

Was wir auch nicht wussten: Das Publikum stachelt die Singenden mit eindeutigen Aufforderungen an, was dann dazu führte, dass der angeheiterte Tom der völlig überrumpelten Nicole einen recht leidenschaftlichen Kuss aufdrückte. Lisi war völlig aus dem Häuschen, das könnt ihr euch denken.

Tom und Nicole gewannen dann aber die Freigetränke für unseren Tisch und die Wogen glätteten sich wieder, nachdem Tom durch das ganze Lokal gebrüllt hatte, wie sehr er seine Lisi liebe.

Bereits am nächsten Tag konnten alle Beteiligten wieder über den unglücklichen Kuss lachen. Dennoch haben die vier für sich beschlossen, das mit dem Karaoke lieber künftig zu lassen.

Mit diesen Gedanken blicke ich in die Runde und sehe, dass alle Ähnliches denken.

Nur Patrick hat die Augenbrauen hochgezogen und

meint zögernd: »Also ich würde scho... Aua.«

Nicole hat ihren Freund in die Seite geboxt. »Wag es ja nicht«, droht sie ihm mit erhobenen Zeigefinger, den er mit einer schnellen Bewegung zur Seite schiebt, während er seine Angebetete in die Arme nimmt und küsst.

»Weiß auch nicht. Der steht da schon länger ...«, flüstert Lisi Tom ins Ohr. Beide schauen nach draußen und ich folge immer noch lächelnd ihrem Blick. Sie schauen zu einem Motorradfahrer, der auf der anderen Straßenseite sein Bike geparkt hat und lässig daran lehnt. Er hat seinen Helm abgesetzt und scheint mit verschränkten Armen das Treiben an unserem Tisch zu beobachten. Als ich dem Mann ins Gesicht sehe, erstirbt mein Lächeln auf der Stelle. Meine Augen weiten sich. Ansonsten bin ich völlig handlungsunfähig.

»Clara, du kennst den?«, fragt Lisi, die meine Reaktion bemerkt hat.

Balthasar nickt mir zur Begrüßung von der anderen Straßenseite aus zu.

»Ja.« Ich springe auf, setze mich aber gleich wieder. Was soll das jetzt? Wo kommt der denn jetzt her? Ich zwinge mich zu einem Lächeln und winke. Ich fasse es nicht. Balthasar setzt ein gekünsteltes Lächeln auf und winkt zurück. Dann macht er Anstalten, die Straße zu überqueren und zu uns zu kommen.

»Clara!?«, ruft Nicole verwundert, die meine Nervosität bemerkt hat. Ich springe wieder auf und fuchtle wahrscheinlich zu viel mit den Armen, während ich haspseln: »Das ... das ist ein Kollege von der Arbeit. Ich sag mal schnell Hallo.« Während ich noch versuche, an den langen

Beinen meiner Freunde vorbeizukommen, steht Balthasar schon bei uns am Tisch.

»Hallo zusammen ... Hallo ... Clara.« Er klingt ruhig. Zu ruhig. Oh weh. Er ist stinksauer. Sein Blick gleitet über die fast leeren Cocktailgläser an unserem Tisch. Ach, und die Tequila-Gläser stehen auch noch da.

»Äh, hallo«, stottere ich. Ich weiß nicht, wohin mit meinen Armen. Schnell schiebe ich mir die Haare hinter die Ohren und dann die Hände in die Hosentaschen. Ganz ruhig bleiben! »Äh, das sind meine Freunde Lisi und Tom, Nicole und Patrick.« Dann deute ich zaghaft auf Balthasar: »Das ist Bale, ein ... Kollege von der Arbeit.«

Ich kann ihn nicht ansehen. Aber ich spüre, wie sich seine Stirn runzelt, als seine Augenbrauen in die Höhe schnellen. Er schüttelt meinen Freunden die Hand und wiederholt dabei mit leiser Stimme die ihm genannten Namen. Ich bilde mir ein, dass Lisi und Nicole die kurze Aufmerksamkeit eines so gutaussehenden Mannes genießen. Klar, heute hat er ja seine Armbrust zu Hause gelassen. Das hoffe ich zumindest.

Da stehe ich neben Balthasar wie eine Schülerin, die beim Abschreiben erwischt worden ist. Zu allem Überfluss kommt jetzt auch noch die Bedienung mit den bestellten Cocktails. Meine Freunde schreien erfreut auf und die Gläser sind schnell verteilt. Lisi und Nicole tuscheln aufgeregt miteinander.

Schnell sage ich zu Balthasar: »Ja, also dann bis ...«

In diesem Augenblick jauchzt Nicole und ruft laut: »Oh ja, das machen wir.«

Ich will das Treiben gerade ziemlich sauer unterbrechen, als Nicole Balthasars Aufmerksamkeit einfordert: »Bale, du bist doch sicher bereit, unsere Clara beim Einlösen eines noch offenen Versprechens zu unterstützen.«

Nein, halt, stopp! Ich möchte diese Situation anhalten, auf die Rückspultaste drücken, damit ich Balthasar direkt vor der Tür abpassen und wegschicken kann, bevor ...

»Wenn das in meiner Macht steht, gerne«, höre ich Balthasars höfliche Stimme neben mir.

Was! Nicole, ich bring dich um. »Nicole, ich glaube nicht, dass ...«, versuche ich zu protestieren.

Diesmal ist es Balthasar, der mich unterbricht: »Um was geht es denn?«

Hallo, ich bin auch noch da. Kann mich mal bitte jemand nach meiner Meinung fragen?

Aber schon erklärt Nicole beflissen: »Clara hat uns letztes Mal versprochen, dass sie beim Duett-Karaoke teilnimmt und eben hatte sie noch die Ausrede, dass sie keinen Gesangspartner hätte, was sich ja jetzt geändert hat.«

Balthasar stutzt kurz. Hurra. Er wird nie und nimmer mit mir an einem Karaoke-Wettbewerb teilnehmen. Wie konnte ich nur darauf kommen? Gott sei Dank.

»Also, wenn Clara das versprochen hat, dann werde ich sie gerne unterstützen. Versprechen sollte man halten, nicht wahr, Clara?«

Schock! Soll das eine Anspielung sein? Weil ich mein Versprechen gebrochen und Chris allein gelassen habe? Andererseits kann ich nicht begreifen, dass er mit mir singen will.

»Super! Ich geh euch gleich anmelden.« Nicoles Begeisterung ist nicht zu überhören. Sie stürzt davon und sagt, dass sie für Balthasar auch gleich noch einen Cocktail bestellen werde. Balthasar ruft ihr noch nach, welchen Cocktail er will. Ich bin wie betäubt.

Lisi sieht mich etwas unsicher von der Seite an. Sie kennt mich einfach am besten und scheint mein Innerstes erraten zu haben. Auch Balthasar schaut mich erwartungsvoll an. Ein leichtes schadenfrohes Lächeln umspielt seine Lippen. »Karaoke?«

»Ja, Karaoke. Wunderbar.« Als jetzt alle am Tisch in schallendes Gelächter ausbrechen, inklusive Balthasar, kann ich nicht mehr. Ich muss mitlachen.

Wow, ich wusste gar nicht, dass Balthasar so eine dreckige Lache auf Lager hat. Selbst bei dem Vorfall beim Frühstücken, als ich ihm salutiert hatte, habe ich ihn nicht so lachen hören. Aber wahrscheinlich freut er sich riesig, weil er mir endlich so richtig eins auswischen kann.

Nicole kehrt mit einem Cocktail zurück und wir rutschen alle etwas näher zusammen. Ich habe peinlichst genau darauf geachtet, dass ich nicht neben Balthasar sitzen muss. Das Blöde ist nur, er sitzt mir jetzt gegenüber und mustert mich unverhohlen streng mit einem tadelnden Blick. Ich versuche ein zerknirschtes Lächeln, als Patrick sein Glas mit den Worten erhebt: »So, und jetzt stoßen wir an auf den Chef von Clara, den Kontrollfreak.«

Mir stockt der Atem. Alle außer Balthasar und mir erheben ihr Glas und rufen: »Auf den Kontrollfreak!«

Ich versuche Balthasars stechendem Blick auszuweichen, mit dem er mich jetzt taxiert. Er nimmt sein Glas und stößt es an meines, das noch auf dem Tisch steht, und sagt doch tatsächlich: »Auf unseren Chef, den Kontrollfreak.«

Ich möchte nun wirklich im Boden versinken. Kann mir mal bitte jemand erklären, warum immer ich in solche Situationen kommen muss? Balthasar hält mich immer noch wütend mit seinem durchdringenden Blick gefangen. Ich greife nach meinem Cocktailglas und trinke.

Da fragt Lisi Balthasar: »Also, ist er wirklich so ein kontrollsüchtiges Arschloch, euer Chef?« Ich pruste den Strohhalm aus und hätte mich beinahe verschluckt. So gut es geht, versuche ich mich zu beherrschen, da ich auf keinen Fall Balthasars Antwort verpassen will.

»Also, mag sein, dass er ein wenig zur Kontrollsucht neigt, was aber manchmal nicht ganz unberechtigt ist. Aber als Arschloch hätte ich ihn jetzt nicht bezeichnet.«

»Das hab ich auch nicht«, rufe ich empört. Der Seitenhieb in Sachen berechtigter Kontrolle hat bei mir eingeschlagen wie eine Bombe.

»Ja«, sagt Lisi. »Das war meine Wortschöpfung. Entschuldigung.«

»Du brauchst dich nicht zu entschuldigen. Ist ja nicht so, dass der Chef da wäre. Nicht wahr, Clara?«, sagt Balthasar, um Lisi zu beruhigen, und sieht dabei wieder zu mir. Oh nein, wieder dieser Blick!

»Nein, Gott sei Dank nicht«, antworte ich, als Lisi mich anschaut.

»So liebe Leit, jetzt ist es wieder so weit«, tönt eine laute Stimme aus den Lautsprechern. »KAARRAAAOOOKKEEE TIIIMMME!«

Beifall brandet auf. Ich blicke auf die Uhr. Schon Viertel nach zehn. Balthasar hat sein Smartphone gezückt und tippt eine Nachricht. Wahrscheinlich gibt er gerade einem

Profikiller meine Daten durch. Vielleicht könnte ich ihn ja bitten, das Ganze noch vor dem Karaoke-Auftritt durchzuziehen, dann bliebe mir wenigstens der Gesang erspart.

»Ihr kennt die Regeln. Ein Männlein und ein Weiblein können sich gemeinsam anmelden. Einzige Bedingung: Ihr dürft, zumindest zum Zeitpunkt des Singens kein Paar sein«, brüllt die Stimme aus dem Lautsprecher. Wieder lachen die meisten Leute. »Es gibt wie immer saftige Preise für den Siegertisch zu gewinnen. Wer Sieger wird, entscheidet der Beifall, und ihr könnt fast alle Mittel einsetzen, um euch diesen Beifall zu holen.« Lautes Grölen an einem männlich besetzten Tisch. »Es haben sich heute fünf Paare angemeldet, für die wir fünf verschiedene Duette, nach dem Zufallsprinzip ausgesucht haben. Wir erwarten gleich das erste Paar. Christiane und Paul, bitte auf die Bühne!«

Ich klatsche wenig begeistert mit, auch wenn ich natürlich froh bin, dass ich noch nicht an der Reihe bin. Die Musik von *Beauty and the Beast* beginnt zu spielen und die beiden Sänger stehen bereits eng umschlungen auf dem provisorischen Podium vor der Bar. Der Bildschirm mit dem Text ist von dort gut zu sehen. Paul ist mit vollem Einsatz bei der Sache, während Christiane sich unwohl zu fühlen scheint und sich gerne aus der engen Umarmung von Paul lösen würde. Seine Hand krallt sich jedoch beharrlich an ihr fest und sitzt für meinen Geschmack schon sehr nahe an ihrem Busen. Ich meine auch wahrzunehmen, dass Christiane mehrmals versucht, die Hand etwas tiefer zu schieben. Der Gesang lässt sehr zu wünschen übrig, aber ich bin ja auch noch dran, deshalb vermeide ich es, irgendwelche Kommentare zu machen. Der Applaus fällt mäßig aus. Aber wenigstens gibt es keine Buhrufe.

Als Nächstes singen Marianne und Roman – und zwar sehr gut. Sie erwischen das Lied *Summer Wine*, das so oft im Radio gelaufen ist, dass ich es hätte im Schlaf singen können. Sie halten sich mit ihren Gesten sehr zurück. Am Ende des Liedes, als die Rufe »Küssen, Küssen!« nicht mehr zu überhören sind, fällt Marianne auf einmal über Roman her und küsst ihn so leidenschaftlich, dass ich nur noch Zungen sehe. Als ich mich angewidert abwende und zu Balthasar schaue, sehe ich, dass er nur einen kurzen Blick zur Bühne wirft und sich sofort wieder mit Patrick unterhält. Es geht dabei um irgendwelche Nachteile der Harley gegenüber der Intruder oder so ähnlich. Anschließend schaue ich zu Nicole, die genervt die Augen verdreht, und zucke mit den Schultern.

Dann konzentriere ich mich auf meinen Cocktail. So viel Alkohol wie heute Abend habe ich schon lange nicht mehr konsumiert. Interessanterweise nimmt auch Balthasar einen großen Schluck von seinem Cocktail. Der Song ist zu Ende und der Applaus tobt.

Plötzlich klopft es von draußen an die Scheibe. Balthasar und ich fahren erschrocken herum. Es ist John, der jetzt die Hand zum Gruß erhebt. Er kommt herein. Balthasar steht sofort auf und geht ihm entgegen. Die beiden reden kurz miteinander, dann verliere ich John wieder aus den Augen. Balthasar kommt gerade an unseren Tisch zurück, als das nächste Paar, Lilly und Jonas, aufgerufen wird. Auf meinen fragenden Blick reagiert er nicht. Da sehe ich John draußen das Motorrad zur Seite schieben.

Anscheinend hat Balthasar ihm den Schlüssel ausgehändigt. Aha, Mister Perfekt fährt nicht mehr, wenn er was getrunken hat. Da sollte ich jetzt nicht ungerecht sein, es ist ja so in Ordnung.

Der Song für das dritte Paar *Something stupid* wäre an sich ja sehr schön. Aber der Gesang von Lilly und Jonas ist so schrecklich, dass ich beinahe hoffe, nach den beiden an die Reihe zu kommen, denn dann können wir nur besser sein. Aber die beiden sind so sehr mit sich beschäftigt, dass auch von den Zuschauern niemand mehr auf den Gesang achtet.

Lisi entrüstet sich: »Die sind ja wohl ein Paar!«

»Oder kurz davor, eins zu werden«, meint Nicole mit verschränkten Armen.

»Jetzt schau die mal an, wenn die noch nichts miteinander haben, dann weiß ich auch nicht mehr«, schimpft Lisi.

»Lass die beiden doch«, raunt Tom.

»Du, du geilst dich auch noch daran auf oder was!« Lisi ist nah dran, auszuflippen.

Tom kann sie gerade noch beruhigen. »O weh, Lisi, du hast heute wahrscheinlich zu viel getrunken.« Ich lächle sie an und klopfe ihr auf die Schulter.

»Da ist sie nicht die Einzige«, höre ich wieder diese ruhige männliche Stimme von gegenüber. Ich spare es mir, darauf mit Worten zu reagieren, puste mir aber mit hörbar genervtem Laut die Haare aus der Stirn.

Als das Lied zu Ende ist, gibt es lauten Applaus, wahrscheinlich bisher das beste Ergebnis der drei bereits angetretenen Paare. Ich bin nervös. Tatsächlich. Dann höre ich meinen Namen und natürlich auch Balthasars aus den Lautsprechern. Zögernd stehe ich auf. Oh oh.

Mir ist ziemlich schwindlig. Ein starker Arm stützt mich und schiebt mich in Richtung Bühne. Ich gehe wie ferngesteuert zu dem Podium, das ich eigentlich nie betreten wollte. Ich merke, dass an dem starken Männerarm ein ganzer Mann dran ist, was ich für einen Moment lustig finde, bis ich Balthasar erkenne.

»Du …«, sage ich drohend zu ihm. »Äh, Sie … Sie werden mich jetzt nicht einfach küssen, gell.« Wie komme ich bloß auf so einen Quatsch?

Er hilft mir aufs Podium. Ich will mich losreißen, aber er hält mich fest umklammert. Er kommt mir sehr nahe und flüstert mir ins Ohr: »Das würde mir im Traum nicht einfallen. Lieber würde ich Sie an den Haaren hinausschleifen und draußen kräftig übers Knie legen.«

Da niemand außer mir das Geflüsterte gehört hat und die Geste an sich sehr vertraut gewirkt hat, klatschen bereits einige Zuschauer begeistert. Balthasar lächelt siegessicher. Aber ich bin mit seinen Worten nicht ganz glücklich.

Wir bekommen unsere Mikrofone und schon geht die Musik los. Ich muss mich sammeln. Ich kenne das Lied. *Stay* von Bonnie Bianco und so einem Pierre. Cool, da muss der Mann zuerst singen, denke ich schadenfroh.

Als Balthasar zu singen anfängt, würde ich am liebsten auf die Bühne kotzen. Erstens, weil mir wirklich etwas schlecht ist, und zweitens, weil der Mann so gut singt, dass es einfach zum Kotzen ist, wie ein personifizierter Zeichentrick-Prinz. Dass dieser Mr. Perfekt das auch schon wieder mit links bewältigen muss, war ja klar. Sonst hätte er wahrscheinlich niemals zugesagt, mit mir Karaoke zu singen. Er singt auf jeden Fall tausendmal besser als dieser Pierre im Original.

Jetzt bin ich gleich an der Reihe und ... versteht mich nicht falsch, ich kann schon singen, und ich denke auch, dass ich gar nicht mal so schlecht singe, aber eben nur dann, wenn ich alleine bin, wenn ich im Auto lautstark zum Radio singe oder alleine zu Hause beim Staubsaugen. Niemals singe ich vor anderen Leuten, außer vielleicht ein zögerliches *Happy Birthday* in der Gruppe.

Also haltet euch fest, denn ich, vom Ehrgeiz gepackt, Mr. Perfekt eins auszuwischen, und immerhin so betrunken, dass alle Hemmungen ertränkt sind, lege hier einen Gesang aufs Parkett, der mich selbst fast vor meiner eigenen Stimme erschrecken lässt, so toll klingt die. An den Gesichtern meiner Freundinnen kann ich sehen, dass sie ebenso überrascht sind wie ich, da sie nach kurzem Zögern in begeisterte Beifallsstürme ausbrechen.

Jetzt greift Balthasar auch noch nach meiner Hand und wir trällern wie zwei Frischverliebte den abgelesenen Text herunter. Will er sich für den Kuss auf die Backe rächen? Seine Hand fühlt sich gut an, muss ich zugeben, aber eigentlich habe ich jetzt keine Zeit darüber nachzudenken. Doch, jetzt, denn wir haben gerade Pause. Ich riskiere einen Blick und er erwidert ihn. Er vollführt mit seinem Arm eine Bewegung und ich werde mitgezogen. Ich muss mich ein paar Mal drehen. Keine Ahnung, wie er es macht, aber es sieht anscheinend gut aus. Alle klatschen begeistert. Ich lasse mich von ihm führen und letztendlich steht er hinter mir und hält mich in seinen Armen. Ich lehne mich entspannt zurück und fühle mich unbeschreiblich gut.

Mittlerweile bin ich an einem Punkt angekommen, an dem ich mich von seinen hinterhältigen Annäherungsversuchen nicht mehr provozieren lasse. Ich spiele mit. Das Gejohle und der Applaus des Publikums sind mir gar nicht mehr bewusst. Sehe ich da etwa Nicole eine Träne aus dem Augenwinkel wischen? Wir singen die letzten gemeinsamen Zeilen, ich werde wieder gedreht und gedreht und schließlich stehen wir uns gegenüber, als die letzten Töne des Stücks erklingen.

Er hält immer noch meine Hand. Es kommen keine »Küssen, Küssen!«-Rufe. Komisch. Eigentlich schade. Balthasar führt meine Hand an seinen Mund und küsst mich so zart und langsam, dass ich glaube, ich muss auf der Stelle in tausend Teilchen zerspringen. Seine Augen sind dabei so stechend auf mich gerichtet, jede meiner Reaktionen beobachtend und abschätzend, dass ich mich geschlagen gebe. Ich kann diesen Augen sowieso kaum standhalten und mit diesem Blick erst recht nicht. Ich muss die Augen schließen. Meine Hand prickelt unerträglich unter der Berührung seiner weichen Lippen, die sich kurz von meiner Hand lösen, nur um sie noch einmal zu liebkosen. Warum tut er das? Will er mich unnötig quälen? Ich dachte, wir hätten das mit dem Nicht-Verlieben heute Morgen geklärt?

Wir haben einen Wahnsinnsapplaus. Den besten bisher. Eindeutig. Ich öffne die Augen und lasse mich von meinem galanten Begleiter zum Platz zurückbringen. An unserem Tisch werden wir empfangen, als hätten wir die Präsidentschaftswahl gewonnen.

Das letzte Paar ist an der Reihe. Nina und Ralph. Das ist das Paar, das schon das letzte Mal da war und den zweiten Platz gemacht hat. Die beiden sind kein Liebespaar, aber beruflich miteinander verbunden. Ich habe gehört, sie leiten gemeinsam eine Tanzschule. Die haben beim letzten Mal einen unglaublichen Tanz aufs Parkett gelegt, fragt mich nicht, was das für einer war, auf jeden Fall nicht der Song aus *Dirty Dancing*, denn der kommt jetzt für die beiden dran. Und siehe da, die führen den ganzen Tanz genau wie im Film vor. Der Gesang kommt dafür manchmal etwas zu kurz, was aber niemanden mehr interessiert, da alle wie gebannt zuschauen. Teilweise haben die Akteure keine Mikrofone mehr in der Hand. Deshalb bringen sie sogar die Hebefigur hin. Ich bin selbst ganz aus dem Häuschen. Wir klatschen alle begeistert mit. Dass Balthasar als mein Gesangspartner an meiner Seite geblieben ist, hat mich nicht weiter verwundert. Er beachtet mich aber nicht weiter und klatscht ebenfalls. Der Applaus ist noch lauter als bei unserem Auftritt. Nina und Ralph schreiten siegessicher im Kreis und verbeugen sich gekonnt. Dann wird es leise. Alle sind auf das Ergebnis gespannt.

Es knistert aus den Lautsprechern. Ich kann nicht anders und zittere plötzlich am ganzen Körper. Dabei bemerke ich gar nicht, dass ich mich vor lauter Nervosität in Balthasars Oberarm kralle, was dieser aber ohne Kommentar über sich ergehen lässt.

»Ja, also, wir messen die Lautstärke des Applauses ja immer mit so einer App für Lärmmessung. Und da ist jetzt dabei rausgekommen, dass auf Platz 5 unser erstes Paar Christiane und Paul ist, auf dem vierten Platz sind Lilly und Jonas, die sich bei der nächsten Anmeldung überlegen sollten, ob sie vielleicht nicht doch schon ein Paar sind, auf dem dritten Platz Marianne und Roman, auf dem zweiten Platz Clara und Bale und auf dem ersten Platz … Ruhe bitte! … auf dem ersten Platz sind Nina und Ralph, die uns wieder einmal mit ihrem tänzerischen Können überzeugt haben. Allerdings ist dies ein Karaoke-Wettbewerb und kein Tanzwettbewerb, weshalb wir beschlossen haben, dem zweitplatzierten Paar einen Gutschein für zwei kostenlose Cocktails bei ihrem nächsten Besuch zu überreichen.«

Ich bin begeistert. Balthasar löst meine Hand aus seinem Oberarm und zieht mich mit zur Bar. Erst jetzt sehe ich den alt gewordenen Rocker hinter der Bar, der in der einen Hand ein Mikrofon und in der anderen ein Kuvert hält, mit dem er uns winkt. Seine langen glatten Haare schauen unter einem Tuch hervor, das er hinten am Kopf zusammengebunden hat und sein spitzer Schnurrbart und der Kinnbart erinnern mich an die drei Musketiere.

»Da sind ja unsere Zweitplatzierten. Herzlichen Glückwunsch!« Er strahlt uns an und überreicht mir den Umschlag. Dann wendet er sich an Balthasar, dem er gleich nach seiner Frage das Mikrofon unter die Nase hält. »Das war ja vielleicht ein Handkuss, Mann! Ihr seid sicher, dass ihr kein Paar seid? In welcher Beziehung steht ihr denn zueinander?«

Balthasar zögert nur kurz, ein Blickwechsel mit mir genügt und ich weiß schon, was jetzt kommt. »Ich bin ihr … Chef.«

Die Menge tobt, meine Freunde sind sprachlos, der

Mann hinter der Bar freut sich. Dann wendet er sich erheitert an mich: »Du bist aber nicht seine Sekretärin, oder?«

Er lässt mich nicht antworten, so herrlich amüsiert er sich. »Na Mädel, dann halte dir deinen Chef mal schön warm!« Und er schaltet das Mikrofon aus.

Ich schaue zu unserem Tisch, wo meine Freunde sich die Haare raufen. Ganz klein sind sie geworden. Lisi kann ich es förmlich ansehen, wie sie mit sich kämpft. Ich versuche es mit einem Lächeln, aber sie hält sich die Hände vor den Mund und schüttelt den Kopf.

Balthasar ist derweil in eine Unterhaltung mit unserer Bedienung vertieft und rüttelt mich mit einer Frage aus meinen Gedanken. »Was haben Sie getrunken?«

Ich verstehe ihn völlig falsch. »Also hören Sie mal. Ich bin volljährig und in meiner Freizeit hier. Es geht Sie mit Verlaub einen Scheißdreck an, was ich alles getrunken habe!« Ich bin ziemlich sauer auf ihn, weil er sich vor meinen Freunden als mein Chef geoutet hat und weil ich ja sowieso grundsätzlich sauer auf ihn bin. Das hat er, glaube ich, jetzt kapiert.

Die Bedienung lächelt mich freundlich an: »Dein Herr Chef will deine Rechnung bezahlen, Schätzchen.«

»Zwei Piña colada«, antworte ich mechanisch. Peinlich berührt wende ich mich ab und gehe zu unserem Tisch, höre aber noch, wie Balthasar die Bedienung bittet, ein Taxi zu rufen.

Ich setze mich neben Lisi und fackle nicht lange: »Leute, es tut mir leid. Ich weiß, ich hätte euch sagen müssen, wer er ist. Aber ich hatte mich kurz zuvor noch über ihn beschwert und ihr wart eh alle schon so schockiert und dann war er plötzlich da ... Ich hab ja auch gedacht, der geht gleich wieder. Ich konnte ja nicht ahnen, dass wir noch Karaoke singen müssen.«

Der kleine Seitenhieb trifft Nicole. »Ok, was soll's? Dann ist er halt kein Kollege, sondern der Chef«, meint sie schulterzuckend.

Die Jungs machen Mienen, als sei eh nichts gewesen, um die brauche ich mir keine Sorgen zu machen. Aber Lisi schluchzt: »Mein Gott, ich habe ihn als Arschloch bezeichnet. Clara, du hättest es mir irgendwie mitteilen müssen. Wie steh ich denn jetzt da?«

Ich will ihr gerade ein paar beruhigende Worte zuflüstern, als ich die sonore Stimme von Mr. Perfekt vernehme: »Lisi, ich bin in Fällen von solchen Arschlochzuweisungen nicht besonders nachtragend. Außerdem hast du Recht. Ich hab eins, wie jeder andere hier auch.«

Wir sind alle sprachlos.

»Kommen Sie?«, sagt er zu mir. »Unser Taxi ist gleich da.«

Ich greife nach meiner Tasche und folge brav.

»Macht's gut, Leute!«, rufe ich und an Lisi gewandt füge ich hinzu: »Wir telefonieren.« Derweil verabschiedet sich Balthasar von allen per Handschlag. »Ihr müsst mich jetzt entschuldigen. Aber als kontrollwütiger Chef muss ich meine Angestellte noch etwas unterdrücken.«

Meine vier Freunde lachen gemeinsam auf, Balthasar grinst zufrieden, während ich blöd und gefrustet danebenstehe. Sehr schön.

Wir verlassen die hitzige Atmosphäre und treten in die kühle Nachtluft hinaus. Sofort friere ich und ziehe mein viel zu dünnes Jäckchen über. Natürlich friere ich immer noch. Plötzlich wird mir von hinten ein Schutz gegen die Kälte über die Schultern gelegt, den ich zu gerne abgelehnt hätte, wenn mich Balthasars lederne Bikerjacke nicht so herrlich gewärmt hätte. Ich höre auf zu schlottern. Außerdem riecht sie irgendwie gut. Der Geruch erinnert mich an unser vertrautes Tanzen während der Karaoke-Show und ich schnaufe heimlich ganz tief ein. Wir reden nichts.

Seit wir das Lokal verlassen haben, hat sich ein Schweigen über uns gelegt, das keiner brechen will. Ich habe auch die Befürchtung, dass ein Gespräch, welcher Art auch immer, nicht gut enden kann, nachdem einige ungesagte Dinge in der Luft liegen. Im Übrigen fühle ich die Blicke meiner Freunde im Nacken, die uns durch das Fenster zuschauen. Was haben die da wohl so aufgeregt zu tuscheln?

Endlich kommt unser Taxi. Bevor Balthasar bestimmen kann, wo ich einsteigen soll, indem er mir die Tür aufhält, renne ich dem Taxi entgegen und steige so schnell wie möglich hinten ein. Wider Erwarten nimmt er nicht auf dem Vordersitz neben dem Taxifahrer Platz, sondern geht um den Wagen herum, um sich neben mich auf die Rückbank zu setzen. Er nennt dem Fahrer die Adresse in Grünwald.

Die Fahrt dauert eine Weile, aber wir sitzen die ganze Zeit schweigend nebeneinander. Irgendwann beschäftigt Balthasar sich mit seinem Smartphone, während ich nur aus dem Fenster starre. Zwischendurch nehme ich wahr, dass uns der Fahrer neugierig im Rückspiegel mustert.

Als ich endlich das vertraute Gartentor sehe, schnalle ich mich sofort ab und springe aus dem Wagen, bevor er ganz steht. Ich kann allerdings nicht auf das Grundstück. Wie soll ich das Tor öffnen? Darüber hätte ich mir mal eher Gedanken machen sollen! Es bleibt mir also nichts anderes übrig, als geduldig zu warten, bis Balthasar den Taxifahrer bezahlt hat und sehr entspannt und ruhig auf mich zu schlendert. Der Taxifahrer ruft noch »Viel Glück!« und fährt von dannen.

»Ihr Daumen«, meint Balthasar ruhig zu mir.

»Was ist mit meinem Daumen?«

»Legen Sie ihn hier auf das Feld.« Er deutet mit dem Kopf zu einem kleinen Display neben dem Tor. Was soll das denn jetzt wieder? Dennoch lege ich meinen Daumen auf den flachen Sensor und das große Einfahrtstor setzt sich in Bewegung.

»Nehmen Sie es als Vertrauensvorschuss meinerseits. Sie können kommen und gehen, wann Sie wollen. Aber Sie sollten es vorher mit mir absprechen.«

Ich habe keine Kraft, darüber nachzudenken, wie genau meine Fingerabdrücke in das System gekommen sind, und wehre mich stattdessen lieber gegen Balthasar. »Ja, damit Sie mich wieder verfolgen und vor meinen Freunden lächerlich machen können, oder?« Ich setze mich flott in Bewegung, Balthasar kommt etwas gemächlicher nach.

Dann höre ich ihn entnervt schnaufen. »Bei Ihnen braucht man wirklich viel Glück.«

Da bleibe ich stehen und drehe mich um. »Häh?«

Balthasar schließt zu mir auf und bleibt mir gegenüber stehen, die Hände lässig in den Hosentaschen. »Der Taxifahrer wünschte mir viel Glück mit meiner Freundin, die so sauer auf mich zu sein scheint. Aber er meinte auch, so schlimm sei es wohl nicht, da sie meine Lederjacke gar nicht mehr aus der Hand gibt.«

Er lässt mich stehen und geht auf das Haus zu, während ich feststelle, wie behaglich ich mich in seine Lederjacke eingekuschelt habe. Sofort lockere ich meinen festen Handgriff etwas und gehe ebenso gemütlich zum Haus, um einem weiteren Gespräch aus dem Weg zu gehen.

Doch an der Haustüre bleibt er stehen, wartet auf mich und deutet auf den Scanner. »Ihr Daumen ...«

Ich öffne die Haustür mit meinem Fingerabdruck und gerade als ich hineingehen will, fragt Balthasar: »Warum sind Sie eigentlich ständig sauer auf mich?«

»Das müssen Sie mich noch fragen?« Dabei verbiete ich mir, ihm in die Augen zu schauen.

»Meinen Sie nicht, dass es an der Zeit ist, Ihren ewigen Hass auf mich zu begraben?«, flüstert er.

»Begraben?« Ich will schon wieder lospoltern, aber er legt mir einen Finger auf den Mund und bringt mich damit zum Schweigen. Sein Gesicht rückt auf einmal ganz nah an meines und jetzt muss ich mich einfach in diese Wahnsinnsaugen hineinlegen. Oh oh.

Sein Finger wandert unter mein Kinn. »Was verstecken Sie hinter Ihrer zornigen Fassade?« Er betrachtet mich aufmerksam.

Ich bekomme weiche Knie. »Ich ... verstecke mich nicht.«

»Sie sind wie eine kleine Schnecke, die sich kaum traut, ihre Fühler aus dem Haus zu strecken. Lassen Sie sich von Kerlen wie David nicht fertigmachen! Er hat keine Ahnung. Jemand wie er hat Sie nicht verdient.« Er greift nach einer Haarsträhne von mir und spielt damit.

Ich weiß nicht, wie ich mit der Entwicklung dieses Gesprächs umgehen soll. Die Ansage mit »an den Haaren hinausziehen und übers Knie legen« war irgendwie eindeutiger. Einige Satzfetzen flitzen durch meine Gedanken: »Situation nicht verkomplizieren ... Vorgesetzter ...«

»Sie sind wirklich etwas Besonderes ... Clara.«

Wie er meinen Namen genüsslich auf der Zunge zergehen lässt! Mein Blick klebt an seinen wohlgeformten Lippen. Jetzt schlucke ich kräftig und versuche weiterzuatmen.

»Lassen Sie sich von niemandem etwas anderes einreden ... so natürlich ... impulsiv ... humorvoll ... wunderschön ...« Er gerät ins Stocken, presst seine Lippen aufeinander und lässt mich völlig aufgelöst stehen.

Ich warte, bis sich mein hektischer Herzschlag beruhigt hat, und schleiche dann so leise wie möglich in mein Gästeappartement. Die erbeutete Lederjacke nehme ich erst einmal mit.

Ja, welche versteckten Gefühle lauern eigentlich hinter meiner zornigen Fassade? Aber ein Fall der Mauer kommt für mich nicht in Frage.

18

Mitten in der Nacht wache ich schweißgebadet aus einem unruhigen Traum auf. Ich habe geträumt von einem Armbrustwettkampf in einer mexikanischen Bar, bei dem die Teilnehmer fliegende Cocktails treffen mussten und eines der Cocktailgläser an Balthasars nackter Brust abprallte und meinen Oberarm streifte. Als ich aufschrie, flog mir ein Eiswürfel aus dem Glas direkt in den Mund. Da habe ich bemerkt, dass mit dem Eiswürfel etwas nicht stimmt, da ich schreckliches Brennen in meinem Hals und Mund spüre, als ich aufwache.

Auch ohne den Traum groß zu deuten, habe ich gleich erkannt, dass der merkwürdige Eiswürfel nur eine Ursache hat: Sodbrennen, und wie. Man lernt halt nichts dazu. Ananassaft am Abend habe ich noch nie gut vertragen. Da hilft nur eins. Entweder ich hole mir ein Glas Milch oder ich schlage mir den Rest der Nacht um die Ohren. Nach kurzem Überlegen verlasse ich mein Bett und öffne die Tür meines Appartements. Auf dem Gang kann ich kein Geräusch vernehmen, lediglich das leise Ticken einer Uhr. Also schleiche ich, nur mit einem übergroßen T-Shirt und Unterhose bekleidet, über den weichen Teppichboden zur großen Küche und husche hinein.

Ich mache kein Licht an und taste mich im Halbdunkel bis zu dem verglasten Hängeschrank vor, in dem ich schemenhaft Trinkgläser erkenne. Treffer. Anschließend schenke ich mir im Licht des offenen Kühlschranks ein Glas Milch ein.

Während ich trinke, stelle ich die Milchflasche zurück und schließe die Kühlschranktür. In diesem Moment trifft mich wie ein Stromschlag die Erkenntnis, dass eine dunkle Gestalt im Türrahmen steht, die mich offensichtlich beobachtet. Mein Körper verliert jede Muskelkraft, das Glas rutscht mir aus der Hand, schlägt auf dem Fliesenboden auf und zerspringt in tausend Stücke.

Die Gestalt im Türrahmen bleibt lässig an den Türrahmen gelehnt stehen, ohne sich zu bewegen. Da erkenne ich Balthasar und stottere: »Oh ... ich ... äh ... hatte Durst ...«

Ohne zu überlegen mache ich einen Schritt auf die Tür zu und trete prompt in eine Glasscherbe. Ich ziehe scharf die Luft ein. Gerade als ich mir noch denke »Lass das Licht aus, bitte lass das verdammte Licht aus!«, knipst Balthasar das Licht an.

Toll, ich stehe hier in nichts weiter als einem verwaschenen T-Shirt meines Ex-Freundes mit dem Totenkopfmotiv einer bekannten Heavy-Metal-Band und wahrscheinlich habe ich auch nicht meine beste Unterhose an. Bitte lass es nicht die von *Hello Kitty* sein!

Ich blinzle in das helle Licht und sehe, dass Balthasar ebenfalls barfuß ist. Außerdem trägt er nur eine Schlafanzughose und ist ansonsten nackt. Oh Gott, warum hat der Mann fast nichts an? Ist ja beinahe so, als hätte er eben noch meinen Traum gesehen. Verlegen zupfe ich an meinem T-Shirt herum und blicke zu Boden. Dabei entlaste ich den Fuß, mit dem ich wie ein Trampeltier auf den Scherben gestanden habe, und sofort fallen einige Blutstropfen auf den Boden.

Balthasar murmelt irgendetwas und verlässt die Küche. Kann der nicht deutlicher reden? Ich nehme mal einfach an, dass ich stehen bleiben soll. Er kann ja wohl kaum erwarten, dass ich mich in dem T-Shirt bücke, um die Scherben einzusammeln. Da hat er sich aber geschnitten. Also verharre ich regungslos und sehe zu, wie sich das Blut langsam zu einer größeren Lache ausbreitet.

Endlich kehrt Balthasar in die Küche zurück. Er hat sich sein Schlafanzugoberteil angezogen. Aber, wahrscheinlich um nicht zu übertreiben, hat er für die anwesende Damenwelt die Knöpfe offen gelassen. Clara, hör auf damit, ermahne ich mich selbst. Ich senke den Kopf und stelle fest, dass er sich ebenfalls Schuhe angezogen hat. Etwas erschrocken merke ich, dass die Scherben, die gerade noch eine unüberwindbare Grenze zwischen uns gebildet haben, jetzt nicht mehr von Bedeutung sind.

Balthasar kommt mit entschlossenen Schritten auf mich zu. In der Hand hält er ein Handtuch.

»Fuß hoch«, befiehlt er und ich hebe den Fuß ein bisschen höher. Ehe ich irgendwie reagieren kann, hat er das Handtuch um den blutenden Fuß gewickelt und mich mit beiden Armen hochgehoben. Es bleibt mir nichts anderes übrig, als mich an diesem Mann festzuklammern, wobei ich versuche, ihn so wenig wie möglich zu berühren. Als wenn das möglich wäre!

Ich traue mich nicht, einen Mucks von mir zu geben. Der Weg über den Flur geht an einem großen Spiegel vorbei. Ich hoffe inständig, dass Balthasar keinen Blick in den Spiegel wirft, und versuche mich wieder krampfhaft daran zu erinnern, ob ich nun die *Hello-Kitty*-Unterhose anhabe oder nicht. Vor Wut und Scham presse ich die Lippen fest aufeinander und wünsche mir sehnlichst, dass das große T-Shirt die Sicht auf mein Hinterteil verhindert.

Im großen Bad für die Allgemeinheit lässt Balthasar mich sanft auf die zugeklappte Toilette herunter. Während ich mich hinsetze, treffen sich kurz unsere Blicke und plötzlich nehme ich in seinen Augen ein verbotenes Blitzen wahr. Ist das Begierde? Meine Überraschung ist mir wohl anzusehen, denn sofort verhärten sich seine Züge wieder und der Augenblick verpufft im Nichts.

Balthasar richtet sich abrupt auf und ich schnaufe erleichtert aus, weil ich denke, dass er jetzt das Bad verlässt und mich in Ruhe meine Wunden lecken lässt. Stattdessen macht er sich daran, im Badschrank nach Verbandsmaterial zu suchen. Ok, soll er mir noch die Sachen rausholen. Dann kann er aber verschwinden!

Aber nein. Jetzt geht er sozusagen vor mir auf die Knie und macht sich sogleich daran, das Handtuch von meinem Fuß zu wickeln. Er legt es als Unterlage unter den Fuß. O weh, es ist schon ganz schön blutbesudelt! Mir ist etwas unbehaglich zumute und ich versuche, möglichst unauffällig mein T-Shirt nach unten zu ziehen.

Als er sich vor mir auf den Boden setzt, will ich instinktiv etwas Abstand zwischen ihn und meinen verletzten Fuß bringen, was er schweigend mit einem festen Handgriff um meine Fessel kommentiert. Ok, ich werde es wohl nicht verhindern können, dass er mich auch noch verarztet.

Kommt es in Büchern und Filmen nicht immer zu Liebesszenen, wenn sich Erwachsene gegenseitig verarzten?

Die Frau schneidet sich beim Kochen in den Finger, der Mann sagt »Komm, zeig mal her …« und plötzlich knutschen die wie wild rum und landen schließlich im Bett. So fangen Affären Verheirateter an, ewig Verliebte kommen sich endlich bei gegenseitiger Wundversorgung näher. Fast muss ich schmunzeln, habe mich aber schnell wieder unter Kontrolle. Vor allem, weil Balthasar jetzt mit einer Pinzette einen ziemlich großen Splitter aus meinem Fuß zieht. Ich reiße die Augen auf. Aua!

Nein, ich verstehe das nicht. Das hat hier überhaupt nichts Intimes an sich. Außer, dass wir beide recht spärlich bekleidet sind. Ich habe Schmerzen, da denkt man doch nicht an Sex. Schon gar nicht mit dem Kerl da, obwohl … Nein, solche Gedanken werde ich nicht dulden. Ist ja nicht so, dass ich es total nötig hätte. OK, eigentlich schon. Er hat wirklich schöne Haare und wenn die Härte aus seinem Gesicht gewichen ist, dann sieht er richtig gut aus. Aber er ist und bleibt ein Arschloch. Er hat mit seiner verfluchten Armbrust auf mich gezielt. Allerdings, wenn ich diese Erinnerung und einige andere unerfreuliche Ereignisse einfach streichen würde, dann … muss ich schon sagen, er ist ein Wahnsinnstyp. Vor allem seine Augen, seine Hände, sein Mund …

»Sie kippen mir jetzt hier aber nicht aus den Latschen, oder?« Seine Stimme holt mich zurück in die Realität. Oh Gott, ich habe ihn angegafft. Wie peinlich.

»Äh, nein, geht schon.«

»Sicher? Sie hatten plötzlich so einen starren Blick.«

Um seine Mundwinkel zuckt es leicht. Er weiß es. Er weiß, dass ich ihn gerade unverhohlen angeglotzt habe.

Nein, woher soll er das denn wissen? Ich habe die Lösung. »Um ehrlich zu sein, mir ist gerade ein bisschen schlecht geworden.« Dem habe ich es jetzt aber gegeben!

Plötzlich sieht er mir forschend in die Augen. »Blass sind Sie aber nicht. Eher ... gut durchblutet.«

Scheiße, ich bin rot geworden. Kein Wunder, bei den Gedanken. Elender Körper, du Verräter! »Ich bin immer etwas rot im Gesicht, kurz bevor ... ich mich übergeben muss.«

Der Ansatz eines Lächelns huscht über sein Gesicht. Er glaubt mir nicht. Zum Glück wendet er sich wieder meinem verletzten Fuß zu. »Das wird jetzt ein bisschen brennen«, sagt er und sprüht mir etwas auf den Fuß. Ich reiße ihm mit einem Schrei den Fuß weg. Wehleidig bin ich ja echt nicht. Aber das ist zu viel.

Nach einem Blick auf mein schmerzverzerrtes Gesicht sieht er sich die Sprühflasche genauer an. »Oh«, entfährt es ihm nur. Dann stellt er die Flasche schnell zurück in den Schrank.

»Was zum Teufel ist das für ein Zeug?«, keuche ich.

»Für Wunden, äh, zum Reinigen. Sehr zuverlässig. Bin sehr zufrieden damit.« Er sieht mich nicht an, als er das sagt. Irgendwie kann ich ihm das nicht glauben. Aber egal. Das Brennen lässt nach, als Balthasar die Wunde wieder etwas abgetupft hat.

Jetzt wickelt er mir den Fuß dick ein. Meine Fußsohle ist derart aufgedoppelt, dass jeder orthopädische Schuh dagegen grazil aussieht. So kann ich unmöglich laufen.

»So, fertig. Ich bringe Sie jetzt ins Bett«, erklärt er und schon bin ich wieder in seinen Armen.

Ich kann nicht anders. Diesmal lasse ich mich bereitwillig von ihm hochheben. Er trägt mich tatsächlich bis in mein Bett und deckt mich zu. Gleich fühle ich mich etwas wohler, weil ich jetzt nicht mehr so dürftig bekleidet bin.

Dann setzt sich Balthasar auf die Bettkante und mustert mich. Mein Blick bleibt an seiner gut trainierten Brust hängen, die sich unter seinen ruhigen Atemzügen hebt und senkt. In Gedanken bin ich wieder bei dem Tête-à-Tête vorhin an der Haustüre. Bei der Erinnerung schießt mir erneut das Blut in die Wangen und ich ziehe verlegen die Decke noch etwas höher.

»Wollen wir nicht endlich per Du sein?«

Ich stutze. »Äh, ja, warum nicht?« Schließlich hat er mich ja jetzt in Unterhose gesehen. Warum sollten wir uns da nicht auch duzen?

Daraufhin streckt er mir die Hand hin und ich schüttle sie. »Clara!«, flüstert er.

»Balthasar!«, wispere ich scheu zurück.

Er schenkt mir ein angedeutetes Lächeln. Dann steht er auf und geht. Bevor ich die Nachttischlampe ausmache, setze ich mich nochmal im Bett auf und werfe einen Blick auf meine Unterhose. Lauter kleine *Hello-Kitty*-Köpfe! Ganz toll. Ich verdrehe die Augen und lasse mich auf den Rücken fallen. Dann nehme ich mir vor, dieses Überbleibsel eines ziemlich verdrehten Einkaufsbummels mit Lisi zu entsorgen. Gleich morgen. Ich knipse das Licht aus und schlafe sofort ein.

19

Am nächsten Morgen wache ich durch das Klingeln des Weckers auf und mein erster Blick fällt auf ein volles Glas Milch, das auf dem Nachtkästchen steht. An dem Glas lehnt ein Zettel. Als meine müden Augen die Zeichnung scharf gestellt haben, erkenne ich einen selbstgezeichneten *Hello-Kitty*-Kopf, der mich frech anzwinkert. Oh, nein. Kann es eigentlich noch peinlicher werden? Ich drehe mich auf die andere Seite und ziehe mir das Kissen über den Kopf. Erstaunlicherweise ertappe ich mich dabei, wie ich kichere.

Mit frisch gewaschenen Haaren humple ich zum Frühstücken. Das scheint hier meine normale Fortbewegungsart zu sein. Alle anderen sind schon dabei, das Frühstück herzurichten außer Balthasar, den sehe ich nirgendwo. John, der wie immer in der Küche hantiert, begrüßt mich mit einem verschmitzten Grinsen: »Guten Morgen, Bonnie.«

Sein Blick fällt auf meinen bandagierten Fuß. »Beim Tanzen den Fuß verknackst?«

Ich fasse es nicht. Er war tatsächlich noch in der Bar, als wir getanzt haben. Betont gleichgültig greife ich mir den Brotkorb und will ihn gerade auf den Tisch stellen, als ich John hinter mir singen höre: »*Stay by my side ...*«

Überrascht drehe ich mich um. Er hat die Augen geschlossen und das Gesicht zu einer Grimasse verzogen. Außerdem klingt seine Stimme unnatürlich hoch. Den Pfannenwender hält er sich als Mikrofon vors Gesicht:

»... *you're the air that I breathe tonight* ...«

Grinsend stelle ich den Brotkorb ab. Jetzt geht Titus zu John in die Küche und singt mit: »... *all I want* ...«

John reicht ihm eine Hand und die beiden tänzeln auf Zehenspitzen im Kreis. Die haben doch nicht etwa vorher heimlich geübt?

Balthasar kommt mit einer Zeitung in der Hand herein und mustert die beiden überrascht.

»... *beside you ... staaaaayyyyyy*!«

Sara grölt laut auf und applaudiert, während sich die beiden Sänger vor uns verbeugen. Ich applaudiere ebenfalls. Balthasar schüttelt grinsend den Kopf und setzt sich an den Tisch.

Titus geht zum Kühlschrank. Kurz darauf höre ich ihn schimpfen: »Wo ist denn die ganze Milch hin? Da war doch gestern Abend noch eine volle Flasche da?«

Balthasar und ich wechseln einen Blick. Ich hole gerade Luft, um Titus über den Verbleib der Milch aufzuklären. Da schüttelt Balthasar kaum merklich den Kopf. Er hat Recht, was Titus nicht weiß, macht ihn nicht heiß.

Ich setze mich neben Sara. Sie greift nach dem Krug Orangensaft und flüstert mir ins Ohr: »John hat gesagt, du hast gestern mit Bale Karaoke gesungen?«

Mein Blick schweift zu Balthasar, der sich seinem Frühstücksei und der Tageszeitung widmet.

»Ja«, hauche ich zurück.

»Und ihr habt den zweiten Platz gemacht?«, hakt Sara ungläubig nach.

Ich nicke und sage etwas lauter: »Ihr seid ja bestens informiert, wie mir scheint.«

Jetzt ruft Sara laut zu Titus, der immer noch in der Küche steht und nachdenklich die fast leere Milchflasche betrachtet: »Du Titus, da müssen wir unbedingt mal hin. Das wird ein Riesenspaß!«

»Ich bin dabei, aber nur als Zuschauerin«, rufe ich und füge hinzu: »Aber du darfst nicht mit Titus antreten, weil ihr zusammen seid.«

Sara verarbeitet das Gehörte sofort und wendet sich an John: »John? Bitte ...«, fleht sie.

John stellt die Speckpfanne auf den Tisch. »Ne Sara, mir hat schon das Zuschauen gereicht.«

Jetzt wendet sich Sara an Balthasar und klimpert mit den Wimpern: »Bale?«

Balthasar blickt von seiner Zeitung auf, jetzt wieder ganz Chef: »Tut mir leid, Sara. Ich glaube, mir fehlt für solche Dinge der Sinn.«

»Aber du hast doch gestern gesungen, oder nicht?«

Jetzt wird Balthasar sauer. »Das habe ich mir selbst nicht ausgesucht. Glaub mir, wenn ich nochmal die Wahl hätte, würde ich lieber darauf verzichten. Solche Veranstaltungen sind die reinste Qual.«

Bei seinem ersten Satz wollte ich noch widersprechen. Natürlich hatte er eine Wahl! Er hätte sich aus der Affäre ziehen können und das weiß er auch. Aber seine folgenden Sätze bringen mich zum Schweigen. Will er mich mit seinen Worten verletzen? Nun, er hat es geschafft.

Sara hat er ebenfalls mundtot gemacht. Wie es scheint, hat die ganze Gruppe schon gute Antennen für die Stimmungen ihres Anführers. Alle tanzen nach seiner Pfeife und er sitzt auf dem hohen Ross.

»Sara, ich nehme dich gerne das nächste Mal mit, wenn ich mich wieder dort mit meinen Freunden treffe«, sage ich versöhnlich. Titus drückt Sara zum Trost einen Kuss auf die Backe und setzt sich zu uns.

Mit einem Seitenblick auf Balthasar lächelt mich Sara zaghaft an und nickt, geht aber auch nicht mehr weiter auf das Thema ein.

Balthasar raschelt demonstrativ mit seiner Zeitung. Was hat der für ein Problem?

Ich kann es nicht lassen und schiebe nach: »Wer weiß, vielleicht treffen wir uns schon nächsten Donnerstag wieder.«

Ok, jetzt habe ich wahrscheinlich zu dick aufgetragen, da Balthasar vom Tisch aufspringt. Fast habe ich den Eindruck, als wolle er mir ein paar Worte entgegenschleudern. Aber es gelingt ihm, sich zurückzuhalten. Schließlich bringt er nur hervor: »Clara, ich muss dich später sprechen. Wenn du bitte in mein Büro kommst, sobald du mit dem Frühstück fertig bist.« Dann eilt er aus dem Zimmer.

Sara lacht überrascht auf, Titus ist mit dem Bissen im Mund erstarrt und John kaut genüsslich grinsend mit hochgezogenen Augenbrauen an seinem Speck.

»Was war das denn?«, fragt Sara erstaunt. Titus zuckt mit den Schultern. Ich werfe einen Blick auf John, der mich amüsiert betrachtet.

»Was?«, fauche ich ihn an.

John steht mit der leeren Pfanne auf und tänzelt in die Küche. Dann fängt er an, leise zu singen: »*... but it's something that I must believe in and it's there when I look in your eyes ...*«

Ich kenne das Lied. »... *and I don't know if I'm being foolish, don't know if I'm being wise ...*« Ich kenne das Lied irgendwo her. John knallt die Pfanne auf den Herd und pfeift die Melodie weiter.

Plötzlich weiß ich, es ist *Love is in the Air*. Ich stehe auf und humple so schnell wie möglich in mein Zimmer. Michaels Worte hallen in meinem Kopf: »Sie versetzen unseren Sohn derart in Rage, dass uns himmelangst wird.«

John spinnt. Das Pfeifen verfolgt mich durchs Haus und ich singe leise mit: »*Nothing's in the air ...*«

Solange es zu vertreten ist, bleibe ich in meinem Zimmer. Dann mache ich mich auf den Weg zu Balthasars Arbeitszimmer.

Zaghaft klopfe ich an. »Herein«, ruft er barsch.

Na prima. Da kann ich mich ja auf was gefasst machen. Ich trete ganz langsam ein. Balthasar sitzt in seinem Chefsessel hinter seinem großen Schreibtisch, ganz Herr der Lage. »Setz dich.«

Mit dem Stift, den er in der Hand hält, deutet er auf einen Stuhl vor dem Schreibtisch. Ich gehe langsam, damit ich nicht so hinken muss. Er fixiert mich mit strenger Miene und schweigt, bis ich endlich sitze. Ich zwinge mich, ihn anzusehen, und hebe leicht mein Kinn.

»Clara, Clara, Clara, was mache ich nur mit dir?« Er sieht mich prüfend an. Ich hebe mein Kinn noch ein Stück, eher unbewusst. »Willst du mich provozieren?«

»Äh, nein, natürlich nicht.«

Entschlossen legt er den Stift auf den Tisch, steht auf, geht um den Schreibtisch herum und stellt sich hinter mich. Während er seine Arme auf den Armlehnen meines

Stuhls abstützt, nähert sich sein Mund meinem Ohr. »Warum gibst du mir ständig Kontra?«

»Mach ich doch gar nicht.«

Verbittert lacht er auf. »Siehst du, du hast es schon wieder getan.«

»Gar nicht.«

Jetzt richtet er sich mit einem Ruck auf und lacht noch lauter. Ich habe es noch einmal getan, ich weiß.

Er schlendert zurück zu seinem Chefsessel und lässt sich hineinfallen. Dann stützt er sich mit den Ellbogen auf den Schreibtisch und mustert mich einen Moment lang amüsiert. »In meiner Funktion als dein Chef bin ich ziemlich sauer auf dich. Weißt du das?«, sagt er schließlich und wird ernst.

Meine Augen werden groß.

»Was hast du dir gestern Abend dabei gedacht, Chris einfach an der U-Bahn stehen zu lassen, um pünktlich zu deinen Freunden zu kommen?«

Mein Kinn ist jetzt vielleicht nicht mehr ganz so weit oben. War ja klar, dass mich noch ein Donnerwetter erwartet. »Ich dachte, er sei so selbstständig, dass er alleine nach Hause kommt«, flüstere ich kleinlaut.

»Ja, natürlich ist er das. Aber er hat genau gespürt, dass du in Eile warst und keine Zeit mehr mit ihm verbringen wolltest. Haben wir dir nicht gesagt, dass er sehr sensibel ist?«

Ich schlucke und versinke in meinem Sessel. »Weißt du, wie ich dich gefunden habe?« Ich reagiere nicht, da er schon wieder so laut wird. »Weißt du, dass Chris dir erst gefolgt ist und dann völlig aufgelöst zu Hause angerufen hat? Mein Vater musste ihn abholen und nach Hause bringen.«

Jetzt haut Balthasar mit der flachen Hand auf den Schreibtisch. Ich zucke zusammen. »Es wäre verdammt noch mal deine Pflicht gewesen, ihn nach Hause zu bringen, so wie du es versprochen hast.« Seine Augen funkeln gefährlich.

»Das wollte ich eigentlich auch. Ehrlich«, flüstere ich verlegen.

»Das kannst du ihm selber erklären, wenn du ihn das nächste Mal siehst.« Balthasar scheint sich langsam wieder zu beruhigen. Er schlägt die Hände vors Gesicht und sagt mehr zu sich selbst: »Diese Frau raubt mir den letzten Nerv.«

Auch wenn ich freudig zur Kenntnis nehme, dass ich als Frau bezeichnet werde, ist es an der Zeit, den Absprung zu schaffen. Deshalb stehe ich ganz leise auf und will mich aus dem Büro schleichen. Aber er steht bereits an der Tür, als ich sie erreiche. Erschrocken zucke ich zusammen und merke, dass ihm die ganze Schreierei auf einmal zuwider ist.

»Schon wieder auf der Flucht, ... Kitty?«, flüstert er versöhnlich.

Ich spüre, wie ich purpurrot werde, lasse es aber nicht zu, dass er mich in Verlegenheit bringt. »Ich will Lisi anrufen, um ihr von meinem fiesen Chef zu erzählen. Und meine Eltern ruf ich auch an und meinen Bruder ...« Ich merke, wie mir die Tränen in die Augen schießen. »Und noch was: Ich kündige.«

Bei diesen Worten habe ich bereits die Hand am Türgriff, als sich Balthasars darauflegt. Er soll mich nicht schon wieder weinen sehen! Aber die ersten Tränen kullern mir bereits verräterisch über die Wangen.

Zu meiner Überraschung zieht Balthasar mich an sich und nimmt mich in die Arme. Ich lasse es gerne zu und weine bitterlich an seiner Brust, während mein ganzer Körper vibriert. Es ist fast so, als ob ich jetzt alles aus mir herausheule, was sich in der letzten Woche in mir angestaut hat. Als ich mich nach einiger Zeit beruhige und nur noch hie und da schluchzen muss, merke ich, dass Balthasars eine Hand meinen Rücken streichelt, während die andere in meinem Haar am Hinterkopf vergraben ist. Sein Kopf lehnt an meinem. »Sch«, höre ich ihn beruhigend flüstern.

Unglaublich, aber auf einmal ist die Heulerei vorbei. Ich habe alles rausgelassen. Ich schnaufe etwas wacklig sehr tief ein und gebe ein Seufzen von mir. Da drückt Balthasar mich von sich weg und nimmt mein Gesicht in seine Hände. Obwohl ich wahrscheinlich momentan kein sehr ansehnliches Äußeres habe, sieht er mich mit so einem sehnsuchtsvollen Blick an, dass ich ganz schwach werde.

»Was machst du nur mit mir?«, höre ich ihn flüstern. Er schaut mich lange mit diesem Blick an. Seine großen Augen so nah auf mich gerichtet zu ertragen, ist fast an der Grenze für mich. Als ob er es ahnen würde, schließt er die Augen und plötzlich berührt seine Nasenspitze meine. Ich beobachte ihn, wie er seinen Kopf leicht bewegt und sachte meine Nasenspitze mit seiner Nase umkreist. Dann legt er langsam seinen Kopf ein bisschen schief und kommt mir näher, seine Lippen nähern sich meinen. Meine Augen fallen automatisch zu und ich glaube, bereits den Hauch seiner Lippen auf meinem Mund zu spüren, als es wie wild an die Bürotür klopft.

»Bale?«, höre ich Titus aufgeregt rufen.

Ich schlage die Augen auf. Balthasar seufzt ungehalten und richtet sich auf. »Jetzt nicht, Titus.«

»Es gibt einen Notfall. Es geht um Charlie. Michael hat angerufen. Er ist gleich da.« Titus' verzweifelte Stimme klingt dumpf durch die Türe.

»Ich komme gleich«, antwortet Balthasar und wir hören, dass sich Titus' Schritte hektisch entfernen.

Wir stehen immer noch eng umschlungen da und als Balthasar mich jetzt ansieht, lasse ich ihn schnell los. Oh Gott, was ist nur in mich gefahren? Was passiert hier?

Balthasar lässt mich ebenfalls los, streichelt mir aber noch gedankenverloren über die Wange. »Ein anderes Mal, Prinzessin, ein anderes Mal.« Dann sieht er an sich hinunter. Sein T-Shirt ist voller nasser Flecken. Ups, das war dann wohl ich. Er verlässt das Büro und zieht sich im Gehen das T-Shirt über den Kopf. Ich starre ihm nach.

Dann schleiche ich in mein Appartement und wasche mir das Gesicht, kalt, ja eiskalt ab. Ich sehe mich im Spiegel an und schimpfe innerlich mit mir selbst. Er ist der Chef, Clara, der Chef. Lass die Finger von ihm. Sei freundlich, aber distanziert. Ja, genau. Ehrensache.

Plötzlich höre ich, wie die Tür zu meinem Appartement aufgerissen wird. Ich humple aus dem Bad. Michael steht verschwitzt und keuchend in der offenen Türe und sieht so verzweifelt aus, dass ich ihm sofort so schnell wie möglich entgegeneile.

»Es gab einen Unfall. Wir brauchen Sie. Kommen Sie.«

Sind das Blutflecken auf seinem Jackett? Ohne Rücksicht auf meinen verletzten Fuß renne ich die Treppe hinunter. Aufgeregtes Stimmengewirr weist mir den Weg.

Ich staune nicht schlecht, als ich einen großen hellbraunen Hund, eine Dogge, schwer verletzt auf dem Tisch liegen sehe, auf dem wir vor nicht ganz einer Stunde noch gemeinsam gefrühstückt haben. Wenigstens liegt er auf einer Rettungsdecke.

Das ist also Charlie und es sieht nicht gut für ihn aus. Ich höre ihn ganz leise winseln. Sein Bauch ist aufgeplatzt und ich bilde mir ein, dass sämtliche Innereien auf unserem Esstisch liegen, aber das ist jetzt übertrieben. Zumindest ist der Blick in den Bauchraum offen und es läuft eine Menge Blut aus ihm heraus.

Alle Bewohner des Hauses haben sich um ihn versammelt.

Wie ein Blitzschlag ist es da, das Gefühl. Meine Gabe durchflutet mich und ich beeile mich, zu Charlie zu kommen. Ich merke, wie alle Anwesenden den Raum verlassen wollen, was ich wirklich rücksichtsvoll finde. Aber ich halte sie zurück. »Bitte, bleibt da. Ihr stört mich nicht. Ich möchte versuchen, euch zu vertrauen.«

Balthasar nickt. Er hat meine Anspielung auf seine Worte verstanden. Ich bin total aufgeladen von meiner Gabe, vielleicht liegt es auch daran, dass ich gerade aus einer gefühlsmäßigen Achterbahnfahrt komme. Auf jeden Fall schießt mir die Kraft durch die Adern, dass ich meine, sie explodiert mir aus den Fingerspitzen. Ich schließe die Augen und bin schockiert von den vielen Verletzungen, die ich spüre. Aber voll Zuversicht nehme ich auch wahr, dass ich Charlie retten kann. Ich weiß nicht, wie lange meine Augen unter meinen Lidern hin und her rasen. Als ich schließlich fühle, wie sich meine Gabe in mein Innerstes zurückzieht, bin ich völlig erschöpft und sacke zusammen.

Sofort werde ich von mehreren Armen gestützt. Ich öffne die Augen.

»Pyro!«, höre ich Titus sagen.

»Das kannst du laut sagen«, keucht Sara.

Ich versuche einen Blick auf Charlie zu erhaschen und bin erleichtert, dass ich keine Wunde mehr erkennen kann. Die Gesichter von John und Balthasar, die mich immer noch stützen, drücken Besorgnis aus.

Und dann sehe ich … Christopher. Er ist nicht hereingekommen, sondern hat alles vom Flur aus beobachtet. Er fragt mich: »Geht es Charlie gut?«

Ich mache mich von John und Balthasar los und gehe langsam auf Christopher zu. »Christopher, es tut mir so leid.«

Christopher sieht mich nicht an. »Geht es Charlie gut?«, fragt er mich wieder.

»Ja, Charlie geht es gut«, sage ich mit schwacher Stimme.

Da lächelt Christopher mich an. »Dann geht es mir auch gut.«

Ich bin erleichtert. Nur noch wenige Meter von ihm entfernt komme ich ins Straucheln. Ein stechender Schmerz fährt mir in den Bauch. Ich schreie auf, verkrampfe mich augenblicklich und halte mir den Bauch.

»Was …?« höre ich Balthasars erschrockenen Schrei.

Ich knalle hart auf dem Boden auf. In mir tobt ein Kampf. Meine Lider flackern und das Letzte, was ich sehe, ist Balthasar, der mich angsterfüllt ansieht. Er öffnet den Mund, aber ich kann ihn nicht hören. Ein warmes Gefühl umgibt mich. Ich fühle mich leicht und meine zu lächeln, als die Schwärze mich holt.

Als ich ins Hier und Jetzt zurückkehre und meine schweren Glieder spüre, sinke ich gerne noch einmal in diese traumlose Schwärze, die ein so leichtes und glückliches Gefühl vermittelt. Doch in der Ferne meine ich Balthasars Stimme zu hören: »Hey, nicht wieder einschlafen.« Aber es ist zu spät.

Die nächste Stimme, die ich wahrnehme, kommt mir irgendwie bekannt vor: »So jetscht gehe Sie alle mal hier raus und lasse mich mache.«

Als ich schließlich die Augen aufschlage, liege ich auf meinem Bett und starre in das Gesicht eines Mannes, den ich noch nie zuvor gesehen habe. Er lächelt freundlich und seine Augen strahlen mich über eine Brille hinweg an, die weit unten auf einer markanten Adlernase sitzt. Seine kurzen dunklen, leicht gelockten Haare kleben verschwitzt an der Stirn.

»Hallöle, ausgeschlafe?«

Ich schau wahrscheinlich ziemlich verdattert aus, weil sich der Mann lächelnd von meinem Bett erhebt. Um den Hals trägt er ein Stethoskop. »Ja, ich bin der Herr Doktor, sowohl im richtigen Leben, als auch … Sie wisse scho.« Er zwinkert mir zu. Ich verstehe. »Also, sage wir so, wenn Sie eine Krankenschweschter wären, dann wäre ich der Arzt. Sie verstehen?«

Mann, redet der viel!

»Ich übernehme sozusage die Diagnose, während Sie eher für den Heilungsprozess verantwortlich sind.« Jetzt fährt er mit seinen Händen meinen ganzen Körper ab, ohne mich wirklich zu berühren. »Also, ich kann da nix Gravierendes feststelle. Da werden wir den lieben Herrn Teubert mal schnell beruhige gehen. Der rennt da drauße rum wie der werdende Vater högschtpersönlich.«

Der Mann hält kurz inne und fährt dann entschlossen mit seinen Händen über meinen Unterleib. Er schüttelt den Kopf: »Nee, da isch nix im Busch. Wisse Sie, wenn junge Damen ohnmächtig werde, da gibt's scho manchmal einen freudigen Anlass dafür.« Wieder lächelt er mich an.

Jetzt weiß ich, warum mir seine Stimme bekannt vorkommt. Da gibt es so einen Typen im Radio, der macht Werbung für eine Müslikette und der klingt fast genauso. Ich muss grinsen.

»Also, Sie habe Bauchschmerze gehabt?«

»Ja, aber das ist immer so bei mir. Wenn ich jemanden heile, dann übernehme ich die Schmerzen, die derjenige hatte, gleich mit.«

»Hmh, und da soll mal einer sage, dass Tiere kein Schmerzempfinde habe.«

Ich nicke.

Jetzt legt er seine Hände auf meinen Kopf. »Da herrscht a bisserl a Chaos«, sagt er nach einer Weile, »hauptsächlich emotional. Aber da isch auch eine Blockade, die lös ich mal lieber auf. Vielleicht wird's dann besser mit den Schmerze.« Er macht eine Bewegung über meinem Kopf.

»So, jetzt schaue wir uns noch den Fuß an.« Er befreit meinen Fuß von dem riesigen Verband und betrachtet ihn. »Wann sage Sie, sind Sie mit den Scherbe in Berührung komme?«

»Äh, gestern, glaub ich.«, antworte ich.

»Also, da isch nix mehr. Alles verheilt.«

Ich setze mich auf und betrachte meinen Fuß. Tatsächlich. Meine Fußsohle ist glatter als ein Baby-Popo. Schnell betrachte ich meinen Oberarm, der eigentlich noch großflächig verkrustet sein müsste. Aber auch da ist nicht die Spur einer Verletzung zu sehen. Vielleicht ist die Haut etwas heller als der Rest des Armes, aber das ist schon alles.

»Des isch interessant«, meint der Doktor. Anscheinend weiß er bereits mehr über mich, als mir bewusst ist.

»Ich gebe Ihne jetzt noch was zur Beruhigung«, brummt er mit seiner eigentümlichen Stimme. Wieder macht er eine Handbewegung über mir und ich lasse mich zurück in die Kissen sinken. »... und a bisserl a leichtes Schlafmittel. Sie sollten sich dringend a weng ausruhe.«

Urplötzlich fühle ich, wie meine Augenlider schwer werden. »Wie machen Sie das?«, kann ich noch murmeln.

»Ich sag doch, ich bin im richtigen Leben Arzt und im anderen Leben auch. Des blöde isch bloß, dass ich jeden Wirkstoff einmal selbscht eingenomme habe muss, bevor ich ihn weitergebe kann. Ich bin a richtiger Junkie.«

Ein echter Witzbold! Ich mag ihn. Gerne hätte ich mich noch eine Weile von seiner beruhigenden Art berieseln lassen. Aber ich kann mich kaum noch wach halten.

»Ich lass Sie dann jetzt mal alleine. Machens es gut.«

Ich bin nicht mehr in der Lage, mich zu verabschieden. Er verlässt den Raum und ich höre noch, wie er zu Balthasar sagt: »Glückwünsch. Es sind Zwillinge.« Dann lacht er laut auf und brummelt leise noch etwas. Schmunzelnd schlafe ich ein.

20

Beim nächsten Aufwachen liege ich seitlich eingekuschelt unter meiner Bettdecke. Ein Geräusch hat mich geweckt. Jemand hat mein Schlafzimmer betreten. Noch ehe ich mich bewege, ist Saras leise Stimme zu vernehmen. »Bale?«

Ich höre, wie sie durch den Raum schleicht. Dann nehme ich ein müdes Brummen wahr, das wohl von Balthasar stammt. Sara gibt nicht auf: »Komm, Bale. Du solltest etwas essen. Du hilfst ihr nicht, wenn du hier verhungerst.«

Ein Stuhl knarzt und ich höre Balthasar seufzen: »Ich kann nicht, Sara. Immer wenn ich sie aus den Augen lasse, passiert etwas Unvorhergesehenes oder sie tut etwas absolut ... ach ... sie ist einfach ... Ich weiß nicht, ich will eben hier sein, wenn sie aufwacht.«

»Bale, was ist denn mir dir los?«

»Sie hat dem Doc gesagt ...« Balthasars Stimme klingt dumpf. Hat er die Hände vors Gesicht geschlagen? »... dass sie immer die Schmerzen von demjenigen ertragen muss, den sie heilt.« Stille. »Deshalb ist sie zusammengebrochen ... Ich kann das nicht, Sara. Wie soll ich ihr erlauben, ihre Gabe zu trainieren, wenn sie danach ... Ich kann das nicht mit ansehen. Niemand sollte so etwas von ihr verlangen.«

»Balthasar!«, stößt Sara überrascht aus.

Seine Stimme klingt jetzt verzweifelt. »Wieso macht sie das überhaupt? Wie hält sie das aus?«

»Ich glaube, sie ist stärker, als du denkst, Bale. Du solltest es schon ihr überlassen, wie sie mit ihrer Gabe umgeht. Vielleicht gibt es auch eine Möglichkeit, die Schmerzen zu kanalisieren. Wer weiß?« Stille.

Dann flüstert Sara so leise, dass ich es unter der Bettdecke kaum verstehen kann: »Du hast sie sehr gerne, nicht wahr?« Stille.

Nickt er oder schüttelt er den Kopf? Was würde ich darum geben, es zu wissen!

»Sie hasst mich.«

»Sie hasst dich nicht.«

Er klingt immer noch ein wenig verzweifelt: »Ich habe mir geschworen …«

»Sie ist nicht Angela.« Sara hat ihn leise unterbrochen.

Es bleibt eine Zeitlang still und ich versuche ganz ruhig zu atmen, so wie man eben atmet, wenn man tief und fest schläft. Mein Gott, ich weiß nicht, wie ich atme, wenn ich schlafe, aber ich hoffe, ich bringe es glaubwürdig rüber. Um nichts in der Welt möchte ich auffliegen. Dieses Gespräch ist nicht für meine Ohren bestimmt.

Als Balthasar wieder spricht, kann ich das Lächeln auf seinen Lippen fast sehen: »Du hättest sie mit ihren Freunden sehen sollen. Sie war so locker und entspannt … einfach glücklich. Ich wünschte …«

»Gib ihr Zeit. Wir haben sehr viel von ihr verlangt in viel zu kurzer Zeit.«

»Ich hätte nicht …«

Sara lässt ihn wieder nicht ausreden. »Du kannst jetzt nichts mehr ändern. Es ist so, wie es ist. Wir sollten alle das Beste daraus machen. Und jetzt kommst du zum Essen. Sonst darfst du dich mit John auseinandersetzen.«

Ein Stuhl wird leise zurückgeschoben. Es dauert nicht lange, dann höre ich zwei Personen auf Zehenspitzen mein Zimmer und schließlich mein Appartement verlassen. Ich schlage die Bettdecke zurück und schnaufe erleichtert frische Luft ein.

Auch ich habe Hunger. Hoffentlich kommt John, um sich mit mir auseinanderzusetzen, wenn ich nicht zum Essen erscheine. Ich bin mir nicht ganz sicher, wie ich mich verhalten soll. Was würde ich denn jetzt normalerweise tun, wenn ich aufgewacht wäre, ohne dass ich dieses Gespräch belauscht hätte? Ich würde nach unten gehen und nachsehen, wo die anderen alle sind. Ja, das würde ich tun.

Aber nun habe ich mitgekriegt, wie emotional – und ich meine im positiven Sinne emotional – Balthasar sein kann und in Bezug auf mich ist. Da kann ich doch nicht einfach zu ihm nach unten gehen und so tun, als hätte ich nichts mitbekommen? Wann wäre der richtige Zeitpunkt gewesen, mich umzudrehen und zu sagen: Hey Leute, ich bin wach. Den Moment habe ich wohl verpasst.

Was aber alle bei dieser ganzen Schmerzen-hin-oder-her-Geschichte vergessen haben: Ich habe mich selbst geheilt! Als es mir jetzt wieder einfällt, betrachte ich nochmal meinen Fuß. Wenn ich jemand anderen heile, kann ich mich also gleichzeitig mitheilen. Wow! Bisher hatte ich wohl nie Verletzungen, sonst wäre mir das schon früher aufgefallen. Ich hänge noch einige Minuten verschiedensten Gedanken nach. Schließlich raffe ich mich auf und folge dem Essensduft durchs Haus.

Unsere fröhliche WG sitzt am Esstisch und spachtelt

Lasagne. Lecker. Von Michael, Christopher und Charlie ist keine Spur zu sehen. Wie können die anderen an diesem Tisch noch etwas essen? Die sind wirklich härter gesotten, als ich dachte. Keiner bemerkt mich.

»Hi«, wispere ich und versuche ein Lächeln.

Augenblicklich sind alle Augen auf mich gerichtet. Nur Sara beobachtet kurz Balthasar, bevor sie mir zulächelt. John kommt mir entgegen und führt mich zu meinem Platz.

»Also, gute Nachricht: Ich kann gehen. Es geht mir schon wieder gut, ehrlich.«

»Nichts da.« John schiebt mir den Stuhl unter den Hintern und lädt ordentlich Lasagne auf meinen Teller. Ich starre entsetzt auf den Berg, den ich essen soll.

»Alles in Ordnung?«

Ich sehe zu Balthasar, der mir vorsichtig und leise diese Frage gestellt hat. »Ja.«

Sara lächelt, als ob sie das schon längst gewusst hätte.

»Wie geht es Charlie?«, frage ich Titus, der neben mir sitzt und registriere aus dem Augenwinkel, dass Balthasar ungehalten auf meine Frage reagiert. Was? Darf ich mich jetzt nicht mehr um einen Hund sorgen?

Titus antwortet: »Michael hat ihn nach Hause gebracht. Er hat viel Blut verloren, aber er wird es bestimmt schaffen. Dank dir. Du bist wirklich eine Wucht.«

»Danke.« Ich lächle verlegen.

Da kommt Titus in Fahrt und bemerkt nicht den warnenden Blick, den Sara ihm zuwirft: »Es ist wirklich an der Zeit, dass du deine Gabe in großem Stil anwendest, du hast schon viel zu lange …«

Balthasar unterbricht ihn barsch: »Es reicht, Titus. Sie muss sich erholen.«

Wir essen alle schweigend weiter. Innerlich koche ich schon wieder. Erst soll ich Sport treiben bis zum Abwinken, dann soll ich mich erholen. Langsam wird es mir echt zu bunt. Ich wende mich an John: »Gehst du nachher noch laufen?«

John nickt kauend.

»Nimmst du mich mit?« Es freut mich, dass Balthasar sich beinahe an einer Nudelplatte verschluckt. Aber bevor er etwas sagen kann, hat John erneut genickt.

Ich grinse zufrieden auf mein Essen, fühle aber, dass ein mir inzwischen allzu bekannter Blick tadelnd auf mir ruht.

Als Balthasar aufsteht, teilt er uns mit: »Es ist ganz gut, dass ihr nachher unterwegs seid. Ich erwarte noch einige Herren zu einer wichtigen geschäftlichen Besprechung. Wir sind hinten im Wintergarten und möchten nicht unbedingt gestört werden.«

Alle nicken.

Ich bin mit meinen Gedanken bei Charlie.

👁 21 👁

Als ich mit John nach dem Joggen zum Haus zurückkehre, stehen einige schwarze Limousinen bayerischer Machart in unserer Auffahrt. Ach ja, die Geschäftsbesprechung.

John beschließt, noch einige Kilometer mit dem Fahrrad zurückzulegen und ist gleich wieder weg. Ich gehe erst einmal zum Duschen.

Danach fällt mein Blick auf Deborahs Plastiktüte, die ich bei meiner Rückkehr aus Berlin achtlos ins Bad an einen Handtuchhalter gehängt habe. Da ich sowieso schon nackt bin, beschließe ich, das gute Stück anzuprobieren.

Und siehe da, es passt wie angegossen. Als ich mich kritisch im Spiegel begutachte, muss ich feststellen, dass ich verboten aussehe. So würde ich mich niemals in ein Schwimmbad wagen, nicht einmal im Urlaub am Strand würde ich das Ding anziehen, selbst wenn mich weit und breit niemand kennt.

Warum hat sich Deborah so einen Bikini gekauft? Wahrscheinlich war der mehr für den Heimgebrauch gedacht. Keine Ahnung. Ich will es gar nicht so genau wissen. Ich sollte die Sache mit dem Foto ganz schnell wieder vergessen. Oder?

Schnell ziehe ich mir einen Bademantel über und klopfe an Saras Tür. Sie öffnet und wie sie mich im Bademantel und mit nassen Haaren da stehen sieht, fragt sie sofort: »Ist etwas passiert?«

»Ist Titus da?«

»Nein, er hat heute einen Auftrag zu erledigen. Frag mich nicht, irgendeinen Blitzableiter testen.« Sie rollt mit den Augen.

Ich lache.

»Wieso fragst du?«

»Könntest du mir einen Gefallen tun?« Ich ziehe meine Digitalkamera aus der Bademanteltasche und sie lässt mich mit großen fragenden Augen in ihr Appartement. Als ich den Bademantel fallen lasse, kreischt sie begeistert auf: »Was ist das? Ich soll dich in dem Ding da fotografieren? Willst du dein Foto auf einer Singleseite hochladen?«

»Nein.« Ich erkläre ihr die ganze Situation.

»Deine Schwägerin hat eine Macke, oder?«

»Sie ist wieder schwanger.«

»Oh, ok. Vielleicht erklärt das einiges.«

Sara kann sich für die Fotoaktion begeistern und schlägt mir sogar noch vor, dass ich meinen gelben Sonnenhut und die übergroße Sonnenbrille zu dem Bikini tragen soll. Ich hole die Sachen aus meinem Zimmer. Dann gehen wir auf die Terrasse zum Pool.

Aus der kleinen Fotoaktion wird eine richtige Fotosession und Sara meint sogar noch: »Schade, dass Charlie nicht da ist, der hätte sich mit dir zusammen richtig gut gemacht auf dem Foto.«

Ich muss lachen und sie drückt wieder ab. Zuerst posiere ich am Rand des Pools. Um den Pool im Vordergrund zu haben, tänzle ich dann ein paar Schritte rückwärts. Sara schaut unentwegt in die Kamera. Wegen der riesigen Krempe des Sonnenhutes ist mein Sichtfeld ziemlich eingeschränkt. Auf einmal blickt Sara von der Kamera auf und ruft: »Äh, du Clara, da solltest du nicht ...«

Gleichzeitig höre ich Balthasars Stimme irgendwo hinter mir. »Clara?«

Anhand seiner Stimmlage erkenne ich sofort, dass hier irgendetwas ganz und gar nicht in Ordnung ist. Ich drehe mich langsam in die Richtung, aus der seine Stimme kam. Da steht er in der offenen Tür des Wintergartens. Der Wintergarten. Was war mit dem Wintergarten?

Irgendwo in meinem Unterbewusstsein klingelt es. Aber ich kann mir darüber nicht weiter Gedanken machen, denn ich werde nicht nur von Balthasar mit großen Augen angestarrt, sondern von mindestens vier weiteren Personen, die im Wintergarten an einem Tisch sitzen.

Alle recken neugierig die Köpfe nach mir. Balthasar wendet seinen Blick ins Innere des Wintergartens. Ich kann anhand der Bewegungen eines der Männer erkennen, dass dieser etwas zu Balthasar sagt. Ich habe die wichtige Besprechung gestört, genau, das war es, was ich mir hätte merken sollen.

Langsam gehe ich auf Sara zu, die wie zu Stein erstarrt dasteht, aber vom Wintergarten aus nicht zu sehen ist. Da höre ich, wie Balthasar mir belustigt zuruft: »Clara, würdest du bitte einmal kurz herkommen?«

Nun ist es an mir zu erstarren. Nein!

»Clara?«

Ich drehe mich wieder zu Balthasar und setze unter meiner Sonnenbrille ein gewinnendes Lächeln auf. »Ich bin schon weg. Ich wollte nicht stören. Wirklich«, flöte ich und will weitergehen.

»Nun komm schon. Nicht so schüchtern.«

Er winkt mich herbei und im Inneren des Wintergartens entsteht eine gewisse Unruhe. Mit Zeichen versuche ich ihm deutlich zu machen, dass ich – falls er es noch nicht bemerkt haben sollte – nicht ganz korrekt gekleidet bin.

Verzweifelt schaue ich zu Sara und forme ein Wort mit meinem Mund: »Ba-de-man-tel!« Sie versteht und huscht davon.

Um Zeit zu gewinnen, gehe ich in Zeitlupe auf die offene Tür des Wintergartens zu und lächle so natürlich, wie es mir eben möglich ist. Von Sara weit und breit keine Spur.

Schließlich nehme ich meine große Sonnenbrille ab und halte sie mir vor den Körper. Wahrscheinlich ist die Fläche der Brillengläser größer als mein Bikinioberteil. Ihr wisst ja, ich übertreibe manchmal etwas, aber mir kommt es in diesem Moment tatsächlich so vor.

Balthasar empfängt mich an der Tür. Er sieht ... ja er sieht richtig vergnügt aus und kann dies kaum vor mir verbergen. Und ich merke sehr wohl, wie seine Augen mich von oben bis unten scannen.

Als ich an ihm vorbei in den Wintergarten schlüpfe, glaube ich eine kurze Frage aus seinem Mund zu hören: »Schwimmausrüstung?«

Ich lasse mich nicht aus der Ruhe bringen und beschließe, das Beste aus dieser Situation zu machen. Schließlich ist mir bewusst, dass mir der Bikini wirklich perfekt passt. Da rutscht nichts und da zwickt nichts. Deshalb strecke ich bewusst meinen Rücken durch und jeder

der Herren springt auf, um mir die Hand zu schütteln.

Zwei kenne ich aus dem Fernsehen. Da ich mich nicht sonderlich für Politik interessiere, fallen mir ihre Namen nicht gleich ein. Balthasar stellt mir jeden vor. Oh Gott, der eine Herr ist der bayerische Innenminister und der andere der bayerische Ministerpräsident!

Alle Herren begrüßen mich hocherfreut und heiter. Ich trage es mit Fassung und lasse mir nichts anmerken. Wo bleibt eigentlich mein Bademantel?

Ein junger Mann verhält sich besonders auffällig. Dieser große Mann mit blonden verstrubbelten Haaren trägt auch als Einziger keinen Anzug, sondern Jeans und T-Shirt. Er schüttelt meinen Arm lang und kräftig bei unserer Begrüßung, wie wenn er testen wolle, ob das Oberteil meines Bikinis auch hält, was es verspricht. Seinen Namen habe ich gleich wieder vergessen, aber er ist Polizist.

Nach der Begrüßung würde ich mich gerne wieder durch die offene Tür des Wintergartens verdrücken. Aber als ich mich umdrehe, hat Balthasar die Türe bereits verschlossen und steht mit verschränkten Armen davor. Er lächelt mich immer noch mit so einem belustigtem Gesichtsausdruck an und seine Hand berührt dabei kurz seine Nase. Er scheint etwas verlegen zu sein, so als ob er nicht wisse, wo er hinsehen soll.

»Ja, also, wenn die Herren mich dann nicht mehr benötigen, würde ich mich gerne wieder verabschieden«, sage ich jetzt laut und deutlich.

»Nein, bitte setzen Sie sich. Wir würden uns gerne eine Weile mit Ihnen unterhalten«, sagt jetzt einer der Anzugträger. Irgend so ein Sekretär oder so.

»Ja!«, ruft der Ministerpräsident und deutet auf einen freien Stuhl.

Ich zögere und allmählich weicht die Belustigung aus den Gesichtern. Sie scheinen sich ernsthaft mit mir unterhalten zu wollen. Hinter meinem Rücken nehme ich eine nervöse Unruhe bei Balthasar wahr. Ging es bei dieser Besprechung etwa um mich? Mein Blick fällt auf den großen Blonden, der mich als Einziger noch genüsslich mit den Augen auszieht und sich dabei köstlich zu amüsieren scheint.

»Also, da ich wohl davon ausgehen kann, dass die Herren nicht vorhaben, sich in Badebekleidung zu schmeißen, würde ich mir gerne etwas überziehen, wenn es recht ist.« Ich gehe einfach in Richtung Ausgang.

Der Blonde verzieht den Mund zu einem traurigen »Ooooh.« Balthasar hat seine Augenbrauen überrascht angehoben und ich bin mir sicher, dass mir alle nachstarren, bis ich aus ihrem Gesichtsfeld verschwunden bin.

Auf der Terrasse eilt mir Sara mit meinem Bademantel entgegen. Aber ich laufe in mein Zimmer und schlüpfe in eine Jeans und ein T-Shirt.

Dann begebe ich mich zurück in den Wintergarten, wo das Gespräch anscheinend nach meinem Auftritt nicht mehr in Gang gekommen ist. Alle sitzen und ich gehe zu dem letzten freien Stuhl. Gegenüber am anderen Ende der Tafel sitzt Balthasar mit verschränkten Fingern.

Dann wendet sich dieser Sekretär an mich: »Es ist wirklich tragisch, dass Sie momentan für weitere Maßnahmen nicht zur Verfügung stehen.«

Fragend fixiere ich Balthasar. Er weicht meinem Blick

nicht aus und hat meine stumme Frage verstanden: »Ich habe den Herren gerade erklärt, dass du momentan nicht in der Lage bist, deine Kräfte der Allgemeinheit zur Verfügung zu stellen, als du uns mit deinem Erscheinen im Bikini völlig aus dem Konzept gebracht hast.« Er lächelt unverschämt.

Die zweite Bemerkung ignoriere ich und provoziere ihn, indem ich mich an die anwesenden Herren wende: »Ich bin sehr wohl in der Lage, für mich selbst zu sprechen. Natürlich stehe ich für weitere Maßnahmen zur Verfügung.«

Balthasars Lächeln gefriert, während meines immer breiter wird. Jetzt mischt sich der Ministerpräsident ein: »Stimmt es denn, dass Sie die Schmerzen selbst spüren, sobald Sie sie Ihrem Gegenüber gelindert haben?«

»Ja.«

Ein Raunen geht durch den Wintergarten und ich fixiere wieder Balthasar, der mich ebenso hart ansieht. Diesmal wird er mich mit seinem Blick nicht aus der Fassung bringen. Ich frage in die Runde: »Wie sahen denn die weiteren Pläne für mich aus, bevor mein lieber Herr Chef es sich anders überlegt hat?«

Langsam wird den Anwesenden wohl klar, dass zwischen Balthasar und mir so einiges im Argen liegt.

Ein Herr räuspert sich und fängt umständlich an zu reden: »Nun, wir hatten da so eine Art Versuchsballon geplant in einem öffentlichen Krankenhaus. Sie wären einem unserer eingeweihten Operationsteams zugeteilt worden und hätten bestimmte Operationen übernommen.«

»Moment mal.«

Der Mann lässt sich von mir nicht unterbrechen, sondern spricht weiter: »Wir wissen schon, welche Verletzungen dafür in Frage kommen, zum Beispiel Brüche, oder?«
Ich nicke.

Balthasar mischt sich ein: »Sie kann unmöglich einen ganzen Tag verschiedene Verletzungen behandeln. Sie ist heute zusammengebrochen, nachdem sie nur einen behandelt hat und es handelte sich dabei um einen Hund wohlgemerkt.«

»Das macht keinen Unterschied. Er war sehr schwer verletzt«, schnauze ich ihn an. Dann wieder versöhnlich zu den hohen Herrschaften: »Ich fange klein an. Dann sehen wir ja, wie es sich entwickelt.«

Balthasar schnaubt vor Wut. Würde ich jetzt noch mit einem roten Tuch wedeln, ich glaube, ich hätte keine guten Karten.

Jetzt wendet sich der Sekretär an den großen blonden Mann. »Was sagt die Polizei dazu?«

Der Blonde betrachtet mich ausgiebig und antwortet dann: »Ich würde sagen, sie ist wild entschlossen, und langfristig wären wir für ihre Unterstützung dankbar. Ich könnte mich mit diesem beruhigenden Gefühl anfreunden, im Notfall noch einen Trumpf in der Tasche zu haben.« Er lächelt mich an und ich lächle zurück.

Dann wendet er sich Balthasar zu: »Noch hat allerdings Herr Teubert als Leiter der Gruppe das Sagen. Wir sollten sein OK einholen, bevor wir Miss Bikini einplanen.«

Alle richten ihre Aufmerksamkeit auf Balthasar. Auch ich sehe ihm ins Gesicht und er schaut nicht glücklich aus.

Ich erinnere mich an seine Worte, die er während meines vermeintlichen Nickerchens mit Sara gewechselt hat. Meine stumme Bitte erreicht ihn nicht. Tief in Gedanken versunken sitzt er da und blickt auf den Tisch. Ich kann ihm ansehen, wie er mit sich hadert.

Schließlich sagt er ruhig: »Geben Sie mir noch übers Wochenende Bedenkzeit. Im Fall des Falles könnten wir nächste Woche den ersten Versuchsballon starten.«

Mit einem Mal löst sich die Anspannung und alle schnaufen durch. Ich bin erleichtert. Es besteht also Hoffnung. Zumindest hat er nicht grundsätzlich nein gesagt.

Der blonde Polizist lächelt mich zufrieden an und steht auf. »Ich muss jetzt los. Gibt es noch etwas, was meine Anwesenheit erfordert? Nein? Gut, dann bin ich sozusagen schon auf dem Weg.«

Ich erhebe mich ebenfalls und als der Blonde allen zum Abschied die Hand schüttelt, mache ich das ebenso.

Balthasar will den Polizisten zur Türe begleiten, doch ich dränge mich einfach dazwischen: »Ich bringe Sie zum Ausgang.«

»Danke, es ist aber nicht so, dass ich den Weg nicht auch alleine gefunden hätte.«

Draußen flüstere ich: »Ich bin ganz froh, dass ich wieder wegdurfte.« An der Haustür schütteln wir uns die Hand und er trottet den Kiesweg entlang zu seinem Wagen. Dann betätige ich den Knopf für das Tor.

Ich gehe zurück in mein Appartement. Nach Kurzem klopft es an meiner Tür und ich rechne damit, wieder mal mit Balthasar streiten zu dürfen, weil ich mich von vorne bis hinten danebenbenommen habe. Aber es ist Sara, die mir meine Kamera zurückbringt.

»Sieh dir die Fotos an. Sind toll geworden ... und der Film erst!«

»Film?« Ich klicke mich durch die Bikinifotos und weiß sofort, dass Deborah von ihrem Bikini begeistert sein wird. Dann kommt tatsächlich ein Film, der von einem Fenster des Hauses aus aufgenommen wurde und den Wintergarten zeigt.

Ich werfe Sara einen überraschten Blick zu und sie lächelt mich begeistert an. »Sieh ihn dir an. Was würde deine Schwägerin wohl sagen, wenn sie dich in ihrem Traumbikini vor dem bayerischen Ministerpräsidenten sehen würde?«

»Das wäre der Hit. Aber ich glaube, du hast da eben ein streng geheimes Meeting aufgezeichnet. Das werde ich wohl nie jemandem zeigen können.«

»Ich weiß«, grinst Sara. »Aber du musst ihn dir ansehen. Die Gesichter – einfach herrlich.«

Bevor ich den Film starte, muss ich noch etwas loswerden: »Du solltest mir doch meinen Bademantel holen ...«

Sie klopft mir auf die Schulter: »Habe ich auch. Aber ich konnte da ja schlecht reinplatzen. Also ... jetzt sieh ihn dir schon an.«

Ich drücke auf die Starttaste und der Film beginnt genau in dem Moment, als ich den Wintergarten betrete. Sara hat die Aufnahme stark verwackelt und außer ihrem Gekicher sind keine Geräusche aufgezeichnet worden. Nachdem ich an ihm vorbeigegangen bin, ist kurz Balthasars Gesicht zu sehen. Der Blick, den er mir nachwirft, trifft mich wie ein Blitz. Jede Belustigung ist daraus gewichen und ich kann noch sehen, dass er kräftig schlucken muss, während er meinem Hinterteil nachguckt.

Zu gern würde ich mir diese Stelle nochmals ansehen. Aber dann kommt schon die Szene, wie ich allen die Hand gebe. Immer wenn Balthasar zu sehen ist, hat er den gleichen Blick. Ich weiß nicht, wie ich ihn beschreiben soll. Er glotzt mich einfach an, würde ich sagen, so ähnlich wie heute Nacht, als er mich im Bad auf dem Klodeckel abgesetzt hat.

Wie der große Blonde so lustvoll meine Hand schüttelt, sieht es einen Moment lang so aus, als ob Balthasar eingreifen wollte. Einmal wende ich der Kamera mein Hinterteil zu. Da halte ich mir erschrocken die Hand vor den Mund und rufe entsetzt: »Oh Gott, sehe ich wirklich so von hinten aus?«

»Scharf, was?« Sara freut sich.

»Sara, wo war mein Bademantel!«

Sie zuckt die Schultern und lächelt immer noch. »Also, ich finde, du hast dich ganz gut gehalten. Warte ... jetzt kommt das Beste: Du gehst gleich.«

Ich weiß nicht, ob ich mir das wirklich ansehen will. Aber als ich den Raum verlasse, starren mir tatsächlich alle hinterher, wie ich es mir schon gedacht habe. Nachdem ich weg bin, tauschen die Herren Blicke aus. Die, die mit dem Gesicht zur Kamera sitzen, grinsen oder nicken mit anerkennend verzogenem Mund. Dann sehe ich noch Balthasar, wie er sich auf seinen Stuhl fallen lässt und dabei kräftig ausatmet. Schließlich lockert er seine Krawatte und öffnet den oberen Knopf seines Hemdes.

Jetzt muss ich auch kichern und Sara kann sich vor

Lachen kaum noch halten. Dann bricht die Aufnahme ab und Sara meint: »Du bringst die Herren ganz schön ins Schwitzen. Sogar Bales Nase glänzt ein bisschen.«

Ich habe das Gefühl, sie möchte mit mir ein Gespräch über Balthasar anfangen. Aber ich habe keinen Bedarf. Deshalb sage ich nur ganz allgemein: »Ich möchte nie, nie wieder in so eine Situation kommen.«

Dann schauen wir uns den Film nochmal an. Ich glaube, wir haben ihn jetzt schon mindestens zehnmal angesehen und wissen mittlerweile genau, wer wann das beste Gesicht macht. Ich kann mich inzwischen sogar mit meinem Hintern in dem Bikinihöschen anfreunden. Gerade als wir uns wieder mal kaum einkriegen vor kichern, klopft es an meiner Tür.

»Jaha«, rufe ich immer noch lachend.

John kommt herein. Eigentlich will er etwas sagen. Aber als er sieht, was wir machen, nähert er sich neugierig. »Mädels, was habt ihr da Schönes?«

Sofort schalte ich die Kamera aus. »Ach, nichts Besonderes.«

»Komm schon, zeig es ihm. Er hat schon so einige Frauen im Bikini gesehen. Er verkraftet das.«

Jetzt ist John noch interessierter und grinst mich auffordernd an. »Bikinifotos? Von dir, Badenixe?«

Ich reiche ihm schließlich die Kamera und er sieht sich die Fotos an. Zwischendurch wirft er mir immer wieder Blicke zu und macht seine berühmte spitze Schnute.

Bei dem Film lacht er Tränen. Als er sich endlich wieder im Griff hat, japst er: »Das konnte auch bloß dir passieren. Wie hast du das nur wieder geschafft? Nein, ich will es gar nicht wissen. Wahrscheinlich wie immer eine Verkettung unglücklicher Umstände.«

Dann verlässt er lachend das Zimmer und ich will von Sara wissen, ob sie meint, dass er es Balthasar verrät. »Das mit dem Film meine ich.«

»Nein, John ist kein Spielverderber. Mit dem kannst du Pferde stehlen.«

Da steht John schon wieder im Zimmer. »Eigentlich bin ich ja gekommen, um dir auszurichten, dass Cornelius für dich angerufen hat. Das habe ich vor lauter nackter Haut vergessen, dir zu sagen. Du sollst vorher aber noch mit Bale reden ... und jetzt weiß ich auch, warum.«

Wieder lacht er und entfernt sich. Sara verabschiedet sich ebenfalls.

22

Seufzend mache ich mich auf die Suche nach Balthasar. Er ist nicht mehr im Wintergarten und auch nicht in seinem Arbeitszimmer. Ich klopfe sogar an die Tür seiner privaten Wohnung, aber ich erhalte keine Antwort. Schließlich kommt mir noch eine Idee und da werde ich fündig: Er ist im Trainingsraum.

Um ihn nicht zu stören, schleiche ich mich hinein. Er hat ein Schwert in der Hand und führt mit geschmeidigen Bewegungen eine Übung durch. Einerseits wirkt er hoch konzentriert, andererseits entspannt. Sein nackter Oberkörper glänzt verschwitzt und ich beobachte fasziniert das Muskelspiel.

Er lässt sich nicht von mir ablenken, auch nicht nachdem sein Blick mich im Spiegel eindeutig getroffen hat. In aller Ruhe bringt er seine Übung zu Ende. Dann steht er stark schnaufend in der Mitte des Raumes. Das Schwert hält er immer noch in der Hand und winkt mich mit der anderen zu sich. Ich gehe langsam zu ihm. Er zupft an meinem T-Shirt. »Hast du noch den Bikini an?«

Ich nicke. »Zieh das T-Shirt aus.«

Er sagt dies in so einem normalen Tonfall, dass ich, ohne darüber nachzudenken, gehorche. Dann nimmt er mir das T-Shirt aus der Hand, schleudert es in eine Ecke und geht langsam um mich herum.

»Nicht bewegen!«, flüstert er und hebt mit beiden Händen das Schwert. Ich spüre, wie die flache Seite der

Klinge kalt meinen Rücken berührt und zucke zusammen.
»Keine Angst. Ich werde dich nicht verletzen.«

Trotzdem schließe ich lieber die Augen, als er anfängt, sich um mich herumzubewegen. Immer wieder spüre ich die Klinge des Schwertes an verschiedenen Stellen meines Körpers.

Plötzlich hört er auf damit. Sein warmer Körper steht dicht hinter mir. Während ich meine Augen öffne, umschlingt er mich mit den Armen von hinten und hält mir den Griff des Schwertes hin. Ich greife mit beiden Händen danach und seine Hände führen die meinen. Im Spiegel sehe ich seinen hitzigen Blick.

Die Waffe fasziniert mich. Die Klinge scheint sogar die Luft zu zerschneiden und der warme Griff fühlt sich gut an in meinen Händen. Mein Atem geht schneller und Balthasars Bewegungen werden schneller. Mir wird das zu viel und ich ziehe meine Hände unter seiner Berührung hervor.

Plötzlich bewegt er die Klinge näher an mich heran und ich weiche instinktiv zurück. Dabei stoße ich an seinen Körper. Er zieht die Klinge in Richtung meines Gesichtes und ich drehe den Kopf zur Seite. Dabei kuschle ich mich so richtig an ihn und höre ihn leise lachen.

»Wie viel Schmerz hältst du aus?«, sagt er plötzlich forsch. Er zieht sich die Klinge über den Finger und sofort schneidet sie in sein Fleisch.

»Nicht!«, hauche ich, kann mich aber nicht bewegen. Ein Blutstropfen rinnt die Schneide entlang. Wieder nähert sich die Klinge meinem Gesicht. Meine großen Augen spiegeln sich darin.

»Ich habe dich gefragt, wie viel Schmerz bist du bereit zu ertragen?«

Im Spiegel suche ich seinen Blick und seine Augen haben mich dort bereits erwartet. Er meint es ernst.

»Wie viel Leid, wie viel Blut kannst du ertragen … denn das ist es, was dich erwartet … und die Gewissheit, dass du vielleicht auch manchmal zu spät kommen wirst.«

Ich sehe seine Schnittwunde und schließe die Augen. Es ist schon fast so, dass ich meine Gabe rufen kann. Gerade als ich seine Schnittwunde erspüre, entfernt sich Balthasar abrupt von mir und geht auf Distanz.

»Nein.«

Ich höre nicht auf ihn. Seine Wunde kann ich immer noch spüren. Da legt er sein Schwert weg und schreit mich an: »Ich sagte nein.«

Mein Gefühl verebbt augenblicklich. Als ich die Augen öffne, sehe ich ihn hektisch atmend neben seiner Waffenvitrine stehen. Ich will auf ihn zugehen, aber seine Körpersprache signalisiert mir, auf Abstand zu bleiben.

»Ich will das wirklich machen … bitte«, flüstere ich schließlich und wir wissen beide, dass es nicht nur um seine Wunde geht. Er saugt sich das Blut vom Finger und schüttelt ablehnend den Kopf.

Verzweifelt schreie ich ihn an: »Das ist verdammt nochmal meine Gabe, meine Schmerzen und mein Leben und ich bin bisher sehr gut damit zurechtgekommen. Das alles hat überhaupt nichts mit dir zu tun. Es ist meine Entscheidung.«

Er wendet sich von mir ab und greift nach einem Handtuch, das an einer Sprossenwand hängt. Ich werde richtig sauer und rufe drohend: »Du wirst mich jetzt hier nicht einfach stehenlassen.«

Aber er geht auf den Ausgang zu. Ich renne ihm nach, schreie und greife ihn an. Als er meinen ersten Boxhieb mit einer Hand abwehrt, setze ich sofort mit der anderen Faust nach. Ich treffe ihn in den Magen. Er hat wahrscheinlich nicht so schnell reagieren können, weil er noch das Handtuch in der Hand hat. Und so unfair, seine Gabe anzuwenden, ist er wohl nicht.

Bevor er mich an den Handgelenken packen kann, springe ich ein Stück weit von ihm weg und gehe in Angriffsposition. Er belächelt mich, was mich aber zu einem weiteren Angriff provoziert. Ich täusche einen Faustschlag an, drehe mich dann schnell und will ihm einen Fuß-Kick verpassen. Doch er packt mein Bein und zieht es so ruckartig zu sich heran, dass mein Standbein vom Boden weggerissen wird und ich auf den Boden falle.

Wieder wendet er sich von mir ab. Das gibt es doch nicht! Er soll sich jetzt gefälligst mit mir auseinandersetzen. Ich rapple mich auf und will ihn von hinten anspringen, als er mich mit einer geübten Bewegung erneut zu Fall bringt. Doch ich bekomme sein aufgerolltes Handtuch zu fassen, das neben mir auf dem Boden liegt, und schlinge es blitzschnell um seine Fesseln. Dann ziehe ich so fest daran, dass er tatsächlich den Halt verliert und ebenfalls zu Boden geht.

Sofort springe ich auf und setze mich auf seinen Rücken. Er kann sich aber aus dieser Lage leicht befreien und schließlich liege ich mit dem Rücken auf dem Boden und er sitzt auf mir. Wir schnaufen beide vor Anstrengung und ich winde mich unter ihm. Gleichzeitig versuche ich auf ihn einzudreschen. Aber er packt meine Handgelenke und drückt meine Arme zu Boden.

Ohne Zögern schicke ich meine Gabe auf den Weg zu seinem Finger und versuche dabei, meine Augen nicht zu schließen. Gerade als er begreift, was passiert, bin ich schon fertig. Seine Wunde ist geheilt und ich lächle ihn nicht ohne Überheblichkeit an.

Als sich sein Atem beruhigt hat, sagt er mit gewissem Stolz: »Das bisschen Training hat sich bereits bezahlt gemacht.«

»Ja und meine Halsstarrigkeit auch«, grinse ich ihn frech an.

Er muss kurz lachen, hält mich aber immer noch gefangen. »Also gut, wir werden nächste Woche einen Versuch starten, aber …«

»Jippiieeee. Danke, danke, danke!« Ich zapple aufgeregt in seiner Umklammerung hin und her und möchte ihn umarmen. Aber er lässt mich einfach nicht los.

Wieder sieht er mich so intensiv an wie ein Jäger in Lauerstellung. Augenblicklich gefrieren meine Bewegungen. Sein Blick brennt sich in mein Innerstes. Vor ein paar Stunden hätten wir uns beinahe geküsst. Aber jetzt starren wir uns nur an und keiner unternimmt einen Schritt in irgendeine Richtung. Schließlich treffe ich die Entscheidung und sage total ruhig: »Lass mich bitte los. Meine Hände sind schon ganz taub.«

Er reagiert sofort und steht auf. Mir wird klar, dass er auf ein Zeichen von mir gewartet hat. Meint er tatsächlich immer noch, dass ich ihn hasse? Hasse ich ihn wirklich?

Nein. Ok, ich bin sehr oft ärgerlich auf ihn und er auch auf mich. Aber es gibt nichts, was wir nicht mit einer konstruktiven Prügelei lösen könnten.

Balthasar hebt sein Handtuch auf und fragt spöttisch: »Habe ich jetzt deine Erlaubnis zu gehen?«

Ich habe mich aufgesetzt und grinse ihn keck an. Er verlässt den Raum und ich betrachte mich im Spiegel. Mein Bikinioberteil sitzt wirklich mehr schlecht als recht über meinen Brüsten. Kein Wunder, nach der Rangelei! Schnell ziehe ich alles wieder in Form.

23

Wenig später bin ich schon wieder auf der Suche nach Balthasar. Eigentlich sollte ich ja Cornelius zurückrufen. Alle anderen weigern sich aber, mir die Telefonnummer zu geben. Sogar John sagt: »Da halte ich mich echt raus. Mach das mit Bale aus.«

»Weichei!«, schimpfe ich ihm noch hinterher, aber ich kann nicht richtig wütend auf ihn sein. Schließlich stehe ich vor Balthasars privatem Appartement und klopfe an. Ich höre Geräusche von innen und drücke die Klinke. Nicht abgeschlossen, also gehe ich vorsichtig in sein Reich. Seine Wohnung ist erheblich größer als meine, was mich aber nicht weiter verwundert.

»Balthasar?«

Keine Antwort. Ich höre Wasser rauschen. Oh Gott, er duscht. Ich sollte sofort wieder gehen, jeder normale Mensch würde doch jetzt sofort wieder gehen, oder? Aber es kann ja nicht schaden, einen kleinen Blick um die Ecke zu werfen. Tatsächlich, die Badezimmertüre ist offen.

Plötzlich fühle ich mich wieder wie damals, als ich noch klein war und vor Weihnachten auf der Suche nach Geschenken heimlich durchs Haus geschlichen bin. Ich wusste genau, dass ich das nicht machen sollte, aber aufhören konnte ich dennoch nicht. Auch jetzt schiebe ich mein schlechtes Gewissen beiseite. Schließlich betrachtet man ja die Auslagen im Schaufenster auch, bevor man ein Geschäft betritt, nicht wahr?

Zwar redet mein innerer Engel sanft auf mich ein, dass genau jetzt der richtige Zeitpunkt sei, um weiteren unvorhergesehenen Komplikationen aus dem Weg zu gehen, und ich mich hinterher nicht zu wundern bräuchte, wenn ich selbst splitterfasernackt in Balthasars Bett landen würde. Aber mein kleines Teufelchen ist schon ganz aufgeregt und brüllt so laut, dass ich mein Engelchen einfach nicht mehr hören kann.

So schleiche ich in Richtung Bad und gerade als ich einen kleinen Blick hineinwerfen möchte, wird der Wasserhahn abgedreht. Mein kleiner Teufel ist weg, der Feigling, und jetzt kann ich meinen Engel auf einmal sehr deutlich vernehmen.

Ich höre auch, wie sich eine Duschtüre öffnet, und fliege förmlich durchs Zimmer. Nur weg von der Tür! Wo soll ich hin? Wo soll ich hin? Scheiße, falsche Richtung.

Plötzlich kommt Balthasar ohne eine Faser Stoff am Leib aus dem Badezimmer. Ich hüpfe gerade an der Tür vorbei und wahrscheinlich sehe ich dabei aus wie Otto Waalkes. Balthasar hat nur ein kleines Handtuch in der Hand, das er aber vor lauter Überraschung fallen lässt, als er mich in seiner Wohnung herumflattern sieht.

Ich schreie laut auf und wende mich ab. Die Hände vorm Mund quietsche ich aufgeregt: »Ich habe alles gesehen ... äh ... ich meine, äh, ich habe nichts gesehen. Wirklich. Gar nichts ... nichts von Bedeutung.« Mich zu ihm umzudrehen traue ich mich nicht. Aber als ich vorsichtig über meine Schulter schiele, hat er sich das Handtuch um die Hüften gewickelt und riskiert einen Blick darunter: »Also, jetzt beleidigst du mich aber.«

Da drehe ich mich wieder zu ihm um, obwohl ich spüre, dass ich rot bin wie eine überreife Erdbeere. Ich stottere: »Ich meine … ich wollte … so habe ich das nicht gemeint … du bist schon ganz gut …«

Er grinst mich an. Hat er denn gar kein Problem damit, dass ich ihn soeben nackt gesehen habe? Ich hasple weiter: »Ich … ich meine, du weißt schon, wie ich das meine. Ich sollte jetzt gehen … ganz schnell … Ich war nie hier … und wir vergessen die ganze Sache.« Dabei hopse ich äußerst merkwürdig Richtung Tür.

Balthasar grinst mir hinterher. »Was wolltest du hier überhaupt?«

»Ich war auf der Suche … nach Weihnachtsgeschenken.«

Nein, das habe ich doch jetzt nicht wirklich laut gesagt. Wieso kommt er denn jetzt hierher mit seinem knappen Hüfttüchlein?

»Nein natürlich keine Geschenke … die Telefonnummer von Cornelius … Nicht herkommen … bitte … ich habe bereits alles gesehen. Ich meine … nicht dass ich es wollte … Es war ein Versehen, ja, es war ein Ver…«

Jetzt steht er vor mir, ich klammere mich am Türgriff fest und weiß nicht, wo ich hinschauen soll. Balthasar hingegen ist ganz ruhig, als er sagt: »Du bist ja ganz nervös. Was ist denn los mit dir? Hast du noch nie einen nackten Mann gesehen?«

»Doch … natürlich … aber normalerweise keine Chefs … nicht die, die sind tabu … Chefs sollten glücklich verheiratet sein … und alt … und leicht übergewichtig … Nicht so wie du.« Eigentlich sollte ich jetzt wirklich mit dem Geschwafel aufhören. Ich rede mich um Kopf und Kragen.

»Hey, ganz ruhig. Es ist alles in Ordnung, okay? Da ist nichts, was du nicht schon gesehen hättest.« Seine Hand streicht zart über meine Wange. Ich wünschte, er würde das Handtuch besser festhalten.

Dann geht er ganz lässig, natürlich ohne sein Handtuch festzuhalten, zu einer Kommode. Ich sehe fasziniert dabei zu, wie sich seine beiden Pobacken abwechselnd bei jedem Schritt unter dem Handtuch wölben. Vielleicht habe ich ja Glück und es fällt ... Aber nein, für heute habe ich genug gesehen.

Auf der Kommode liegt sein Telefon und er fängt an, darauf herumzutippen. »Willst du gleich?«

Wie bitte? War das etwa ein unmoralisches Angebot? Aber er hält mir sein Telefon entgegen und ich kapiere. Ich bekomme meine Nummer, nur nicht die, die ich jetzt meinte. Mein Gott, so langsam verhalte ich mich paranoid.

Ich gehe, einem Storch nicht ganz unähnlich, zu ihm und reiße, mit größtmöglichem Abstand zu ihm, das Telefon an mich. Er hat so ein verzweifeltes Grinsen aufgesetzt. Deshalb wende ich mich sofort von ihm ab und drücke auf die Anruftaste.

Kurz darauf meldet sich die rauchige Stimme von Cornelius: »Balthasar, mein Freund ...«

»Nein, hier ist Clara ... Constanz.«

»Clara, meine Liebe, es freut mich, dass Sie sich melden. Wissen Sie, um was es geht?«

»Wahrscheinlich um den geplanten Einsatz im Krankenhaus?«

»Richtig.« Ich drehe mich um. Balthasar ist verschwunden. Wo ist er hin? »Clara, sind Sie noch am Apparat?«

»Äh, ja ...« Während ich ein paar Schritte herumgehe, sehe ich, wie Balthasar in seinem Handtuch sein Schlafzimmer betritt und sich, kurz bevor er aus meinem Sichtfeld verschwindet, das Handtuch von den Hüften reißt. Überrascht sauge ich Luft in meine Lungen. Was für ein Arsch – in doppelter Hinsicht! Das hat er mit Absicht getan. Da bin ich mir fast sicher.

Jetzt dringt wieder Cornelius' Stimme in mein Bewusstsein. »Es ist alles arrangiert. Sind Sie damit einverstanden? Ich muss zugeben, es hat mich sehr beunruhigt, dass Sie die Tatsache mit den Schmerzen verheimlicht haben.«

»Ja, ich gehe damit nicht gerade hausieren, wissen Sie.«

»Ich verstehe. So wie ich das sehe, sind dann alle einverstanden. Mit Balthasar müsste ich noch ein paar Worte wechseln.«

»Äh, ja, einen Moment.« Ich sehe mal nach, wo der Po mit den Backen hin ist, hätte ich am liebsten noch ergänzt.

»Balthasar?«, rufe ich in Richtung Schlafzimmer, da höre ich wieder Cornelius: »Und Clara, hassen Sie Ihren Chef noch?«

Balthasar erscheint einigermaßen bekleidet in der Schlafzimmertür und kommt auf mich zu. Ich sehe ihm in die Augen und antworte Cornelius: »Nein, ich hasse ihn nicht.« Dann überreiche ich Balthasar das Telefon und er weist mit der anderen Hand zu seiner Couch.

Ich setze mich und lausche dem Gespräch der beiden, wobei ich leider nur Balthasars Part mitbekomme: »Ja, ich bin einverstanden, wenn es denn sein muss ... sie hat so ihre Methoden ... nicht das, was du jetzt denkst ... Die

Bedingungen müssen wir noch verhandeln ... Nein, sie ist kein leichter Gegner.« Jetzt lächelt er mich an und ich lächle zurück.

Er beendet das Gespräch und setzt sich zu mir auf die Couch. Seine Haare sind immer noch nass, aber inzwischen gekämmt und ich verspüre auf einmal den Drang sie zu berühren, aber ich kann mich nicht überwinden. Lässig legt er einen Fuß auf den Oberschenkel und einen Arm hinter mich auf die Rückenlehne. Dann beginnt er: »Ich glaube, wir müssen dringend einige Dinge klären ... zwischen uns.« Er seufzt. »Ich weiß gar nicht, wo ich anfangen soll ... es ist alles so verkorkst.«

Da nähere ich mich ihm und küsse ihn, einfach so, mitten auf seinen wunderbaren Mund. Er ist überrascht und zieht sich ein wenig von mir zurück. Sofort beende ich den Kuss und sehe ihn erwartungsvoll an. Aber es kommt nichts. Kein Lächeln, keine Geste, die mich in irgendeiner Weise bestätigt. Deshalb stehe ich auf. »Es tut mir leid. Ich hätte das nicht tun sollen.«

Er ergreift meine Hände. »Halt. Nicht so schnell. Ich bin bloß überrascht, das ist alles. Ich meine, eben noch werde ich von dir verprügelt und dann küsst du mich.« Er lässt mich los und fährt sich mit den Händen durch die nassen Haare.

Diese Gelegenheit nutze ich und renne aus dem Zimmer. Ich weiß nicht, ob er mir nachkommt oder nicht, weil ich direkt hinaus in den Garten laufe und mich im hintersten Eck unter einem Busch verkrieche. Fragt mich jetzt bloß nicht, warum ich in einen Busch krieche. Ich tue es jedenfalls. Dort sitze ich sehr lange, bis im Haus die Lichter angehen und sich alle um den Esstisch zum Abendessen versammeln.

Schließlich ziehe ich mein Handy aus meiner Gesäßtasche. Balthasar hat mir einige Nachrichten hinterlassen.
- Wo bist Du?
- Wir müssen reden.
- Melde dich, sonst informiere ich die Polizei oder noch schlimmer, deine Eltern.
- Mache mir langsam ernsthaft Sorgen.

Ich riskiere einen vorsichtigen Blick ins Haus. Balthasar sitzt noch beim Abendessen, aber ich habe nicht das Gefühl, dass er viel Appetit hat.

Da schreibe ich ihm eine Kurznachricht.
- Keinen Hunger?

Ich beobachte, wie er sein Telefon aus der Tasche holt und meine Nachricht liest. Sofort blickt er nach draußen. Aber er kann mich in dem Gebüsch nie und nimmer erkennen. Dennoch steht er auf und kommt in den Garten. Ich krieche noch weiter hinter den Busch, damit mein Handylicht nicht sichtbar ist. Er schreibt mir eine Nachricht.
- Wo bist Du?
- Ganz in deiner Nähe.
- Wo?
- Habe mich versteckt.
- Vor mir?
- Vor allem vor dir.

Ich warte auf eine Antwort, aber Balthasar lässt sich Zeit. Ich weiß genau, dass er mich sucht, aber er muss sich von mir entfernt haben, da ich keine Schritte mehr höre.

Schließlich vibriert mein Telefon doch.

– Ich möchte mich für den Kuss revanchieren.

Mir wird ganz flau im Magen. Ich will ihn auch küssen und wie! Aber es ist alles so kompliziert. Ich bin mir nicht sicher, was ich ihm antworten soll. Da vibriert mein Handy erneut.

– Bist du noch da?
– Nein.

Ich schicke meine negative Antwort und schalte das Handy aus. Es hat keinen Sinn, sich etwas vorzuspielen. Wir sind nicht füreinander bestimmt. Es wäre ja schon schön, wenn wir uns irgendwann einmal wie Freunde benehmen könnten. Aber wir schaffen es ja nicht einmal, nur ein vernünftiges Gespräch miteinander zu führen, ohne dass es in einen Streit ausartet.

Zitternd seufze ich vor mich hin, da höre ich wieder Balthasar über die Wiese gehen. Schemenhaft kann ich seine Gestalt erkennen. Er fährt sich bereits ungeduldig mit einer Hand durch die Haare.

»Clara?«, ruft er fast flehend. »Jetzt komm schon. Was soll das? Können wir uns nicht wie zwei erwachsene Menschen miteinander unterhalten?«

Nein, genau das können wir eben nicht, denke ich mir. An seiner Körperhaltung merke ich, dass ihm die ganze Sache zu blöd wird. Er geht ins Haus zurück und tippt dabei auf seinem Telefon herum. Ich bin zu neugierig und schalte mein Handy wieder ein.

Da sich Balthasar schon sehr weit entfernt hat, bin ich, was das Licht und meine Geräusche angeht, nicht sehr vorsichtig. Und in dem Moment als ich noch meine, eine Berührung an der Wange gespürt zu haben, sitzt er bereits neben mir im Gebüsch, die Beine angewinkelt und die Arme lässig darauf abgestützt. Ich erschrecke beinahe zu Tode und lese im selben Moment seine Nachricht:

- Ich finde dich ja doch.

»Hallo«, sagt er leise und ich sehe ihn mit offenem Mund und großen Augen in der Dunkelheit an.

»Hi …«, bringe ich schließlich hervor.

Dann nimmt er mir mein Handy aus der Hand und legt es auf den Boden. Sehr behutsam finden seine Fingerspitzen mein Kinn und als er mich zu sich heranzieht, lasse ich es mir nur allzu gerne gefallen. Er küsst mich zart und sanft und ich weiß in diesem Moment, dass es für immer um mich geschehen ist.

Ich fahre mit den Händen durch sein Haar und umklammere seinen Nacken, während sein weicher Mund meine Lippen liebkost. Als er den Kuss beendet und meine Hände aus seinem Nacken entfernt, öffne ich langsam die Augen. Ich bin ganz benommen. Er sieht mich lächelnd aus seinen dunklen Augen an und schließlich küsst er meine beiden Hände, die er fest in den seinen hält.

Dann ist er plötzlich weg und meine Arme fallen an mir herab, als hätte man einer Marionette die Fäden durchgeschnitten. Ich spähe ins Haus und da sitzen immer noch alle beim Abendessen. Balthasar gesellt sich eben wieder hinzu. Ich merke aber, wie er interessiert zu mir in den Garten schaut. Da vibriert mein Handy schon wieder und ich lese die Nachricht, die er mir eben noch geschickt hat.

- Wir müssen immer noch dringend reden.

Seufzend krieche ich auf allen vieren aus dem Gebüsch. Ich streiche meine Kleidung und Haare glatt und setze mich zu meinen lieben Mitbewohnern zum Abendbrot. Dabei versuche ich mich möglichst unauffällig und schnell in die Gruppe zu integrieren.

Aber John hat schon wieder seine Augenbrauen hochgezogen und Sara lächelt in sich hinein, während Balthasar ganz genüsslich eine Weintraube nascht. Außerdem bin ich plötzlich in Balthasars Gegenwart unendlich nervös. Wie gerne wäre ich jetzt diese Weintraube!

Titus prustet los: »Wo warst du denn?«

»Ich ... im Garten.«

»Also du hättest es mir ruhig sagen können, wenn du mir im Garten zur Hand gehen willst.« Ich verstehe nicht, ahne aber Schreckliches, als ich in die vergnügten Gesichter der anderen schaue. Nur Balthasar zupft weiterhin mit Hingabe Trauben von einer Rebe. Titus springt auf und zieht mir ein Zweiglein aus den Haaren. Und dann ist er noch eine Weile beschäftigt, Blätter und Halme zu entfernen.

»Dreh dich mal um«, verlangt er schließlich. Folgsam drehe ich ihm den Rücken zu und spüre, wie er auf meinem Rücken mindestens genauso lange herumzupft wie in meinen Haaren.

»Hier bitteschön!« Er hält mir eine Handvoll Dreck hin. Ich nehme die Bescherung in Empfang und trage sie in die Küche zum Biomüll. Hinter mir höre ich das Gelächter meiner Mitbewohner. Als ich mich wieder setze, schüttelt John immer noch lächelnd den Kopf und Balthasar schenkt mir einen wissenden Blick. Ich esse tapfer ein paar Kleinigkeiten und ziehe mich dann zurück.

24

Wenig später ruft mich Lisi an. »Hallo, hier spricht Elisabeth Mader, deine beste Freundin. Klingelt da etwas bei dir?«

Ich lache. »Elisabeth? Keine Ahnung.«

»Hmpf«, beschwert sich Lisi und ich besänftige sie sofort.

»Lisi, ich weiß, ich habe mich lange nicht gemeldet, aber …«

»Du klingst geschafft. Macht dir deine neue Arbeit so viel Stress?«

»Naja, eigentlich nicht. Aber die sind hier alle so etwas von sportlich. Ich sage dir, das macht mich fertig«, jammere ich.

Jetzt ist es Lisi, die lacht. Neben dem Sport ist es außerdem so, dass ich meinen Boss prügle und küsse, denke ich mir noch. »Ich vermisse dich, Clara«, sagt Lisi plötzlich und ich schlage einfach vor, dass sie mich besuchen kommt. »Würd ich ja gerne. Aber … ist dein Chef noch sauer auf mich?«

»Auf dich? Wenn der auf jemanden wütend ist, dann auf mich. Scheint fast schon so eine Art Hobby von ihm zu sein.« Ich gebe mich locker, kann aber gewisse verräterische Schwingungen in meiner Stimme nicht unterdrücken.

Lisi, die mich besser kennt, als ich mich selbst, hat das natürlich sofort bemerkt und sagt: »Na gut, dann komm ich. Morgen Nachmittag?«

»Ich erwarte dich.«

Am nächsten Vormittag sind schon alle Bewohner des Hauses ausgeflogen, bis ich endlich mein Reich verlasse. Nach einem späten Frühstück, das aus einer Banane besteht, wage ich mich in den Pool. Nein, nicht im Bikini, im Badeanzug. Mein Bedarf an Bikini-Outings ist fürs Erste gedeckt.

Während ich gemütlich meine Bahnen ziehe, bemerke ich gar nicht, dass Balthasar in den Garten kommt und hinter meinem Rücken am Ende des Pools stehen bleibt. Erst kurz bevor ich wieder auf ihn zu schwimme, meldet er mir seine Anwesenheit.

»Hallo«, sagt er ruhig und betrachtet mich ausgiebig.

»Hallo«, keuche ich etwas atemlos und verlegen zugleich.

»Ausgeschlafen?«, fragt er mit einem schiefen Lächeln nach.

»Ja, naja, ja«, japse ich, weil ich ehrlich gesagt befangen bin. Trotzdem schwimme ich weiter in seine Richtung, auch wenn ich mir zugegebenermaßen sehr viel Zeit dafür lasse.

»Was hast du heute so vor?«, fragt er scheinbar ganz locker. Seine verschränkten Arme beweisen mir allerdings das Gegenteil.

»Lisi kommt mich heute Nachmittag besuchen«, erkläre ich.

Plötzlich braust er auf, dass ich erstaunt die Augen aufreiße. »Clara!«, platzt es aus ihm heraus. »Habe ich dir nicht erklärt, dass wir nicht so viele Fremde hier im Haus haben wollen?«

»Lisi ist keine Fremde. Sie ist meine beste Freundin und ich habe nicht gewusst, dass ich meine Freunde nicht in mein neues Heim einladen darf.«

Er rauft sich mit einer Hand sein volles Haar und ich stelle mir vor, es wäre meine Hand, die das tut. »Natürlich ist sie deine Freundin. Aber es ist anstrengend. Wir müssen uns alle verkrampfen, wenn sie da ist.«

Ich stoße mich am Beckenrand ab, um von ihm wegzuschwimmen. »Soll ich ihr absagen und mitteilen, dass du sie hier nicht haben willst, weil sie so anstrengend ist?«

Zügig schwimme ich weiter und fahre zusammen, als es plötzlich hinter mir laut platscht. Erschrocken drehe ich mich auf den Rücken und schwimme zum Beckenrand. Zweifellos ist da jemand ins Wasser gehechtet. Aber niemand ist zu sehen.

Noch bevor ich den sicheren Halt am Beckenrand erreiche, werde ich von zwei Händen an den Beinen gepackt und ruckartig unter Wasser gezogen. Prustend und nach Luft schnappend tauche ich wieder auf und blicke in das verschmitzt grinsende Gesicht von Balthasar. Mit seinen Armen links und rechts von mir hält er sich am Beckenrand fest und fixiert mich so. Wegen meiner letzten Worte warte ich auf eine Schelte, er aber sagt nur: »Deine Schwimmausrüstung von gestern hat mir besser gefallen.«

»Den Bikini hole ich nur für besondere Anlässe aus dem Schrank – für Ministerpräsidenten und so.«

»Und für mich?«

»Wenn du brav bist.«

Da sieht er mich ernst an. »Warum müssen wir uns dauernd streiten?«

»Vielleicht weil du ständig in mein Leben pfuschst, seit ich dich kenne? Ich bin gewöhnt, meine eigenen Entscheidungen zu treffen, selbst über mich zu bestimmen. Und auch wenn ich tatsächlich manchmal in der Kinderabteilung einkaufe, bin ich kein Kind mehr.«

»Du kaufst in der Kinderabteilung ein?« Auf mein verärgertes Schnauben reagiert er mit einem charmanten Lächeln. »Keine Sorge, ich werde das niemandem verraten.«

Er stößt sich vom Beckenrand ab und schwimmt ein Stück von mir weg. Dann wendet er sich mir noch einmal zu. »Ich werde mich in Zukunft bemühen, okay?«

Mir fällt die Kinnlade hinunter. Hat mir Mister Unnachgiebig gerade ein Zugeständnis gemacht? Erstaunlich, einfach unglaublich. Er schwimmt zum Beckenrand und klettert, lediglich mit einer Unterhose bekleidet, aus dem Wasser. Mein Gesichtsausdruck ist immer noch starr von seinen letzten Worten und er mildert seine Aussage sofort ab. »Werde jetzt ja nicht übermütig! Ich habe gesagt, ich gebe mir Mühe. Das heißt nicht, dass du völlige Narrenfreiheit genießen kannst. Ich freue mich dennoch, wenn Lisi heute Nachmittag zu dir kommt. Und jetzt gehe ich mich umziehen. Ich habe so das Gefühl, dass ich eine trockene Unterhose brauche.«

Grinsend betrachtet er sich selbst und mein Blick rutscht automatisch eine Etage tiefer. Lachend greift er nach seinen Kleidungsstücken und geht mit diesen in seinen Händen in Angriffsposition. »Wie wäre es mit etwas Kampfsporttraining?«

»Vielleicht später.« Ich schlucke kräftig, weil mich sein halbnackter Anblick immer noch fesselt. Balthasar geht ins Haus. Ich tauche erst einmal unter und gönne meinem Kopf eine kleine Abkühlung.

Einige Zeit später faulenze ich auf einem der Liegestühle im Garten und höre Musik. Als Balthasar mit einem Prospekt auf die Terrasse tritt, ziehe ich mir die Kopfhörer aus dem Ohr. »Es ist schon spät. Ich bestelle mir etwas zu essen und du auch.«

Mein böser Blick tut seine Wirkung, als er sich räuspert und noch einmal beginnt: »Ich dachte, du hättest vielleicht Hunger und möchtest dir gerne auch etwas beim Chinesen bestellen.«

»Sehr gerne.« Er reicht mir die Karte des Lieferservices und ich wähle Ente süß-sauer aus. Als er ins Haus geht, um zu bestellen, sitze ich selig lächelnd da und kann es kaum glauben: Balthasar Teubert gibt sich tatsächlich Mühe. So viel Menschlichkeit ist beinahe erschreckend.

Sogar das gemeinsame Mittagessen verläuft ungewohnt harmonisch, obwohl andauernd geredet wird. Nach einer Verdauungspause treffen wir uns im Trainingsraum, um gemeinsam Kickboxen zu trainieren. Mit Freude stelle ich fest, dass Balthasar mich nicht schont. Abwechselnd treten und boxen wir aufeinander ein, wobei wir natürlich mit den Pratzen den Körper schützen. Balthasar unterstützt mich, wenn ich die Pratzen halten muss und greift immer wieder korrigierend ein, bevor er kickt. Ich muss gestehen, dass mir bereits nach kurzer Zeit die Finger vibrieren und schmerzen. Meine Hände fühlen sich wie Betonklötze an und ich schaffe es kaum noch, meine Arme in der Position zu halten, die Balthasar mir vorgibt. Aus falschem Stolz traue ich mich jedoch nicht, ihn um eine Pause zu bitten.

Da passiert es. Gerade als Balthasar zu einem Kick auf meinen Körper ansetzt, lasse ich erschöpft die Pratze sinken. Balthasar versucht noch, den Tritt zu bremsen, erwischt mich aber dennoch mit voller Wucht unterhalb der linken Brust. Ich segle ein Stück rückwärts und knalle auf die Matten, die den Boden bedecken.

Mit schmerzverzerrtem Gesicht halte ich mir die getroffene Stelle. Balthasar kniet bereits neben mir und hält mich. »Das wollte ich nicht. Das wollte ich wirklich nicht.« Er reißt mir das T-Shirt nach oben und betrachtet die Stelle, die er getroffen hat.

Unter der Haut ist bereits eine unnatürliche Wölbung zu sehen, die sich erschreckend schnell vergrößert. »Ich glaube … jetzt brauche ich wirklich dringend einen Arzt«, keuche ich wie betäubt. Irgendetwas stimmt hier ganz und gar nicht. Obwohl ich spüre, wie mein Körper jede Menge warmes Blut in meinen Kopf schickt, wird mir bereits leicht schwarz vor Augen.

Balthasar klatscht grob mit den flachen Händen auf meine Backen. »Hey, bleib bei mir, hörst du?« Er klingt verzweifelt.

Urplötzlich lässt er mich liegen und ich bemühe mich, bei Bewusstsein zu bleiben, während er an seiner Waffenvitrine steht. Gebannt schaue ich zu, wie er sich mit einem Dolch einen tiefen Schnitt in den Unterarm ritzt. Sofort quillt Blut aus der Wunde.

Dann lässt Balthasar den Dolch achtlos fallen und eilt, mit tropfendem Arm, zurück zu mir. »Heile dich, Clara.

Ich weiß, dass du es kannst.«

Mit letzter Kraft kralle ich mich an seinen Arm und obwohl ich es nicht zu hoffen wage, kann ich meine Gabe spüren, die ich sofort zu ihm auf den Weg schicke. Meine Augen fallen zu und ich versuche, mich voll und ganz auf diese eine Aufgabe zu konzentrieren.

Als ich Balthasars Wunde geheilt habe, öffne ich keuchend die Augen. Balthasar beugt sich über mich und tastet besorgt meinen Körper ab, der völlig gesund aussieht. Ich setze mich auf und befühle seinen Arm, auf dem nicht einmal der Ansatz einer Narbe zu erkennen ist. Erleichtert plumpse ich zurück auf den Rücken und betrachte Balthasar, der immer noch meinen Unterleib streichelt.

»Das hätte böse ins Auge gehen können. Ich war kurz davor, ohnmächtig zu werden«, tadle ich ihn. Er legt sich seitlich neben mich auf den Bauch und umschließt mit den Händen mein Gesicht, streichelt meine Wange. »Normalerweise schlage ich keine Frauen.«

»Wieder einmal hast du extra für mich eine Ausnahme gemacht«, grinse ich, obwohl ich in seiner Nähe seltsam befangen bin.

»Seit du in mein Leben getreten bist, kann ich nicht mehr klar denken. Und wenn es dir nicht gut geht, dann ... Im Grunde genommen war ich bereits verloren, als ich mich auf die Suche nach dir gemacht habe. Das ist mir jetzt klar geworden.«

»Balthasar!«

Als ich meinen Kopf anheben will, drückt er mich sanft zurück auf den Boden, rutscht ein Stück näher zu mir, sodass sich unsere Gesichter beinahe berühren und dann küsst er mich. Er küsst mich, als gäbe es auf dieser Welt nur uns beide.

Das Trampeln hektischer Schritte auf der Kellertreppe lässt uns auseinanderfahren. Balthasar springt auf und entfernt sich von mir, während ich es gerade noch schaffe, mich halbwegs aufzusetzen. Titus reißt die Tür zum Trainingsraum auf und ruft: »Ich bin wieder ... da!« Er stutzt und erstarrt.

Ich versuche, diese Situation mit seinen Augen zu sehen: Da sitzt eine zerzauste und verschwitzte Clara in der Mitte des Raumes. Balthasar steht in der Nähe der Waffenvitrine und vor ihm auf dem Boden liegt ein blutiger Dolch. Großflächige Blutstropfen führen von dem Dolch bis zu mir, ganz zu schweigen von der Tatsache, dass sowohl Balthasar als auch ich voller Blut sind. Weil Titus einen beinahe krankhaften Respekt vor Balthasar hat, rechne ich es ihm besonders hoch an, dass er sich mir zuwendet und leise fragt: »Brauchst du Hilfe? Ihr habt euch doch nicht schon wieder gestritten?«

Ich lache entspannt auf. »Nein, glücklicherweise sind wir nicht gerade dabei, uns die Köpfe einzuschlagen.« Mein amüsierter Blick wandert zu Balthasar, der seltsam starr erklärt, es handle sich hier um eine Art Trainingsunfall.

Titus nickt zwar verstehend, seine Mimik verrät jedoch das Gegenteil. Immer noch die Hand am Türgriff, deutet er mit dem Kinn nach oben. »Ich bin dann mal oben. Ich wollte euch nur sagen, dass ich wieder da bin.«

»Ja.« Balthasar räuspert sich. »Danke für die Info.«

Ich nicke geschäftig, Titus nickt ebenfalls und verlässt

schnell den Keller. Seine Schritte auf der Treppe klingen noch hektischer als bei seiner Ankunft.

Mein Blick bleibt an der Uhr oberhalb der Tür hängen und Balthasar deutet meinen Gesichtsausdruck richtig. »Lisi kommt bald, oder?«

»Ja.« Ich rapple mich vom Boden auf.

»Geht es dir gut?«, fragt er besorgt nach, behält aber die räumliche Distanz zu mir bei.

»Mir geht es prima«, erkläre ich mit wackliger Stimme und ertappe mich dabei, wie ich Balthasars Arm genauer unter die Lupe nehme.

Er lacht heiser. »Mir geht es auch gut. Geh du dich mal duschen. Ich kümmere mich um Bloody Mary hier.«

Wenig später sitze ich frisch geduscht vor meinem PC in meiner Wohnung, höre wie gewohnt über meine Kopfhörer Musik und lade die Bikini-Fotos auf meine Festplatte. Anschließend suche ich eines der Bilder für meine Schwägerin heraus und schicke es ihr mit ein paar Worten.

Ein leises, dumpfes Pochen holt mich aus meiner Tätigkeit. Als ich meine Tür öffne, steht Lisi davor.

»Mensch Clara, ich hab dir beinahe die Tür eingeschlagen«, schimpft Lisi. Die Freude über unser Wiedersehen ist ihr trotzdem anzumerken.

Da kommt Balthasar den Gang entlang und sagt zu Lisi: »Siehst du. Ich habe dir doch gesagt, sie hört wieder ihre Musik.«

»Ja, nicht weiter verwunderlich«, bestätigt Lisi.

Da beschwere ich mich. »Hallo, ich kann euch hören.« Dabei öffne ich die Tür noch weiter, damit Lisi endlich in meine Wohnung hereinkommt.

»Falls du noch etwas wissen willst, Bale, ich stehe gerne ...«

Bevor Lisi ihr Angebot fertig formulieren kann, schneide ich ihr das Wort ab und zerre sie in mein Reich.

»Könnte durchaus aufschlussreich sein«, erwidert Balthasar mit neckendem Unterton.

Brüsk unterbreche ich die nette Unterhaltung und rufe ihm zu: »Nichts, was meine Freundin Lisi dir berichten könnte, würde dir in irgendeiner Form Aufschluss über mich geben.«

»Das befürchte ich auch«, scherzt Balthasar amüsiert über meinen bösen Gesichtsausdruck und ergänzt höflich: »Ich lasse die Damen dann mal alleine.«

Langsam schließe ich die Tür und werfe durch den Spalt noch einen lächelnden Blick auf Balthasar, der mich feurig ansieht.

Lisi beginnt sofort zu schwärmen. »Clara, dieses Haus ist einfach unglaublich und diese Wohnung und ... dieser Bale, der ist einfach unglaublich charmant und so ... naja ... irgendwie ein echter Gentleman. Also, von dem könnte sich Tom mal eine Scheibe abschneiden.«

»Lisi! Ich dachte, du stehst nicht so auf die altmodische Tour.«

Aber Lisi gerät völlig außer sich. »Weißt du, ich finde schon, dass es Momente im Leben gibt, wo altmodisches Verhalten durchaus angebracht ist und das habe ich Tom mittlerweile immer und immer wieder angedeutet.«

»Du willst einen Heiratsantrag?«

Lisi stemmt die Hände in die Hüften. »Siehst du. Sogar du hast es kapiert, obwohl ich noch nicht mal fünf Minuten da bin.« Dann streift sie in meiner Wohnung herum und betrachtet alles ausgiebig.

Auf einmal fällt ihr Blick auf den Bildschirm meines Computers. »Bist du das? Ha, das bist du!« Es ist immer noch das Bikini-Foto zu sehen, das ich Debbie geschickt habe. »Willst du deinem Chef deine Vorzüge verdeutlichen?«

»Nein, das ist für meine Schwägerin.«

»Debbie? Hast du was mit der?« Ich erkläre Lisi haarklein, wie ich in die wunderbare Situation gekommen bin, diese Fotos von mir machen zu lassen und Lisi tippt sich an die Stirn. »Debbie hat einen Knall, das ist dir doch klar.«

»Ja, aber es sind doch ganz nette Fotos geworden.«

»Ja, gaaanz nett«, wiederholt Lisi anzüglich. »Übrigens, wie findest du deinen Chef? Kommst du jetzt besser mit ihm klar?«

»Ja, er ist ganz nett.«

Lisi lacht schallend über meine Wortwahl, die mir nun auch bewusst wird. »Clara Constanz«, grinst sie, »du hast dich Hals über Kopf in ihn verliebt, das sehe ich dir an deiner Nasenspitze an.«

Ich werde rot.

»Schon gut, schon gut!«, flötet Lisi ungewöhnlich friedlich. »Du willst nicht darüber reden, noch nicht. Aber ich übe mich ja gerade darin, der geduldigste Mensch des Universums zu werden, von daher werde ich dir dieselbe Geduld zukommen lassen …« Lisi knurrt ungeduldig. »… wie meinem Freund.«

Sie macht sich an meinem PC zu schaffen. »Ich habe mich über deinen Chef informiert. Das ist wirklich praktisch, wenn man so im Internet über eine Person recherchieren kann.«

»Lisi!« Ich gebe mich empört, ziehe aber sofort einen weiteren Stuhl neben ihren.

»Es hat mich einfach interessiert, ob er eine Freundin hat.«

»Hat er nicht!«, antworte ich wie aus der Pistole geschossen, was Lisi nur ein weiteres wissendes Lächeln entlockt.

Sie öffnet eine ganze Reihe von Fotos, auf denen Balthasar zu sehen ist. »Zu deiner Information: Ich bin zum selben Ergebnis gekommen.«

Ich kann nicht verhindern, dass ich tief durchschnaufe.

Lisi ist in ihrem Element und arbeitet sich durch die Artikel: »Sieh mal hier. Balthasar Teubert, der Münchener Immobilienmillionär mit reizender Begleitung auf der Bambi-Verleihung. Oder hier: Balthasar, genannt Bale Teubert mit Frau bei der *Night of the Proms*. Hier ist er bei einer Spendengala für krebskranke Kinder.« Lisi ist nicht zu bremsen. »In den letzten Jahren war er kaum auf zwei Veranstaltungen mit derselben Frau. Aber die hier, mit der war er früher des Öfteren unterwegs.«

Das Bild, das sich nun in Großansicht öffnet, zeigt mir einen etwas jüngeren Balthasar zusammen mit Angela. Sie halten Händchen, was auf den Fotos mit den späteren Begleiterinnen nicht der Fall war. Die Pose auf den Bildern mit den unbekannten Schönheiten war immer gleich: Balthasar hatte lässig seinen Arm auf deren Taille liegen und lächelte, mal mehr, mal weniger entspannt in die Kameras. Auf dem Bild mit Angela hingegen wirkt er richtig glücklich. Selbst im Dunkeln wäre die Magie, die diesem Paar innewohnt, zu spüren. Angela sieht nicht nur jünger aus. Sie wirkt locker, zeigt sich fast ungeschminkt und trägt ihr Haar offen. Irgendwo in meinem Inneren spüre ich einen Schmerz, von dem ich nie gedacht hätte, dass er überhaupt Anlass hätte, sich zu melden.

»Willst du hineinkriechen?«, fragt Lisi und ich bemerke, dass meine Nase schon fast am Bildschirm anstößt, so nah bin ich an Angela gerückt.

Lisi verkleinert das Bild und wir betrachten weiter Fotos von Balthasar. Auf dem einen Bild ist er sogar mit einer weiblichen Begleitung in einem Skilift abgebildet, beide in voller Montur. Er fährt Ski? Auch das noch!

»Für Nicole wäre es sicherlich eine Erleichterung, wenn du endlich einen Freund hättest«, raunt Lisi mir zu.

»Nicole?«

»Sie hat nichts gegen dich, Clara. Aber sie lebt in der ständigen Angst, dass du ihr Patrick wegnimmst.«

»Was? Ich bin überhaupt nicht an Patrick interessiert.«

»Klar. Ich glaube auch nicht, dass sie dir nicht traut. Aber für Patrick würde ich nicht die Hand ins Feuer legen.«

»Solange ich mich nicht in eine liveübertragende Fußballgöttin verwandle, die nebenbei noch Bier serviert, besteht keine Gefahr«, scherze ich.

In Ordnung. Ihr wollt die ganze Wahrheit? Hier ist sie. Als Lisi mit Tom zusammenkam, da ergab es sich zwangsläufig, dass wir viel zu viert unternahmen. Clara (Single), die beste Freundin von Lisi, und Patrick (Single), der beste Freund von Tom. Fällt euch da irgendetwas auf? Ja? Vergesst es gleich wieder. Solche Ideen sind die Hölle. Die Hölle ergab sich für mich bei einem lieb gemeinten Vierer-Urlaub in Italien. Seitdem weigere ich mich, mit Lisi und Tom in den Urlaub zu fahren, wenn Patrick dabei ist. Nicht nur, dass das Wichtigste beim Buchen die Frage war, ob während der WM dann auch alle Spiele am Urlaubsort live übertragen werden. Nein, Patrick startete genau während einer dieser Live-Übertragungen eine Knutschattacke auf mich. Klar, mir hat das in dem Moment auch gefallen, allerdings nur, bis ich gemerkt habe, dass er nebenbei das Spiel verfolgt hat. Ich glaube, Patrick hat bis heute nicht verstanden, warum das mit uns nichts geworden ist. Glücklicherweise hat er mir nicht besonders lange nachgetrauert. So trat Nicole in mein Leben, als Patricks neue Freundin.

Deshalb würde ich sie nicht unbedingt als meine Freundin bezeichnen. Sie ist einfach auch immer dabei, wenn wir gemeinsam etwas unternehmen. Unglücklicherweise gibt es von der Urlaubsknutscherei einige Fotos und ich habe die Befürchtung, dass Nicole zufällig einige davon zu Gesicht bekommen haben könnte.

»Wie viele Frauen hatte der eigentlich?«, höre ich Lisi murmeln und sofort ist meine Aufmerksamkeit wieder bei den Fotos auf dem Bildschirm. Verbittert betrachte ich die Galerie der weiblichen Begleiterinnen und mache mir darüber Gedanken, wie kläglich meine persönliche Ex-Freund-Bilanz im Vergleich dazu aussieht.

»Ist das George Clooney?«, kreischt Lisi.

Meine Nase klebt sofort wieder am Bildschirm, aber Lisi hat das Bild für eine vergrößerte Ansicht ausgewählt und ich strecke mich wieder durch. Tatsächlich. Balthasar ist auf diesem Bild zusammen mit George Clooney abgelichtet. Die beiden scheinen so richtig Spaß zu haben. Balthasar sieht leicht angetrunken aus und George Clooney zeigt für die Kamera begeistert auf Balthasar, der sich vor Lachen krümmt. Ich will mir das nicht länger ansehen. *Meine* prominenteste Begegnung war mit einem alternden Schlagersänger an einer Tankstelle und ich hätte ihn noch nicht einmal erkannt, wenn mein damaliger Freund mich nicht auf ihn aufmerksam gemacht hätte.

Halt, ich habe Robert Quinn und Flo kennengelernt. Aber leider gibt es kein Foto, auf dem Robert glücklich lächelnd auf mich zeigt, während ich, natürlich ebenfalls lächelnd, eine Kugel aus seiner Brust pople. Mit einem Grinsen stehe ich auf. »Ich muss mal für kleine Mädchen. Bin gleich wieder da.«

Als ich zurückkomme, schließt Lisi alle Fenster am PC und sieht mich lächelnd an. »Was machen wir jetzt?«, fragt sie und stützt die Hände auf den Knien auf.

In diesem Moment klopft es an der Tür. »Wer da?«, frage ich kichernd und Balthasar streckt seinen Kopf zur Tür hinein. »Wie wäre es mit einem Kaffee für die Ladys?«

Fragend sehe ich zu Lisi und sie nickt begeistert. »Wir sind gleich da.« Ich nicke Balthasar zu und muss aufpassen, dass mir kein Seufzer auskommt.

Als er weg ist, steht Lisi beschwingt auf. »Mann oh Mann. Clara!«

Ich seufze schon wieder und Lisi klopft mir auf die Schultern. Lachend und uns gegenseitig zuzwinkernd gehen wir die Treppe hinunter. Aus dem Essbereich sind mehrere Stimmen zu hören. Wie es scheint, sind wir nicht die einzigen Kaffeegäste.

Als wir den Wohnbereich betreten, erwischt es mich eiskalt. Etwas Großes, Schweres reißt mich zu Boden und deckt mich zu. Ich kann nicht einmal die Augen öffnen, weil dieses Ding sogar auf meinem Gesicht liegt. Nässe macht sich breit und ich befürchte, dass ich eine Platzwunde am Kopf habe. Meine gurgelnden Geräusche werden durch einen scharfen Ruf aus Balthasars Mund unterbrochen: »Charlie!«

Ah, jetzt wird mir so einiges klar und ich kann das erfreute Japsen des Gegenstandes auf mir eindeutig zuordnen. Hätte mir gleich denken können, dass es nicht Balthasar ist, der mich so freudig begrüßt! Nicht, dass es mir etwas ausgemacht hätte.

Balthasar zieht Charlie am Halsband von mir weg und ich rapple mich auf. Ich bin nass, rieche nach Hund und der Anteil an Hundehaaren, den ich in kurzer Zeit auf mir angesammelt habe, ist beachtlich.

»Uah«, kann ich nur sagen. Klingt, wie eine entglittene indianische Begrüßung.

»Was ist nur in den Hund gefahren?«, wundert sich Josephine Teubert, die wie versteinert am Tisch sitzt. Michael und Chris sehen betroffen auf ihre Teller und Josephine wird noch aufgebrachter. »Wir sind schon in der Lage, einen Hund zu erziehen, sonst würden wir ihn niemals frei herumlaufen lassen.«

Balthasar schenkt mir ein schiefes Lächeln und hält immer noch Charlie am Halsband, der seine Freude, mich zu sehen, kaum unterdrücken kann. Und das ist schon sehr auffällig für eine coole Dogge, die sich eigentlich nicht so leicht aus der Ruhe bringen lässt. »Äh, ich gehe mich schnell umziehen. Balthasar, könntest du Lisi bitte mit allen bekannt machen?«, stottere ich und eile davon.

Als ich kurze Zeit später zurückkehre, strecke ich vorsichtig meinen Kopf in den Raum, bevor ich weitergehe. Charlie liegt unter dem Tisch und sein Schwanz klopft sofort begeistert auf den Boden. »Charlie!«, sagt Michael streng. Der Hund winselt kurz und legt den Kopf wieder auf dem Boden ab.

Ich eile zu dem Stuhl neben Lisi und Charlie streckt sofort seinen Kopf zwischen uns.

»Der Hund ist ja ganz vernarrt in dich, Clara«, meint Lisi erstaunt.

»Ja, sie scheint auf alle Männer dieser Familie diese Wirkung zu haben.« Josephine Teuberts Worte lösen sofort Reaktionen aus: »Fini!«, ruft Michael empört aus und Chris wird rot.

»Ist doch wahr. Man wird doch wohl noch seine Meinung sagen dürfen«, mault Josephine, während Lisi mich lächelnd anstupst.

Wir kraulen Charlie noch eine Weile gemeinsam unter dem Tisch und mir ist der intensive Blick, den Balthasar mir von gegenüber immer wieder zuwirft, durchaus bewusst.

Josephine hat selbstgebackenen Kuchen mitgebracht. Wir genießen gerade die unverschämt gute Linzer Torte zusammen mit dem Kaffee, als Lisi sich an Chris wendet: »Du bist also der Arme, der Clara jetzt am Hals hat?«

»Am Hals?« Chris versteht nicht und langt sich instinktiv mit der Hand an den Hals.

Lisi kichert. »Ich meine, ihr beide verbringt eure Zeit miteinander?«

»Ach so, ja.« Chris nickt und wirft mir einen unsicheren Blick zu.

»Und was macht ihr so zusammen?« Lisi ist wie immer neugierig.

»Schwimmen gehen.«

Mein Blick wandert zu Balthasar, der mich mit leicht zusammengepressten Lippen ansieht. Lisi plaudert fröhlich weiter. »Ich hoffe, sie kocht nicht auch für dich. Du solltest wissen, sie ist nicht besonders begabt, was diese Dinge angeht.«

»Ich wohne bei meinen Eltern. Die kochen für mich mit.«

Lisi fällt aus allen Wolken. »Du wohnst gar nicht hier? Aber ich dachte ... Clara, warum wohnst du dann hier?«

Balthasar steht auf, um die leeren Teller in die Küche zu bringen. Sein Seufzen und sein schmerzender Blick geben mir deutlich zu verstehen, dass er die Entwicklung dieses Gesprächs geahnt hat und ich nun selber schauen soll, wie ich damit klar komme.

Michael lächelt Lisi aufrichtig an. »Chris wohnt schon lange in der Wohnung über uns. Wir wollten ihn nicht aus seinem gewohnten Umfeld herausreißen. Für Clara wäre bei uns leider zu wenig Platz gewesen.«

»Aber ...«, will Lisi nachhaken, als sich nun doch Balthasar einmischt, der gerade hinter der Küchentheke hervorkommt. »Es ist das erste Mal, dass wir jemanden von außerhalb gebeten haben, sich um Chris zu kümmern. Wir sind alle unerfahren, sozusagen in der Versuchsphase. Chris verbringt hier sehr viel Zeit und Clara ist genau an der richtigen Stelle. Wir werden sehen, wie es sich nach und nach einspielt.«

Lisi schließt ihren Mund wieder. Es wundert mich schon, dass sogar sie sich von Balthasars Art einschüchtern lässt. Sie ist sonst auch nicht auf den Kopf gefallen. Balthasar setzt sich wieder auf seinen Platz, lächelt Lisi und mir aufmunternd zu und Josephine lenkt das Gespräch auf andere Themen. Ich schenke Balthasar einen dankbaren Blick, den er richtig deutet und mit einem Blinseln kommentiert. Dennoch ist mir klar, dass Lisi noch lange nicht zufrieden ist.

Das bekomme ich sofort zu spüren, als ich wieder mit ihr alleine in meinem Zimmer bin. Sie stemmt die Hände in die Hüften. »Was wird hier gespielt, Clara?«

»Lisi, es ist so, wie Balthasar es erklärt hat. Chris ist sehr sensibel und kann nicht gut mit Veränderungen umgehen. Es wäre absolut plump, wenn ich mich ihm rund um die Uhr aufdrängen würde. So war das von Anfang an nicht gedacht.«

Bei Lisi ist es immer gut, so nah wie möglich an der Wahrheit zu bleiben. Grundsätzlich ist es aber immer ein Risiko, Lisi nicht die Wahrheit zu sagen. Sie denkt nach und ihre Gesichtszüge verziehen sich erneut. »Das ist doch nie ein Ganztagsjob.«

»Für den Anfang nicht. Aber diese Familie will nicht über Geld reden, ist ihnen regelrecht unangenehm. Ich werde bezahlt, als würde ich ganztags arbeiten, muss es aber noch nicht tun.«

Weil ich wieder fast nicht gelogen habe, lächelt Lisi zufrieden. »Meinst du, die würden mich auch einstellen?«

Ich muss lachen. Da fällt Lisi eine weitere Merkwürdigkeit ein. »Aber der Hund? Kennst du den wirklich erst seit Kurzem?«

»Genaugenommen kenne ich ihn seit gestern. Aber da ging es ihm nicht so gut. Ich habe mich um ihn gekümmert. Das scheint er nicht vergessen zu haben.« Wieder nur die halbe Wahrheit. Puh.

Lisi nickt. »Der arme Kerl. Was hatte er denn?«

»Bauchweh, glaub ich.«

»Bestimmt eine Kolik«, schlussfolgert Lisi und ich nicke.

Am späten Nachmittag begleite ich Lisi noch zu Fuß bis zu unserem Einfahrtstor. »Es hat mir richtig gut getan, dass du mich heute besucht hast.«

»Es war wirklich ein toller Nachmittag. Können wir gerne jederzeit wiederholen«, lächelt Lisi und ich betätige den Knopf, der das Tor öffnet.

Während wir dastehen und warten, sagt Lisi: »Er ist wirklich ein ganz Netter.«

Ich lache und als ihr bewusst wird, dass sie nun meine Formulierung verwendet hat, bricht sie ebenfalls in Gelächter aus. Sie verlässt das Grundstück und ich sehe ihr nach. Als sie sich noch einmal zu mir umdreht, macht sie mit zwei Fingern einen Telefonhörer nach und hält ihn sich zwischen Ohr und Mund. »Ruf mich an, wenn du jemanden zum Reden brauchst. Mein Büro ist für dich rund um die Uhr geöffnet.« Ich winke ihr nach und sie dreht sich schwungvoll um.

Lisi ist längst verschwunden, als ich zusammenzucke, weil Balthasar sich von hinten an mich herangeschlichen hat und ich seine Hände auf meiner Hüfte spüre. »Es war wirklich gut, dass Lisi heute hier war. Du wirkst so glücklich.«

Ich drehe mich zu ihm um. »Ja, aber du hattest Recht. Es war anstrengend und wir mussten uns tatsächlich alle verbiegen.«

Gemeinsam schlendern wir zurück zum Haus. Balthasar beruhigt mich. »So schlimm war es gar nicht.«

»Deine ganze Familie ist sehr nett.«

»Nein«, wehrt er sich, »*fast* meine ganze Familie ist sehr nett.«

»Oh!« Da ich bestimmt immer noch rot werde, wenn die Sprache auf David kommt, fühle ich mich ertappt.

Ich sehe mir den Mann, der neben mir geht, noch einmal genauer an. Wer ist er eigentlich? Im Grunde genommen kenne ich ihn kaum. Mir brennen eine Menge Fragen auf der Zunge.

Er bleibt stehen und ein Lächeln umspielt seine Lippen. »Was willst du wissen?« Gedanken lesen kann er also auch.

Pinkelt er im Stehen? Regt er sich darüber auf, wenn die Zahnpastatube nicht ordentlich ausgedrückt wird? Hat er am Morgen Mundgeruch? Wie steht er zu Fußball? Kann er gut Ski fahren? Und warum um Himmels willen kennt er George Clooney? Nein, natürlich frage ich ihn das alles nicht.

»Hat deine Mutter auch eine Superkraft?«, erscheint mir in diesem Moment eine günstige Alternative.

Sein Lächeln zeigt mir deutlich, dass er genau weiß, dass dies nicht die eigentliche Frage ist, die mir durch den

Kopf geistert. Aber er antwortet höflich und zieht mich in den hinteren Teil des Gartens. »Außer, dass meine Mutter verdammt guten Kuchen backen kann, hat sie keine außergewöhnliche Gabe.«

»Aber sie weiß über euch Bescheid?«

»Ja, sie wurde von meinem Vater schon vor meiner Geburt eingeweiht.«

Wir schlendern ganz gemütlich in Richtung Pool. »Durfte er das einfach? Ihr alles erzählen?«

Balthasar kratzt sich am Kinn, bevor er erklärt: »Er hat einen Antrag gestellt und der wurde genehmigt.«

»Einen Antrag? Typisch Deutschland!«, rufe ich lachend aus. »Ich kann mir nicht vorstellen, dass das funktioniert. Jeder weiß doch genau, wie das mit geteilten Geheimnissen läuft. Auf einmal hat man es mit mehr Leuten geteilt, als einem lieb ist, weil es jeder hinter vorgehaltener Hand weitererzählt.«

»Genau deshalb wird mit den betreffenden Personen ein Vertrag geschlossen, der ein ziemlich harter Brocken sein muss«, entgegnet Balthasar ernst. »Wer sich zu diesem absoluten Stillschweigen verpflichtet, wirft etwas in die Waagschale, was ihn bei Vertragsbruch teuer zu stehen kommt.«

»Finanzieller Bankrott?«

»Mag sein, dass es Menschen gibt, für die Geld das Wertvollste im Leben ist. Aber bei den meisten Menschen sind es doch andere, verstecktere Dinge. Unsere Organisation überprüft vor Vertragsabschluss die Details. Glaub mir, sie finden bei jedem Menschen den wunden Punkt, für den es sich lohnt, ein Geheimnis zu bewahren. Wenn du auf der Liste der Eingeweihten landen möchtest, dann nicht ohne Rückversicherung der Organisation.«

»Was war das bei deiner Mutter?«

»Das weiß nur sie«, antwortet Balthasar und zieht mich auf die Terrasse. Dort setzen wir uns auf zwei nebeneinander stehende Liegestühle.

»Erzähl mir von Michael!«

»Mein Vater hat die unglaubliche Gabe, Stimmungen zu beeinflussen. Du hast bestimmt gemerkt, dass er mit Vorliebe ein Gefühl der Warmherzigkeit und des Vertrauens verbreitet. Ich glaube, er kann gar nichts dafür. Aber er ist weitaus mächtiger, als es auf den ersten Blick den Anschein macht. Er ist in der Lage, ganze Erinnerungen zu beeinflussen, zu blockieren oder sogar zu löschen.«

»Was!?«

»Keine Sorge, er verwendet diese Gabe so gut wie nie«, beruhigt mich Balthasar.

»Was ist mit David und seinen Freunden.«

»Mit Davids Gabe hast du ja schon Bekanntschaft gemacht«, brummt Balthasar und ich werde schon wieder rot. »Aber so, wie er das Feuer der Leidenschaft in den Menschen entfachen kann, ist er jederzeit in der Lage, echte Brände entstehen zu lassen. Er ist ein wahrer Meister des Feuers.«

»Oh«, bringe ich überrascht hervor, da mir das nicht klar gewesen war.

»Ullrich geht durch Wände und versteh mich nicht falsch: Wenn John durch eine Wand geht, dann bleibt da ein Loch, während Ullrich einfach durch die Wand gleitet und sie unversehrt lässt.«

»Was ist mit Angela?«, traue ich mich zu fragen.

»Ich würde sagen, sie besitzt die coolste aller Superkräfte.«

»Was wäre das?«

»Fliegen natürlich«, erklärt Balthasar.

»Also ehrlich, ich finde immer noch, die coolste aller Kräfte ist, die Zeit anhalten zu können.«

Mein Widerspruch wird natürlich sofort korrigiert. »Ich halte die Zeit nicht an, ich …«, beginnt Balthasar und ich beende den Satz für ihn: »… verlangsame nur alles. Ja ja, Sie verkaufen sich ganz schön billig, Herr Teubert«, scherze ich, als mir einfällt, dass er sich grundsätzlich zu billig verkauft. »Warum erzählst du eigentlich niemandem, wie es sich mit deiner Gabe wirklich verhält?«, frage ich nach.

»Ich wurde nie richtig danach gefragt und irgendwann habe ich mich entschlossen, dass ich alle in dem Glauben lasse, es wäre das, wonach es aussieht. Du weißt ja selbst am besten, wie schwierig es ist, sich seine Privatsphäre zu bewahren, ist man erst einmal in die Mühlen unserer Organisation geraten. Ich habe die Chance auf ein bisschen Geheimnis einfach genutzt.«

Verständnisvoll nicke ich, während meine Gedanken bereits weiterhuschen. »Wäre das nicht eine wunderbare Kombination von zwei Kräften? Fliegend durch eine fast stillstehende Zeit … habt ihr … ich meine, hast du …?«

»Nein, ich habe es weder Angela noch David erzählt. Vielleicht hatte ich damals schon eine Ahnung, dass sich unsere Wege in der Zukunft trennen würden. Von meiner echten Begabung wissen nur meine Eltern und Chris …

und neuerdings du«, flüstert Balthasar und sieht mich sanft an.

»John?«, frage ich und ernte ein Kopfschütteln.

»Warum ich?«, hauche ich.

»Warum? Darum …«, raunt er mir zu und nähert sich mir. In voller Erwartung seines Kusses schließe ich die Augen, höre aber, wie die Terrassentür aufgerissen wird und Balthasar wie von einer Tarantel gestochen aufspringt.

»Ich bin wieder zu Hause«, schreit Titus laut und fröhlich.

»Herrgott, Titus, ich wusste ja nicht einmal, dass du weg warst«, wettert Balthasar. »Du brauchst mich nicht jedes Mal zu informieren, wenn du einen Schritt tust.«

»Entschuldigt, ich wollte euch nicht stören. Ihr hattet bestimmt wichtige Dinge zu besprechen.« Titus starrt auf den Boden. Ich bin mir nicht sicher, ob er so naiv ist oder uns tatsächlich im Halbdunkel des Gartens nicht richtig gesehen hat.

»Schon gut, Titus. Dein Timing war wie immer perfekt«, brummt Balthasar und entfernt sich noch weiter von mir.

Titus geht ins Haus zurück, lässt allerdings die Tür für uns offen stehen. Balthasar geht auf das Haus zu und raunt mir zu: »Kommst du? Es hat abgekühlt.« Er meint nicht nur die Außentemperatur, das ist mir klar.

Unsere Stimmung ist auch hinüber und ich gebe zu, dass es mir einen Stich versetzt, weil er sich vor unseren Mitbewohnern so distanziert mir gegenüber verhält. Andererseits möchte ich auch nicht unbedingt, dass unser kleines Techtelmechtel bereits bekannt wird, bevor ich mir selbst darüber im Klaren bin, auf was das alles noch hinauslaufen wird.

Obwohl wir eigentlich heute über meine Arbeit im Krankenhaus sprechen wollten, ist auch dieser Tag genau ohne dieses Gespräch verstrichen.

Daher wundert es mich nicht weiter, als Balthasar mich am Sonntagvormittag in sein Arbeitszimmer bittet, um die Details zu besprechen. Da ich vor ihm sein Büro betrete, steuere ich zielstrebig auf die bequeme Sitzecke am Fenster zu. Ich gedenke nicht, mir den Platz auf dem Büßerstuhl freiwillig anzutun. Balthasar folgt mir gezwungenermaßen, da ich ihm den Rücken zukehren würde, wenn er an seinem Schreibtisch Platz nähme. Mit spöttisch hochgezogenen Augenbrauen beobachtet er meine Aktion, setzt sich aber anstandslos auf einen der Polsterstühle. »Du willst das also morgen wirklich angehen?«

»Ich bin fest dazu entschlossen.«

»Eines sollte dir klar sein. Ich bin immer noch nicht begeistert von der Angelegenheit und deshalb …« Er hebt die Hand, da sich mein Mund bereits zu einem Widerwort öffnet. »… deshalb habe ich das Sagen in dieser Sache.«

Mein Mund schnappt nach Luft.

»Das ist mein vollkommener Ernst«, fügt Balthasar hinzu. Aber mein Widerspruch nimmt bereits Formen an, weshalb Balthasar mich erneut barsch in die Schranken weist und drohend knurrt: »Clara!«

Ich schlucke meine Argumente hinunter.

»Schon besser.« Balthasar lächelt zufrieden und fährt fort: »Du wirst an deinem ersten Tag lediglich eine Operation begleiten. Ich werde persönlich vor Ort sein, um das zu überprüfen. Nach der OP warten wir gemeinsam ab, wie sich das mit deinen Schmerzen entwickelt und dann ... danach ... überlegen wir in Ruhe zu Hause, wie es weitergehen wird.«

»Aber ...«

»Wir machen das so oder blasen die ganze Sache ab, womit ich überhaupt kein Problem hätte. Glaube mir, weder Cornelius noch irgendein Politiker wird es wagen, meine Autorität in dieser Angelegenheit in Frage zu stellen.«

»Also gut. Ich bin ganz brav.«

»Ich wünschte, ich könnte das glauben.« Balthasar mustert mich mit schiefgelegtem Kopf. Er wendet sich mir zu und sagt in einem persönlicheren Ton: »Ich wollte dich fragen, was ...« Gerade da hören wir Sara durchs Haus rufen: »Bale, kannst du bitte einmal kommen?«

Balthasar steht seufzend auf und ich folge ihm. Sara steht an der Sprechanlage, deren Gegenstück außen am Tor angebracht ist. Auf einem kleinen Bildschirm sind zwei Personen zu erkennen.

»Kennst du die?«, fragt Sara Balthasar und dieser betrachtet die beiden näher. Ich ebenfalls. Die Kamera überträgt lediglich Schwarz-weiß-Bilder und der vollbärtige Mann mit Brille, der neugierig sein Gesicht vor die Fischauge-Linse der Kamera streckt, wird merkwürdig verzerrt. Hinter ihm ist eine Frau mit kurzen hellen Haaren zu sehen.

Balthasar zuckt mit den Schultern und verzieht sein Gesicht. Bevor er den Knopf der Sprechanlage betätigt, melde ich mich zu Wort. »Das ... sind meine Eltern.«

Balthasar zieht seine Augenbrauen nach oben und macht mit einer kleinen Verbeugung den Platz vor der Ge-

gensprechanlage für mich frei. Ich drehe mich von Balthasar und Sara weg und drücke auf den Sprechknopf. »Hallo, Papa, hallo, Mama!«

»Siehst du, Jürgen, ich wusste, dass wir hier richtig sind.« Das ist die Stimme meiner Mutter.

»Hallo, Hase!«, ruft mein Vater fröhlich, bevor er einen seiner berühmten Niesanfälle bekommt.

»Hase?«, presst Balthasar lachend hinter meinem Rücken hervor und Sara springt vor Freude quietschend davon.

»Wir waren gerade in der Gegend. Hast du Zeit?«, fragt mein Vater.

»Wartet kurz. Ich muss schnell meinen Chef fragen, ob ich euch aufmachen kann.«

Ich lasse den Knopf der Sprechanlage los und werfe einen fragenden Blick zu Balthasar, der frech grinsend abwartet und nicht daran denkt, auf meine stumme Frage zu antworten. »Hase? Irgendwie ein passender Spitzname! Ich kann mich noch sehr gut an den Moment erinnern, als du wie ein verschrecktes Häschen durch mein Zimmer gehoppelt bist.«

»Was soll ich ihnen sagen?«

»Und dann gab es da noch so eine Situation, als du dich in einem Gebüsch vor mir versteckt hast – ebenfalls ganz oben auf meiner Liste der hasentypischen Verhaltensweisen.«

»Balthasar!«, brülle ich fordernd und er seufzt schließlich: »Ziemlich viel Besuch für ein Wochenende. Natürlich dürfen sie hereinkommen.«

Hastig drücke ich auf den Knopf der Sprechanlage.

»Ich mache euch das Tor auf. Am Ende des Weges könnt ihr parken.«

Balthasar lässt das Tor aufgehen und ich schlüpfe in ein Paar Schuhe, um meinen Eltern entgegenzueilen.

Das große Wohnmobil bewegt sich schaukelnd auf den Parkplatz zu, während ich aus dem Haus laufe. Ich winke meinen Eltern und warte ab, bis sie aus dem Monster aussteigen. Eigentlich sollte in meinem Alter das Fremdschämen für die eigenen Eltern nicht mehr so ausgeprägt sein. Aber als meine Eltern in voller Montur vor mir stehen, ist mir doch etwas mulmig zumute.

Mein Vater trägt ein kunterbuntes Hawaiihemd und eine beige Cargohose, die über den Knien endet, dazu dunkelbraune Ledersandalen und zu allem Überfluss weiße Tennissocken, die ihm bis unter die Knie reichen. Seine Beine sind so blass, dass ich kaum erkennen kann, wo die Socken aufhören und nackte Haut beginnt. Gekrönt wird das Ganze von einem dieser Strohhüte, deren Namen ich vergessen habe. Meine Mutter hat sich für das gleiche Outfit entschieden, allerdings die eindeutig weibliche Variante. Außerdem hat sie auf die Socken verzichtet, was ich ihr hoch anrechne. Auf ihrem Kopf thront eine Sonnenbrille.

Wir begrüßen uns mit viel Schulterklopfen und Händeschütteln. Es wundert mich, dass bei dem vielen Geklopfe kein Sand aus der Bekleidung meiner Eltern rieselt.

»Das Wetter in Italien war nicht so, wie wir es uns gewünscht haben. Deshalb haben wir beschlossen, zurückzufahren«, erklärt meine Mutter.

»München liegt so schön auf dem Weg«, ergänzt mein Vater lächelnd.

Ich bitte meine Eltern ins Haus, um sie Balthasar vorzustellen, der uns bereits an der Haustür erwartet. Sie sind von diesem Mann angetan, das merke ich schon an der Art, wie sie ihn begrüßen. Und ich bin von diesem Mann angetan, weil er unsagbar nett und freundlich zu meinen Eltern ist, obwohl ihn der Urlaubsauftritt irritiert hat. Das habe ich genau gemerkt. Für den Bruchteil einer Sekunde standen seine Augenbrauen leicht schief, bevor er meinem Vater lächelnd die Hand gab.

Wir betreten das Haus und treffen auf John, Sara und Titus, die anscheinend schon auf die Ankunft meiner Eltern gelauert haben. Während Titus meinem Vater die Hand reicht, verzieht John hinter dessen Rücken den Mund, schnüffelt wie ein Hase und zeigt seine Zähne. Titus, der das Ganze sehen muss, kämpft um seine Selbstbeherrschung.

Die nächste Dreiviertelstunde führt Balthasar meine Eltern und mich durch das ganze Haus, das hat er selbst angeboten. Obwohl meine Eltern von der Größe und der Einrichtung überwältigt sind, lassen sie es sich nicht allzu offensichtlich anmerken. Balthasar versteht es, sein Haus mit allen Vorzügen zu präsentieren, ohne dabei weder überheblich noch herablassend zu wirken.

Während meine Mutter mit Balthasar spricht, wende ich mich leise an meinen Vater: »Würde es dir etwas ausmachen, mich während dieses Besuches nicht Hase zu nennen?«

»Aber warum? Ich dachte, das macht dir nichts aus?«

»Tut es ja auch nicht. Ich würde es nur momentan einfach bevorzugen, wenn du mich nicht so nennst, solange du hier bist.«

Mein Vater zeigt mir einen senkrechten Daumen und grinst. Zuletzt landen wir in meiner Wohnung und mein Vater sagt: »Schön hast du es hier, Hase … öhm, ich meine, Clara.«

»Warum nennst du sie Clara? Habt ihr euch gestritten?«, fragt meine Mutter sofort. Balthasar verkneift sich ein Grinsen und ich würde am liebsten im Boden versinken.

»Tut mir leid«, brummelt mir mein Vater zu.

Aber Balthasar mischt sich ein. »Kein Grund zur Sorge. Ich finde diesen Spitznamen nämlich durchaus passend.«

Mein Vater blüht auf. »Richtig. Ich auch. Wissen Sie, als Clara geboren wurde, da war sie von Anfang an unser kleines Häschen und als sie dann ihre zweiten Zähne bekam, da hatte sie anfangs tatsächlich solche …«

»Papa! Ich glaube kaum, dass das Herrn Teubert wirklich interessiert.« Genervt wende ich mich ab und sehe nur aus dem Augenwinkel, wie mein Vater Balthasar mit zwei Fingern und seinen Vorderzähnen zu verstehen gibt, dass ich tatsächlich Hasenzähne hatte. Und dazu der Kommentar meiner Mutter: »Wenn Sie wüssten, wie viele Stunden wir beim Kieferorthopäden zugebracht haben!«

Wenigstens Balthasar beweist einen Hauch von Taktgefühl, indem er das Thema wechselt. »Wollen Sie zum Essen bleiben?«

»Das ist wirklich nett. Aber Jürgen und ich haben beschlossen, München unsicher zu machen. Wir waren schon so lange nicht mehr da. Clara, du kommst doch mit?«, fragt mich meine Mutter.

»Ja.«

»Dann würde ich mich freuen, wenn Sie zum Abendessen zurück sind«, lächelt Balthasar und verabschiedet sich von meinen Eltern.

Meine Eltern und ich verleben einen entspannten und lustigen Nachmittag in München. Wir fahren tatsächlich mit dem Wohnmobil los und als mein Vater seinen neuen Lieblingssong von Helge Schneider im Auto auflegt, fühle ich mich mit meinen Eltern wie Touris auf Abwegen. Mein Vater hatte schon immer einen schrägen Sinn für Humor, stelle ich fest, weil Helge Schneider irgendetwas von Sommer, Sonne, Kaktus singt. Mit dem Fotoapparat bewaffnet erkunden wir den Englischen Garten und können eine Gruppe Japaner motivieren, uns zu fotografieren. Dann müssen meine Mutter und ich meinen Papa gemeinsam davon abhalten, ein paar Nackte abzulichten, die sich am Eisbach tummeln. Ich sagte ja bereits: Schräger Sinn für Humor.

Nach einem gemeinsamen Abendessen in der WG winke ich dem Wohnmobil meiner Eltern hinterher. »Heute kann ich dir dein Kompliment von gestern zurückgeben«, sagt Balthasar, der mit verschränkten Armen hinter mir steht. Fragend drehe ich mich zu ihm um. »Du hast eine nette Familie.«

»Du weißt doch, dass sie hier waren, um zu sehen, ob du auch der richtige Arbeitgeber für ihre Tochter bist.«

»Meinst du, ich habe bestanden?«

»Ich würde sagen, 9 von 10 Sternen.«

»Warum nur 9?«, fragt er erstaunt.

»Naja, den Punkt habe ich abgezogen, weil sie nicht

wissen, dass du heimlich ihre Tochter küsst. Das gehört sich nicht für einen anständigen Arbeitgeber.«

»Mit diesem Abzug kann ich nur deshalb leben, weil ich nur zu gerne den unanständigen Aspekt auslebe«, erwidert er schlagfertig und drückt mir einen kurzen Kuss auf den Mund, bevor wir getrennt ins Haus zurückkehren.

25

Am nächsten Morgen eile ich über den Flur des Krankenhauses, in dem heute mein erster Arbeitstag beginnt. Ich bin spät dran, weil Balthasar unerwartet zu einem anderen Termin musste und John kurzfristig eingesprungen ist, um mich ins Krankenhaus zu begleiten. Auf dem Flur vor dem OP-Bereich erwartet mich einer der Oberärzte, der gleichzeitig mein Ansprechpartner ist.

»Bereit?«, fragt er mich nur und ich nicke aufgeregt.

Kaum zu glauben, aber ich muss mich einer aufwändigen Waschung unterziehen, nachdem ich mich umgezogen habe. Der Oberarzt führt die Bewegungen neben mir aus und ich ahme sie genau nach. Das dauert eine halbe Ewigkeit. Aber ich kann durchaus verstehen, warum dieses Ritual wichtig ist: So wird verhindert, dass sich Routine in eine Handlung einschleicht, die man ständig verrichten muss und die überlebensnotwendig sein kann.

Nach der Reinigung fühle ich mich absolut chemisch tot, keimfrei und irgendwie in einen gehobeneren Berufsstand versetzt. Völlig steril verpackt, wie ein Paket grünes Hackfleisch, wackle ich hinter dem Arzt durch die Schleuse in den OP-Bereich. Währenddessen berichtet er mir unter Verwendung einer ganzen Litanei von Fremdwörtern, was mich erwartet. Ich verstehe nur Bahnhof und mir kommt unter meinem Mundschutz ein Lächeln aus, das er mir von den Augen abzulesen scheint, da er sofort mit seinen Erklärungen innehält. »Entschuldigung, die Macht der Gewohnheit.«

Wir betreten den OP. Beinahe hätte ich laut gelacht. Da liegt tatsächlich eine Patientin in Narkose und mit sterilen Tüchern abgedeckt, nur ein großer Bereich in der seitlichen Beckengegend ist sichtbar. Na gut. Die können ja nicht wissen, dass ich dieses Brimborium gar nicht bräuchte.

»Oberschenkelhalsbruch«, sagt der Arzt und ich nicke. Endlich ein Wort, mit dem ich zumindest ansatzweise etwas anfangen kann. »Wir haben sie nur in eine leichte Narkose versetzt, damit sie nichts mitbekommt«, erklärt der Arzt und ich gehe etwas näher an die Patientin heran. »Sie können loslegen. Alle Anwesenden sind befugt, hier zu sein.«

Meine Gabe kribbelt bereits in meiner Körpermitte, als ich die Augen schließe. Es dauert keine fünf Minuten und ich habe die Patientin kaum berührt, als ich zufrieden die Augen öffne. »Fertig.«

Der Oberarzt sieht ein paarmal zwischen mir und der Patientin hin und her und folgt mir schließlich aus dem OP. »Das ist wirklich höchst faszinierend«, raunt er mir zu.

Ich lache. »Faszinierend? Sie heißen nicht zufällig wie ein gewisser Vulkanier?« Er begreift und um seine Augen bilden sich eine Menge Lachfältchen.

Wir gehen an einem anderen OP-Raum vorbei und ich bleibe am Fenster hängen. Ein Mädchen wird gerade auf dem OP-Tisch zur Operation vorbereitet. Der Arm des Kindes sieht wirklich alles andere als gut aus.

»Kann ich die auch noch machen?«, frage ich mit Absicht etwas lapidar.

»Aber Herr Teubert hat ausdrücklich bestimmt, dass sie nur diese eine Patientin übernehmen sollen.«

Das Zögern des Arztes bleibt mir nicht verborgen.

»Aber Herr Teubert ist jetzt nicht da und braucht es nicht zu erfahren. Kommen Sie, seien Sie kein Frosch!«

Er sieht an sich hinunter. »Genau genommen bin ich schon irgendwie grün.« Dann grinst er und fordert mich mit einer Handbewegung auf zu warten. »Sie dürfen den OP allerdings nicht betreten.«

Er geht in den OP und winkt den Anästhesisten zu sich. Ich beobachte, wie die beiden Männer ein paar Worte wechseln. Das Mädchen sieht sich ängstlich um. Wenigstens scheint sie momentan keine Schmerzen zu haben. Die tränenverschmierten Wangen erzählen eine Geschichte, die mein Mitleid mit dem Kind nur noch stärker macht. Der Anästhesist verlässt den OP und der Arzt nickt mir durch die Scheibe zu.

Meine Gabe scheint sich nur kurz zurückgezogen zu haben, da sie mir förmlich aus den Fingerspitzen schießt, um sich den Weg zu dem Kind zu bahnen. Der Oberarzt redet beruhigend auf das Mädchen ein und lenkt es von meiner Tätigkeit ab. Bei einem offenen Bruch ist die Wirkung meiner Gabe schließlich nicht zu verschleiern.

Als ich den Bruch und die damit verbundenen Wunden geheilt habe, nicke ich dem Arzt zu und er beginnt sofort eifrig damit, den Arm des Mädchens zu verbinden. Mit gewissem Stolz registriere ich, dass meine Gabe stärker zu werden scheint: Jetzt muss ich nicht einmal mehr im selben Raum wie der Patient sein.

Ich verlasse den OP-Bereich, lege die Handschuhe und

den Mundschutz ab und torkle in den Wartebereich vor dem OP. Dort erwartet mich bereits Balthasar, der von einem Stuhl aufspringt.

Der Schmerz, der mir in diesem Moment ins Bein fährt, überrascht mich und ich bin froh, dass Balthasar mich umschlingt und stützt, bis ich auf einem Stuhl sitze. Er setzt sich neben mich und legt seinen Arm um mich. Während ich mich verkrampfe und an die Hüfte greife, redet Balthasar beruhigend auf mich ein. »Tief einatmen, locker lassen. Versuche, dich zu entspannen.«

»Ist es das Erste?«

Balthasar und ich blicken beide gleichermaßen irritiert auf. Vor uns steht ein alter Mann in Pyjama, Bademantel und Pantoffeln, der einen Infusionsständer vor sich her schiebt. Er lächelt uns freundlich an. Über meinem Bauch liegt mein OP-Kittel so aufgebauscht, dass tatsächlich ein dicker Babybauch darunter sein könnte.

Der Mann geht schließlich weiter und Balthasar sieht mich verwirrt an. Trotz Schmerzen lache ich ihn aus, weil er nicht kapiert hat, was der alte Mann meinte. »Du würdest wirklich einen wunderbaren Geburtshelfer abgeben.« Ich presse die Lippen aufeinander und widerstehe dem Drang, meinen schmerzenden Arm zu berühren.

Balthasar zieht mich an sich. »Alles wird gut. Es ist bestimmt gleich vorbei.«

Da lasse ich mich in seine Arme sinken und schließe die Augen. Die Schmerzen verebben nach und nach. Aufatmend setze ich mich auf. »Puh, ich glaube, das war's.«

Balthasar geht vor mir in die Hocke und sieht mich neugierig an. »Wirklich alles in Ordnung?«

»Ja, es geht mir gut. Ich kann sofort den nächsten Patienten machen.«

Das bringt mir einen bösen Blick ein. »Ich gehe nach draußen«, sagt er. »Cornelius wollte sofort informiert werden, sobald wir wissen, wie es gelaufen ist. Wartest du hier?«

Ich nicke und Balthasar steht auf. »Bleib brav!«, brummt er noch und ich gebe ihm spielerisch einen Klaps auf den Po. »Hey«, beschwert er sich, weicht aber meiner Hand zu spät aus. Lächelnd sehe ich ihm nach und schnaufe tief durch, während ich mir den Arm reibe.

Da erscheint der Oberarzt. »Sie haben ja noch Ihren Kittel an«, stellt er fest und ich schäle mich sofort aus dem Ding. »Ich wollte gerade nach den Patienten sehen«, fährt er fort. »Wollen Sie mitkommen?«

Als ich nervös neben ihm hergehe, lächle ich: »Meine erste Visite.«

Der Doktor lacht kopfschüttelnd.

Die Patienten sind noch im Aufwachraum. Ich darf den Raum nicht betreten, da aber die Tür offen steht, schiele ich hinein. Der Arzt geht hinein, redet einige Worte mit dem Krankenpfleger, der dort seinen Dienst tut, und sieht kurz nach seinen Patienten. Dann stellt er sich neben mich. »Die alte Dame schläft noch friedlich und das junge Mädel ist etwas verwirrt. Ich muss jetzt weiter und mir Gedanken darüber machen, wie wir unseren Patienten die gute Wundheilung erklären. Wir sehen uns bestimmt demnächst wieder.«

Wir nicken uns zum Abschied zu und ich luge durch einen kleinen Spalt im Vorhang auf das Bett des Mädchens.

Ein Mann ist bei der Kleinen und spricht tröstend auf sie ein.

»Ich will zu Mama«, weint das Mädchen.

»Ich weiß, aber momentan bin leider nur ich da. Jetzt wird alles gut, du bist einfach noch etwas verwirrt, wegen der Narkose.«

»Ich habe gar nicht geschlafen«, behauptet das Mädchen. Der Vater blickt zu dem Krankenpfleger und der nickt beruhigend.

»Daran kannst du dich nur nicht erinnern. Das ist ganz normal«, sagt der Pfleger und überprüft den Blutdruck des Kindes.

Der Vater macht auf mich einen arg gestressten Eindruck. Aber wer wäre nicht gestresst, wenn das eigene Kind mit einem offenen Bruch ins Krankenhaus muss?

»Das ist also dein erstes Arbeitsergebnis?«

Die Stimme kenne ich. Langsam drehe ich mich um und sehe mich mit David konfrontiert. Angewidert wende ich mich wieder dem Kind zu und blaffe meinen unerwünschten Gesprächspartner an. »Was machst du hier?«

»Ach, ich wollte nur mal vorbeischauen und dir zu deinem großen Erfolg gratulieren«, säuselt mir David ins Ohr. Sofort vergrößere ich den Abstand zu ihm. Er schließt aber gleich wieder zu mir auf. »Für das Mädchen freue ich mich natürlich, dass du ihr geholfen hast. Aber der Vater hat dein Eingreifen nicht verdient.«

Ohne dass ich es beabsichtigt habe, ist meine Neugier geweckt. David scheint dies zu spüren, denn er nähert sich mir noch mehr und sein Mund berührt beinahe mein Ohr, als er zu reden beginnt. »Waren die Schmerzen angenehm, die dieser Bruch verursacht hat?« Er lacht leise, als ich mich verkrampfe.

»Tja, wie du siehst, sprechen sich Neuigkeiten in unseren Kreisen sehr schnell herum. Nicht du solltest diese Schmerzen spüren müssen. Wäre es nicht sinnvoller, jemand müsste den Schmerz erleiden, den er anderen zugefügt hat?«

»Was meinst du damit?« Ich beobachte das kleine Mädchen, das sich in der Gegenwart ihres Vaters offensichtlich unwohl fühlt.

»Ihrem eigenen Vater hat das Mädchen diesen Bruch zu verdanken. Er hat sie geschlagen und misshandelt«, höre ich aus Davids Mund.

In mir kocht eine unglaubliche Wut auf diesen Vater hoch, eine hitzige Welle voller Rachegelüste erfasst meinen Körper und ergreift Besitz von mir.

David stachelt mich an. »Lass ihn für die Schmerzen büßen, die er seiner Tochter zugefügt hat. Zeig ihm, was es heißt, hilflos der Gewalt eines anderen ausgeliefert zu sein.«

Meine Gabe schwillt in mir an und ist bereits kurz davor, zu bersten.

»Woher weißt du das?«, kann ich gerade noch fragen.

»Was?«

»Dass er sie geschlagen hat.«

Als ich keine Antwort bekomme, drehe ich mich um, verscheuche die unnatürliche Hitze aus meinem Körper und zische: »Verpiss dich, David! Lass mich in Ruhe.«

Beschwichtigend hebt er die Hände und geht lächelnd rückwärts. »Kleine Lady, in diesem Fall ist der Versuch nicht strafbar.« Er dreht sich um und ist genauso schnell weg, wie er erschienen ist.

Ein Pfleger erscheint dort, wo David gerade noch gestanden hat, und geht in den Aufwachraum. Als ich mitbekomme, dass das Mädchen auf die Station verlegt wird, schließe ich mich unauffällig an. Zum Glück finde ich zusammen mit dem Bett, dem Pfleger und dem Vater des Mädchens in dem Aufzug Platz. Mein Aufwand wird belohnt, da der Pfleger den Vater fragt: »Verständigen Sie die Eltern?«

»Ja natürlich, sobald wir auf dem Zimmer sind, rufe ich sie an.«

»Ach, Sie sind gar nicht der Vater?«, frage ich einfach und ergänze schnell: »Sie haben sich so gut um das Mädchen gekümmert, da bin ich davon ausgegangen …«

»Nein, ich bin der Onkel. Samanthas Eltern sind das erste Mal ohne sie für ein paar Tage in den Urlaub gefahren und ausgerechnet unter meiner Aufsicht fällt sie vom Baum.«

Der Mann macht wirklich einen geknickten Eindruck auf mich und ich versuche ihn aufzumuntern. »Das kann doch mal passieren.«

»Wenn das so einfach wäre. Ich Depp habe die ganze Sache auch noch gefilmt, weil wir ein Video für Samys Eltern drehen wollten«, erklärt der Mann und schüttelt zerknirscht den Kopf.

Der Mann und der Pfleger wundern sich, weil ich in dieser Situation vor mich hin lächle. Deshalb bemühe ich mich um mehr Ernst. Aber ich bin so froh, dass der Mann das Mädchen nicht geschlagen hat, und habe Mühe, mich zu beherrschen.

Grimmig wird meine Miene aber sofort, als ich an David denke. Der hat echt Glück, dass er nicht mehr in meiner Nähe ist, sonst würde ich ihm zeigen, was es bedeutet, richtige Schmerzen zu fühlen. Ich verlasse den Aufzug beim nächsten Halt und wechsle in den kleinen Aufzug am anderen Ende des Ganges, der direkt in die Eingangshalle des Krankenhauses fährt.

Die Aufzugtüren öffnen sich im Erdgeschoß und da steht ein Mann vor mir, der mich David sofort vergessen lässt. Leider hat Balthasar sein tadelndes Grinsen aufgesetzt, als er mich erkennt. Da drücke ich schnell auf den Knopf, der die Aufzugtüren schließt.

Dann öffne ich die Türen wieder und setze ein strahlendes Lächeln auf. Nun lächelt mich Balthasar ebenso breit an.

»Na also. Ich wusste, du kannst das besser«, grinse ich und trete aus dem Aufzug.

»Clara!«, brummt Balthasar böse.

»Was ist jetzt wieder?« Weil ich die feinen Nuancen in seiner Stimme inzwischen wirklich gut kenne, bin ich alarmiert.

»Lass uns in das Patientencafé gehen, dann zeige ich es dir«, schlägt Balthasar vor und ich folge ihm in der Hoffnung, dass er nicht von meiner zweiten Patientin erfahren hat.

Wir bestellen uns Latte Macchiato und ich warte geduldig, bis Balthasar das Wort ergreift. »Ich habe zwar eine eigene Mail-Adresse im Büro, aber jede Mail, die an mich geschickt wird, landet im Posteingangsordner meiner Sekretärin«, erklärt Balthasar.

Ich sehe ihn interessiert, aber verwundert an. Weil er nichts mehr sagt, gebe ich ein »Aha« von mir.

»Hast du mir etwas zu sagen?«

»Öhm ... nein?«

»Es ist so. Frau Stefani, so heißt meine Sekretärin, die liest meine Mails und fasst sie für mich zusammen ...« Wieder macht er eine bedeutungsschwere Pause.

Ich bin bereits leicht genervt. »Ja, schon kapiert. Was ist mit Frau Stefani?«

»Nun, sie hat mir eben eine Mail auf mein Handy weitergeleitet, weil sie, wie soll ich mich ausdrücken, nicht sicher war, wie sie damit umgehen soll.«

»Was hat das mit mir zu tun?«

»Clara, warum sagst du nicht einfach, wenn du mit mir ausgehen willst? Es ist ja nicht so, dass wir uns nie persönlich treffen würden. Außerdem versuche ich schon das ganze Wochenende über, dich zu einer Verabredung einzuladen. Aber es kam ständig etwas dazwischen.« Balthasar redet in einem immer sanfteren Tonfall.

»Was. Ist. Hier. Los?«

Balthasar hält mir sein Handy vor die Nase. Schockiert greife ich danach, als ich das Bild auf dem Display erkenne. Natürlich erkennt man sich selbst in einem knappen Bikini, wenn man das Bild bereits auf seinem eigenen PC-Bildschirm sorgfältig betrachtet hat. Er nippt genüsslich an seinem Kaffee, während ich den Text lese, den ich angeblich geschrieben habe.

Lieber Bale,

schon lange träume ich von einem Date mit dir, traue es mich aber nicht, dir persönlich zu sagen. Ehrlich gesagt, ich finde dich total süß und würde mich wirklich freuen, wenn du mir ähnliche Empfindungen entgegenbringen

würdest. Damit dir das etwas leichter fällt, schicke ich dir ein eindeutiges Bild von mir, sozusagen als Vorgeschmack auf mehr.
Deine Clara

Ich hätte nicht beim Lesen trinken sollen, da ich beinahe alles auf das Handy geprustet hätte. Interessiert lese ich weiter, unter anderem auch deshalb, weil ich Balthasar noch nicht in die Augen sehen kann. Die nächste Nachricht ist von Frau Stefani.

Sehr geehrter Herr Teubert,
heute Morgen hatte ich diese Mail in Ihrem Postfach. Da ich mir nicht ganz sicher bin, wie ich darauf reagieren soll, leite ich sie an Sie weiter und hoffe, dass ich Sie mit der Fotografie der jungen Dame nicht belästige. Sollten Sie sich von der Dame belästigt fühlen, werde ich ihre Absenderadresse sofort blocken.
Mit freundlichen Grüßen
Dagmar Stefani

Balthasar hat sogar schon geantwortet. Inzwischen ist ihm sicher bewusst, dass ich die gesamte Textnachricht lese, aber das ist mir egal.

Sehr geehrte Frau Stefani,
danke sehr, dass Sie diese Mail unverzüglich an mich geschickt haben. Seien Sie versichert, dass ich mich von der jungen Frau keineswegs belästigt fühle, auch wenn die Art und Weise der Kontaktaufnahme etwas plump ist.
Grüße von Balthasar Teubert

Ich reiche Balthasar sein Telefon zurück und er steckt es ein. »Was hast du dir nur dabei gedacht? Sei froh, dass dieses Bild bei Frau Stefani gelandet ist. Einer der anderen

Herrschaften hätte das Bild längst vergrößert ausgedruckt und im Kopierraum aufgehängt.«

»Wann habe ich die Mail geschickt?«

»Sie wurde heute Morgen entdeckt.«

»Nein, sieh bitte nach, wann ich diese Mail losgeschickt habe.«

Balthasar schaut mich an, als hätte ich nicht mehr alle Tassen im Schrank. »Das war ... am Samstagnachmittag um 15:23 Uhr ... Lisi und du, ihr habt euch einen Scherz erlaubt?«

»Nein, aber ich kann dir jetzt mit Sicherheit sagen, dass ich um exakt 15:23 Uhr auf der Toilette war.« Das war der einzige Moment, als Lisi die Möglichkeit dazu hatte.

Balthasar begreift und schnauft tief durch. »Deine Freundin hat es wirklich in sich.«

»Ja, das stimmt grundsätzlich schon. Aber diesmal muss ich sie in Schutz nehmen. Ich habe das verdient, auch wenn ich es nicht gerne zugebe.«

»Jetzt bin ich aber neugierig«, lacht Balthasar und beugt sich näher zu mir über den Tisch.

»Na gut. Lisi war, als wir in der 8. Klasse waren, ganz hoffnungslos in einen Jungen aus der 10. verliebt. Und da habe ich mich als schriftliche Liebesgöttin betätigt und einen Liebesbrief als Lisi an den heimlichen Schwarm geschrieben. Kann sein, dass ich darin den Passus *ich finde dich total süß* verwendet habe.«

»Und dann?«

»Natürlich bin ich aufgeflogen. Ich hatte den Brief mit der Hand geschrieben und der Empfänger hat meine Schrift erkannt.«

»Der Empfänger?«

»Ja, es handelte sich dabei um meinen Bruder.«

Balthasar bricht sofort in brüllendes Gelächter aus. »Ich fasse es nicht. So etwas Bescheuertes habe ich wirklich noch nie gehört.«

»Klar, es kann ja nicht jeder so perfekt sein wie du«, sage ich so dahin, erreiche allerdings sofort, dass sein Lachen erstirbt.

»Spinnst du? Ich bin nun wirklich alles andere als perfekt.«

»Doch, das bist du. Sieh dich doch einmal an. Du könntest jede Frau haben und bräuchtest noch nicht einmal mit dem Finger zu schnippen. Du siehst unglaublich gut aus, legst meist gepflegte Umgangsformen an den Tag, fährst Ski, kennst George Clooney, wirst respektiert und geachtet, kannst singen und tanzen …«

»Stopp! Bitte hör damit auf. Du hast eine völlig verzerrte Wahrnehmung von mir. Ich fürchte von diesem Sockel komme ich lebend nicht mehr herunter.«

Kleinlaut umklammere ich die Tasse, als Balthasar meine Hände mit seinen umschließt und meinen Blick einfängt. »In der Schule habe ich meine Gabe missbraucht, um in den Lernfächern von meinem Banknachbarn abzuschreiben oder die Röcke meiner Mitschülerinnen hochfliegen zu lassen. Den Klavierunterricht habe ich nach der dritten Stunde geschmissen. Außerdem bin ich ein ganz miserabler Skifahrer. Einmal habe ich einem Kunden ins Telefon gerülpst. Eine andere Kundin habe ich als Mann begrüßt. Und einmal hatte ich solche Blähungen, dass alle Leute, die mit mir in einem Aufzug gefahren sind, so schnell wie möglich ausgestiegen ...«

Ich bekomme einen Lachkrampf und unterbreche ihn. »Halt, bitte! Ich kann nicht mehr.«

»Was? Ich könnte ewig so weitermachen. Glaub mir, Clara, ich bin weit davon entfernt, perfekt zu sein. Ich will es auch gar nicht sein.« Er gibt sich versöhnlich und lehnt sich auf seinem Stuhl zurück.

»Das habe ich kapiert. Aber ich möchte meine rosa Brille gerne noch eine Weile aufbehalten. Vielleicht habe ich mich auch falsch ausgedrückt und es sind diese vielen kleinen Dinge, die dich so perfekt machen ... für mich. Zum Beispiel, dass du dich weiterhin um mich gekümmert hast, auch wenn ich gemein und unfreundlich zu dir war. Oder dass du nett zu meinen Freunden warst, obwohl du wirklich allen Grund gehabt hättest, mich aus dem Lokal zu schleifen. Dass du mir nach Berlin nachgeflogen bist, nur weil David auch geladen war. Dass du mich anschließend zu meinem Bruder gebracht und dich immer und immer wieder um mich gekümmert hast, obwohl ich ein Talent dafür habe, mich in Schwierigkeiten zu bringen. Sogar, als du mit deiner Armbrust auf mich gezielt hast, hast du dich um mich gekümmert. Ich verstehe das jetzt, Balthasar.«

Ich blicke ihn an und muss schlucken, bevor ich fortfahre: »Was ich dir schon eine ganze Zeit sagen will: Ich bin ehrlich dankbar, dass du mir dein Geheimnis anvertraut hast und zwar bereits zu einem Zeitpunkt, als du wirklich nicht wissen konntest, wer ich bin.«

Meine Stimme versagt und Balthasar sieht mich erstaunt und doch tief bewegt an. Er muss sich räuspern, bevor er reagieren kann. »Ich wusste von dem Moment an, als ich dich auf dieser Allee im Park sah, wer du bist, Clara. Ich wusste einfach, dass mein Geheimnis bei dir gut aufgehoben sein würde. Als ich dich sah ...« Seine Stimme bricht kurz. »... deine Tränen, deine Verzweiflung, da wollte ich die ganze Entführungssache am liebsten abbrechen. Aber ich dachte auch daran, dass David vielleicht die Ursache für deinen Zustand sein könnte und da war dieser unbändige Instinkt, dich zu retten. Seitdem kann ich nur noch daran denken, wie ich dich beschützen kann. Ich möchte, dass du sicher bist.«

»Aber ich bin doch sicher.« Meine Hand löst sich von seiner und findet sein Gesicht. Ich sehe ihm tief in die Augen. »Ich habe mich noch nie so sicher gefühlt wie jetzt.«

Er lächelt mich an, als eine bekannte Stimme fragt: »Wo haben Sie denn jetzt Ihr Baby?«

Da ist er wieder, der alte Mann mit dem Infusionsständer, und starrt auf meinen flachen Bauch. Als er von uns keine Antwort bekommt, geht er kopfschüttelnd weiter. Balthasar lacht kurz.

Dann reagiert er auf das Vibrieren seines Telefons. »Da muss ich leider dran gehen. Sieht wichtig aus.« Schnell verlässt er das Krankenhaus, um das Gespräch im Freien anzunehmen.

26

Während Balthasar weg ist, leere ich meinen Latte Macchiato und bezahle. Es dauert nicht lange, bis Balthasar zurückkehrt. Sein Gesichtsausdruck zeigt mir, dass an eine Fortsetzung unseres Gesprächs nicht zu denken ist.

»Ich werde gleich abgeholt. Ein Einsatz.«

Ich nicke, während er ergänzt: »Es gibt eine Geiselnahme.«

Wieder nicke ich und warte, dass er davoneilt. Aber er bleibt nachdenklich stehen und murmelt: »Ich habe mich gefragt, ob du …« Er scheint zu überlegen, ob er weitersprechen soll. Doch dann hebt er entschlossen den Kopf, schaut mich an und fragt: »Clara, willst du mich begleiten? Es könnte sein, dass es Verletzte gibt und da könnte ich dich wirklich gut gebrauchen.«

Mein Lächeln erblüht ganz von selbst. »Aber natürlich begleite ich dich.«

Auf dem Weg durch das Krankenhaus wundere ich mich schon, was Balthasar damit meinte, er werde gleich abgeholt.

»Wir müssen aufs Dach«, erwähnt er beiläufig. »Bist du schon einmal mit einem Hubschrauber geflogen?«

»Wir werden von einem Hubschrauber abgeholt?«, frage ich ungläubig und bin mir auf einmal doch nicht mehr sicher, ob meine Zusage so glücklich war. Es geht hier schließlich um eine echte Geiselnahme mit allem, was dazu gehört. Ich weiß ja noch nicht einmal, was alles zu einer Geiselnahme gehört.

Die Landung des lauten Monsters versetzt mich dann aber in einen euphorischen Glückszustand. Ich gebe es zu, ich finde Hubschrauber sexy. Der Lärm, der Wind, die gewaltige Kraft gepaart mit dieser einzigartigen Flugweise! Faszinierend, würde jetzt wahrscheinlich mein spezieller Oberarzt sagen.

Balthasar legt den Arm um mich und wir laufen gebückt auf den Hubschrauber zu, um sofort einzusteigen. Der Flug ist mit einem entspannten Flug in einem Flugzeug nicht zu vergleichen. In diesem Ding, das ich eben noch als sexy bezeichnet habe, fühle ich mich wie bei der Fahrt in so einer Oktoberfestattraktion, die ich üblicherweise nur einmal buche. Mit anderen Worten: Mein Magen wird empfindlich in verschiedenste Richtungen gedrängt.

Deshalb bin ich gar nicht böse, als wir auf einer Wiese etwas außerhalb von Fürstenfeldbruck landen. Dort wartet bereits ein Kleinbus mit getönten Scheiben auf uns. Während der Fahrt erhalten wir die notwendige Ausrüstung. Ich beobachte Balthasar, wie er sich die Weste und die Maske anlegt und mache ihm alles nach. Bevor wir zum Ort des Geschehens kommen, passieren wir die Straßensperre, hinter der sich bereits Pressevertreter aufgebaut haben. Dann parken wir am Rande eines Supermarktparkplatzes. Hier wimmelt es nur so von Einsatzkräften und Krankenwägen.

Balthasar nickt mir zu und wir verlassen den Wagen. Sofort kommt ein ebenfalls maskierter Mann auf uns zu, dessen Stimme ich dem jungen Polizisten zuordnen würde, der mich im Bikini so ausgiebig bewundert hat.

»Super, dass es so schnell geklappt hat!«, sagt er zu Balthasar und wir folgen ihm zum Einsatzwagen, in dem ein Mann versucht, den Kontakt mit dem Entführer aufrechtzuerhalten.

Bei meinem Bikinifreund handelt es sich tatsächlich um den Einsatzleiter und der brieft uns leise: »Geiselnahme durch eine Person. Wir wissen nicht, wie viele Geiseln noch drinnen sind. Zwei Frauen und ein Kind hat der Geiselnehmer bereits freigelassen. Eine Frau hat gesundheitliche Probleme bekommen und die andere Frau ist mit dem zweiten Kind schwanger. Anhand der Anzahl der Einkaufswägen und der Aussage der beiden Frauen gehen wir von ungefähr zehn Geiseln aus. Alle anderen Leute hatten Glück und konnten den Supermarkt verlassen, als die Situation eskaliert ist. Das Problem ist, heute sind Grillanzünder im Angebot. Der Typ sitzt also auf einer ungeheuren Menge brennbarer Flüssigkeit.«

»Gibt es eine Vorgeschichte?«, fragt Balthasar nach.

»Jep, eine der freigelassenen Geiseln ist eine Mitarbeiterin des Marktes und konnte uns mitteilen, dass der junge Geiselnehmer wohl schon längere Zeit hinter ihrer Kollegin her ist und sie regelrecht gestalkt hat. Letzten Freitag hat der Marktleiter dem jungen Mann Hausverbot erteilt.«

Ich sehe mich um und stelle fest, dass sich die Mitglieder des Spezialeinsatzkommandos bereits überall verteilt haben. Sogar auf dem Dach des Supermarktes beziehen schwarze Gestalten Position.

»Momentan sind alle Optionen offen«, sagt der Einsatzleiter, der meinen Blick bemerkt. »Solange er aber mit sich reden lässt, lassen wir uns für die letzte Möglichkeit noch Zeit.«

»Was ist die ... letzte Möglichkeit?«, frage ich Balthasar leise.

»Zugriff.«

Was das genau bedeutet, wage ich mir nicht vorzustellen.

Ich höre, wie der Mann im Einsatzwagen mit dem Geiselnehmer spricht: »Ja, aber natürlich freue ich mich für dich ... Es ist doch wunderbar, wenn du heiraten willst ... Ein Standesbeamter? Moment, ich frage nach.«

Der Mann drückt auf einen Knopf und wendet sich an den Einsatzleiter. »Er will seine Angebetete heiraten. Jetzt. Da drinnen.«

Der Einsatzleiter nickt und der Mann nimmt sein Gespräch wieder auf. »In Ordnung. Wir werden uns sofort um einen Standesbeamten kümmern.«

Auf einmal höre ich Geschrei aus einem der Krankenwägen und lasse mich ablenken. Balthasar hält mich nicht zurück, als ich mich entferne, um einen Blick in das Innere des Wagens zu werfen.

Eine Frau liegt auf der Liege und ein kleiner Junge weint und kämpft darum, bei seiner Mama bleiben zu dürfen. Die Frau, eindeutig schwanger, hat starke Blutungen.

»Bitte lassen sie ihn einfach bei mir sein«, fleht die Frau und der Junge gibt sofort Ruhe, als er neben dem Kopf seiner Mama sitzt. Der Sanitäter fragt die Frau. »Wievielte Woche sagten Sie?«

»Zwanzigste.«

Der Sanitäter tauscht einen Blick mit dem Arzt aus und mir ist klar, was ich zu tun habe. Intensiv fixiere ich die Frau, die mir plötzlich direkt ins Gesicht sieht.

Meine Gabe verlässt mich und macht sich auf den Weg zu dem Unterleib der Schwangeren. Ihre Gesichtszüge entspannen sich augenblicklich und ich bemerke, dass sich ihre Plazenta bereits zu lösen begonnen hat. Das kleine Baby in ihrem Leib strampelt aufgeregt um sein Leben und ich beeile mich, meine Gabe auf diese Verletzung zu konzentrieren, bevor die Frau ins Krankenhaus gefahren wird. Zufrieden lächle ich der Frau zu, als ich meine Arbeit beendet habe.

»Was machst du denn da?«, schimpft mich Balthasar und zieht mich von dem Krankenwagen weg.

»Sie war verletzt. Ich habe meinen Job gemacht.«

Er deutet auf den Supermarkt. »Da sind vielleicht Menschen drin, die deine Hilfe brauchen. Die hier draußen sind außer Gefahr.«

»Aber das Baby in ihrem Bauch war nicht außer Gefahr«, zische ich Balthasar an.

»Komm schon. Lass uns nicht streiten. Bleib in meiner Nähe. Wir sollen eventuell rein.«

Am Einsatzwagen telefoniert der Polizist immer noch mit dem Entführer. Inzwischen hat er den Lautsprecher eingeschaltet und alle können mithören. »Du musst schon verstehen, der Standesbeamte hat gesagt, er kann euch nur eine gültige Trauurkunde ausstellen, wenn er eure Daten hat.«

»Thorsten Bergmann und Sandra Möller, beide geboren in München«, sagt der Entführer.

Sofort geht der Einsatzleiter ein paar Schritte zur Seite und spricht leise in sein Funkgerät: »Wir haben einen Namen …« Mehr kann ich nicht verstehen, weil er sich entfernt.

Der Gesprächsführer hält den Geiselnehmer in der Leitung. »Wenn du heute deine Freundin heiratest, hast du da auch an die Eheringe gedacht?«

»Mann, Alter, ich wusste, ich habe was vergessen.« Dann klingt die Stimme des Geiselnehmers etwas leiser und dumpfer. »Sandy, stell dir vor, der Bulle erweist sich als richtig nützlich. Wir haben keine Ringe!«

Balthasar und ich werfen einen Blick auf den Verhandlungsführer, der sich nichts anmerken lässt. »Darf ich dich Thorsten nennen?«, fragt er, um die Aufmerksamkeit des Geiselnehmers zurückzugewinnen.

»Ja, Alter, klar.«

»Wie wäre es, wenn wir dir ein paar Ringe vorbeibringen und du uns dafür eine Geisel schickst?«

Es bleibt still in der Leitung und die Spannung ist kaum zu ertragen. Ich beiße mir unter meiner Maske auf die Lippe und wundere mich, dass der Verhandlungsführer sich so weit aus dem Fenster gelehnt hat. Aber er muss es schließlich wissen. Er telefoniert mit dem Mann schon eine Weile und immerhin hat er drei Geiseln auf diese Weise freibekommen.

»Also gut, Mann. Schick jemanden mit Ringen, aber keinen Bullen, sondern eine Frau und zwar aus dem Schmuckladen in der Nähe vom S-Bahnhof.«

Der Verhandlungsführer in dem Auto geht auf die Forderung ein und tauscht einen Blick mit dem Einsatzleiter, der inzwischen wieder an unsere Seite zurückgekehrt ist und nun leise mit einem Kollegen spricht: »Wir brauchen sofort eine Polizistin in Kostüm und High Heels, die als Schmuckverkäuferin durchgeht. Und besorgt das nötige Equipment.«

Dann wendet sich der Einsatzleiter an Balthasar und mich. »Folgende Situation: Wir haben den Namen des Mannes. Wie es aussieht, wohnt er noch bei seinen Eltern. Ein paar meiner Jungs sind gerade auf dem Weg zu denen, um sich umzusehen und die Eltern herzubringen. Unsere zweite Option ist die Geschichte mit den Ringen. Wenn wir Glück haben, bekommen wir dafür eine Geisel frei und ihr werdet die Gelegenheit ergreifen, um in den Markt zu kommen. Wir brauchen dringend Kameras vor Ort …«

Ich ziehe Balthasar auf die Seite. »Wir sollen da hinein?«

»Ja, und das werden wir auch tun. Es ist jetzt zu spät, um den Schwanz einzuziehen.«

Er ist wirklich erbost über meine Frage, weshalb ich nur sachlich nicke und antworte: »Kein Problem.«

Ich hoffe, er merkt nicht, dass ich gerade mit Menstruationsschmerzen der schlimmeren Art zu kämpfen habe. Balthasar wendet sich wieder von mir ab und lässt sich vom Einsatzleiter die Kameraausrüstung erklären.

Falls das jetzt ein Traum ist, würde ich wirklich gerne daraus aufwachen. Wäre kein schlechter Zeitpunkt! Aber ich wache nicht auf, weil ich in der Wirklichkeit festhänge.

Mit rasantem Tempo nähert sich ein weiterer Kleinbus. Eine Frau steigt aus. Das muss die Polizistin sein, die als Verkäuferin auftritt. Sie sieht wirklich genau so aus, wie ich mir eine Verkäuferin in einem Juweliergeschäft vorstelle, nur dass sie in Anbetracht der Situation viel zu entspannt wirkt. Sie ist sofort der Mittelpunkt des allgemeinen Interesses und der Einsatzleiter eilt zu ihr.

Da fragt mich Balthasar: »Bereit?«

»Ja«, lüge ich.

Wir verschanzen uns hinter dem Auto, das dem Supermarkteingang am nächsten steht. Von dort aus beobachten wir in Ruhe, wie die Polizistin abgeschirmt von der Presse und neugierigen Blicken aus dem Supermarkt einen Koffer überreicht bekommt. Ein nervöser Mann in einem schicken Anzug erklärt ihr etwas. Ich denke, das ist ein echter Juwelier, der der Frau noch auf die Schnelle ein paar Dinge mit auf den Weg gibt und sie mit Schmuck ausrüstet.

In der Ferne hören wir leise die Stimme des Verhandlungsführers, der wieder mit dem Geiselnehmer spricht. »Die Verkäuferin aus dem Juwelierladen ist jetzt da.«

Als die Frau aus dem abgeschirmten Bereich tritt, weicht ihre konzentrierte Ruhe einer hibbeligen Nervosität. Ich bewundere schon jetzt, wie gekonnt sie ihre Rolle spielt. Langsam geht sie auf den Supermarkt zu, während ich immer noch die ruhige Stimme des Verhandlungsführers höre.

Balthasar fischt nach meiner Hand. »Gleich geht es los. Wir müssen genau den richtigen Moment abpassen, wenn beide Türen des Marktes offenstehen, und wir müssen uns beeilen.«

Ich klammere mich an seine Hand und warte. Mein Herz pumpt das Blut so intensiv durch meinen Körper, dass ich die pulsierenden Schläge bis in meinen Kopf wahrnehme. Hoffentlich breche ich nicht zusammen, bevor das ganze Spektakel losgeht. Meine Beine fühlen sich schon jetzt wie Gummi an. Keine Ahnung, wie ich damit hinter Balthasar herspurten soll.

Im Inneren des Supermarktes ist nun ein Mann zu erkennen, der einen anderen Mann mit einer Waffe bedroht und in Richtung Ausgang führt. Die Polizistin bewegt sich langsam auf den Eingang des Supermarktes zu und im inneren Bereich öffnet sich die erste Schiebetüre.

Balthasars Hand umschließt meine noch fester und ich bemerke seine Anspannung. »Wir werden uns nur flüsternd unterhalten und darauf achten, dass wir niemanden berühren«, brummt er, als die Polizistin die Lichtschranke der äußeren Tür erreicht hat.

Die Tür gleitet geschmeidig auseinander und Balthasar zieht mich ruckartig mit sich. Gemeinsam hetzen wir auf den Eingang des Supermarktes zu.

Alles um mich herum scheint stillzustehen, die Polizistin ist erstarrt. Wir rasen an ihr vorbei und bremsen im Windfang atemlos ab. Da ist kaum Platz, um an dem Entführer und seiner Geisel vorbeizukommen, ohne sie zu berühren. Dass wir uns dabei an der Hand halten müssen, erschwert die Lage noch zusätzlich.

Voll Mitleid betrachte ich die Geisel, einen älteren Herren, auf dessen Stirn Schweißperlen stehen. Seine Körperhaltung und sein Gesichtsausdruck wirken wie die Wachsfigur eines unschuldig Verurteilten kurz vor der Hinrichtung. Der junge Mann hinter ihm sieht ähnlich angespannt aus.

Balthasar zieht mich vorsichtig an dem alten Mann vorbei und ich betrachte den Geiselnehmer. Ein ganz normaler junger Mann, lässig gekleidet. Wäre da nicht die Waffe in seiner Hand, dann hätte ich ihn als absolut harmlos empfunden.

»Warum schlägst du ihn nicht einfach um?«, frage ich leise. Doch Balthasar zieht mich weiter und wir betreten den großen Verkaufsraum.

»Das Risiko, dass sich ein Schuss aus der Waffe löst, ist zu groß«, flüstert er. »Die Sicherheit der Geiseln ist das Wichtigste. Alles andere ist zweitrangig.«

In der hintersten Ecke kauern die Geiseln. Diese Woche scheint neben dem Grillanzünder auch Klebeband im Angebot zu sein. Alle Geiseln sind kreuz und quer verschnürt und aneinandergeklebt. Auf dem Boden liegen lauter angebrochene Kleberollen herum.

Etwas abseits ist eine junge Frau an einen Stuhl gefesselt, auf dem wahrscheinlich normalerweise die Kassiererin sitzt. Alle Geiseln sehen zwar gestresst, aber unverletzt aus.

Balthasar zieht mich hinter ein Regal und wir befestigen oberhalb davon die Kamera, sodass sie auf die Geiseln gerichtet ist. Ich bemerke, dass die Zeit sich wieder ihrem normalen Lauf anzunähern scheint, da die Bewegungen der Geiseln schneller werden. Wir ducken uns gerade noch hinter das Regal, bevor alles wieder seinen gewohnten Gang geht.

Gespannt lauschen wir auf das, was sich im Eingangsbereich des Marktes abspielt. Den Geräuschen nach zu urteilen, geht der Austausch des alten Mannes gegen die Polizistin reibungslos über die Bühne. Das Wimmern und Schluchzen der Frau auf dem Stuhl macht es aber schwierig, jedes Geräusch eindeutig zu identifizieren.

»Liebling, sieh mal, die Frau mit den Eheringen ist da«, höre ich die gut gelaunte Stimme des Geiselnehmers. Dann quietscht es äußerst unangenehm. Schleift der Geiselnehmer den Stuhl mitsamt der Frau herum?

Balthasar und ich werfen uns Blicke zu, während wir konzentriert horchen. Ich hole Luft, weil ich Balthasar fragen will, wie unser weiterer Plan aussieht. Aber er legt einen Finger an seinen Mund und presst kurz die Lippen aufeinander. Dann schließt er die Augen und nickt leicht, was mich beruhigt.

Ein Telefon klingelt und klingelt. Niemand nimmt ab. Der Geiselnehmer ist wohl mit der Auswahl der Ringe beschäftigt. Denn immer wieder preist er seiner Angebeteten ein Modell an.

»Wollen Sie nicht ans Telefon gehen?«, fragt die Polizistin den Geiselnehmer einmal vorsichtig. Der reagiert überhaupt nicht. Irgendwann verstummt das Klingeln.

Ich kauere zusammen mit Balthasar hinter dem Regal mit dem Toastbrot und frage mich, wie es weitergeht. Erstaunlich, wie ruhig ich bin!

»Thorsten?«, ertönt plötzlich eine laute Stimme vom Parkplatz. Da Thorsten nicht ans Telefon gegangen ist, muss nun wohl das gute alte Megaphon herhalten.

»Oh Mann, was will der denn jetzt?«, flucht der Geiselnehmer.

»Sag mal, Thorsten … vielleicht … Was soll das …« Das Megaphon bleibt kurz still, dann hören wir eine weibliche Stimme, die sich vor Aufregung überschlägt: »Junge, du schwingst jetzt sofort deinen Hintern hier raus, sonst kannst du was erleben …«

»Oh Mann!«, stöhnt der Geiselnehmer leise, während die zornige Frauenstimme eine nicht enden wollende Schimpftirade durch das Megaphon schickt. Irgendwann bricht sie mitten im Satz ab. Die Tröte ist ihr wohl entrissen worden.

Die Spannung im Inneren des Marktes ist beinahe mit den Händen zu greifen. Balthasar und ich saugen uns mit den Augen aneinander fest, und meine Hand klammert sich an seine.

Die Geiseln sind verstummt. Ich vernehme weder von der Polizistin noch von der Frau auf dem Stuhl irgendwelche Geräusche. Dann höre ich Schritte und die innere Schiebetüre des Supermarktes geht auf. Balthasars Überraschung erkenne ich nur daran, dass seine Augäpfel kurz vibrieren.

Die zweite Tür des Marktes öffnet sich und einen Moment später bricht draußen ein Tumult los.

Balthasar flüstert: »Zeit, zu gehen.« Ich nicke und Balthasar schließt die Augen, um sich auf die Geräusche zu konzentrieren. Mir ist klar, dass er nicht den Augenblick verpassen will, in dem noch beide Eingangstüren offenstehen, und ich lausche ebenfalls. Er macht seine Augen genau in dem Moment auf, als auch ich meine, der richtige Zeitpunkt sei gekommen.

Wieder gehen wir durch eine zeitlose Welt. Am Eingang waren eine Reihe schwer bewaffneter Polizisten im Begriff, in den Markt zu stürmen, als Balthasars Gabe sie zum Stillstand zwang. Wir müssen einen wahren Slalom absolvieren, um niemanden zu berühren. Schließlich erreichen wir das Freie und hechten wieder hinter den Wagen, wo alles angefangen hat.

Da lässt Balthasar seine Gabe los und das Leben geht weiter. Wir schauen zu, wie der Geiselnehmer zu Boden gerungen, gefilzt und mit Handschellen unschädlich gemacht wird. Die wütende Frau brüllt immer noch aus einiger Entfernung auf ihn ein und muss von mehreren Beamten zurückgehalten werden. Thorsten wirkt fast ein bisschen froh, ihr entkommen zu sein, als er von zwei Beamten in einen Streifenwagen geschoben wird. Die ersten Geiseln werden aus dem Supermarkt herausgeführt und von Ärzten in Empfang genommen.

Erst jetzt gibt Balthasar meine Hand frei. Der Einsatzleiter kommt auf uns zu. »Gute Arbeit!«, lobt Balthasar den Mann und dieser sagt: »Dito.« Anschließend klopft er mir auf die Schulter und unter dem Druck knicken beinahe meine Knie ein, was ich aber versuche, mir nicht anmerken zu lassen.

»Zurück zum Heli?«, fragt der Einsatzleiter.

»Nein, wir nehmen die S-Bahn«, erklärt Balthasar locker und der Einsatzleiter winkt einen Polizisten herbei, der uns zur nächsten Haltestelle bringt.

Als wäre nichts passiert, schlendern wir zum S-Bahnhof. Am Kiosk kauft Balthasar eine Packung Erdnüsse mit Schokoladenüberzug.

Ich scherze: »Das nächste Mal solltest du lieber zu einer Vollkornsemmel greifen, anstatt dieses leere Zeug zu essen.«

»Genau.« Balthasar schmeißt sich eine Nuss in den Mund, bevor er mir die Tüte reicht. »Iss etwas Süßes. Das wird dir jetzt helfen.«

Bevor wir in die S-Bahn steigen, mustert mich Balthasar. »Hast du alles gut überstanden?«

»Ja.«

Es geht mir wirklich erstaunlich gut. Während der Fahrt fragt mich Balthasar plötzlich: »Noch einmal wegen der Mail von heute Morgen. Ist es so, dass du eigentlich gar nicht mit mir ausgehen willst?«

»Natürlich will ich mit dir ausgehen, obwohl ich das bestimmt nie so ausgedrückt hätte wie Lisi.«

Balthasar lächelt und knabbert genüsslich Schokonüsse. »Ich dachte, bevor wieder etwas dazwischenkommt, gehen wir jetzt sofort zusammen zum Essen.«

»Gute Idee!« Ich lächle ihn an und ernte ein verschmitztes Grinsen.

Nachdem wir ausgestiegen sind und bereits ein Stück zu Fuß zurückgelegt haben, bekomme ich so eine Ahnung, wo Balthasar mit mir essen gehen will.

27

Tatsächlich, wir sind in der Straße des Mexikaners und die Tür des Lokals steht weit offen, als wir eintreten. Aus den Lautsprechern tönen die ersten Klänge eines bekannten Musikstücks von Prince und der Rocker vom Karaoke-Wettbewerb dreht gerade die Musik lauter. Balthasar und der Mann ahmen beide gleichzeitig mit Prince den ersten Gesangslaut nach und ich pruste los.

»Ah, das ist ein geiler Song!«, grinst der Mann hinter der Bar. »Bale und Clara, richtig?«

Ich bin baff, dass er uns noch kennt. Aber der Mann fragt sofort: »Wollt ihr euren Gutschein einlösen?«

Balthasar lehnt sich über die Theke. »Den haben wir gar nicht dabei. Wir haben Hunger und wollten etwas essen.«

Erst jetzt registriere ich, dass das ganze Lokal leer ist. »Setzt euch. Eigentlich haben wir heute Mittag nicht geöffnet, aber die Küchenfee ist da. Ich sehe mal, was sich machen lässt«, erklärt der Mann und fügt hinzu: »Ich bin übrigens der Georg oder Schorsch, wie ihr wollt.« Er kommt tanzend hinter der Bar hervor und macht sich auf den Weg in die Küche. Balthasar und ich grinsen ihm hinterher und suchen uns einen kleinen Tisch.

Kurze Zeit später erscheint Georg wieder, immer noch tanzend. »Ihr bekommt etwas zu essen. Aber es wird gegessen, was auf den Tisch kommt.« Wir nicken dankbar und Georg kehrt hinter die Bar zurück, um uns etwas zu trinken zu machen.

Ich sitze mit Blick auf den eingeschalteten Fernseher, wo es in den Nachrichten kein anderes Thema gibt als die Geiselnahme in dem Fürstenfeldbrucker Supermarkt. Balthasar folgt meinem Blick und wir betrachten eine Weile gemeinsam das Geschehen auf dem Bildschirm. Einen Moment lang kann ich mich sogar zwischen den großen Männern erkennen. Irgendwie wirke ich schrecklich klein und zerbrechlich zwischen den riesigen Kerlen.

Als die Kamera auf die Armada von Krankenwägen schwenkt, die auf dem Parkplatz stehen, knurrt Balthasar: »Was hast du dir eigentlich dabei gedacht, diese Schwangere zu heilen? Du hattest keine Ahnung, was im Supermarkt noch auf dich wartet. Wie hättest du mit den ganzen Schmerzen fertig werden wollen? Du warst schließlich heute Morgen schon im Krankenhaus aktiv.«

»Ach, komm schon, Balthasar. Es war doch alles kein Problem. Die Geiseln waren unversehrt und mit den beiden Patientinnen heute Morgen bin ich gut klargekommen.«

Zufrieden trinke ich einen Schluck, als Balthasar mich finster anschaut. Seine Backenmuskeln führen ein beunruhigendes Spektakel auf. Mist! Ich habe mich soeben verplappert, ich Trottel. »Äh, ich gehe mal schnell aufs Klo«, rufe ich schnell in der Hoffnung, dass er vielleicht doch nichts gemerkt hat.

Hastig betrete ich die Damentoilette. Liebe Arbeitnehmerinnen, leider muss ich euch mitteilen, dass das Frauenklo keinesfalls ein sicherer Ort ist auf der Flucht vor einem wütenden männlichen Chef, auch wenn sich an der Tür ein eindeutiges Hinweisschild befindet. Diese Erfahrung muss ich machen, denn mein Chef kommt in den

Vorraum der Toilette gestürmt und drückt mich so schnell an die Wand, dass ich keine Chance auf Entkommen habe.

Mit großen Augen starre ich Balthasar an, der mir mit seinem Gesicht immer näher rückt und bedrohlich leise auf mich einredet. »Ich kann es wirklich nicht glauben. Du hast tatsächlich zwei Patienten behandelt und dich damit über unsere Vereinbarung hinweggesetzt?«

»Es hätte doch auch ein Patient mit zwei Brüchen sein können. So waren es zwei Patienten mit jeweils einem Bruch. Wo ist denn da der Unterschied?«

Balthasar schickt einen flehenden Blick zum Himmel, pustet Luft aus seinen Lungen und verdreht die Augen. Anschließend schaut er mich durchdringend an. Seine Nähe wird mir plötzlich sehr bewusst, weil er mich mit seinem Körper an die Wand drückt.

»Du …«, knurrt er, »du … kleines, freches … Häschen.« Seine Lippen pressen sich auf meine und im ersten Moment registriere ich gar nicht, dass er mich küsst. Tatsächlich hätte ich eher mit einem Faustschlag gerechnet. Aber diese Form der Bestrafung für meinen Ungehorsam finde ich besser. Mal abgesehen davon, weiß ich natürlich, dass Balthasar mich niemals schlagen würde. Als ob es noch möglich wäre, versuche ich ihn noch näher an mich heranzuziehen und umschlinge ihn mit beiden Armen, während er mich in einer beschützenden Umarmung einfängt. Unsere Küsse werden leidenschaftlich und ich will Balthasar gerade das Shirt aus der Jeans zupfen, als ein Schatten hinter dem Milchglas der Toilettentür erscheint.

»Macht nicht zu lange!«, hören wir Georg sagen. »Euer Essen wird sonst kalt.«

Wir wagen kaum, einen Mucks zu machen. Georgs Schatten entfernt sich ein Stück und als ich schon nach Luft schnappen will, sagt er noch: »Beim nächsten Karaoke-Abend muss ich euch leider die Teilnahme verweigern ... jedenfalls gemeinsam.«

Balthasar lächelt schelmisch und ich schäle mich peinlich berührt aus seiner Umarmung. Georg tut ja gerade so, als hätte er uns beim Sex erwischt. Ich nehme wahr, dass Balthasar immer noch entspannt lächelt und verlasse die Toilette. Balthasar folgt mir, schlägt aber den Weg zur Herrentoilette ein. Ich kehre unter Georgs amüsiertem Blick an unseren Tisch zurück.

»Lässt nichts anbrennen, der Herr Chef, oder?«, neckt Georg mich und ich traue mich kaum, ihm ins Gesicht zu sehen. »Ich habe schon bei eurem Auftritt gemerkt, dass es kräftig zwischen euch knistert.«

Ich bin froh, dass ich mit dem Rücken zu ihm sitze und sein Grinsen nicht mehr sehen muss.

Glücklicherweise erwähnt Balthasar mein unfreiwilliges Geständnis nicht mehr. Allerdings erwähnen wir auch genauso wenig gegenüber unserer Umwelt die Tatsache, dass wir, nun ja, irgendwie zusammen sind.

Balthasar ist in den nächsten Wochen beruflich immer wieder tagelang unterwegs und wir sehen uns selten. Mir ist dabei, ehrlich gesagt, auch nicht immer klar, ob er als Immobilien-Teubert oder als Superheld-Teubert unterwegs ist. Er berichtet wenig über seine Arbeit und ich frage auch nicht danach.

Unsere Beziehung, oder was immer das ist, liegt wegen

seiner ständigen Abwesenheit auf Eis. Wenn überhaupt, dann küssen wir uns kurz und heimlich in den Momenten, in denen wir sicher sein können, dass uns niemand beobachtet. Mein Verlangen nach ihm wird dadurch natürlich nicht gerade geschmälert und ich liege in den Nächten, in denen er ebenfalls im Haus ist, oft stundenlang wach und warte darauf, dass er einfach zu mir kommt. Was er aber nie tut. Ja, ich gebe es zu: einige Male habe ich mich bis vor seine Wohnungstür geschlichen, konnte mich aber nie überwinden, zu klopfen. Beinahe kommt es mir so vor, als wären wir uns beide noch nicht sicher, ob das mit uns eine gute Idee ist.

Obwohl wir uns wirklich vorsichtig verhalten, gehen wir in Anwesenheit unserer Mitbewohner viel zu distanziert, regelrecht verkrampft miteinander um. Deshalb gehe ich davon aus, dass John inzwischen längst kapiert hat, was los ist. Freundlicherweise lässt er sich nichts anmerken, sondern beobachtet uns nur manchmal neugierig. Wenn er dann seinen Mund zu seiner typischen spitzen Schnute verzieht, dann bin ich mir sicher, dass er sich herrlich über unser Katz-und-Maus-Spiel amüsiert.

Glücklicherweise ist meine Zeit auch in Balthasars Abwesenheit gut ausgefüllt. Ich gehe regelmäßig ins Krankenhaus, um dort zu helfen. Meine Treffen mit Chris genieße ich. Er ist für mich ein Freund geworden. Außerdem kann ich nicht ohne Stolz sagen, dass meine sportlichen Aktivitäten zu einer Verbesserung meiner allgemeinen Fitness beitragen.

An einem Mittwochmittag sitzen wir gerade gemütlich beim Mittagessen, als Balthasar überraschend von einer

Geschäftsreise zurückkommt. Mit großen Schritten eilt er ins Esszimmer. In seinem dunkelbraunen Anzug sieht er zum Anbeißen aus und ich gestehe, dass er mich immer, wenn er einen Anzug trägt, um den Verstand bringt. Doch ich beherrsche mich und springe nicht von meinem Stuhl auf.

Balthasar schenkt mir nicht mehr Aufmerksamkeit als den anderen Anwesenden. Geschäftig legt er seinen Aktenkoffer auf den Tisch und öffnet ihn. »Ich habe leider nicht viel Zeit. Bin sozusagen nur auf der Durchreise. Aber ich wollte euch schnell etwas vorbeibringen.«

Er zieht vier Umschläge aus dem Koffer und Sara springt freudestrahlend auf. »Ist es das, was ich meine?«

Balthasar überreicht ihr grinsend einen Umschlag und während Sara ihren schon aufreißt, erhalten Titus und John ebenfalls einen.

»Ich dachte schon, du lädst uns diesmal nicht ein.« Sara betrachtet mit leuchtenden Augen die Karte.

»Ihr wisst den Termin ja schon seit Monaten. Daher dachte ich, ihr braucht die Einladungen eigentlich nur noch, damit ihr eingelassen werdet.«

Ich kapiere, dass es wohl um diese Abendveranstaltung geht, von der Sara beinahe täglich spricht. Plötzlich wendet Balthasar mir seine Aufmerksamkeit zu und hält mir einen Umschlag vor die Nase. »Ich würde mich wirklich freuen, wenn du auch kämst.«

Lächelnd nehme ich den Umschlag an, auf den Balthasar eigenhändig meinen Namen geschrieben hat. Als ich die Karte geöffnet habe, überfliege ich die stilvolle Einladung, auf der etwas von Spendengala und Bankett mit

Tanz steht. Hängen bleibe ich an dem Wort *Dresscode*.

»Aber ...«, beginne ich zögernd und John, der meinen Gesichtsausdruck richtig deutet, äfft mich mit verstellter Stimme nach: »... ich habe gar nichts zum Anziehen.« Dabei hält er sich gestresst den Handrücken an die Stirn.

Ich blaffe ihn nur halb beleidigt an: »Das stimmt. Hast du schon einmal in meinen Kleiderschrank gesehen?«

»Du vergisst, dass ich deine ganzen Umzugskartons voll Klamotten getragen habe.«

»Mag sein, dass ich einen unerschöpflichen Vorrat an Jeans besitze. Aber mein Kontingent an Abendkleidern ist leider momentan erschöpft.«

John grinst immer noch vergnügt.

»Darf ich ...?«, fragt Sara Balthasar, der schließlich nickt.

»Clara, überlass das mir. Ich werde das schönste Kleid für dich kaufen, das du jemals gesehen hast.« Gut gelaunt nimmt sie Titus an der Hand und zieht ihn mit.

Auch John verlässt den Raum und liest dabei seine Einladung. Ich stehe am Tisch und Balthasar betrachtet mich von der anderen Seite. »Leider muss ich wirklich sofort wieder los. Wir sehen uns dann erst auf der Veranstaltung. Du kommst doch?«

»Ja, natürlich«, wispere ich, als John pfeifend zurückkehrt und damit beginnt, in der Küche aufzuräumen. Sara stürmt durch den Raum und eilt zur Haustür, wahrscheinlich weil sie sofort ein Kleid für mich kaufen will.

Balthasar und ich stehen gehemmt und schweigsam da, was auch nicht besser wird, als John sagt: »Tut einfach so, als wäre ich gar nicht da.«

Da schließt Balthasar seinen Aktenkoffer und fragt: »Begleitest du mich noch zur Tür?«

Ich nicke.

»Kleiner Tipp«, sagt er auf dem Weg zur Haustür. »Ihr solltet etwas später kommen, dann sind die ganzen langweiligen Reden schon vorbei.«

Dann bemerkt er mein unglückliches Gesicht, stellt seinen Koffer vor der Tür ab und streichelt meine Wange. »Ich habe mir vorgenommen, nach der Spendengala etwas weniger zu arbeiten. Dann bleibt mir … uns … etwas mehr Zeit für … private Dinge.«

Mein Herz klopft augenblicklich schneller. Ich strecke mich und drücke ihm einen sanften Kuss auf den Hals. Sofort bemerke ich, dass er wirklich unter Zeitdruck zu stehen scheint, da er sich schon wieder von mir lösen will. Deshalb beschließe ich, ihn nicht gehen zu lassen, ziehe ihn an mich und küsse ihn so liebevoll, dass er einfach bei mir bleiben muss.

Meine Initiative scheint ihm durchaus zu gefallen, wie mir das wohlige Brummen aus seiner Kehle zeigt. Bereitwillig steigt er auf meine leidenschaftlichen Küsse ein. Meine Hände fahren über seinen Rücken und nicht mehr Herr über mich selbst, drücke ich ungestüm seine Pobacken. Langsam wandern meine Hände über seine Lenden und nähern sich seinem besten Stück.

Da schiebt mich Balthasar atemlos von sich. »Wow, Clara!«, keucht er. »Ich muss jetzt wirklich los. Sofort!«

Eigentlich klingt er so, als müsse er sich selbst dazu ermahnen. Als er sich abwendet und seinen Aktenkoffer aufnimmt, stöhne ich frustriert und verdrehe die Augen.

Noch bevor ich mit dem Rollen meiner Augen fertig geworden bin, fällt der Aktenkoffer auf den Boden und Balthasar hat mich wieder in seine Arme genommen. Er küsst mich nun ebenso stürmisch und seine Zunge erobert gierig meinen Mund. Wegen den anregenden Bewegungen, die seine Zunge vollführt, habe ich keinen Zweifel mehr daran, was er nun am liebsten mit mir tun würde. Ein lustvolles Stöhnen kann ich nicht verhindern und Balthasars Stimme klingt seltsam belegt, als er mir ins Ohr raunt: »Glaub mir, ich kann es kaum mehr erwarten, meine Schöne. Aber: Ich. Muss. Jetzt. Leider. Gehen.«

28

Ungläubig betrachte ich mich in dem großen Standspiegel, den Sara mitten in meiner Wohnung aufgestellt hat. Bin das ich? Völlig unwirklich sehe ich aus, aber eindeutig im positiven Sinne. Es ist das erste Mal in meinem Leben, dass ich ein Designer-Kleid trage: ein schulterfreier Traum in Rosa mit einem fast transparenten schmalen Rock, der federleicht in mehreren Schichten zum Boden fließt. Ich fühle mich wie eine Elfe. Sara hat mir die Haare seitlich locker eingedreht und im Nacken festgesteckt. Wie sie das kann! Auf Schmuck habe ich völlig verzichtet. Lediglich einige silberne Sterne glitzern in meinem Haar.

Sara stellt sich neben mich. »Du siehst aus wie ein Geschenk oder eine leckere Süßigkeit«, sagt sie.

Sie hat sich im Gegensatz zu mir kräftig geschminkt. Ich betrachte ihr eng anliegendes, asymmetrisch geschnittenes Abendkleid, das ihre Kurven betont. Der kräftige Blauton passt gut zu ihren honigblonden Haaren. Die einzige Gemeinsamkeit, die ich zwischen uns feststellen kann, sind die hochgesteckten Haare, die bei ihr allerdings weniger romantisch ausfallen.

»Das hast du wirklich geschickt eingefädelt, Sara. Neben dir sehe ich aus wie eine blasse Erscheinung von etwas, das vielleicht ganz nett werden könnte, wenn es bunter wäre.«

»Mach dich nicht schlechter, als du bist. Du siehst toll aus. Du wirst sie glatt alle umhauen.« Sie schiebt mir ein Paar besonders hochhackige Schuhe zu.

»Das ist nicht dein Ernst!«

»Los geht's. Wir sind spät dran«, erwidert Sara und geht.

Ich trage die High Heels bis zur Haustür in der Hand und schlüpfe dann hinein. Langsam taste ich mich bis in die Garage vor und wiege meine Hüften vorsichtig bei jedem Schritt hin und her. Sara, die bereits an ihrem Auto auf mich wartet, prustet los. »Clara, du bist ein Naturtalent. Ich wünschte, ich könnte mich so lasziv in den Hüften wiegen, wenn ich gehe.«

»Ich versuche lediglich, nicht bereits auf dem Hinweg auf die Fresse zu fallen.«

»Du wirst die Männer um den Verstand bringen.« Sara kichert und ich wende mich um.

»Ich gehe nur schnell meine Ballerinas holen«, rufe ich.

»Mach, dass du ins Auto kommst. Dein Kleid schleift am Boden, wenn du flache Schuhe trägst«, schimpft Sara und ich folge, indem ich wie in Zeitlupe auf das Auto zustakse.

Wir erregen nicht schlecht Aufsehen, als wir mit Saras kleinem Wagen vor dem großen Hotel in München ankommen. Aber der Wagen wird uns schnell abgenommen und wir betreten das palastartige Gebäude. Sara kennt sich aus und läuft flott, während ich in den Schuhen versuche, so wenig wie möglich den Boden zu berühren. Jetzt wäre es von Vorteil, wirklich eine Elfe zu sein.

Am Saaleingang gibt Sara die Einladungskarten ab und wir gehen hinein. Titus, der im Smoking ungewohnt schick aussieht, kommt mit zwei Gläsern in der Hand auf Sara zu und reicht ihr eines. Er flüstert ihr etwas ins Ohr und sie lächelt glücklich.

Ich halte mich zurück und nicke nur zu Titus hinüber. Es ist klar, dass ich überflüssig bin. Er hat einen so verliebten Blick aufgesetzt, dass ich mich automatisch nach Balthasar umsehe.

In dem Saal herrscht schon ganz schönes Gedränge. Das allgemeine Stimmengewirr hat bereits einen anstrengenden Pegel erreicht und zusätzlich spielt Musik. Da erkenne ich im Tumult eine mir bekannte Person. »Fräulein Clara, es freut mich, Sie in, wenn ich das so sage darf, körperlich einwandfreiem Zuschtand zu sehe.«

»Doktor!« Ich reiche dem Mann die Hand und er mustert mich freundlich über seine Brille hinweg.

»Nenne Sie mich doch Harald, bitte.« Er dreht sich kurz um und meint: »Ich fürchte, meine Frau schickt scho ganz böse Blicke in Ihre Richtung, aber vielleicht ergibt es sich später ja noch amal.«

Mit diesen Worten entschuldigt er sich und verlässt mich auch schon wieder. Ich beobachte, wie er sich zu einer schwarzhaarigen Frau in seinem Alter gesellt. Ich wende mich dem Partygetümmel zu und tauche ein.

Endlich erspähe ich Balthasar in der Nähe der Tanzfläche. Nachdem ich seinen Anblick im Smoking verkraftet habe, will ich ihm winken. Aber er steht mit dem Rücken zu mir. Auf einmal tritt er einen Schritt zur Seite und ich sehe, mit wem er sich so gut unterhält. Instinktiv eile ich hinter eine Säule, um mir die Situation genauer anzusehen: Neben ihm steht eine wahrscheinlich gefärbte Blondine in einem roten, hautengen Abendkleid mit einem so tiefen Ausschnitt, dass ich beinahe befürchte, die beiden Melonen könnten jeden Moment aus dem Kleid purzeln. Als wäre das noch nicht genug, ist ihr Kleid seitlich fast bis zur Taille geschlitzt. Trägt sie keine Unterwäsche? Aber das Allerschlimmste für mich ist in diesem Moment, dass Balthasar sich blendend mit der Frau unterhält, während sie keine Gelegenheit auslässt, ihn zu berühren. Grrr.

Bin ich etwa eifersüchtig? Ja, und wie!

Balthasar lächelt die Tussi charmant an und flüstert ihr etwas ins Ohr, worauf sie spitz auflacht und den Kopf in den Nacken wirft. Balthasars Blick huscht tatsächlich für einen Moment in den Ausschnitt des Kleides.

»Ist das nicht die Grünwalder Bikini-Schönheit?« Ertappt zucke ich zusammen und sehe mich um. Die Stimme gehört dem Polizisten, den ich im Wintergarten kennengelernt habe und der Einsatzleiter bei der Geiselnahme war. Er sieht heute in seinem Anzug ähnlich verkleidet aus wie Titus, macht aber eine gute Figur. Der Mann kommt mit zwei Gläsern auf mich zu. »Ich muss sagen, Sie sehen wirklich zum Anbeißen aus, auch wenn ich heimlich auf einen Auftritt im Bikini gehofft habe.«

»Den trage ich drunter.«

Er lacht und reicht mir ein Sektglas. Wahrscheinlich heißt das hier Champagnerflöte, aber im Grunde genommen ist das ja auch egal.

»Holger Seltmann.« Zum Glück stellt sich der Mann selbst vor. Denn ich habe vergeblich nach seinem Namen gegrübelt, obwohl ihn mir Balthasar sicher genannt hat.

»Sie haben bei mir wohl einen bleibenderen Eindruck hinterlassen als ich bei Ihnen«, sagt er lächelnd. »Aber mir ist schon klar, dass ich gegen einen Balthasar Teubert keine Chance habe.«

»Balthasar? Den habe ich noch gar nicht gesehen.«

Holger lacht. »Ich habe Sie beobachtet, seit Sie den Saal betreten haben, und mir ist durchaus klar, vor wem Sie sich hinter der Säule versteckt haben.«

Die Blondine kreischt schon wieder schrill auf und ich zucke zusammen. »Sehen Sie es sich ruhig noch einmal an«, fordert mich Holger Seltmann auf und ich folge ihm, weil ich nicht anders kann. Wütend spähe ich zu Balthasar hinüber und nippe verkrampft an meinem Getränk.

Holger Seltmann tritt von hinten ganz nah an mich heran. »Eifersucht ist nicht gerade das angenehmste Gefühl, nicht wahr?«

»Warum interessiert Sie das?«

»Weil ich ein ähnliches Gefühl empfinde«, erklärt er leise.

»Ist das Ihre Freundin?«

Er lacht leise. »Nein, aber ich finde Fremdschämen ebenso unangenehm wie Eifersucht. Diese Frau ist Veronika Seltmann, meine Schwester. Ich finde es einfach nur peinlich, wie sie sich einem Mann an den Hals wirft, der offensichtlich in eine andere verliebt ist.«

»Verliebt?«, hauche ich ganz leise.

»Ich bitte Sie, Clara! Er hat sich an Ihnen nicht sattsehen können, als Sie im Bikini vor ihm standen … Und uns anderen ging's übrigens genauso.«

Ich boxe ihm freundschaftlich auf den Oberarm.

»Wie wäre es, wenn wir Ihrem Bale etwas auf den Zahn fühlen und zu einer Gegenmaßnahme ausholen?«

»Klar, er wird mich sofort bemerken. Vor allem jetzt, wo er beinahe mit der Nase im Ausschnitt Ihrer Schwester festhängt.«

Holger Seltmann lässt nicht locker. »Können Sie tanzen? Wir legen einen flotten Tanz aufs Parkett und sehen, was sich tut.«

»Ja, es ist bestimmt von Vorteil, wenn es mich der Länge nach über die Tanzfläche schmeißt«, knurre ich, kann aber meinen Blick nicht von Balthasar wenden, der immer noch die Gesellschaft von dieser Veronika zu genießen scheint.

Außerdem weiß ich nicht recht, was Holger davon hat. »Warum wollen Sie das für mich tun?«, frage ich ihn unumwunden.

»Wie ich schon sagte, kann es meiner Schwester nicht schaden, wenn sie eine kleine Lektion erteilt bekommt. Außerdem habe ich beschlossen, keine Gelegenheit auszulassen, eine hübsche Frau in meinen Armen zu halten.« Holger grinst frech und reicht mir seine Hand. »Also. Können Sie tanzen?«

Ich lege meine Hand in seine, lächle und stelle die Gegenfrage: »Können Sie führen?«

Auf dem Weg zur Tanzfläche stellen wir unsere leeren Gläser auf einem Stehtisch ab. Die Tanzfläche ist voll und wir bleiben ganz am Rand. Gespielt wird gerade ein Tanzlied der Gruppe *Baccara*.

Holger zieht mich sofort ganz nah an sich und führt mich entschlossen mit dem Rücken zu Balthasar in dessen Richtung. So Körper an Körper würde ich normalerweise niemals mit einem fast Fremden tanzen. Aber in diesem Fall heiligt der Zweck die Mittel.

Das denkt sich Holger Seltmann wahrscheinlich auch gerade, denn an seinem Gesicht kann ich deutlich erkennen, wie viel Spaß es ihm macht, mich so an sich zu pressen. Zwischendurch brummt er mir seine Beobachtungen ins Ohr. »Sie sind immer noch in ein Gespräch vertieft.«

Mit einem Ruck reißt er mich im Kreis herum und ich lache überrascht laut auf. Sofort wirbelt er mich herum und tanzt in die andere Richtung. »Ich würde sagen, jetzt haben wir die volle Aufmerksamkeit der Zielperson«, sagt er sachlich und mir kommt vor lauter Aufregung ein hysterisches Kichern aus.

Holgers Hand wandert noch ein Stück tiefer, berührt schon beinahe meinen Po. »Treiben Sie das Spiel nicht zu weit!«, tadle ich ihn, was er jedoch nur mit einem frechen Grinsen kommentiert.

Dann haucht er mir zart ins Ohr: »Er ballt bereits die Fäuste!«

Ich kichere schon wieder und Holger lächelt mich so anzüglich an, dass sicher jeder Beobachter meint, wir flirten wie besessen.

»Lassen Sie mich mal sehen.«

Da legt er seine Hand auf meinen Kopf, um ihn an seine Brust zu ziehen. Ich schließe die Augen und lasse mich darauf ein, dass er mich langsam in Balthasars Blickrichtung dreht.

Aus halbgeöffneten Augen riskiere ich einen Blick zu Balthasar, der tatsächlich mit geballten Fäusten am Rand der Tanzfläche steht, während seine Backenmuskeln fieberhaft arbeiten. Veronika redet auf ihn ein, was er aber überhaupt nicht mehr zu bemerken scheint.

Holger dreht sich weiter und ich bin froh, als ich wieder entspannt die Augen öffnen kann. Wir tanzen noch eine Weile und als das Lied sich dem Ende zuneigt, brummt Holger ganz leise. »Nicht erschrecken. Feindliche Übernahme.«

»Darf ich abklatschen?«, höre ich Balthasar laut fragen.

Holger Seltmann gibt mich nur zögernd frei und schmunzelt vergnügt, als ich zu ihm aufschaue. »Das müssen Sie die Dame schon selbst fragen«, antwortet er.

Erst dann wende ich mich zu Balthasar um. Er wirkt angespannt, geradezu nervös und ich bemerke, dass er große Mühe hat, mich einigermaßen höflich zu bitten: »Willst du mit mir tanzen, Clara?«

Mein Lächeln wird noch breiter und ich glaube, dass meine Augen strahlen. »Aber natürlich.«

Ein kurzer Moment der Überraschung ist seinem Gesicht anzumerken, bevor er zaudernd auf mich zugeht und eine verkrampfte Tanzhaltung einnimmt. Ich begebe mich in seine Arme, stelle jedoch fest, dass er mich auf Abstand hält. Er spricht kein Wort mit mir, als das nächste Lied beginnt und ich überwinde mich nach einer Weile, ihn nach dem Grund zu fragen: »Schlechte Laune?«

»Wie gut kennst du diesen Polizisten eigentlich?«

»Holger?«, frage ich locker nach und ernte dafür einen bösen Blick.

»Den habe ich heute erst zum dritten Mal getroffen. Warum?«

Balthasar knurrt schon fast bösartig: »Ich versuche nur gerade zu kapieren, warum ich dir nicht einmal einen anständigen Kuss verpassen kann, ohne dass Titus dazwischenfunkt, und dieser Kerl darf dir einfach so den Po tätscheln.«

»Von tätscheln kann ja wohl keine Rede sein«, erkläre ich amüsiert, was Balthasar noch ärgerlicher macht. Ich lächle ihn aufrichtig an und lasse ihn nicht länger leiden. »Ich habe ihn darum gebeten.«

Balthasar stutzt kurz und wartet meine Erklärung ab. »Es war unerträglich für mich zu sehen, wie diese blonde Hexe um dich herumgeschlichen ist.«

Er begreift und zieht mich an sich, was ich mir gerne gefallen lasse. Wir tanzen eng umschlungen und ich vergrabe mein Gesicht an seiner Brust. Er riecht so herrlich verlockend. »Ich habe dich vermisst«, schnurre ich ganz leise.

»Die nächsten Tage gehören uns«, brummt er in mein Ohr. Als das Lied zu Ende ist, geht er auf Abstand zu mir und betrachtet mich von oben bis unten. »Du siehst wunderschön aus, ganz und gar atemberaubend.«

Seine samtene Stimme gepaart mit dem Blick der Begierde treffen mich unvorbereitet und ich blicke verlegen zu Boden. »Danke.«

Er grinst leicht, als ich ihn endlich wieder ansehe. »Das ist mir übrigens sofort aufgefallen – lange bevor dieser Seltmann deinen Arsch begrapscht hat.«

»Willst du mir deine Freundin nicht vorstellen?«

Ich sehe zur Seite und starre in die fiesen Augen der drallen Blondine.

»Ja, kein Problem. Veronika, das ist Clara Constanz, eine meiner Mitarbeiterinnen.«

Veronika verschränkt demonstrativ die Arme. Sie scheint nicht daran zu denken, mir die Hand zu reichen, worüber ich nicht wirklich enttäuscht bin.

»So, so«, entgegnet sie spitz, »deine Mitarbeiterin.«

Dann stürmt sie davon, wahrscheinlich, um sich erst einmal irgendwo auszuheulen. Balthasar bietet mir seinen Arm und ich hake mich ein.

John kommt uns mit einer Frau in einem grünen Kleid entgegen. »Na, Cinderella, hast es ja doch noch auf den Ball geschafft«, zwinkert er mir zu und flüstert: »Nicht vergessen: Vor Mitternacht wieder zu Hause sein!« Ich lächle John nach und sehe, dass er die Frau auf die Tanzfläche führt.

Balthasar geht unbeirrt weiter und wir unterhalten uns eine Zeitlang mit Dr. Harald Kaiser und seiner Frau. Was mich besonders erfreut, ist die Tatsache, dass Balthasar während des ganzen Gesprächs seine Hand oberhalb meines Pos geparkt hat.

In einer Gruppe junger Männer entdecke ich Holger Seltmann. Unsere Blicke treffen sich und er formt mit seiner Hand das Zeichen, das die Taucher verwenden, wenn alles in Ordnung ist. Ich mache das Zeichen zurück und er verzieht einen Moment seinen Mund zu einer gekünstelt bedauernden Schnute, was mich zum Lachen bringt. Im Grunde genommen ist Holger Seltmann ein feiner Kerl, wenn seine Schwester nicht so eine Schnepfe wäre.

Weil ich schon einiges an Alkohol konsumiert habe, entschuldige ich mich kurze Zeit später und gehe zur Toilette.

Seufzend sitze ich auf der Schüssel und entspanne mich. Einerseits deshalb, weil meine Blase sich endlich befreien darf, andererseits weil ich so glücklich bin über den bisherigen Verlauf des Abends. Balthasars vertrauter Umgang mit mir lässt mich hoffen, dass er einer Beziehung mit mir nicht abgeneigt ist.

Der Geräuschpegel aus dem Saal wird kurz lauter, als jemand den Waschraum betritt. Eine mir bekannte Frauenstimme schluchzt hysterisch. »Das ist so demütigend, so absolut untragbar.«

»Veronika …«, sagt eine sanfte Frauenstimme.

»Veronika, Veronika, immer nur Veronika. Ich kann dein ewiges Veronika nicht mehr hören. Ich will ihn und nur ihn. Was findet er nur an diesem flachbrüstigen Flittchen?«

Verblüfft sehe ich an mir herab. Ich habe immerhin Körbchengröße C. In Ordnung, manchmal auch nur B, je nachdem, wie er halt so ausfällt, der BH.

»Ich finde, dass Sie hübsch aussieht«, entgegnet die sanfte Frau.

»Das mag aus deiner Perspektive vielleicht stimmen«, gibt Veronika zu und ich verziehe anerkennend das Gesicht. Du bist eine wahre Freundin, Veronika!

Aber sie ist noch längst nicht fertig mit mir. Gerade, als ich mir meine schmerzenden, nackten Füße massiere, legt sie wieder los. »Und wie sie läuft. Hast du das gesehen? Dieser antrainierte, wackelnde Gang ist einfach erbärmlich. Warum fallen die Männer nur auf so etwas herein? Mich wundert es ja nicht, dass mein Bruder so dumm ist, aber von einem Balthasar Teubert hätte ich wirklich mehr erwartet. Ich kann es einfach nicht glauben, dass er mich nicht mehr will. Der Sex mit ihm ist einfach atemberaubend. Er ist so eine Granate im Bett.«

Neuer Nährboden für meine Eifersucht! Leider wird sie diesmal von Bildern begleitet, die ich eigentlich gar nicht sehen möchte. Balthasar in allen möglichen Stellungen mit dieser ... halt ... ganz böse Bilder! Gänseblümchen, Gänseblümchen, Gänseblümchen.

Veronika ist noch etwas eingefallen. »Ich habe extra ein Zimmer für heute Nacht gebucht, weil ich dachte, er würde seine Leidenschaft für mich wiederentdecken und ....«

Die sanfte Frau hat es längst aufgegeben, Veronika zu widersprechen. Ich bin ebenfalls sprachlos. Noch nie war ich so dankbar für regen Personenverkehr auf der Damentoilette, weil Veronika endlich die Klappe hält, als erneut die Tür zum Waschraum aufgeht. Ich bleibe noch eine ganze Weile in meiner Toilettenkabine und warte. Erst, als ich mir sicher bin, dass die Luft rein ist, verlasse ich den Raum.

Auf dem Weg zurück in den Saal merke ich, dass ich nicht einfach zu Balthasar und den Kaisers zurückgehen kann. Ich fürchte, dass ich Balthasar an den Schultern packen und so lange durchschütteln würde, bis er mir alles über sich und dieses blonde Busenwunder erzählt hat.

Kurzerhand biege ich in Richtung Terrasse ab und trete in die kühle Nachtluft hinaus. Ich weiß gar nicht, wie lange ich verträumt an dem Geländer gestanden und ins Nichts gestarrt habe, als ich hinter mir Schritte höre. Umzudrehen brauche ich mich nicht. Ich weiß auch so, dass er es ist. Seinen Schritt könnte ich mittlerweile aus tausenden heraushören.

Dann spüre ich seine warme Hand auf meinem nackten Rücken. »Hier steckst du.«

Als ich nicht antworte, starrt er neben mir in die Nacht und erfasst die Lage sofort. »Was ist es diesmal?«

Ich beschließe, nicht lange um den heißen Brei herumzureden. »Hast du gewusst, dass Veronika für heute Nacht ein Doppelzimmer gebucht hat?«

»Ist mir egal«, brummt er und stützt sich auf das Geländer.

»Sie hat auf der Toilette kein Blatt vor den Mund genommen, deine Qualitäten im Bett gelobt und die Hoffnung geäußert, dass du wieder mit ihr schlafen wirst.«

Er bleibt ruhig. »Was willst du von mir hören, Clara? Ich habe nie behauptet, ein Heiliger gewesen zu sein.«

»Ich hätte einfach gerne gewusst, wen ich vor mir habe, als ich sie kennengelernt habe.«

»Hätte ich euch so miteinander bekanntmachen sollen: Liebe Clara, das ist Veronika, die ich vor einem Jahr ein paar Mal gevögelt habe?«

Ich kann mir ein Lächeln nicht verkneifen. Aber er ist nun doch aufgebracht, geht auf der Terrasse auf und ab und fährt sich mit den Händen durchs Haar. »Nachdem Angela mit mir Schluss gemacht hat, da war ich eigentlich kaum mehr fähig, mich auf eine Beziehung einzulassen. Aber ich bin ein Mann, der seine Bedürfnisse kennt. Ich habe jede Gelegenheit genutzt, eine Frau ins Bett zu bekommen.«

Ich bewundere ihn für seine Ehrlichkeit. Deshalb drehe ich mich zu ihm um, lehne mich an das Geländer und blicke ihm in die Augen. »Du solltest ihr sagen, dass du kein Interesse an ihr hast. Ich glaube, sie macht sich insgeheim noch Hoffnungen.«

»Meinst du, das bringt etwas? Du kennst sie nicht«, knurrt er mich an und ich wende mich wieder von ihm ab.

Für einen Moment denke ich, dass er mich wieder alleine lässt. Doch es ist abermals seine Hand, die meinen Rücken berührt. Diesmal beginnt er zärtlich, mich mit seinen Fingerspitzen zu kraulen und ich kann mich nicht dagegen wehren, dass mich diese Berührungen elektrisieren.

»Ich möchte nicht, dass meine Bettgeschichten zwischen uns stehen«, haucht er leise und küsst meine Schulter.

»Das ist nicht das Problem, Balthasar. Ich habe auch Ex-Freunde, darum geht es nicht.«

Die Hand auf meinem Rücken erstarrt. »Ex-Freunde? Wie viele?«

»Das sag ich dir nicht, weil es im Gegensatz zu deinem beachtlichen Pensum erschreckend nichtig erscheint.«

Die Hand krault wieder über meinen Rücken und Balthasar küsst meinen Hals bis zum Ohr. »Sag nicht, dass es das T-Shirt eines dieser Freunde war, das du neulich nachts getragen hast.«

Ich lächle, weil ich seine Eifersucht spüren kann. »Doch, um ehrlich zu sein, war das schon so ein Shirt.«

Balthasars Hände drücken meine Schultern. »Ich werde es dir vom Leib reißen, wenn ich dich noch einmal darin sehe.«

Ein wohliger Schauer durchfährt mich bei dieser Drohung. Auch deshalb, weil er meinen Nacken küsst. Ob er seine Ankündigung tatsächlich wahrmachen würde? Aber ich will ihn nicht unnötig herausfordern.

»Ich werde mit Veronika reden. Wartest du hier auf mich?«, sagt er plötzlich und ich bin mehr als überrascht.

»Du willst tatsächlich mit ihr reden?«

»Wenn es dich glücklich macht, tue ich alles für meine Schöne«, erklärt er charmant, zieht meine Hand an seinen Mund und verpasst mir einen forschen Handkuss. »Bis gleich«, ergänzt er mit wackelnden Augenbrauen und ich merke, wie ich diesem Mann verfallen bin, mit Haut und Haar.

Als er im Saal verschwunden ist, wird es mir draußen allmählich doch zu kalt.

Sara und Titus sitzen an einem der Tische und essen, als ich mich zu ihnen geselle. »Bale ist gerade auf der Toilette«, erklärt mir Sara sofort und ich unterbreche. »Sara, bemühe dich nicht. Ich weiß, dass er mit Veronika Seltmann spricht.«

»Ja, genau«, kontert Titus. »Die reden über das Wetter.«

»Titus!«, schimpft Sara und ich bemerke, wie ich unruhig werde.

Unschöne Vorstellungen drängen sich wieder in mein Bewusstsein. Eilig springe ich auf. »Öhm, ich glaube, ich sollte auch auf die Toilette gehen.«

Sara wispert: »Sie sind in Richtung Spiegelbar verschwunden.«

Nachdem ich den Saal verlassen habe und in den Gang zur Spiegelbar abgebogen bin, ist es angenehm ruhig. Meine hochhackigen Schuhe klappern so laut auf dem Marmorboden, dass ich sie kurzerhand ausziehe und in den Händen trage, während ich vorsichtig mit gerafftem Kleid weiterhusche. Hinter einer Tür kann ich Geräusche wahrnehmen und als ich mein Ohr an das Türblatt presse, werden meine schlimmsten Befürchtungen bestätigt.

Da keucht jemand angestrengt und das Ganze wird von lustvollem Stöhnen begleitet. Das darf doch nicht wahr sein! Sollte es tatsächlich sein, dass Balthasar hinter dieser Tür mit …?

»Oh, Franz, ich komme«, presst eine angespannte Männerstimme hervor. Der Stein, der mir in diesem Moment vom Herzen fällt, würde materialisiert bis zum anderen Ende der Welt durchfallen. Leise entferne ich mich von der Tür und kichere nervös. Ich schleiche weiter, bis ich außer dem Rascheln meines Kleides leise Stimmen höre.

Das sind eindeutig Balthasar und Veronika. Ich komme gerade rechtzeitig in Hörweite, weil Veronika fragt: »Gibt es eine andere Frau?«

Balthasar klingt ruhig und gefasst: »Was bringt es, wenn ich dir Details nenne. Ich wollte dir lediglich mitteilen, dass es zwischen uns nie wieder irgendeine Form von Sex geben wird.«

Auf Zehenspitzen schleiche ich mich zu der Tür, die einen Spalt weit offen steht, als ob dies extra für mich so arrangiert wäre. »Es ist diese Hühnerbrust, nicht wahr?«

»Veronika!«, knurrt Balthasar. »Du bettelst regelrecht um die Verletzung. Ja, es gibt eine andere Frau und ich bin nicht an anderweitigen sexuellen Intermezzos interessiert.« Er hat seine Stimmlage zwar kaum verändert, klingt aber dennoch ärgerlich.

»Bitte, Bale, nur noch einmal. Sie muss es nicht erfahren. Wir können jetzt gleich für eine halbe Stunde verschwinden.«

»Was?« Balthasar kann es nicht fassen und mir geht es genauso. Der Mann muss wirklich eine Granate im Bett sein, wenn eine Frau wie Veronika Seltmann ihn derart um Sex anbettelt.

»Es hat überhaupt keinen Sinn, mit dir zu reden. Halte dich in Zukunft von mir fern!«, fordert Balthasar hart und ich trete langsam den Rückzug an.

»Bitte, Bale«, hakt Veronika noch einmal nach.

Balthasars Stimme wird lauter. Während ich um die Ecke husche, höre ich: »Übrigens, ich steh eigentlich nicht sonderlich auf künstlich vergrößerte Brüste.«

Ha, ich freue mich und mache mich vom Acker. Leider kann ich Balthasars Schritte bereits hinter mir auf dem Gang hören, weshalb ich zur nächstbesten Tür stürze und die Klinke drücke, um vom Gang zu verschwinden.

Ich bin immer noch glücklich über Balthasars Worte und weil der Raum, den ich für meine Flucht auserkoren habe, nicht abgesperrt ist. Nun stehe ich im Dunkeln und lausche den Schritten auf dem Gang. Plötzlich geht das Licht an. Erschrocken, mit zwei Stöckelschuhen in der Hand, lege ich instinktiv einen Finger an meine Lippen, bevor ich die Situation im Raum erfasse. Während Balthasar an dem Raum vorbeigeht, stelle ich fest, dass ich mit zwei Männern in einer Art Besenkammer stehe, wo sich der eindeutige Geruch nach Sex gnadenlos in meine Nase drängt.

Einer der Männer scheint ein Gast der Spendengala zu sein, der andere Mann sieht nach Hotelangestelltem aus und hat die Hand auf dem Lichtschalter. Zu allem Überfluss nestelt der Mann im Anzug am Verschluss seiner Hose herum.

Ich verziehe verlegen mein Gesicht zu einem verbissenen Lächeln, als erneut Schritte auf dem Gang zu hören sind. Das klingt nach High Heels und der Takt verrät einen erregten Allgemeinzustand. Die Schritte beschleunigen, während ich noch einmal einen Finger an den Mund lege. Inständig hoffe ich, dass die Schuhe ihre Besitzerin geradewegs zum Ausgang tragen.

Ich horche einen Moment, ob endlich Ruhe auf dem Gang eingekehrt ist, und wende mich dann den beiden Männern zu. »Eines würde mich noch interessieren«, frage ich frech und öffne die Tür. »Wer von euch beiden ist Franz?«

Kichernd verlasse ich die Besenkammer, ohne eine Antwort abzuwarten. Ich renne, immer noch mit den Schuhen in der Hand und gerafftem Kleid, zurück zu der Veranstaltung. Kurz vor dem Eingang zum Saal fällt mir im Eifer des Gefechts ein Schuh aus der Hand und in meiner Euphorie brauche ich ein paar Meter, um stehen zu bleiben. Mein gerafftes Kleid rutscht mir ebenfalls aus den Händen und als ich mich umdrehe, sehe ich hinter mir Balthasar, der sich nach meinem Schuh bückt.

Als ich lächelnd auf ihn zugehe, kniet er sich mit dem Schuh auf den Boden. »Was meinst du? Passt der Schuh, Cinderella?«

»Bei den Blasen, die ich mir heute gelaufen habe, könnte es spannend werden.«

Sachte stelle ich einen Fuß auf die Hand, die er erwartungsvoll ausgestreckt hat. Langsam und vorsichtig schiebt er mir den Schuh auf den Fuß und bittet wortlos um den zweiten Schuh, den ich ihm gerne überlasse. Er zieht mir den zweiten Schuh an und fixiert mich dabei mit einem Blick, als würde er mir eben den Verlobungsring auf den

Finger stecken. Mein Atem beschleunigt sich auf einmal und ich bin froh, als er endlich aufsteht und mir seinen Arm anbietet. Ich hake mich unter.

»Und, habe ich bestanden?«

»Hart an der Grenze«, neckt er mich und grinst. »Aber eines muss ich dir noch beichten: Ich bin kein Prinz.«

»Ach, solange du kein Frosch bist«, lache ich und wir kehren gemeinsam in den Saal zurück.

Stunden später sitze ich erschöpft an unserem Tisch. Titus und Sara tanzen immer noch eng umschlungen und mir kommt ein Gähnen nach dem anderen aus.

»Bist du müde?«, fragt Balthasar und setzt sich neben mich.

Die meisten Gäste haben sich in der letzten Stunde verabschiedet und Balthasar war mit Händeschütteln beschäftigt. Mein erneutes Gähnen ist Balthasar Antwort genug. »Wir müssen nicht auf Sara und Titus warten«, erklärt er mit einem tiefen Blick in meine Augen.

»Wo ist John?«, frage ich unbedarft nach.

»John kommt sehr gut ohne uns klar. Er ist mit der Frau im grünen Kleid verschwunden«, lächelt Balthasar und sieht mich immer noch so intensiv an.

»Ah, die, mit der er getanzt hat, oder?«

»Hmh. Und ich wette, er tanzt jetzt noch mit ihr.«

Vor lauter Müdigkeit begreife ich seine Anspielung lange nicht. »Ah«, sage ich schließlich und Balthasar steht auf: »Komm, Zeit ins Bett zu gehen.«

Überrascht sehe ich zu ihm auf und er betrachtet mich unverschämt amüsiert. Innerlich kann ich ihm nur zustimmen. Es ist wirklich so etwas von Zeit, mit ihm ins Bett zu gehen.

Als wir vor dem Hotel auf den Wagen warten, legt Balthasar mir seine Smoking-Jacke über die Schultern und raunt in mein Ohr. »Aber nicht wieder behalten! Sonst habe ich bald nichts mehr anzuziehen.«

Auf der Heimfahrt sprechen wir nicht miteinander. Es ist, als wäre uns beiden klar, dass jedes Wort zu viel wäre und die knisternde Spannung zwischen uns zerstören würde. Wir wissen beide, was in der Villa passieren wird. Als das bekannte Lied von den *Lumineers* im Radio läuft, werfen wir uns ständig verheißungsvolle Blicke zu und mein Körper wird von einer kribbelnden Vorfreude erfüllt.

In der Garage beobachte ich geduldig, wie Balthasar um das Auto herumgeht, um mir die Tür zu öffnen. Seine Bewegungen machen mich ganz hibbelig. Das Wissen, dass ich diese Nacht ihm gehören werde, und der Duft seines Aftershaves, das der Smoking-Jacke anhaftet, lassen mich beinahe zu einem fleischfressenden Zombie mutieren. Lediglich meine Beine aus Pudding halten mich davon ab, ihn anzuspringen, als er mir die Tür öffnet.

»Cinderella, darf ich bitten?« Er streckt seine Hand nach mir aus. Ich versuche, meine Füße in den High Heels zu belasten, kann aber einfach nicht mehr. Die Fahrt und schon davor das lange Sitzen machen es mir unmöglich, wieder in den Schuhen zu gehen, als läge der ganze Abend noch vor mir. Und vielleicht sind meine Füße inzwischen etwas geschwollen, kein Wunder, so viel wie ich getanzt habe.

Deshalb hebt mich Balthasar kurzerhand auf seine Arme und trägt mich zumindest so weit, bis ich, ohne mir die Füße schmutzig zu machen, barfuß bis zu meiner Wohnung gehen kann. Balthasars Anwesenheit, der mir händchenhaltend folgt, ist mir mehr als bewusst. Vor meiner Wohnung haucht er mir einen kurzen Kuss in den Nacken. »Ich bin gleich wieder da. Geh schon rein.«

Aufgeregt wie ein Fahrschüler vor der Fahrprüfung – blöder Vergleich – betrete ich meine Wohnung und lege die Smoking-Jacke ab. Die Stehlampe in der Nähe der Tür beleuchtet den Raum gerade so hell, dass es gemütlich ist. Behutsam, um nicht auf das Kleid zu treten, tripple ich im Schlafzimmer herum und räume ein paar herumliegende Wäschestücke in den Schrank, als ich Balthasar in die Wohnung kommen höre.

Angespannt bleibe ich stehen und betrachte mich in dem Standspiegel, der immer noch mitten im Zimmer steht. Kaum zu glauben, dass ich mich vor nicht allzu langer Zeit hier für diesen Abend fertiggemacht habe! Es kommt mir vor, als sei eine Ewigkeit vergangen.

Gebannt lausche ich auf Balthasars Geräusche und höre, dass er meine Wohnungstür absperrt, nachdem er eingetreten ist. Ich traue mich nicht, mich nach ihm umzusehen, und wende den Kopf gerade so weit nach hinten, dass ich ihn aus dem Augenwinkel wahrnehmen kann.

Zu meiner Überraschung fängt Balthasar mit rauer Stimme zu singen an. Er singt die erste Strophe des Liedes, das wir im Auto gehört haben. Seine Stimme zittert leicht. Ist er ebenso aufgeregt wie ich? Er bleibt hinter mir stehen und die einzige Berührung, die ich spüren kann, ist sein warmer Atem auf meiner Haut, während er immer noch das Lied singt. Seine Finger finden meinen Reißverschluss.

Während er langsam singt, zieht er genüsslich, beinahe quälend zögerlich, den Verschluss meines Kleides nach unten.

Seine Stimme bricht in dem Moment, als das Kleid auf den Boden fällt. Kurz treffen sich unsere Blicke im Spiegel, bevor er den Refrain des wunderbaren Liedes anstimmt. Es ist ungewohnt für mich: Ein bekleideter Mann steht hinter mir und mustert mich von oben bis unten im Spiegel. Ich möchte mich zu ihm umdrehen. Seine Hände fixieren mich jedoch sofort an der Taille und halten mich fest.

Unbeirrt singt er weiter und ich beobachte im Spiegel, wie seine Hände sich langsam auf Wanderschaft begeben. Als seine Hände meine Brüste berühren, schließe ich überwältigt die Augen. Inzwischen hat Balthasar das Lied vergessen und küsst liebevoll meinen Hals und Nacken. Ich lasse mich in seine Umarmung fallen und lehne mich zurück.

Nun führen mich seine Hände und geben mir zu verstehen, dass ich mich zu ihm drehen soll, was ich gerne tue. Bevor sich seine Lippen auf meine senken, halten wir kurz inne und lauschen. Erleichtert lächelnd, dass kein Titus in unser Vorspiel platzt, finden wir uns zu einem nicht enden wollenden Kuss voller Versprechen.

Dann springe ich an Balthasar hoch und schlinge meine Beine um ihn. Er trägt mich sofort in mein Schlafzimmer. Obwohl er Probleme hat, küssend den Weg zu finden, während ich ihm sein Hemd aufknöpfe, kommen wir am Bett an. Balthasar legt mich sanft auf der Matratze ab. Sofort ist er über mir und bedeckt meinen Körper mit Küssen. Nachdem er zärtlich meinen Bauchnabel liebkost hat, zupft er vorsichtig an meinem weißen Spitzenhöschen.

»Wo ist Kitty heute Abend?«

Ich erspare mir eine Antwort. Doch als er an meiner Hose zieht, unterbreche ich ihn. »Halt. Ich muss dir noch etwas sagen.«

Er brummt, lässt sich aber nicht von seiner Tätigkeit ablenken.

»Ich verhüte nicht«, platzt es aus mir hervor und ich stütze mich auf den Ellbogen auf.

Balthasar fischt in seiner Hosentasche. »Was meinst du, warum ich vorhin noch schnell in meine Wohnung musste?«

Er wirft einige Päckchen mit Kondomen auf mein Nachtkästchen und ich registriere gestresst die Anzahl.

»Werde ich das überleben?«

Balthasar knurrt und schmeißt sich auf mich. Ich sage nur: Granate. Ziemlich viele Granaten für eine Nacht.

29

In den frühen Morgenstunden liegen wir immer noch wach und eng umschlungen in meinem Bett.
»Clara?«
»Mmh?«
»Hättest du etwas dagegen, wenn wir unsere Beziehung vorerst für uns behalten?«
Beziehung? Ja. Geheim halten? Naja. Ich hebe meinen Kopf und sehe Balthasar an. »Wenn es sein muss.«
»Ich denke schon. Es ist in dieser schrägen WG sowieso schon beinahe unmöglich, so etwas wie Privatsphäre zu haben. Ich möchte dich einfach momentan mit niemandem teilen. Kannst du das verstehen?«
»Na gut«, brumme ich immer noch wenig begeistert. Eigentlich kapier ich das nicht.
Balthasar küsst mir kurz die Stirn und steht auf. Einen Moment bin ich von seinem nackten Anblick so abgelenkt, dass ich nicht begreife, was er tut. Doch dann merke ich, dass er seine Anziehsachen zusammensammelt. »Du gehst?«
»Ich möchte vermeiden, dass mich jemand von den anderen über den Gang huschen sieht.«
Mal abgesehen davon, dass sich das Wort huschen aus seinem Mund merkwürdig anhört, bin ich entsetzt. Wütend springe ich vom Bett auf. Es befriedigt mich ungemein, dass ihn mein nackter Anblick ebenso aus der Fassung bringt. Den Socken, den er eben vom Boden aufgehoben hat, lässt er tatsächlich fallen.

Ich flüchte mich ins Badezimmer und schimpfe dabei lauthals. »Hier geht es doch gar nicht um die anderen. Die haben schon vor uns gewusst, dass wir uns mögen. Mag sein, dass es bei Titus etwas länger gedauert hat. Aber glaubst du allen Ernstes, dass wir Sara und John etwas vorspielen müssen? Und wage es ja nicht, mir noch einmal zu erzählen, dass du jemals in deinem Leben zum Huschen gezwungen sein könntest.«

Wütend sperre ich mich im Badezimmer ein. Nicht nur, weil ich Balthasar bestrafen will, sondern weil ich ihm momentan nicht unter die Augen treten kann. Er will zwar mit mir zusammen sein, aber eigentlich auch wieder nicht. Was soll ich denn davon halten? Balthasar rüttelt ein paar Mal an der Klinke der Badezimmertür, gibt dann aber auf.

Verwirrt schlüpfe ich in meine Schlafwäsche und versuche, den Schmerz in meinem Inneren genauer zu begreifen. Ich bin in Balthasar verliebt, eindeutig. Soll ich mich zu seinen Bedingungen auf diese Pseudo-Beziehung einlassen? Da steckt doch etwas ganz anderes dahinter: Er ist immer noch verletzt, wegen dieser Angela.

Als ich mich so weit gesammelt habe, ohne einer Lösung für mein Problem nähergekommen zu sein, verlasse ich das Bad. Balthasar sitzt, teilweise angezogen, mit dem Rücken zu mir, seitlich auf dem Bett.

»Es ist wegen Angela, oder?«, frage ich ganz leise.

Er nickt und vergräbt den Kopf in seinen Händen. »Wir haben aus unserer Beziehung von Anfang an kein Geheimnis gemacht, im Gegenteil. Wir haben sie regelrecht zelebriert, in aller Öffentlichkeit. Als wir uns trennten, war das auch für unsere Freunde und Familien ein herber Schlag.«

»Verstehe ich das richtig? Du willst dich nicht zu mir bekennen, weil deine frühere Freundin dich hat hängen lassen? Ich bin nicht Angela.«

Balthasar würdigt mich immer noch keines Blickes. »Ich hätte nicht gedacht, dass ausgerechnet ich das einmal sagen würde, aber: Ich brauche einfach Zeit.«

Natürlich berührt mich seine Bitte, obwohl ich eigentlich lieber sauer auf ihn wäre. Wie gerne würde ich aus seinem Mund Worte hören, die mir seine Liebe gestehen! Ich kann mich seiner Bitte nicht widersetzen. Langsam gehe ich zu ihm, stelle mich ihm gegenüber auf und ziehe seinen Kopf an meinen Bauch. Er umschlingt mich erleichtert und der Druck seiner Arme zeigt mir seine Dankbarkeit.

In diesem Moment ist mir klar, dass ich ihm alle Zeit der Welt geben würde, solange ich daran glauben kann, dass er mich irgendwann in der ganzen Welt als seine Freundin vorstellt.

»Also gut«, murmle ich. »Ich gebe mich momentan damit zufrieden, dass nur wir beide von uns beiden wissen.«

Balthasar sieht zu mir auf und in Erwartung eines liebevollen Blickes wende ich mich ihm zu. Irritiert stelle ich fest, dass sich seine Backenmuskeln angespannt bewegen, während er mich mit mörderisch kaltem Blick fixiert.

»W…?«

»Ich hatte dich gewarnt,« zischt er.

Ängstlich weiche ich vor ihm zurück. Aber er steht sofort vom Bett auf. Ich versuche, mich nicht von ihm einschüchtern zu lassen, versage aber auf der ganzen Linie. Rückwärts strauchle ich durch das Schlafzimmer. »Bitte!

Du machst mir Angst.« Abwehrend halte ich die Hände in seine Richtung.

Er kommt mir nach, völlig ruhig und gefasst, aber immer noch mit diesem fiesen Gesichtsausdruck.

Mein Rückwärtsfluchtweg erweist sich als Niete, weil ich irgendwann mit dem Rücken an eine Wand stoße.

Balthasar überwindet die letzte Distanz zu mir in aller Ruhe und nagelt mich mit seinem Blick fest. Meine Hände fallen kraftlos an mir hinunter, da ich nicht weiß, was los ist. Mir ist überhaupt nicht klar, was ich schon wieder angestellt habe.

Mit einem Ruck reißt mir Balthasar mein T-Shirt vom Körper und ich stehe splitternackt vor ihm. Erleichterung überkommt mich, als ich den Grund für sein merkwürdiges Verhalten erkenne: Ich Depp hatte Stefans T-Shirt an.

Im nächsten Moment küsst mich Balthasar stürmisch und ich gehe gerne darauf ein. Er zieht mich zu Boden und wir lieben uns noch einmal, schnell und verzweifelt.

Am Vormittag wache ich alleine auf. Das hätte ich mir ja auch denken können. Mein Gefühl von aufkeimendem Frust wird jedoch sofort von einem Stapel Herrenshirts erstickt, die ordentlich zusammengefaltet vor meinem Bett am Boden liegen. Sofort greife ich nach dem obersten Shirt und ziehe es über. Lächelnd liege ich noch eine Zeit lang im Bett und kuschle mich in das Kissen, weil es so gut nach Balthasar riecht.

Anscheinend habe ich jetzt einen Freund, von dem allerdings niemand wissen darf. Aber wenigstens weiß ich davon!

Frisch geduscht, in lässiger Jeans und T-Shirt begebe ich mich in die Küche, da mich so langsam aber sicher ein Hungergefühl heimsucht. Am Esstisch sitzen Sara und Titus. Beide tragen noch mehr oder weniger die Bekleidung von der gestrigen Veranstaltung. Sara sitzt kichernd auf Titus Schoß, während er sie mit einem Stück Pizza aus dem riesigen Pizzakarton, der auf dem Tisch steht, füttert.

»Hey, seid ihr gerade eben erst zurückgekommen?«

Sara zerzaust mit ihren Händen Titus Frisur und lacht. »Wir haben getanzt, bis die uns mehr oder weniger rausgeschmissen haben.«

Ich gehe in die Küche und beobachte über die Kochinsel das vergnügte Treiben am Esstisch. Sara lacht schon wieder vergnügt. Da nehme ich alle meine vernünftigen Gedanken von vorhin zurück: Es ist beschissen, einen inoffiziellen Freund zu haben.

Im Kühlschrank finde ich jede Menge Eier und beschließe, mir Rührei zuzubereiten. Drei Eier lege ich auf die Arbeitsfläche und suche nach einer Zwiebel. Gerade, als ich mir die Zwiebel mitsamt Messer und Schneidebrett hergerichtet habe, kommt Balthasar herein. Er trägt seine Laufbekleidung und sieht verschwitzt aus.

»Guten Morgen«, sagt er ganz allgemein in die Runde, während ich noch darüber nachdenke, ob er nach der körperlichen Verausgabung heute Nacht tatsächlich noch sein Lauftraining für nötig befunden hat. Zusätzlich werde ich von einer plötzlichen Verlegenheit erobert, die mich zwingt, mich intensiv mit dem Schälen meiner Zwiebel zu beschäftigen.

Balthasar tritt allerdings ebenfalls hinter die Theke der Küche und nimmt sich ein Glas aus dem Schrank. Während er sich Wasser einschenkt, scheint meine Feinmotorik außer Kontrolle geraten zu sein und ich bringe kaum die braune Schale von dieser blöden Zwiebel ab. Jetzt kommt er mir auch noch ein Stück näher und sieht mir über die Schulter.

»Rühreier?«

»Mhmh.«

Seine Nähe bringt mich erst recht um den Verstand. Der Duft, den er nach dem Lauf verströmt, erinnert mich an unsere gemeinsame Anstrengung in der Nacht. Obwohl ich hoffe, dass er mich nun einfach machen lässt, lehnt er sich neben mir an die Arbeitsplatte und beobachtet mich, während er nach und nach sein Glas leert. Wie durch ein Wunder ist es mir endlich gelungen, die Zwiebel zu schälen, und ich mache mich daran, sie zu würfeln. Leider ist das Gemüse so glatt, dass ich immer wieder mit dem Messer daran abrutsche.

»Was wird das, wenn es fertig ist?«, fragt Balthasar amüsiert.

Leider kann ich mich in diesem Moment nicht für seinen Humor erweichen. »Zwie-bel-wür-fel.«

Er stellt das Glas auf die Arbeitsplatte und holt ein Messer aus einer Schublade. Das legt er neben mein Brett und nimmt mir mein Messer aus der Hand. Dazu sagt er eindringlich: »Das ist ein Käsemesser.« Dann nimmt er sein Messer. »Das sollte besser geeignet sein. Schau, erst halbieren, dann der Länge nach einschneiden und dann in Scheiben schneiden.«

Muss ich mir von einem Mann zeigen lassen, wie eine Zwiebel gewürfelt wird? Scheint so. Balthasar deutet zufrieden auf seinen kleinen Zwiebelwürfelhaufen. »Das sind Zwiebelwürfel.«

Energisch nehme ich ihm das Messer aus der Hand und schneide die zweite Hälfte der Zwiebel so, wie er es mir gezeigt hat.

Lächelnd beobachtet er mich. Warum geht er nicht einfach? Mit ist durchaus bewusst, dass ich kein geklonter Abkömmling von Alfons Schuhbeck bin und wenn mir jemand beim Kochen zuschaut, ist alles nur noch schlimmer.

Mit vorgetäuschter Ruhe ziehe ich die Glasschüssel näher zu mir und versuche, das erste Ei daran aufzuschlagen. Leider war ich viel zu vorsichtig. Das Ei hat nicht einmal einen Knacks bekommen. Balthasar beobachtet mich immer amüsierter und ich schicke ihm einen bösen Blick zu. Wenn er nicht aufpasst, dann schlage ich gleich ein paar andere Eier in die Pfanne. Mit diesem Gedanken verwende ich zu viel Kraft auf meinen zweiten Versuch und schlage das Ei glatt durch. Sofort läuft der Inhalt des Eis zur Hälfte außen an der Schüssel herunter und versaut alles.

»Scheiße.«

Weil ich hektisch zur Küchenrolle greife, streife ich unachtsam die anderen Eier auf der Arbeitsfläche. Prompt fallen sie auf den Küchenboden.

Balthasar stößt sich entspannt von der Arbeitsplatte ab und nimmt mir die Küchenrolle ab. »Lass nur, Clara, ich mach das. Sonst muss ich nachher noch die ganze Küche renovieren«, scherzt er, sieht mich dabei aber so liebevoll an, dass mir die Knie weich werden.

»Willst du ein Stück Pizza?«, fragt Titus und nickt zu dem Pappkarton auf dem Tisch hin.

»Ja, eigentlich keine schlechte Idee«, seufze ich.

Als ich gerade an Balthasar vorbeigehen will, höre ich ihn raunen. »Ich dachte ja, dass Lisi scherzt, als sie deine Talente in der Küche beschrieben hat. Aber wenn ich mir das so ansehe ...« Weiter kommt er nicht, da ich ihm einen Schwinger mit meinem Fuß verpasse, der genau sein Schienbein trifft. Gut, dass uns die Kochinsel vor Saras und Titus' Blicken schützt.

»Autsch ...«, ruft Balthasar und hält sich das Bein.

Sara und Titus recken neugierig die Köpfe und Balthasar ruft schnell: »Ich glaube, ich habe mich beim Laufen vorhin verrissen.«

Grinsend setze ich mich zu Sara und Titus und mache mich mit ihnen gemeinsam über die restliche Pizza her. Balthasar geht duschen, nachdem er meine Sauerei beseitigt hat, und gerade, als ich mich satt und zufrieden in meinem Stuhl zurücklehne, klingelt mein Telefon.

»Hallo Lisi, wie geht's?«

»Du hättest mir ruhig etwas davon erzählen können, dass du auf eine exklusive Gala eingeladen bist ... hättest ja auch an deine beste Freundin denken können. Die wäre vielleicht auch gerne mitgegangen.«

»Das war alles ziemlich kurzfristig für mich. Aber vielleicht kann ich dich das nächste Mal einschleusen«, erkläre ich ihr, obwohl mir klar ist, dass sie mich nur aufzieht.

Gerade, als ich mich frage, woher Lisi mal wieder so gut über mich informiert ist, sagt sie: »Ich schicke dir ein Foto. Ruf mich an, wenn du dich wieder eingefangen hast.«

Mehr sagt sie nicht und als ich noch nachhaken will, hat sie bereits aufgelegt. Das Bild, das aus der gleichnamigen Zeitung stammt, trifft sofort ein. Meine Kinnlade klappt herunter, als ich mich selbst sehe, an besagtem Abend auf besagter Veranstaltung. Die Bildüberschrift ist so groß, dass ich sie sogar auf dem kleinen Display meines Telefons lesen kann. *Haben Sie Ihr Aschenputtel gefunden, Herr Teubert?*

Auf dem Bild kniet Balthasar vor mir und ist gerade im Begriff, mir den zweiten Schuh über den Fuß zu streifen. Unsere Blicke sagen mehr als tausend Worte.

»Schlechte Nachrichten?«, fragt Sara und ich springe auf.

»Öhm, ich muss dringend meine Freundin anrufen.«

Während ich durch die Terrassentür in den Garten gehe, stelle ich bereits die Verbindung zu Lisi her.

»Das muss ja ein romantischer Abend gewesen sein«, meint Lisi, als sie meinen Anruf annimmt.

»Der Schuh ist mir aus der Hand gefallen.«

»Also ich trage meine Schuhe immer an den Füßen«, scherzt Lisi.

»Lisi, sag schon, wissen die meinen Namen?«

»Nein, es wird lediglich darüber spekuliert, wer du bist«, beruhigt mich Lisi und ich schnaufe tief durch. »Ehrlich gesagt, die Bilder sind in so schlechter Qualität, dass ich dich selbst beinahe nicht erkannt habe.«

»Was schreiben die so?«

»Nichts Weltbewegendes … *Balthasar Teubert … mit unbekannter Begleitung … getrennt angekommen, gemeinsam die Veranstaltung verlassen … Nach Trennung von Freundin*

Angela einer der begehrtesten Junggesellen der Stadt ... blablabla.«

»Balthasar wird ausflippen, wenn er diesen Artikel sieht.«

»Warum denn? Ihr zwei gebt doch ein ganz ansehnliches Paar ab.«

»Ich habe mit ihm geschlafen.«

»Ich finde, dass du in diesem Kleid ... Du hast was?«

»Ich habe mit ihm geschlafen«, wiederhole ich und Lisi ist völlig aus dem Häuschen.

»Ich wusste es. Ich habe mit Tom gewettet ... öhm ... ich meine, ich habe von Anfang an gesagt, dass dieser Bale und du, dass ihr einfach füreinander geschaffen seid.«

»Ich glaube, ich habe mich in ihn verliebt, so richtig.«

»Aber Clara, das klingt doch wunderbar. Warum hörst du dich so traurig an?«

»Weil er ... er will nicht, dass ich irgendjemandem ...«, während ich rede, drehe ich mich um und da steht Balthasar keine zwei Meter hinter mir und funkelt mich böse an. »... von uns erzähle.«

Lisi, die Balthasars Anwesenheit logischerweise nicht bemerken kann, redet aufgeregt auf mich ein. »Aber warum denn, Clara? Also, schlafen kann er mit dir, aber ...«

»Ich muss leider auflegen. Ich rufe dich später wieder an.«

Wie betäubt kralle ich mich an mein Telefon und versuche, Balthasar ohne schlechtes Gewissen anzusehen. »Wie lange stehst du schon da?«, wispere ich schließlich.

»Eine Weile«, knurrt er böse zurück. Ob er alles mitgehört hat? Zwischendurch habe ich wirklich leise geredet. Sollte ich mir jetzt mehr Sorgen darüber machen, ob er meine Liebeserklärung gehört hat oder ob er mitbekommen hat, dass ich Lisi von uns erzählt habe? Wegen seines wütenden Blickes kann ich eher davon ausgehen, dass er die zweite Botschaft verstanden hat.

»Mit wem hast du telefoniert?«, fragt er kaltherzig.

»Mit Lisi.«

Balthasars Hände ballen sich zu Fäusten. »Ich kann es nicht glauben. Meine Bitte an dich ist noch keinen Tag alt und du hast nichts Besseres zu tun, als deiner Busenfreundin von uns zu erzählen?«

»Das … ich … es …«

»Bemühe dich nicht. Ich dachte wirklich, dass es zwischen uns etwas Besonderes ist, aber … Ach, vergiss es.« Schimpfend geht er ins Haus.

Dass er nicht einmal mehr den Nerv hat, sich mit mir zu streiten, gibt mir zu denken. Ich bin aber auch nicht in der Lage, ihm zu folgen. Ziellos schlendere ich durch den Garten. Die Verletzung, die er mir mit seiner Heimlichtuerei zugefügt hat, liegt offen da und ich gestehe, dass ich mich voller Selbstmitleid darin suhle.

Unschlüssig drücke ich mich gerade in der Nähe unserer Auffahrt herum, als Johns Jeep den Weg zum Haus hinauffährt. Ich habe keine Lust, auf John zu treffen, weshalb ich sofort kehrtmache.

Meine Körperhaltung scheint für John aber bereits genug Anlass für einen Kontakt zu sein. Das Geräusch von bremsenden Rädern auf dem Kiesweg lässt mich innehalten. »Lust auf einen Ausflug?«, ruft er.

John scheint sogar in meinem Gesicht lesen zu können, wenn ich ihm den Rücken zuwende. Zögerlich drehe ich mich zu ihm um und mein Blick streift dabei das Fenster im ersten Stock des Hauses, hinter dem sich Balthasars Büro befindet. Ein Schatten hinter dem Vorhang erleichtert mir die Entscheidung. Den Weg bis zu Johns Wagen lege ich flott zurück und steige ein. John trägt immer noch die Anzughose und das weiße Hemd von gestern Abend. Er wendet und fährt zum Tor hinaus. Dann schlägt er allerdings nicht den Weg in die Stadt ein, sondern über die Isar aufs Land hinaus.

»Irgendetwas sagt mir, dass es nicht an deiner Nacht lag, dass du so schlecht aussiehst.«

»Du erstaunst mich immer wieder, John. Verstehe mich nicht falsch. Aber wie kann ein Muskelpaket wie du so feinfühlig sein?«

»Diese Dinge stehen nicht im Widerspruch zueinander und ich muss dir hoffentlich nicht erklären, dass ich jemanden kenne, dessen Schale noch härter ist als meine – aber nur, weil er verkrampft versucht, seinen butterweichen Kern zu verstecken.«

»Lass mich raten. Du sprichst nicht von Titus, oder?«

John lacht leise, wird aber sofort wieder ernst. »Habt ihr euch gestritten?«

»Wie kommst du darauf?« Ich versuche das Thema zu umschiffen.

»Weil ihr gestern Abend beide so offensichtlich aneinandergeklebt seid und du jetzt wie ein Häufchen Elend aussiehst.«

Ich gebe mich geschlagen und mache reinen Tisch. »Er hat mich gebeten, niemandem von uns zu erzählen. Und dann hat er mich dabei erwischt, wie ich Lisi eben genau das erzählt habe.«

»Was? Warum solltest du das tun? Kenne ich dich doch so schlecht?« John fährt spontan in eine Parkbucht und stellt den Motor ab.

»Weil Lisi ein Foto von Balthasar und mir in der Zeitung gesehen hat. Balthasar wird ausflippen, wenn er das sieht. Und wenn er wüsste, dass ich jetzt auch noch mit dir über ihn rede, dann sollte ich vielleicht lieber gleich meine Koffer packen.«

»Was für ein Foto meinst du denn?«, hakt John nach und ich reiche ihm, nachdem ich das Foto gefunden habe, mein Handy. »Das wird ihm nicht gefallen«, meint er. »Aber es wird ihn auch nicht völlig aus der Bahn werfen. Er ist es gewöhnt, dass er manchmal für einen Zeitungsartikel gut ist.«

John wirft mir einen Blick zu und sieht, wie verzweifelt ich aussehe. »Hey, kein Grund zur Panik! Erkläre es ihm, warum du mit Lisi gesprochen hast. Er wird es verstehen.«

»Ich habe einfach keine Kraft mehr, John. Ich möchte nur mit dem Mann zusammen sein, den ich liebe.«

John drückt mir die Schulter. »Verlang nicht zu viel von ihm. Merkst du denn nicht, dass er dir bereits mehr Gefühle entgegenbringt als jeder seiner vorübergehenden Bekanntschaften in den letzten Jahren? Er kämpft mit sich, weil er immer noch nicht darüber hinweg ist, dass er seine Liebe an eine Frau verschwendet hat, die ihn dann eiskalt abserviert hat. Er ist gerade dabei, solche Gefühle wieder zuzulassen. Verlange nicht das Unmögliche von ihm.«

»Aber ich bin nicht Angela«, kreische ich laut, als wäre es Balthasar, mit dem ich rede. »Und ich will mich nicht wie ihr Fußabstreifer fühlen.«

John fixiert mich ernst. »Hab Geduld. Ich bin mir sicher, dass er dich wirklich liebt.«

»Redet er mit dir darüber? Wie es ihm geht und was er fühlt?«

»Selten, aber ja, er vertraut sich mir an, weil ich ihn nicht aufgebe. Das solltest du auch nicht tun«, rät John.

»Verstehe ich dich richtig? Ich soll also fröhlich mit ihm schlafen, seine schlechte Laune und sein teilweise abweisendes Verhalten ertragen, in der Hoffnung, dass er irgendwann begreift, dass er mich auch liebt?« Ich schüttle den Kopf, weil ich dieser Logik nicht folgen kann. Bin ich so schrecklich, dass er mich verstecken muss? »Ich würde gerne zurückfahren«, wispere ich den Tränen nahe.

John startet den Motor und wir fahren nach Hause. In meinen wirren Gedanken gefangen, spinne ich mir meine eigenen Erklärungen für Balthasars Verhalten zusammen: Er wollte mich einfach nur ins Bett bekommen und weil er das jetzt erreicht hat, bin ich für ihn wieder uninteressant. Deswegen will er erst gar nicht, dass irgendjemand erfährt, dass wir etwas miteinander hatten. Hat er lediglich das zu Ende gebracht, was sein Bruder begonnen hat? Wieder einmal bin ich auf den Charme und das gute Aussehen eines Teubert hereingefallen. Diesmal werde ich allerdings mit Würde aus der Situation gehen. Ich werde ihm nicht zeigen, wie sehr er mich verletzt hat. Meine letzte Kraft werde ich dafür verwenden, ihm zu zeigen, dass er mich niemals kleinkriegen wird. Wenn *er* sich so emotionslos gibt, dann werde *ich* das wohl auch noch hinbekommen.

John sieht während der Fahrt immer wieder zu mir. Ich bin mir sicher, dass er die Art und Weise meiner Gedanken wieder einmal erraten hat, da ich ihn nur leicht den Kopf schütteln sehe. Als wir in der Garage angehalten haben, steige ich deshalb sofort aus. Auf ein weiteres Gespräch mit John kann ich mich nicht mehr einlassen. Ich kann ihm nicht einmal böse sein, dass er zu Balthasar hält. Schließlich scheint er sein bester Freund zu sein.

Als ich den Ess- und Wohnbereich auf dem Weg in meine Wohnung passiere, sehe ich Balthasar von der Couch aufspringen.

»Clara …«

Ich bleibe stehen und verschränke die Arme. Auf dem kleinen Tisch hinter Balthasar kann ich die heutige Ausgabe der Zeitung liegen sehen, die den schönen Schnappschuss von uns enthält. Auweia! Er weiß es also schon.

»Können wir reden?«, fragt er mich.

»Natürlich«, gebe ich kühl zurück und folge Balthasar in den Wintergarten. Geduldig warte ich, bis er sich einen Sitzplatz an dem langen Tisch gesucht hat und setze mich so weit wie möglich von ihm entfernt hin. Er nimmt das mit hochgezogenen Augenbrauen zur Kenntnis, respektiert mein Verhalten aber schweigsam.

»Clara, ich …«

»Ich nehme an, du willst über den Zeitungsartikel mit mir sprechen?«

Balthasar stutzt kurz und meint: »Wenn es das ist, was dich bewegt, dann können wir gerne darüber reden.«

Dann erklärt er mir ausführlich, wie er es mit der Presse hält und erwähnt etwas von klarer Linie. Ich höre ihm eigentlich kaum zu, beschränke mich darauf, ihn nicht mehr zu unterbrechen. »… daher versuche ich, mein Privatleben möglichst wenig in der Öffentlichkeit breitzutreten, und gebe grundsätzlich keinen Kommentar zu solchen Anfragen ab.«

Da ich davon ausgehe, dass Balthasar fertig ist, stehe ich auf. »Schön, dann wäre das also geklärt.« Ich habe mich wirklich tapfer geschlagen, finde ich.

Gerade, als ich mich abwende, höre ich seine sanfte Stimme. »Bitte setz dich wieder hin.« Sein Ton klingt so bittend und fordernd zugleich, dass ich mich füge. Mein Hintern senkt sich bereits auf den Stuhl, als Balthasar den Stuhl neben sich vom Tisch wegzieht. »Hier hin.«

Ich folge wie hypnotisiert und begreife, dass ich jetzt hätte verschwinden müssen. Meine kühle Fassade fängt bereits zu bröckeln an, als ich langsam um den Tisch herum zu ihm gehe. Mir ist bewusst, dass er mich sehr genau beobachtet. Langsam setze ich mich, rücke näher an den Tisch und benötige eine Ewigkeit, bis ich zu Balthasar sehen kann. Er hat meinen Blick bereits erwartet und lächelt leicht. Seine Hand macht sich auf den Weg zu meiner Wange, hält aber kurz vor einer Berührung inne. Erst, als ich ebenfalls ein leichtes Lächeln zeige, fährt seine Hand durch mein Haar in meinen Nacken.

»Hat Lisi dich angerufen, weil sie das Foto gesehen hat?«

»Ja.« Beinahe weine ich, als ich ergänze: »Ich will sie einfach nicht ständig anlügen müssen.«

»Sch…«, sagt Balthasar sofort und betrachtet mich so liebevoll, dass ich meinen Kopf in die Hand drücke, die immer noch durch mein Haar fährt. Ich kann mich nicht gegen meine Gefühle für diesen Mann wehren. Und wenn er mich zehnmal vor aller Welt verleugnet, werde ich ihn immer noch lieben. Wenn er mir nur einen heimlichen Teil von sich schenken wird, dann werde ich den nehmen.

»Komm zu mir, meine Schöne.« Balthasar zieht mich rittlings auf seinen Schoß. »Es tut mir leid«, kann ich ihn leise sagen hören, während er sein Gesicht in meinem T-Shirt vergräbt. »Ich will dich nicht für meine schlechten Erfahrungen büßen lassen. Aber ...«

»Halt!« Ich unterbreche ihn und halte sein Gesicht in meinen Händen. »Du kannst nichts dafür. Ich glaube, ich kann dich jetzt verstehen. Lass es uns so miteinander versuchen, wie wir es heute Morgen besprochen haben.«

Bevor er etwas entgegnen kann, küsse ich ihn immer und immer wieder. Unsere Leidenschaft füreinander ist sofort geweckt. Balthasar packt mich und steht mit so viel Schwung auf, dass ich rückwärts auf den Tisch falle. Balthasar ist sofort über mir und küsst mich, während seine Hände bereits unter mein T-Shirt fahren.

Ein Geräusch aus dem Garten lässt ihn hochschrecken. Ausgerechnet an einem Sonntag hat Titus den Rasenmäher angeschmissen und wird nun die nächste Stunde vor dem Wintergarten hin- und herfahren.

Balthasar beugt sich noch einmal zu mir und flüstert mir ein heißes Versprechen ins Ohr. »Später.«

30

Am nächsten Tag klopft es vormittags an meine Wohnungstür.

»Clara? Ich bin es, John.«

»Ja?«

»Bale will dich dringend sprechen.«

Na prima! Eben haben wir uns noch die ganze Nacht geliebt und am nächsten Morgen schickt er John, um mich in sein Büro zu zitieren. Hektisch kleide ich mich an. Wieder einmal befinde ich mich auf dem Weg zu einer Besprechung mit Balthasar. Es ist nie ein besonders gutes Zeichen, wenn er mich in sein Büro bestellt.

»Komm rein.« Ich habe doch noch gar nicht geklopft!

Als ich eintrete, bittet er mich nicht einmal, mich zu setzen. Ernst blickt er mich an.

»Ja?«

»Du bist erkannt worden.«

»Erkannt?«

Balthasar steht auf und kommt um den Schreibtisch herum auf mich zu.

»Frau Stefani hat mich eben angerufen. Robert Quinn war bei ihr im Büro und wollte mich sprechen. Er hat dich erkannt und will dich treffen.«

»Robert Quinn? Ist der immer noch in München?«

Balthasar wendet sich von mir ab und geht unruhig umher. »Unsere Organisation beobachtet ihn. Wie es scheint, reist er häufig zwischen London und München hin und her. Die Aufnahmen für das neue Album sind längst abgeschlossen. Trotzdem ist er viel in der Stadt.«

»Was …?«

»Er ist wegen dir hier.« Der knurrende Unterton in seiner Stimme ist nicht zu überhören.

»Was denkst du? Dass ich laut hurra schreie?«

»Du magst ihn doch. Ich weiß, dass du ihn magst.«

Mit Genugtuung sehe ich die Eifersucht in Balthasars Gesicht, während ich nachdenke und schließlich ruhig erwidere: »Ja, ich mag ihn. Vielleicht habe ich sogar für ihn geschwärmt. Vor ein paar Monaten hätte ich wirklich viel dafür gegeben, Robert persönlich zu treffen.«

Balthasar kehrt hinter seinen Schreibtisch zurück und sieht noch grimmiger aus.

Ich lache auf. »Was denkst du? Dass ich mit einem dahergelaufenen Sänger abhaue und ein Leben auf der Überholspur führe? Die Dinge haben sich geändert, Balthasar.«

Er sieht mich endlich wieder an und ich lege alle meine Gefühle für ihn in meinen Blick. Da lächelt er zurück. »Also Clara, willst du Robert Quinn kennenlernen?«

»Ja.«

»Es ist nämlich so. Er wird dich früher oder später hier finden. Er kennt meinen Namen und ich fürchte, dass er bald meine Privatadresse herausgefunden hat. Es ist besser, wir fädeln alles über Cornelius ein, ganz offiziell.«

»Habe ich denn eine Wahl?«

Obwohl ich meine Freude zu verbergen suche, hat Balthasar mich entlarvt. Sein tadelnder Blick trifft mich, während er bereits zum Telefon greift. Sein Lächeln lässt mich allerdings hoffen, dass er sich meiner Gefühle für ihn sicher ist.

Die Wochen vergehen und ich höre nichts mehr über Robert Quinn. Balthasar und ich verschweigen unsere Beziehung immer noch vor dem Rest der Welt. Wenn er in der Villa schläft, sucht er mich so gut wie jede Nacht auf. Ich traue mich nicht, zu ihm zu gehen, und er sagt auch nie, ich könne zu ihm kommen. Wir sagen uns nicht, dass wir uns lieben. Wir leben eine Beziehung, die aus heimlichen Nächten und freundschaftlichem Verhalten am Tag besteht.

Obwohl John, Sara und Titus mit Sicherheit wissen, was zwischen Balthasar und mir ist, tragen sie eine natürliche Unwissenheit zur Schau. Sogar John hält sich mit Kommentaren zurück.

Ich übe mich in Geduld, bleibe scheinbar entspannt und verdränge alle Gedanken an eine mögliche Zukunft in einer Beziehung, die ich vor niemandem verstecken muss. Nur mit Lisi tausche ich mich manchmal aus, allerdings auch nur am Rande. Sie weiß, wie sehr ich Balthasar liebe, und bestärkt mich immer wieder darin, auf ihn zu warten.

Meine Arbeit im Krankenhaus ist zu einem festen Bestandteil meines Alltags geworden. Mindestens zweimal in der Woche lasse ich mich dort im OP sehen. Zwischen dem Oberarzt und mir ist so etwas wie kollegiales Einvernehmen entstanden und ich freue mich, weil er mir manchmal die besonders komplizierten Fälle aufhebt.

Von Zeit zu Zeit werde ich auch angerufen, wenn es ein Problem in der Notaufnahme gibt. Je mehr Verletzungen ich heile, umso besser kann ich die Schmerzen hinterher verkraften. Es fühlt sich für mich so an, als könne ich die Schmerzen lindern, indem ich mich direkt nach der Heilung sofort entspanne und versuche, den Schmerz in mir wegzuschließen. Keine Ahnung, wie ich es mache, aber es funktioniert.

Das Krankenhaus ist inzwischen wegen erstaunlicher Behandlungserfolge landesweit bekannt. Die Ärzte erklären die besondere Wundheilung mit irgendwelchen unverständlichen Fachbegriffen und werden von entsprechenden Stellen gedeckt.

Natürlich verbringe ich auch viel Zeit mit Chris. Chris ist ein ganz besonderer Mensch. Ich bin mir sicher, dass er ebenfalls spürt, wie sehr mir Balthasar am Herzen liegt, da er mir manchmal merkwürdige Fragen stellt. Wenn ich allerdings genauer nachhake, warum er sich so dafür interessiert, blockt er ab und wird still.

Manchmal gehen Balthasar und ich mit Chris und Charlie gemeinsam spazieren und mir ist die ganze Zeit bewusst, dass uns Chris neugierig beobachtet. Balthasar meint allerdings immer, ich interpretiere zu viel in die Blicke der Menschen hinein, weil ich darauf lauern würde.

Mit den Wochen, die vergehen, sinkt meine Zuversicht, dass Balthasar sich in absehbarer Zeit öffentlich zu mir bekennt. Allerdings nehme ich auch eine starke Vertrautheit zwischen uns wahr und ich bin noch lange nicht dazu bereit, das Handtuch zu werfen.

31

Eines Tages liege ich quer im Sessel und höre meine Musik, als John in mein Zimmer stürmt. Erstaunt nehme ich sofort die Kopfhörer aus den Ohren, da sein Gesichtsausdruck nichts Gutes erahnen lässt.

»Wir haben einen Auftrag.«

Ich springe sofort auf. John ist längst wieder verschwunden, bis ich aus meiner Wohnung renne.

Als ich die Treppe hinuntergespurtet komme, treffe ich unten auf John, Sara, Titus und Balthasar, die nachdenklich herumstehen.

Balthasars Stimme klingt ernst: »Wir werden gleich abgeholt, weil das Endspiel verloren wurde. Unsere Fußball-Fans sind zwar meist friedlich. Aber wir sollen auf Nummer sicher gehen und am Hauptbahnhof zu den Einheiten vor Ort stoßen.«

Er wirft mir, während er spricht, kurz einen Blick zu. Sein Handy klingelt und er nimmt den Anruf entgegen. »Ja, bis gleich«, sagt er nur und wendet sich dann sofort uns zu. »Der Wagen ist bald da. Wir sollten los.«

Als wir bei dem offenen Tor ankommen, fährt bereits ein Einsatzfahrzeug der Polizei vor. Die hintere Schiebetür geht auf und wir steigen rasch ein. Die Fahrt geht sofort los.

Ein Polizeibeamter händigt uns allen sichere Westen aus, die wir uns sofort überziehen. Die ganze Prozedur erinnert mich an das Anziehen einer Schwimmweste.

Es wundert mich überhaupt nicht, dass in meinem Kopf der Soundtrack von *Jaws* in einer Endlosschleife läuft. Bei einem Italienurlaub mit Patrick, Lisi und Tom haben wir an einer Banana-Boat-Fahrt teilgenommen. Leider hatte ich davor schon den Film gesehen, in dem ein weißer Hai einen Menschen von so einer schwimmenden Banane pflückt. Ich kann euch sagen, entspannte Bananen-Boot-Ausflüge bleiben einem für alle Zeit versagt, wenn man diesen Film gesehen hat. Vor allem, wenn man ganz hinten sitzt.

»Alles klar?« Balthasar klopft mir auf die Schulter.

»Ja?«, gebe ich unsicher zurück und schüttle die Erinnerung in meinem Kopf ab.

Der Polizeibeamte schiebt einen Karton in die Mitte der Kabine. »Hier sind eure Trikots.«

Balthasar erklärt: »Wir werden uns als Fans ausgeben und unter die anderen mischen, das heißt, wir sind erst einmal nur Beobachter.«

Titus und John fangen doch tatsächlich an, sich um die Nummern zu streiten, die hinten auf den Trikots stehen. Ich greife mir einfach eines heraus und ziehe es über. Mit meiner Frage, bringe ich die Streithähne sofort zum Schweigen.

»Was steht bei mir? Kahn?«

Die entgeisterten Gesichter von John und Titus bringen mich sofort zum Lachen und Balthasar stimmt mit ein. In meinem Trikot fühle ich mich wie in einem XXL-Nachthemd. Das Fan-Cap ist ebenfalls sehr groß, was sich aber als Vorteil herausstellt, weil ich meine Haare darunter verstecken kann.

Der Polizist stattet uns noch mit einer Armbinde aus Klebeband aus, die uns für seine Kollegen erkennbar macht. Obwohl wir alle aufgeregt und angespannt sind, heitern wir uns gegenseitig mit Scherzen auf.

»Steht dir doch gut, die Fanausrüstung«, zieht Balthasar mich auf. Natürlich weiß er längst, wie ich zu Fußball stehe, und es scheint ihm eine gewisse Genugtuung zu geben, mich in voller Montur zu sehen.

»Gib mir noch so einen Schal«, fordere ich ihn bockig auf.

Am Hauptbahnhof mischen wir uns sofort unter die vielen Menschen.

Balthasar übernimmt die Organisation. »Sara, Titus, geht ihr in Richtung Starnberger Bahnhof. Clara, John und ich bleiben erst einmal hier vorne am Kopfbahnsteig.«

Getrennt voneinander schlendern wir unter den Fangruppen und versuchen einzuschätzen, ob die Stimmung zu kippen droht. Aber ich bin nach Kurzem beruhigt. Die meisten Fans tragen es mit Fassung, dass ihr Verein das Champions-League-Finale verloren hat.

»Clara?«, schreit jemand. Ertappt drehe ich mich um und sehe Patrick auf mich zueilen. Er sieht eigentlich genauso aus wie ich, nur dass ihm sein Trikot besser passt.

»Hallo, Patrick.« Patrick macht keinen Hehl aus seiner positiven Überraschung.

»Ich dachte, du kannst Fußball nicht ausstehen!« Seine Tonlage gefällt mir überhaupt nicht. Hilfe, bin ich jetzt auf seiner Beliebtheitsskala von null auf hundert gestiegen?

Da legt sich ein Arm um meine Schulter und Balthasar sagt: »Sie ist nicht ganz freiwillig hier.«

Balthasars vertraute Geste löst bei mir automatisch ein Lächeln aus, das ich nicht verhindern kann. Er zieht mich noch ein Stück näher an sich und Patrick geht auf Abstand.

»Wir haben heute eine teambildende Maßnahme und Clara musste mitmachen. Sie hatte keine Wahl«, erklärt Balthasar weiter.

Patrick scheint nur Bahnhof zu verstehen. Jedenfalls hat er aber wohl kapiert, dass ich nicht plötzlich zum Fußballnarr geworden bin. Als seine Freunde nach ihm rufen, weil sie gehen wollen, schließt er sich ihnen sofort an.

»Teambildende Maßnahme?«, frage ich Balthasar und sehe ihn mit großen Augen an.

»Das habe ich aufgeschnappt, als ich bei euch in den Werkstätten hospitiert habe.«

Langsam gehen wir auf die nächste Gruppe von Fans zu und mir wird ganz warm ums Herz, weil Balthasar seinen Arm um mich gelegt lässt. »Dann war dein Hospitieren wenigstens nicht ganz umsonst.«

»Das war es ganz und gar nicht. Ich habe in dieser Woche die halsstarrigste, dickköpfigste, widerspenstigste Frau meines Lebens kennengelernt.«

»Ach, du meinst bestimmt Frau Bodenfeld.«

Ich ernte einen tadelnden Blick von Balthasar und traue mich, meinen Arm auf Balthasars Hüfte zu legen. Und wie dankbar bin ich ihm, dass er es zulässt!

Anfangs bemerken wir es gar nicht. Aber auf einmal ist die Stimmung im Bahnhofsgebäude verändert. Zuerst fällt mir auf, dass einige Polizisten damit beginnen, die Leute hinauszuschicken. Erst als wesentlich mehr Einsatzkräfte als bisher hektisch durch die Halle laufen, wird mir bewusst, dass hier etwas vor sich geht.

Da ertönt auch schon eine Durchsage und Balthasars Handy klingelt. Er geht an den Apparat, während ich der Durchsage lausche: »Aufgrund einer akuten Gefahrenlage bitten wir alle Personen, das gesamte Gelände in und um den Hauptbahnhof sofort zu verlassen.«

Ich sehe, wie Polizisten in die wartenden Züge steigen und alle Leute zum Aussteigen auffordern. Panik macht sich breit. Ein Mann stolpert und andere rennen ihn beinahe über den Haufen. Eltern tragen ihre Kinder auf den Armen, Gepäckstücke werden fallengelassen und zertrampelt.

Ein Beamter kommt auf uns zu, als Balthasar bereits telefoniert. »Ich muss Sie bitten, sofort und auf schnellstem Wege das Gelände zu verlassen.«

»Wir bleiben.« Balthasar deutet auf das Klebeband, das unsere Oberarme ziert, und beschäftigt sich mit seinem Telefon. Der Polizist nickt und eilt weiter.

»Mist! Warum geht sie nicht an ihr Handy?«, murmelt Balthasar und nimmt mich zur Seite. »Ein Zug rast ungebremst auf den Bahnhof zu. Wir brauchen Sara, sofort.«

»Sie ist am Starnberger Bahnhof«, schreie ich. Balthasar greift nach meiner Hand. Wir rennen los. Vergeblich protestieren meine Beine. Ich gebe mein Bestes. Trotzdem ist er viel schneller als ich. Nur mit Mühe kann ich mit ihm mithalten.

Ohrenbetäubender Lärm kommt immer näher. Da wendet Balthasar seine Gabe an. Wir rennen weiter. Außerhalb der Bahnhofshalle kann ich bereits einen Zug einfahren sehen. Das muss der ungebremste Notfall sein. Balthasar zerrt an meiner Hand. Ich merke, dass er es mit mir zusammen niemals schafft, Sara rechtzeitig zu erreichen. Er müsste die Zeit zu lange verlangsamen, damit Sara eine Chance bekommt, mit ihrem Schild ein Unglück zu verhindern.

Deshalb versuche ich, meine Hand aus seiner zu lösen. Balthasar schaut überrascht, als ich es schaffe. Im nächsten Moment ist er vor meinen Augen verschwunden und der Zug rast mit einem Affenzahn in die Halle ein. Kurz bevor er auf das Ende der Gleise prallt, wird er jäh gebremst. Offensichtlich hat Balthasar es geschafft, Sara an den Ort des Geschehens zu bringen.

Dennoch krachen die Waggons mit schier unerträglichem Getöse aufeinander. Mehrere Wägen entgleisen, bleiben aber aufrecht stehen. Wie erstarrt warte ich ab, bis eine gespenstische Ruhe einkehrt. Dann sprinte ich auf den Zug zu. Ich sehe John, der ebenfalls in Deckung gewesen zu sein scheint.

»John«, kreische ich und winke ihm.

Er rennt zu dem Zug und öffnet die Tür des ersten Waggons, als bestünde sie aus Knetmasse. Was für eine Gabe!

Kaum ist der Weg frei, steige ich hinter ihm in den Wagen. Als ich John durch die ersten Abteile folge, stelle ich erleichtert fest, dass sich, obwohl die Wägen total demoliert sind, der Personenschaden in Grenzen zu halten scheint.

Je weiter wir uns nach hinten durcharbeiten, umso schlimmer wird der Zustand sowohl des Zuges als auch der Fahrgäste. Ich heile auf die Schnelle die schwersten

Verletzungen, bemühe mich allerdings, nur so viel zu heilen, dass es niemandem auffallen wird.

John ist mir inzwischen schon ein gutes Stück voraus und hilft den Menschen, die unter Trümmerteilen begraben liegen oder eingeklemmt sind.

Da sehe ich einen Mann am Fenster sitzen und hinausschauen, als würde der Zug noch fahren. Gerade, weil er so merkwürdig still ist, sehe ich ihn mir genauer an und erkenne, dass sein Sitz blutgetränkt ist.

»Sie sind verletzt«, sage ich ganz leise zu dem Mann, den ich auf Mitte 50 schätzen würde. Er sieht mich mehr als erstaunt an. Seine großen Augen liegen tief in den Höhlen. Liegt es daran, dass er kaum Augenbrauen hat, was mich an einen Totenschädel denken lässt? Er sieht nicht hässlich aus, hat hohe Wangenknochen, eine lange Nase und schmale Lippen. Und dennoch: Sind es die Augen oder die hohe Stirn, die ihn so unheimlich machen? Ich berühre vorsichtig seinen Arm und schicke meine Gabe in seinen Körper. Neben einer Vielzahl an kleinen Verletzungen spüre ich sofort die tiefe Wunde im Rücken des Mannes. Er scheint sich auch eine Niere aufgeschlitzt zu haben und ich heile, so gut es geht, die lebensbedrohlichen Verletzungen.

»Alles wird wieder gut«, hauche ich dem Mann zu, der mich unverwandt anstarrt.

»Kleine? Du solltest ganz schnell herkommen.«

John hat nach mir gerufen. Ich arbeite mich zu ihm durch, er hockt bei einer schwer verletzten Frau.

Es kommt mir Stunden später vor, als ich mit John gemeinsam den Zug wieder verlasse. Die Rettungskräfte sind längst eingetroffen und arbeiten sich nun ebenfalls durch die Abteile. John zieht mich mit sich und ich bin heilfroh, als ich Balthasar, Sara und Titus am Rande des Geschehens stehen sehe.

Balthasar eilt sofort auf mich zu. Er reißt mich in seine Arme und ich merke, dass er seine Gabe einsetzt, um einige Minuten mit mir alleine zu sein. »Geht es dir gut?«

»Alles gut. Und dir?«

»Jetzt geht es mir gut«, sagt er sanft und küsst mich. »Warum hast du dich losgerissen?« Seine Augen huschen über mein Gesicht und suchen nach einer Antwort.

»Ich habe dich unnötig aufgehalten«, antworte ich und bemerke sofort, dass er die Lippen aufeinanderpresst.

»Mag sein. Aber wenn dir etwas passiert wäre, hätte ich mir das niemals verziehen ... und dir auch nicht.« Er küsst mich noch einmal kurz.

»Es ist mir aber nichts passiert und Sara und du, ihr habt wirklich gute Arbeit geleistet. Wir haben keine Toten gefunden.«

»Es gab Tote. Eine junge Frau stürzte auf der Rolltreppe und brach sich das Genick. Ein alter Mann wurde niedergetrampelt und der Lokführer ist wahrscheinlich auch tot.«

Ich schlucke.

»Sara weiß jetzt über meine Gabe Bescheid«, sagt Balthasar noch und als ich genickt habe, läuft die Zeit wieder ihren gewohnten Gang.

Sofort wende ich mich John zu. »Der Lokführer! Wir haben den Lokführer vergessen.«

John und ich wollen beide gleichzeitig in Richtung

Lok laufen, als wir sehen, dass dort bereits ein Mann geborgen wird. Da er so intensiv betreut wird, können wir davon ausgehen, dass er noch lebt.

Ich fühle mit meiner Gabe in seine Richtung vor und spüre neben vielen Prellungen und einigen Schnittwunden eine Verletzung im Kopf, die ich nicht richtig greifen kann. Da scheint etwas geplatzt zu sein. Aber die Ursache dafür kann ich nicht heilen.

Balthasar kommt zu uns. »Wir sind fertig, Leute. Draußen steht ein Wagen für uns. Dort können wir unsere Westen und Trikots loswerden.«

Gemeinsam verlassen wir den Bahnhof und werden von einem Polizeibeamten einmal um den Block gefahren. Als wir in einer Nebenstraße fernab des Chaos aussteigen, sehen wir wieder aus wie wir selbst, wenn auch etwas verschwitzter als gewöhnlich.

Zielstrebig führt uns Balthasar zu Fuß ein Stück weiter und wir betreten ein kleines Lokal. Ich stürme als Erstes auf die Toilette und wasche mir Hände und Gesicht. Wir bestellen uns etwas zu trinken und reden leise über unsere Erlebnisse. Balthasar macht sich gut als Moderator und jeder kommt zu Wort.

Sara ist immer noch ganz aufgeregt, weil sie ihren Schild einsetzen konnte, um die Menschen vor Verletzungen abzuschirmen und gleichzeitig den Zug abzubremsen. Titus hat das Gefühl, nicht hilfreich gewesen zu sein, und ist deshalb geknickt. Das reden wir ihm aber sofort aus. Es geht bei uns schließlich nicht darum, sich bei jeder Aktion zu profilieren. Und man braucht eben nicht immer Blitze oder Strom. Außerdem wissen wir alle sehr genau, wie oft

Titus wegen irgendwelcher Aufträge unterwegs ist, während wir anderen faul herumsitzen.

Erst als Balthasar das Gefühl hat, dass wir den ersten Schock der Ereignisse einigermaßen verarbeitet haben, ruft er uns zwei Taxis. Ohne dass es eines Wortes bedarf, steigen Sara, John und Titus in ein Taxi und überlassen uns das andere.

Während der ganzen Fahrt hält Balthasar meine Hand und streichelt mit seinem Daumen über meine Finger. Ein Blick in sein Gesicht sagt mir, dass jetzt alles gut werden wird.

Unser Taxi kommt als Erstes vor der Villa an und Balthasar und ich sind bereits ausgestiegen, als das zweite Taxi hinter unserem hält. Während er beide bezahlt, gehe ich mit den anderen langsam auf das Haus zu. Balthasar holt uns mit schnellen Schritten ein. Da greift seine warme Hand ganz selbstverständlich nach meiner und wir gehen, für jeden sichtbar, händchenhaltend zum Haus.

Und obwohl wir gerade eine belastende Situation hinter uns haben, bin ich so glücklich wie noch nie zuvor in meinem Leben. Mein Gefühl hat mich nicht getäuscht: Jetzt wird wirklich alles gut.

32

Beinahe euphorisch betreten wir das Haus und Sara redet schon wieder begeistert von ihrem Schild. Balthasar zieht mich an seiner Hand in den Wohnbereich, als sich eine Gestalt aus der Dunkelheit löst. Das Licht geht an und David steht da, einfach so.

»Habt ihr euren großen Auftritt gebührend gefeiert?«

»Was willst du hier?«, presst Balthasar wütend hervor.

Vor lauter Schreck über Davids Anwesenheit zerre ich an meiner Hand, die Balthasar aber sofort noch fester umklammert.

Titus stellt sich schützend vor Sara und John steht nur äußerlich entspannt neben uns.

»Wie bist du hereingekommen?«, fragt Balthasar.

Die Antwort wird klar, als Ulli an Davids Seite tritt.

Davids Blick gleitet über mich und bleibt an meiner Hand hängen, die immer noch in Balthasars festem Griff verschwindet. »Wie süß, aber bedauerlich. Ich bin hier, um dir ein letztes Mal die Chance zu geben, in die richtige Gruppe zu wechseln.«

»Ich bin in der richtigen Gruppe.«

»Ist das dein letztes Wort?«

David fixiert mich. Irgendetwas in seinem Blick macht mir Angst. Doch Balthasars fester Händedruck gibt mir Mut und ich nicke.

Da beginnt David ganz locker vor dem Esstisch hin- und herzuwandern. Ulli bleibt aufmerksam und bedrohlich aufgebaut stehen, ebenso wie John.

»So wie es aussieht, bleibt es mir nicht erspart, etwas schmutzige Wäsche zu waschen«, erklärt David mit süffisanter Singsang-Stimme. »Deine ach so tolle Gruppe ist in Wirklichkeit keinen Pfifferling wert.«

Unsicher sehe ich zu Balthasar, in dessen Augen es gefährlich zuckt: »Verschwinde, David!«

»Ja, ich verschwinde bald. Aber erst möchte ich meine Informationen an euch weitergeben.« David säuselt viel zu freundlich.

Die Spannung im Raum ist kaum mehr auszuhalten und zu meiner Überraschung wendet sich David auf einmal Sara und Titus zu. »Welch außerordentlich hübsches Paar ihr doch seid! Dabei hatte ich immer meine Zweifel, ob der junge Chaot etwas für die besonnene Sara ist, zumal sie doch eigentlich auf richtige Kerle steht. Nicht wahr, Sara?«

Ich bemerke, wie Sara zusammenzuckt.

»David ...«, knurrt Balthasar drohend.

Aber David lässt sich nicht davon beeindrucken. »Und du, Clara? Bist jetzt mit Balthasar zusammen? Hat er dir schon von seinen vielen kurzen Liebesabenteuern berichtet, die er nach Angela hatte?«

»Antworte nicht darauf!«, raunt Balthasar mir zu und David lacht auf.

»Ja? Ich bin mir sicher, dass er dir noch nicht erzählt hat, dass du nicht die einzige Mitarbeiterin bist, mit der er geschlafen hat.«

Jetzt hat David meine volle Aufmerksamkeit.

»Dein Bale hat mit Sara geschlafen.« Für einen Moment herrscht absolute Stille, bis Titus als Erster seine Sprache wiederfindet.

»Echt jetzt?« Titus Stimme wird lauter. »Ist das wahr, Sara? Und lüg mich ja nicht an.«

Sara schlägt die Augen nieder und nickt.

Titus geht ein paar Schritte rückwärts, fährt sich mit beiden Händen durch das Haar und ich kann ihm ansehen, dass er verwirrt, verletzt und ärgerlich zugleich ist.

»Das ist schon vor Ewigkeiten gewesen«, flüstert Balthasar mir ganz leise zu und weigert sich, meine Hand freizugeben.

Bei Titus scheint der Ärger die Oberhand gewonnen zu haben. Denn er geht mit schnellen Schritten auf Balthasar zu und zeigt mit erhobenem Finger auf ihn. Dabei spuckt er ihm die Worte regelrecht ins Gesicht. »Du ... du Spacko! Ich habe dir vertraut. Ich dachte, du bist mein Freund, Mann.«

»Titus ...«, fleht Sara, erreicht ihn aber nicht.

Titus geht und einige von uns zucken zusammen, als die Haustür zuknallt.

»Bist du nun zufrieden?«, keift Balthasar wütend.

»Noch lange nicht, Bruderherz, noch lange nicht.«

Balthasar bemerkt, dass Sara weint, und lässt mich los, um zu ihr zu gehen. Sie wehrt sich aber sofort gegen eine Annäherung und zieht einen Schild um sich.

»Saraaaa«, zischt David und nähert sich ihrem Schild. »Nicht traurig sein. Findest du nicht, dass er die Wahrheit verdient hat?«

David berührt Saras Schild und lässt Flammen aus seinen Händen züngeln, die die runde Form des Schildes sichtbar machen. Sara sieht immer noch zu Boden und schluchzt.

So langsam wundere ich mich, was wir uns alles von David gefallen lassen. Aber ich fühle mich selbst so hilflos und gelähmt in dieser Situation, dass ich es John und Balthasar nicht verdenken kann, wenn sie genauso handlungsunfähig sind.

»Saaaarrraaaaa«, zischt David schon wieder und jagt eine erneute Flammensalve gegen den Schild. »Findest du nicht, dass auch Balthasar die Wahrheit verdient hat?«

Sara erzittert unter einem Schluchzer. »Bitte, David ... nicht.«

David lächelt Sara bösartig an und fixiert auf einmal Balthasar, der fassungslos hört, was David ihm zu sagen hat. »Eure einmalige kleine Liebesgeschichte blieb nicht ohne Folgen. Wer hätte gedacht, dass die liebe Sara dazu fähig ist, ein ungeborenes Leben zu beenden?«

»Was?«, platzt es auf Balthasar heraus. »Sara ... wieso?« Balthasar versucht zu begreifen und nähert sich Sara nun doch, obwohl sie immer noch ihren Schild um sich gezogen hat.

Ich kann ihr ansehen, dass sie kurz vor dem Zusammenbruch steht, weil es mir ehrlich gesagt auch nicht besser geht. Sogar John kämpft mit sich.

David beendet seine schmutzige Enthüllungsgeschichte. »Keine Mama Sara, kein Papa Balthasar.«

Wild entschlossen sieht Sara David an, öffnet ihren Mund zu einem lauten Schrei und vergrößert ihren Schild so schnell und ruckartig, dass er uns alle zu Boden wirft.

Der Raum ist verwüstet und fassungslos sehen wir

Sara nach, die in einem neu geformten Schild durch die geschlossene Terrassentür schwebt. Entsetzt starre ich durch das runde Loch auf die Terrasse, die von Scherben und Holzsplittern übersät ist.

Balthasar ist als Erster wieder auf den Füßen. Seine Körperhaltung macht mir Angst, weshalb ich mich ebenfalls aufrappeln will, um zu ihm zu gehen. Aber ich stehe noch nicht ganz, als Balthasar mir einen beängstigenden Blick zuwirft, in dem ich nur Leid und Bedauern lesen kann. Ich will zu ihm, ihn in den Arm nehmen, für ihn da sein. Aber er streckt mir abwehrend seine flache Hand entgegen.

»Balthasar … bitte …«

Sein Blick verändert sich und ich erkenne, was er vorhat.

»Nein, Balthasar … nicht.«

Er ist weg. Er hat seine Gabe angewendet, um mich zu verlassen. Er hat mich hier einfach sitzen lassen.

Mit erhobenen Armen gehe ich zu der Stelle, an der er eben noch gestanden hat und breche dort weinend zusammen. John, der entsetzt das Geschehen beobachtet hat, setzt sich wie in Zeitlupe auf, ebenso wie Ullrich.

Ein gut gelaunter David klopft sich etwas Dreck von der Jacke. »Uh, das waren ja wirklich umwerfende Neuigkeiten. Hätte nicht gedacht, dass die wie eine Bombe einschlagen.«

Ich hasse ihn dafür, dass er sich über das Leid anderer auch noch amüsiert.

»Nicht traurig sein, kleine Lady. Morgen sieht die Welt schon wieder ganz anders aus.«

Mein Schmerz über den Verlust von Balthasar weicht einem unermesslichen Ärger über David.

Keine Ahnung, woher ich die Kraft nehme, aber ich stehe mit geballten Fäusten vom Boden auf und baue mich ihm gegenüber auf. Ullrich, der diese Veränderung bei mir zu bemerken scheint, will sich zu David stellen, was dieser aber mit einer Handbewegung verhindert. John positioniert sich an meiner Seite und beobachtet Ullrich.

»Komm in mein Team, kleine Lady. Wie es aussieht, gibt es das andere nicht mehr.«

David sieht mich mit einem Lächeln an. Mein Atem geht inzwischen so hektisch, dass ich mit Sauerstoff vollgepumpt bin. Dieser Mann hat Schuld daran, dass sich Balthasar mir entzogen hat. Und das zu einem Zeitpunkt, an dem er sich mir endlich geöffnet hat. David hat von Anfang an nur Leid über mich gebracht. Warum sollte er nicht endlich selbst etwas von diesem Leid erfahren, am eigenen Körper spüren?

Ich denke an die Wunde in seiner Handfläche, die ich für ihn geheilt habe. Mein Blick wandert zu Davids Hand und ich stelle mir den Schmerz vor, den ich nach der Heilung ertragen habe. Wie von selbst macht sich der Schmerz auf den Weg zu David und als er überrascht in seine Handfläche sieht, wird mir klar, dass ich ihm den Schmerz zurückgeben kann.

Die Überraschung auf seinem Gesicht ist aber weniger mit Angst, vielmehr mit einer gewissen Siegesfreude gepaart. Meine Wut steigert sich und ich stelle mir vor, ich würde die Schnittwunde in seine Handfläche ritzen. Jetzt klafft auf seiner Hand eine lange Wunde.

»Bist du das?«, höre ich John neben mir fragen, reagiere aber gar nicht darauf. Ullrich ist unruhig, aber David grinst breit.

»Ich wusste es. Du bist eine Waffe. Zeig es mir. Zeig mir, was du kannst.«

Inzwischen bin ich so außer mir, dass ich dieser Bitte nur zu gerne nachkomme. Die Verletzung des Familienhundes erscheint mir eine willkommene Erinnerung, da ich die Schmerzen als besonders intensiv in Erinnerung habe. Ich schicke die Schmerzen zu David und sehe mit einer gewissen Befriedigung, dass er sich krümmt.

»Sag, dass das nicht du bist!«, brüllt John, doch mir erscheint seine Stimme unendlich leise.

Mein innerlicher Druck ist inzwischen so groß geworden, dass ich nur zu gerne meine Gabe aus meinem Körper lasse. David verzieht erschrocken das Gesicht, bevor ein merkwürdiges Geräusch zu hören ist. Davids Bauch bläht sich unter seinem Shirt kurz unnatürlich auf, dann tränkt sich der Stoff rot.

Ullrich stürmt auf mich zu, wird aber von einem gezielten Faustschlag aus Johns Hand niedergestreckt.

Kraftlos breche ich zusammen. John hält mich in seinen Armen und ich liege am Boden. Natürlich registriere ich, dass er mit mir spricht. Aber er klingt weit entfernt, als wäre ich in einem Traum gefangen.

»Clara, ich brauche dich jetzt hier.«

John hat meinen Namen gesagt? Meine Sinne sammeln sich und ich setze mich mit Johns Hilfe auf.

»Warum hältst du mich?«, frage ich ihn noch leicht verwirrt und sehe mich um.

Ullrich liegt bewusstlos auf dem Boden und neben ihm David, der stark blutet.

»Oh Gott. Was habe ich getan?«, kreische ich. »Ich habe ihn umgebracht.« Mein Wimmern erschreckt mich selbst. Und noch mehr fürchte ich mich vor mir selbst. Was habe ich getan? Mit meiner letzten Kraftreserve krieche ich zu David und betrachte die glasigen Augen, die mich allerdings noch bewusst wahrnehmen.

»Heile ihn, Clara, sofort!«, brüllt John mich an.

»Ich kann nicht. Ich habe keine Kraft mehr. Ich habe alles rausgelassen.«

»Ich ... wusste es«, stöhnt David. »Du bist ... eine Waffe.«

»David, ich wollte das nicht. Ich bin doch kein Mörder«, wimmere ich und fühle mich elend.

David greift mit letzter Kraft nach meinem Arm und packt mich. Ich spüre, dass er Hitze in meinen Körper leitet. Will er sich an mir rächen? Doch dann kapiere ich, dass er mir Energie zuführt. Sofort berühre ich ihn direkt auf der Wunde und schicke meine Gabe zu ihm auf den Weg. Danach sacke ich zusammen.

David rappelt sich auf und weckt Ullrich. Ohne ein Wort verlassen die beiden das Haus und ich bleibe mit John in einem materiellen und emotionalen Trümmerfeld zurück.

John nimmt mich in die Arme und ich weine ohne Unterbrechung, bis ich ruhig sein kann.

»Ich muss Cornelius anrufen, bevor David es tut.«

Benommen nicke ich, da mir klar ist, dass John das Richtige tut. John verlässt den Raum und ich höre ihn telefonieren. Wie in Trance gehe ich in die Küche und wasche mir die blutigen Hände ab.

Balthasar. Meine Gedanken werden nur noch von Balthasar beherrscht. Warum hat er mich abgewiesen? Ich wäre für ihn da gewesen. Hat er das nicht gewusst?

Langsam fahre ich mit den Unterarmen über die Theke, an deren Ende eine große Porzellanschüssel mit Obst steht. Wie hypnotisiert wische ich die Schüssel auf den Boden. Das Zerbersten hört sich unglaublich gut an: Endgültige und unwiderrufliche Zerstörung. Zerstört wie meine gerade begonnene Beziehung zu Balthasar.

Obwohl ich höre, dass Johns Stimme näher kommt, öffne ich den Hängeschrank, in dem die Trinkgläser aufbewahrt werden. Als John in mein Sichtfeld kommt, wischt mein Arm bereits das ganze Brett leer. John beendet sofort das Telefonat und stürmt in die Küche.

Gerade als ich das zweite Regalfach leerfegen will, packt er mich von hinten. Ich wehre mich gegen ihn und er hebt mich hoch. Wie ein Tier kämpfe ich mit Händen und Füßen gegen John, schreie, kreische und versuche sogar, ihn zu beißen. Gegen John habe ich freilich wenig Chance. Er trägt mich in meine Wohnung, in mein Schlafzimmer und schließt mich ein.

Wütend springe ich auf mein Bett und weine hemmungslos. Es ist schon dunkel, als John wieder zurückkehrt. Er setzt sich auf mein Bett und berührt mich am Fuß. »Cornelius kommt vorbei. Ich … ich kann Bale nicht erreichen, habe ihm aber mehrere Nachrichten hinterlassen.«

»Haust du jetzt auch ab?«

»Nein, ich bleibe da«, sagt John und ich stürze mich

in seine Arme. Dann fragt er: »Kommst du jetzt mit in die Küche?«

Ich sehe ihn überrascht an und er ergänzt: »Du glaubst doch nicht ernsthaft, dass ich deine Sauerei alleine aufräume.«

Gemeinsam mit John schaffe ich die Scherben aus der Küche. Das Wohnzimmer hat John schon erstaunlich gut aufgeräumt. Sogar das große Loch in der Terrassentür ist mit Pappe verklebt.

Ich bemerke durchaus, dass John mich immer wieder heimlich mustert. Mit der neuesten Entwicklung meiner Gabe habe ich nicht nur mich selbst schockiert. Bietet mir John vielleicht deshalb an, in meinem Wohnbereich zu schlafen, weil er mich im Blick haben will? Ich lehne es jedenfalls nicht ab. Ehrlich gesagt, ich fühle mich in seiner Nähe wohl und da wir momentan die einzigen Bewohner des Hauses sind, finde ich es nur fair, dass er auf mich aufpasst. Ich scheine außerdem eine Gefahr darzustellen und wenn John in meiner Nähe ist, fürchte ich mich nicht mehr so sehr vor mir selbst.

Am nächsten Morgen bin ich deswegen nicht gerade erfreut, als ich feststelle, dass John nicht mehr in meiner Wohnung ist.

»John!«, rufe ich und renne sofort aus meiner Wohnung. Panik erfasst mich. »John!«

Noch während ich die Treppe hinunterlaufe, kommt John mir entgegen und breitet seine Arme aus. Ich verschwinde fast an ihm. »Hey, ich habe doch gesagt, ich lasse dich nicht alleine.«

John hat Frühstück gemacht. Aber ich kann nichts essen. Er ist nicht so gemein, mich dazu zu nötigen. Aber er lässt es sich nicht nehmen, mir ein Glas Wasser auf den Tisch bei der Couch zu stellen, als ich wenig später dort sitze und Musik höre. Die Auswahl der heutigen Stücke beschränkt sich auf die melancholischen Songs, wie ihr euch ja denken könnt. Natürlich registriere ich, dass John weiterhin versucht, Balthasar zu erreichen. Ich selbst traue mich nicht einmal, seine Nummer zu wählen. Zu groß ist die Angst vor der stillen Ablehnung.

Dann erreicht mich eine SMS von Lisi.

- Stell dir vor, Tom hat mir einen Heiratsantrag gemacht :)

Ich rufe Lisi an und schluchze laut ins Telefon. »Ich dachte mir ja, dass du dich für mich freust, aber dass du gleich so gerührt bist.« Hemmungslos weine ich in den Hörer und Lisi bemerkt, dass ich nicht wegen des Heiratsantrags so aufgelöst bin. »Was ist denn passiert?«

»Balthasar ist weg. Er hat mich verlassen«, plärre ich und bin wahrscheinlich für niemanden zu verstehen. Lisi, die eine gewisse Übung darin hat, mich auch zu verstehen, wenn ich heule, kommt dennoch nicht mit. »Das verstehe ich nicht. Wie weg?«

»Ja, er hat etwas erfahren, was ihn sehr belastet und da ist er einfach auf und davon. Ich glaube, ich sehe ihn nie wieder.«

»Ich komme vorbei«, höre ich Lisi entschlossen sagen. »Eigentlich muss ich auf eine Fortbildung, aber die sage ich ab.«

»Nein«, erwidere ich bestürzt. »Du musst wirklich nicht vorbeikommen.«

Aus dem Augenwinkel beobachte ich einen Handwerker, der die Maße der kaputten Terrassentür nimmt. John hat das runde Loch noch vergrößert, bevor der Handwerker eingetroffen ist. Lisi wird nur jede Menge Fragen haben, wenn sie vorbeikommt. Deshalb hole ich tief Luft und versuche, mich für die nächsten Minuten zu beherrschen. »Es ist wirklich nett von dir, aber nicht nötig. John ist hier. Er kümmert sich um mich.«

Den schnippischen Unterton in ihrer Stimme kann Lisi nicht ganz verbergen, als sie sagt: »Wenn du meinst. Aber ich bin dann leider die nächsten Tage schlecht zu erreichen, weil ich eben auf dieser Fortbildung bin.«

»Ja, schon klar.«

»Er kommt bestimmt zurück.« Lisi versucht mich aufzubauen, aber ich kann ihr nicht glauben. Dennoch gebe ich zu, dass auch ich noch diesen Funken Hoffnung in mir habe. Balthasar wird zurückkehren und dann wird endlich alles in Ordnung kommen.

Nach dem Telefonat hänge ich wieder relativ leblos auf dem Sofa herum und höre Musik. Erst als Cornelius direkt vor mir steht, bemerke ich seine Anwesenheit. Er setzt sich schweigend neben mich und ich entferne die Kopfhörer aus meinen Ohren. Wahrscheinlich sehe ich entsetzlich verheult aus. Noch dazu habe ich mich nicht einmal gekämmt, als ich aufgestanden bin und meine Kleidung ist so bequem, dass es an eine Unhöflichkeit grenzt, so Besuch zu empfangen.

Cornelius benötigt einige Minuten, um sich seine Worte zurechtzulegen. Als ich seine raue Stimme endlich höre, klingt sie noch kratziger, als ich sie in Erinnerung habe. Er wirkt müde.

»Anscheinend haben Sie Ihre Gabe selbst unterschätzt. Wie ich das sehe, tragen wir alle eine Mitschuld an dem, was passiert ist«, erklärt er leise. »Dennoch sollten Sie sich schnellstmöglich bei David entschuldigen. Schaffen Sie die Angelegenheit aus der Welt.«

Ein verzweifeltes Schnauben entkommt mir. Wie gerne würde ich meine Tat aus der Welt schaffen, ungeschehen machen. Aber das geht nicht.

»Clara, meine Liebe, es sieht so aus: Sie dürfen die nächsten drei Monate Ihre Gabe nicht mehr benützen und damit meine ich, überhaupt nicht mehr. Im Anschluss daran sehen wir weiter.«

»Vielleicht sollten Sie mich lieber wegsperren. Ich bin eine Gefahr für andere.«

»Meine Liebe, Sie wurden provoziert. David hat seine Aussage bei mir gemacht und er war logischerweise ehrlich. Machen Sie sich nicht selbst für etwas fertig, was Ihnen niemand vorwirft.«

»Haben Sie …« Meine Stimme bricht und ich schlucke hart. »Haben Sie etwas von Balthasar gehört?«

»Ja«, antwortet Cornelius knapp und endlich kann ich ihm ins Gesicht sehen. Leider füllen sich meine Augen schon wieder mit Tränen und sein Blick verheißt nichts Gutes, weil er meinem nicht standhält. »Er war heute Nacht bei mir zu Hause und hat mir berichtet, was passiert ist«, führt Cornelius leise aus und ich bemerke, dass John ins Wohnzimmer kommt, um dem Gespräch zu lauschen.

»Weiß er, was ich …?«

»Nein«, höre ich hart aus Cornelius' Mund und bin unglaublich froh darüber.

Jetzt mischt sich John ein. »Hat er gesagt, wann er wieder kommt? Ist ihm klar, wie es Clara geht?«

Cornelius rutscht unruhig auf der Couch hin und her. »Ich fürchte, er hat momentan mit persönlichen Problemen zu kämpfen. Er hat mir mitgeteilt, dass er sich eine Auszeit nimmt. Soviel ich weiß, hat er schon einen Flug ins Ausland gebucht.«

»Was?«, wimmere ich kraftlos.

John scheint noch etwas mehr Energie übrig zu haben, weil er völlig außer sich gerät. »Er hat sich eine Auszeit genommen? Ist ihm klar, was das für uns bedeutet? Was das für Clara heißt?«

Meine Lippen beben und ich mache mich ganz klein, in der Hoffnung, dass ich einfach verschwinde, mich in Luft auflöse.

»Er war in dieser Angelegenheit zu keinem Gespräch bereit. Ich habe ihm auch nichts über Claras Entgleisung berichtet, weil ich der Meinung war, dass ihn das noch mehr aus der Bahn wirft. Eine Auszeit wird ihm guttun. John, er hat mich gebeten, dir auszurichten, dass du die volle Entscheidungsfreiheit hast, was das Haus und das Team angeht. Er kann über sein Firmenbüro erreicht werden, weil er sich dort hin und wieder melden wird.«

»Über sein Büro?«, keift John kopfschüttelnd. »Ich kann das nicht begreifen.«

Jetzt wendet sich Cornelius an mich. »Es tut mir ehrlich leid. Hätte ich gewusst, welch Häufchen Elend hier sitzt, dann hätte ich ihm mehr ins Gewissen geredet.«

Ich kann nur noch nicken. Cornelius verabschiedet sich von mir und John bringt ihn zur Tür.

Nach Cornelius' Besuch sehe ich das letzte Fünkchen Hoffnung für mich schwinden. Balthasar hat mich definitiv verlassen. Er wird nicht zu mir zurückkommen. Ich kann mich nicht erinnern, jemals so viel Leid empfunden zu haben.

John erscheint wieder neben mir und sieht, dass ich das Wasser nicht angerührt habe, das er mir vor Stunden gebracht hat. »Trink wenigstens etwas.«

Ich habe nicht einmal mehr die Kraft, auf John zu reagieren. Wozu sollte ich trinken? Ich bin doch gar nicht da.

»Clara!«, knurrt John. »Wenn du jetzt nicht sofort das Glas leer machst, flöße ich dir das Wasser höchstpersönlich ein.«

Ich rühre mich immer noch nicht. Da macht John eine schnelle Bewegung auf mich zu und ich greife rasch nach dem Glas, um mir den Inhalt schnellstmöglich einzuverleiben. John beobachtet mich zufrieden und nimmt das leere Glas mit in die Küche.

Am nächsten Tag sitze ich wieder nur regungslos auf dem Sofa im Wohnzimmer und höre Musik. Mein Vorrat an traurigen Liebesliedern scheint unerschöpflich zu sein. Letztendlich bleibe ich aber bei *My Immortal* hängen, was ich mir in Dauerschleife anhöre. John beobachtet mich zwischendurch immer wieder. Doch ich bin zu sehr mit mir beschäftigt, um zu bemerken, dass seine Sorgenfalten im Gesicht ausgeprägter werden.

An diesem Abend begehre ich ein letztes Mal gegen John auf. Als er mir nicht einmal mehr ein Glas Wasser einreden kann, nimmt er mir meinen MP3-Player weg. Ich kämpfe darum, aber John gewinnt.

»Die Lieder, die du hörst, ziehen dich nur noch mehr runter«, brüllt er mich an und ich traue meinen Augen nicht, als John den MP3-Player auf den Boden schmeißt und ihn zertritt.

Obwohl ich glaube, dass ihm das sofort selbst wieder leid tut, kann er es nicht zurücknehmen. Er hat mir meine Musik genommen. Nicht einmal die ist mir jetzt noch geblieben.

»Du Arschloch«, schreie ich ihn an und ziehe mich schluchzend in meine Wohnung zurück. In dieser Nacht heule ich beinahe unaufhörlich.

33

Der nächste Tag wird auch nicht besser. Weil ich Johns Anwesenheit nicht mehr ertragen kann, gehe ich in den Garten und setze mich neben den Pool auf den kalten Boden. Meine Tränen scheinen aufgebraucht zu sein. Kann ein Schmerz so groß sein, dass man gar nichts mehr empfinden kann? Ich fühle mich wie eine leere Hülle, ein lebloses Wesen. Gedankenverloren starre ich ins Nichts und wünschte, ich könnte in diesem Nichts aufgehen, einfach aufhören zu existieren. Lediglich mein flacher Atem und das Pochen meines Herzens erinnern mich daran, dass ich noch am Leben bin. Zwischendurch fühle ich mich meinem Körper seltsam entrückt, als könnte ich mich selbst beobachten.

John versucht mehrmals, mich in ein Gespräch zu verwickeln, aber ich nehme ihn kaum noch wahr. Als es anfängt, zu regnen, rühre ich mich nicht von der Stelle. Die Kälte des Regens macht mir nichts aus, ich bemerke sie eigentlich nicht. Jede Bewegung erscheint mir überflüssig, weshalb ich die Nässe so annehme, wie die Tropfen sie auf mir verteilen.

»Jetzt reicht es!« Johns leise Stimme erreicht mich nicht richtig.

Er hebt mich hoch und trägt mich ins Haus. Selbst als er mich in die Dusche stellt, lasse ich mir das gefallen, völlig willenlos. Er dreht das Wasser auf. Da ich nicht reagiere, stellt er die Brause auf kalt. Immer noch teilnahmslos lasse ich mich in der Dusche auf den Boden sinken und John hält mir sogar die Brause mit dem kalten Wasser direkt über den Kopf. Erst als er die Wirkungslosigkeit seines Handelns bemerkt, stellt er das Wasser ab. Wütend wirft er mir ein Handtuch zu, fordert meine Reflexe heraus, aber ich sitze wie tot in der Dusche und das Handtuch trifft mich im Gesicht, ohne dass ich mit der Wimper zucke.

Er legt die Hände auf seine Glatze und denkt kurz nach. Dann fischt er nach seinem Handy und scheint erneut auf Balthasars Mailbox zu sprechen, als er den Raum verlässt. Ich kann nur seine ersten Worte hören. »Wenn du das hörst, dann schwing deinen Hintern gefälligst nach Hause. Hier ist die Kacke gehörig am Dampfen …«

Ich spüre nichts, gar nichts. Nicht einmal mehr Bedauern über Balthasars Abwesenheit. Erfüllt von dieser Gefühllosigkeit stehe ich langsam auf. Klatschnass steige ich wie in Zeitlupe aus der Duschwanne und verlasse das Bad und meine Wohnung. In der Ferne höre ich immer noch Johns erregte Stimme. Ich schleiche durchs Haus und obwohl mir mein Ziel nicht bewusst ist, scheine ich doch zu wissen, wo ich hingehe. Dass ich dabei eine nasse Spur hinterlasse, interessiert mich in diesem Moment nicht im Geringsten.

Mein Weg führt mich in den Keller, in den Trainingsraum zu der Waffenvitrine. Wie in Trance betrachte ich Balthasars Sammlung und ziehe an der Tür der Vitrine. Sie ist abgeschlossen und ich habe keine Ahnung, wo Balthasar den Schlüssel aufbewahrt.

Da schlage ich mit einem Fausthieb die Scheibe der Vitrine ein. Als ich mit beiden Händen das große Schwert heraushole, schneide ich mich an den scharfen Kanten der zerbrochenen Scheibe.

Warum spüre ich keinen Schmerz? Mein Blick fällt auf den Spiegel an der Wand. Das bin doch nicht ich! Mit dem Schwert in der Hand gehe ich näher an den Spiegel und komme immer mehr zu dem Schluss, dass mein Geist den Körper gewechselt hat. Diese blasse, eingefallene Gestalt mit den dunklen Ringen unter den Augen kann ich unmöglich sein.

Mit einer Hand halte ich das Schwert und die andere greift nach meinen Haaren, die auf meiner Schulter liegen, fährt durch sie hindurch und presst jede Menge Wasser aus den langen Strähnen. Spontan fasse ich noch einmal nach und halte das Haar straff. Dann hebe ich das Schwert und lasse es herabsinken. Die scharfe Schneide durchtrennt mein Haar, als träfe sie auf keinen Widerstand. Sofort öffne ich meine Hand und der nasse Strang fällt auf den Boden. Immer noch kann ich nicht den Hauch eines Gefühls spüren. Eigentlich bin ich innerlich tot, mein Körper scheint dies nur noch nicht begriffen zu haben.

Erneut hebe ich die Klinge, lege meine freie Handfläche darunter und lasse die Klinge langsam darübergleiten. Sofort ritzt die Schneide meine Haut auf.

In diesem Moment nehme ich John im Raum wahr. Er hat sich an mich angeschlichen und springt jetzt auf mich zu. Mit einer gezielten Bewegung nimmt er mir das Schwert aus der Hand und legt es weg. Ich lasse ihn machen, wehre mich nicht gegen sein Eingreifen und beobachte ihn teilnahmslos. Selbst, als er mich an den Oberarmen packt und kräftig schüttelt, sehe ich durch ihn hindurch.

»Hör damit auf! Hör endlich damit auf!«, brüllt er.

Dann wird sein Schütteln schwächer und auf einmal reißt er mich in seine Arme. Ich stehe einfach da, meine Hände hängen schlaff an mir hinunter, während John mich drückt.

»Bitte ...«, höre ich ihn flehen. Sein Körper bebt und ich merke, dass John weint. Wäre ich noch zu einer Gefühlsregung fähig, dann wäre ich jetzt wohl neidisch darauf, dass er noch weinen kann, während ich nur noch aus einer leeren Hülle zu bestehen scheine.

Ich lasse es zu, dass John mich auf den Armen in meine Wohnung trägt. Sachte legt er mich auf das Bett und zieht mir die nasse Kleidung aus. Wie eine Puppe lasse ich alles über mich ergehen. John wickelt mich in ein Badetuch ein und deckt mich mit meiner Bettdecke zu. Meine verletzten Hände schlägt er in zwei Handtücher ein. Ich merke genau, dass er den Raum nicht mehr verlässt, weil er mich nicht alleine lassen will.

Er versucht, Kontakt zu mir aufzunehmen. »Clara?«

Ich bin gar nicht da, John. Gib dir keine Mühe. John greift nach seinem Telefon. Seine Worte berühren zwar mein Ohr, dringen aber nicht richtig zu mir durch.

»Michael, du musst sofort herkommen und bring den Doc mit ... Das erklär ich dir, wenn du da bist.«

John rührt sich nicht vom Fleck, bis er im Haus Geräusche wahrnimmt.

»Wir sind hier«, schreit er laut und kurze Zeit später betreten Michael und Harald Kaiser mein Schlafzimmer.

»Um Gottes Willen!«, ruft Michael aus, als er mich sieht.

Harald Kaiser stellt seine mitgebrachte Tasche neben meinem Bett ab und schiebt sich in mein Blickfeld. »Fräulein Clara, könne Sie mich höre?«

Keine Reaktion.

»Wie lange ist sie scho in dem Zuschtand?«

»So ist sie jetzt schon seit mehr als 24 Stunden. Davor war sie wenigstens noch sauer auf mich, wenn ich versucht habe, ihr etwas zu sagen. Aber jetzt registriert sie mich nicht einmal mehr.«

Harald Kaiser wickelt die Handtücher von meinen Händen ab. »Hat sie sich selbscht verletzt?«

»Ja.«

»Und war sie da auch aggressiv?«

»Nein. Steht sie unter Schock?«, fragt John leise.

»Hmh. Schwer zu sage. Ich würde hier auf eine ungünschtige Kombination einer schleichenden Traumatisierung kombiniert mit einer akuten Traumatisierung tippe. Es war halt alles a bisserl viel für unsere Clara in letschter Zeit.«

»Michael, wo ist dein Sohn?«, ruft John aufgebracht.

»Ich weiß es nicht. Momentan hat niemand zu ihm Kontakt.«

»Wenn er sich nicht um sie kümmert, dann … musst du es tun, Michael.«

»Du hast ja keine Ahnung, was du da von mir verlangst«, stöhnt Michael.

»Sieh sie dir an. Er hat ihr das Herz gebrochen. Sie ist fertig. Bale kommt nicht wieder, so sieht es aus.«

Michael nähert sich mir und ich kann ganz verschwommen sein trauriges Gesicht erkennen.

Der Doktor brummt: »Am liebschte würde ich sie jetscht sofort einweise lasse. So wie esch aussieht, ist sie selbschtgefährdend und wer weiß, was sie macht, wenn ein Trigger auftritt.«

»Hilf ihr, Michael«, fleht John.

Michaels weinerliche Stimme fällt mir kaum auf. »Sie sieht aus wie ein Engel.«

»Ein gefallener Engel, Michael. Dieser Engel braucht dich jetzt.« John geht mit Michael aus dem Zimmer.

Dr. Kaiser versorgt meine Wunden an den verletzten Händen. Dann packt er seine Sachen zusammen und verabschiedet sich von John und Michael. Eine Entscheidung scheint gefallen zu sein.

Michael setzt sich zu mir auf das Bett und nimmt die Hand, die weniger verletzt ist, zwischen seine Hände. »Gott möge mir vergeben«, murmelt er ganz leise und schon spüre ich seine Gabe in mir.

Entsetzt reiße ich die Augen auf, als ich Michael in meinem Kopf spüre. Auf einmal sind alle Gefühle, die ich hinter einer imaginären Mauer versteckt habe, da: Meine Verzweiflung, die Enttäuschung, Wut und absolute Hoffnungslosigkeit. Vor meinem inneren Auge erlebe ich alle Begegnungen mit Balthasar noch einmal. Es ist, als würde ich einen dieser alten Super-8-Filme im Rückwärtsgang ansehen und die besten Szenen für die Archivierung sortieren. Nur, dass nicht ich es bin, die meine Erinnerungen sortiert. Alle vertrauten Details, der Sex, die heimlichen Küsse verschwinden in einem schwarzen Loch, als hätte es sie nie gegeben. Was zurück bleibt? Verblasste Kopien von emotional völlig neutralen Szenen huschen zurück in mein

Gedächtnis. Zuletzt sehe ich mich rückwärts durch einen Park laufen, während mein Blick kurz auf Balthasar trifft, der am Ende der Allee um die Ecke schielt. Meine Erinnerungen werden von Schwärze eingeholt.

»Schlaf jetzt«, höre ich Michaels Stimme in meinem Kopf und kurz bevor ich tatsächlich einschlafe, sehe ich Robert Quinn vor meinem inneren Auge und Schmetterlinge tanzen in meinem Bauch. Im Halbschlaf bekomme ich noch mit, dass Michael aufsteht und John ihn fragt: »Wie soll ich jetzt mit ihr umgehen?«

»Sie weiß eigentlich noch relativ viel. Aber ab dem Moment von Balthasars Verschwinden kann sie sich an nichts mehr erinnern, außer dass sie momentan ihre Gabe nicht benützen darf. Ich hoffe, sie hinterfragt das nicht. In der Zeit vor besagtem Punkt habe ich lediglich die … intimen Dinge blockiert. Alle anderen Erlebnisse sind nicht mit Emotionen für meinen Sohn behaftet. Sie kann sich nicht daran erinnern, ihn jemals geliebt zu haben.«

John bedankt sich überschwänglich. Doch Michael erwidert müde: »Danke mir nicht für etwas, was ich eigentlich nie wieder tun wollte.«

Dann lacht Michael plötzlich verbittert auf und weckt mich noch ein bisschen mehr. »Ich habe eine alte Schwärmerei bei ihr gefunden … und verstärkt.«

»Nein!«

»Was willst du, John? Sie hat ein bisschen Glück verdient. Wir sorgen dafür, dass daraus etwas wird. Wenigstens das können wir für sie tun.«

👁 34 👁

Am nächsten Morgen wache ich erholt und entspannt auf. Es wundert mich etwas, dass es taghell in meinem Zimmer ist. Normalerweise lasse ich den Rollo herunter, bevor ich ins Bett gehe. Warum habe ich nackt geschlafen? Was sollen diese Verbände an meinen Händen?

In meinem Schrank wühle ich nach Unterwäsche und gehe ins Bad. Als ich mich selbst im Spiegel sehe, erschrecke ich. Ich sehe nicht nur zum Fürchten aus, nein, meine Haare sind abgeschnitten. Ich renne aus meiner Wohnung. Der letzte WG-Bewohner, an den ich mich erinnern kann, ist John.

»John!«

Am Fuße der Treppe sehe ich schon, wie er mir entgegenkommt. Er bleibt sofort stehen und sieht mich vorsichtig an.

»Meine Haare!«, sage ich und deute auf das zerzauste Knäuel auf meinem Kopf.

»Du kannst dich nicht erinnern?«

»Mann, John, kläre mich bitte auf. Was ist passiert?«

John betrachtet mich eine Weile. »Wir haben trainiert, im Trainingsraum mit dem Schwert. Du bist irgendwie gestolpert, erst in die Vitrine gefallen und dann hast du dir mit der Schneide des Schwertes aus Versehen die Haare abgeschnitten.«

»Meine Hände?«

»Die hast du dir an der kaputten Vitrinenscheibe verletzt.«

Ich denke nach und nicke. Beinahe kann ich mir sogar vorstellen, wie die kaputte Vitrine aussieht und ich habe sogar den Hauch einer Ahnung, wie meine Haare abgeschnitten auf dem Boden des Trainingsraumes liegen. In meiner Vorstellung sind meine Haare nass.

»Du kannst dich wirklich nicht daran erinnern? Du hast dir ja schlimmer den Kopf gestoßen, als ich dachte«, lacht John.

»Naja, so wie es aussieht, kann ich froh sein, dass ich nicht einen Kopf kürzer bin. Aber jetzt, wo du es sagst: Ich habe höllische Kopfschmerzen.«

Mit meinen bandagierten Händen taste ich meinen Kopf ab, kann aber keine Beule ertasten. John sieht mich auf einmal so merkwürdig an. Auf der einen Seite erkenne ich einen gequälten Ausdruck in seinen Augen, auf der anderen Seite scheint er wahnsinnig erleichtert zu sein.

»John? Alles in Ordnung? Hast du auch Kopfweh?«

Er presst die Lippen aufeinander und schüttelt den Kopf.

»Hey, es geht mir gut«, lache ich John an.

Er nimmt mich auf einmal in die Arme und drückt mich so fest, dass ich kaum noch Luft holen kann. Aber ich schlinge meine Arme einfach um ihn und drücke ihn auch. Ich muss ihm ja einen gehörigen Schrecken eingejagt haben, als ich im Trainingsraum gestürzt bin.

»Sind nur wir beide noch da?«, frage ich ihn, während er mich immer noch drückt. Da lässt er mich los.

»Ja, so wie es aussieht, bleibt das vorerst so. Ich muss jede Menge Telefonate führen. Kommst du alleine klar?«

»Bestens. Wieso auch nicht? Ich denke, du solltest dir viel eher um die anderen Gedanken machen. Denk doch nur einmal, was Sara und Titus durchmachen müssen oder Bale.«

»Nimm ihn nicht auch noch in Schutz!«, knurrt John leise, während sein Telefon klingelt.

Ich gehe zurück in meine Wohnung und ziehe mich an. Dann kümmere ich mich erst einmal um einen Termin bei meinem Friseur. Glücklicherweise kann ich sofort nach dem Frühstück zu ihm kommen, nachdem ich mein Unglück geschildert habe. Anschließend sehe ich mir die Verletzungen an meinen Händen genauer an und bin erleichtert, weil ich eigentlich auch mit ein paar Pflastern ganz gut klarkomme.

Kurze Zeit später sitze ich beim Friseur. Weil ich mir die Haare unfreiwillig schief geschnitten habe, muss ich sie mir leider kürzer schneiden lassen, als mir lieb ist. Ich würde meine Frisur als frechen Kurzhaarschnitt bezeichnen, wobei, so kurz ist es nun auch wieder nicht.

Nach dem Friseur schlendere ich noch gemütlich durch die Stadt. Dabei komme ich – wie es der Zufall will – an Lisis Arbeitsstelle vorbei. Tatsächlich habe ich Glück, weil ich sie durch das große Ladenfenster sehe. Erfreut klopfe ich an die Scheibe und als sie mich sieht, winke ich wie verrückt und deute auf meine neue Frisur.

Sie scheint einen Moment zu brauchen, bis sie mich erkennt, entschuldigt sich dann bei ihrer Kundschaft und kommt nach draußen.

»Clara?«

»Sieht super aus, oder?«

Lisi lächelt mich unsicher an. »Er hat sich wohl endlich gemeldet, was?«

»Wer?«

»Dein Bale!« Lisi hilft mir auf die Sprünge.

»Elisabeth«, ruft jemand böse aus dem Laden. Lisi verdreht die Augen und flüstert schnell: »Ich rufe dich an.«

»Mach das!«, grinse ich ihr nach und mache mich auf den Heimweg. Was hat Lisi nur gemeint? Egal.

Als ich in der Villa ankomme, fängt John mich bereits in der Garderobe ab.

»Tatatata«, singe ich vergnügt und drehe mich einmal um mich selbst.

»Du schaust ja aus wie Meg Ryan«, lacht John und wartet geduldig, bis ich mich meiner Jacke und meiner Schuhe entledigt habe.

»Wir haben Besuch«, sagt er dann leise und legt seinen Arm um mich, während er mich ins Wohnzimmer führt.

Als ich erkenne, wer da auf unserer Couch sitzt, lege ich die Bremse ein. Aber John schiebt mich unbarmherzig weiter.

Robert Quinn! Er ist es. Mein Herz macht einen Satz und schlägt dann auf einmal doppelt so schnell. Eigentlich würde ich jetzt um die Ecke rennen und kreischen, was das Zeug hält. Aber John hat mich unter seinen Arm geklemmt und ich kann nicht aus.

Robert steht auf. Er sieht ebenfalls nervös aus, was mich irgendwie beruhigt.

John ist der einzig Coole im Raum. »Darf ich vorstellen? Clara Constanz – Robert Quinn. Robert Quinn – Clara Constanz.«

Dann schiebt er mich auf Robert zu.

»Hi«, quietsche ich viel zu hoch und bin froh, dass Robert trotzdem ein Lächeln für mich übrig hat.

»Hallo.«

Wir schütteln uns kurz die Hand.

»Ich lasse euch dann mal alleine«, sagt John ruhig. Er lässt mich mit ihm alleine? Flehend schicke ich John einen Blick nach, sehe aber nur seinen breiten Rücken, auf dem sich leider keine Augen befinden.

Unschlüssig stehen Robert und ich da. Der Moment der erträglichen Stille ist bereits überschritten.

»Setzen wir uns?«, fragt Robert auf Deutsch.

»Du sprichst Deutsch?«

»Ich habe es gelernt, nachdem du mich gerettet hast.« Sein englischer Akzent klingt richtig süß.

Mein Lächeln spricht Bände.

Robert grinst zurück und setzt sich wieder auf die Couch. Ich brauche noch einen Moment und setze mich einfach neben ihn.

»Danke«, sagt Rob ganz leise, äfft sich dann aber selbst sofort nach: »Dänki. Oh Mann, ich habe mir immer ausgemalt, was ich dir sagen würde, wenn ich dich endlich persönlich wiedertreffe. Jetzt fällt mir nichts ein, außer danke.«

Er zieht sich eine Halskette über den Kopf und drückt sie mir in die Hand. »Du bist mein Schutzengel.«

Ich betrachte das lederne Band und sehe sofort das metallene Profil daran hängen. Es ist wohl mit einem Loch versehen worden.

»Ich will, dass du das behältst«, sage ich sofort und er lässt sich die Kette von mir umhängen. Dabei kommen sich unsere Gesichter sehr nahe und wir erstarren beide gleichzeitig.

Langsam fahre ich mit meinen Händen das lederne Band entlang und betrachte den toll aussehenden Musiker mit dem Dreitagebart. Seine Hände greifen nach meinen. »Ich möchte dich endlich kennenlernen.«

Innerlich jubiliere ich. Robert Quinn will mich kennenlernen? Näher? »Öhm, warum nicht?«, höre ich mich selbst mit belegter Stimme sagen.

»Kommst du mit mir nach England?«

»Was?«

»Kommst du mit mir nach England?«

»Entschuldige, ich habe dich schon verstanden. Dein Deutsch ist sehr gut. Ich bin mir nur nicht sicher, was ich darauf antworten soll.«

Wir sitzen immer noch ganz nah nebeneinander und Robert hält meine Hände.

»John hat gesagt, du hast frei, und ich habe ein Gästezimmer«, bekomme ich zu hören.

In Ordnung. Mal ganz kurz nachdenken. Was spricht für London? Robert Quinn und Robert Quinn. Nicht zu vergessen: Robert Quinn. Außerdem wollte ich schon immer einmal nach London. Bale, Sara und Titus sind eh momentan weg. Wer weiß, wann die wieder kommen?

»Du solltest eine Auszeit nehmen, Clara, zumindest vorübergehend«, mischt sich John in unser Gespräch ein. Ich habe ihn gar nicht hereinkommen hören. »Ich mache den Laden hier vorerst dicht.«

Da fällt mir ein gewichtiger Grund ein, warum ich hierbleiben sollte. »Was wird aus dir, John?«

John lacht. »Ich komme schon klar. Außerdem werde ich auch aus der Ferne ein Auge auf dich haben, falls du dir Sorgen machst, wer auf dich aufpasst.«

»So war das nicht gemeint«, grinse ich und John hebt abwehrend die Hände, bevor er wieder hinausgeht und ruft: »Du hast meinen Segen, Clara. Auf nach London!«

John ist gerade verschwunden, als ich meine Aufmerksamkeit wieder Robert zuwende. Seine Augen werden kleiner und er nähert sich mir langsam. Moment mal. Robert Quinn will mich küssen? Tatsächlich. Er küsst mich, wenn auch nur ganz kurz und zart, aber er küsst mich.

»Das wollte ich schon wirklich lange tun. Kommst du mit mir?«

»Ja«, piepse ich schon wieder viel zu hoch.

»Dann musst du dich beeilen. Wir müssen los.«

»Jetzt? Wir fliegen jetzt nach London?«

»Wir saßen schon fast in der Maschine, als John mich erreicht hat. Die Jungs warten auf uns.«

»Also gut«, sage ich. Irgendetwas sagt mir, dass das die richtige Entscheidung ist. Hier liegt alles in Trümmern und ich habe ein Angebot, das ich nicht ablehnen kann – und will.

»Gib mir fünf Minuten!«, puste ich aus und renne in meine Wohnung. In neuer Rekordzeit packe ich die notwendige Erstversorgung ein.

Als ich in meinem Kleiderschrank wühle, fällt eine schwere Jacke vom Bügel. Verwirrt ziehe ich das gute Stück aus dem Schrank. Wie komme ich zu einer Biker-Lederjacke? Noch dazu handelt es sich um eine XL-Größe und sieht nach Herrenmodell aus. Instinktiv halte ich mir den Jackenkragen an die Nase und inhaliere den Duft. Erschrocken weiche ich zurück. Da ist etwas. Irgendetwas. Da war etwas und der Duft dieser Jacke erinnert mich daran. Obwohl ich nicht darauf komme, muss diese Jacke auf jeden Fall sofort mit nach England. Egal, wie viel Platz sie in meinem Koffer auch wegnehmen mag.

John und Robert warten bereits ungeduldig auf mich, als ich mit meinem Gepäck die Treppe hinunterrenne. Rob beendet ein Telefongespräch mit den Worten. »We're on our way.«

»John, kennst du auch dieses Gefühl, wenn du wegfährst? Irgendwie meine ich, etwas Entscheidendes vergessen zu haben. Außerdem kann ich meinen MP3-Player nicht finden. Schickst du ihn mir nach?« John räuspert sich.

»Klar. So wie ich das sehe, muss ich für das nächste halbe Jahr jeden Tag ein Paket losschicken, damit du alle deine Klamotten bekommst. Und jetzt raus mit euch. Das Taxi ist da.«

John nimmt meinen Koffer, während Robert mich begleitet. Auf dem Kiesweg zum Tor legt er seinen Arm um mich und es fühlt sich einfach himmlisch an. Wir sind miteinander verbunden. Das kann ich genau spüren. Rob lächelt mich an und drückt mir einen Kuss auf die Stirn. Ich lächle völlig verknallt zurück.

Robert ist schnell im Taxi verschwunden, nachdem er sich kurz von John verabschiedet hat. John hievt meinen Koffer in den Kofferraum. Ich warte geduldig, bis er sich mir zuwendet. Sein Blick zeigt mir deutlich, dass er nun doch Abschiedsschmerz empfindet.

»Komm her«, raunt er mir zu und öffnet seine Arme.

Ich kann kaum meine Tränen zurückhalten. »Ich vermisse dich schon jetzt«, klage ich schniefend.

»Ich dich auch. Aber wir sehen uns wieder.«

»Warum habe ich dann das Gefühl, dass das ein Abschied für immer ist?«

»Kein Abschied für immer. Versprochen.«

»Clara?«, ruft Robert und beugt sich aus dem Taxi. »Wir müssen los!«

»John, du bist mein bester Freund«, schluchze ich und wende mich von ihm ab. Als ich in der offenen Autotür stehe, werfe ich noch einen Blick zurück auf das Grundstück.

Ein kurzer Lufthauch streift mich und ich fasse mir instinktiv an die Wange, weil ich glaube, dort eine sanfte Berührung wahrgenommen zu haben. Mir spuken einige Wörter durch den Kopf, die der Wind mir zugeflüstert zu haben scheint: Ich liebe dich. Für immer.

Hastig steige ich in das Taxi und blicke nicht mehr zurück.

ENDE

Fortsetzung folgt:

CLARA – Die Rückkehr

Danksagung

Eine liebe Autorenkollegin hat mir erst kürzlich gesagt: »Jeder Leser ist ein Geschenk.« Ja, da muss ich ihr recht geben. Also, liebe Leserin, lieber Leser, vielen Dank, dass du mir das Geschenk gemacht hast, meine Geschichte zu lesen. Ganz egal, ob dir diese nun gefallen hat oder nicht. Ich sag auf jeden Fall: vielen Dank!

Ganz besonders freue ich mich über die Leser, die meine Facebook-Seite mit Leben füllen. Da gibt es ein paar, die schon von Anfang an dabei sind. Denen fühle ich mich besonders verbunden. Ich möchte jetzt keine Namen nennen, aber ihr wisst schon, wenn ihr gemeint seid. Vielleicht werden wir ja noch ein paar mehr?

Wie immer danke ich Jürgen, Carina, Claudia und meiner Familie. Inzwischen fallen mir aber noch mehr Menschen ein, die ich nicht vergessen möchte. Dank geht diesmal auch an meine zweite Probeleserin Anja, an meine Eltern, Stefanie, meine Freunde, alle Verwandten und Arbeitskollegen. Ihr alle unterstützt mich auf die eine oder andere Weise, manchmal auch ganz unbewusst oder im Hintergrund. Und wenn mein Blick einmal ins Leere geht, dann wisst ihr ja jetzt, dass ich wahrscheinlich gerade in einem Tagtraum festhänge.

Ein Highlight für mich war auch die Einladung von BoD – Books on Demand – zur Frankfurter Buchmesse. Auch von dieser Seite wurde mir also ganz unerwartet Hilfe zuteil, die ich hier nicht unerwähnt lassen möchte.

Wahrscheinlich haltet ihr mich für verrückt, aber ich muss mich diesmal auch bei meinen Romanhelden bedanken. Ohne sie wäre diese Geschichte niemals möglich geworden. Ohne das Eigenleben, das sie entwickelt haben, wäre dieser Roman nicht zustandegekommen. Meine liebe Clara, mit der ich so einiges mitmachen muss, ist mir so richtig ans Herz gewachsen. Und Balthasar ... seufz ... da wechsele ich mal lieber schnell das Thema.

Seid ihr bereit für Band II? Dauert aber noch eine Weile. In der Zwischenzeit freue ich mich über Post von euch. Ich verspreche, ich werde euch die Wartezeit mit einigen Specials aus Band I und II versüßen.

Eure Pea Jung

info@peajung.de
www.peajung.de
www.facebook.com/PeaJungAutor
www.youtube.com/PeaJungAutor

Übersinnlich verliebt

Pea Jung
CLARA (Band I)
Die geheime Gabe
448 Seiten
Taschenbuch/eBook
ISBN: 978-3-7386-0311-8

Pea Jung
CLARA (Band II)
Die Rückkehr
ca. 400 Seiten
Taschenbuch/eBook
erscheint 2015

Zu Band II:
Die Geschichte einer vergessenen Liebe mit dem gewissen Etwas!

Clara lebt nun schon ein halbes Jahr bei Robert Quinn in London. Für die Hochzeit ihrer besten Freundin Lisi steht eine kurze Stippvisite in die Heimat an. Was Clara nicht ahnt: Lisi hat es sich in den Kopf gesetzt, ihrer besten Freundin in allen Lebenslagen beizustehen, und mischt sich folgenschwer in Claras Leben ein. Ob bei Lisis Bemühungen auch ein gewisser Balthasar eine Rolle spielt?

Übersinnlich verliebt

Pea Jung
CLARA (Band III)
Finstere Vergangenheit
ca. 400 Seiten
Taschenbuch/eBook
erscheint 2015

Pea Jung
CLARA (Band IV)
Sturm auf Zeit

Taschenbuch/eBook
erscheint 2016

Clara erscheint als Taschenbuch/
eBook und wird 4 Bände umfassen.
Clara ist ein echter Hingucker –
auch im heimischen Bücherregal!

Fantasy-Romance

Pea Jung
Die Wunschblase
212 Seiten
Taschenbuch/eBook
ISBN: 978-3-7357-6115-6

Phantastischer Liebesroman

Der sechsjährige Ben hat einen ganz besonderen Herzenswunsch: Er möchte seinen Papa Frank wieder glücklich sehen. Ganz klar: Der Papa braucht eine neue Frau. Und Ben eine neue Mama.

Ben ahnt nicht, dass er mit seinem geheimen Wunsch außergewöhnliche Mächte in Gang setzt.

Carolyn, ein weiblicher Dschinn, bekommt den Auftrag, eine geeignete Frau zu suchen. Frank erweist sich jedoch als immun gegen sämtliche Verkuppelungsversuche.

Wird Carolyn dennoch Bens Wunsch erfüllen können?

Liebe & Erotik

Pea Jung
Die falsche Hostess
164 Seiten
Taschenbuch/eBook
ISBN: 978-3-7357-4200-1

Pea Jung
Die Putzstelle
248 Seiten
Taschenbuch/eBook
ISBN: 978-3-7357-3940-7

Raffaela darf ihre Nachbarin in deren Job als Hostess vertreten und lernt dabei den smarten Rick kennen. Zwischen den beiden sprühen sofort leidenschaftliche Funken, die sich in Form eines One-Night-Stands entladen. Kein Problem? Weit gefehlt. Schließlich war Raffaela offiziell als ihre Nachbarin unterwegs, was zu Verwicklungen führt. Und sie sieht Rick schneller wieder als erwartet.

Die Kellnerin Josefine kehrt unter einem Tisch ein paar Scherben zusammen. Eine ganz gewöhnliche Tätigkeit für eine Kellnerin? Weit gefehlt. Schließlich starrt ihr dabei spontan ein mysteriöser Unbekannter auf den Hintern und bezahlt sie auch noch dafür. Schon nach kurzer Zeit flattert ein unerwartetes Jobangebot ins Haus...

Lightning Source UK Ltd.
Milton Keynes UK
UKHW040628251119
354195UK00002B/620/P